mtb

Sandra Henke

Das Geheimnis meines Meisters

Roman

mtb

MIRA® TASCHENBUCH
Band 35062
1. Auflage: Februar 2016

MIRA® TASCHENBÜCHER
erscheinen in der HarperCollins Germany GmbH,
Valentinskamp 24, 20354 Hamburg
Geschäftsführer: Thomas Beckmann

Originalausgabe

Konzeption/Reihengestaltung: fredebold&partner GmbH, Köln
Umschlaggestaltung: pecher und soiron, Köln
Redaktion: Maya Gause
Titelabbildung: Thinkstock/Getty Images, München
Autorenfoto: © Sandra Henke
Satz: GGP Media GmbH, Pößneck
Druck und Bindearbeiten: CPI books GmbH, Leck – Germany
Printed in Germany
Dieses Buch wurde auf FSC®-zertifiziertem Papier gedruckt.
ISBN 978-3-95649-466-6

www.mira-taschenbuch.de

1. KAPITEL

Erregend. Berauschend. Grenzen sprengend. Kostbar. Aber auch nervenaufreibend. Beängstigend. Am Rande der Legalität. EXTREM.

Mit Haut und Haaren. Mit Leib und Seele. Das würden bald keine leeren Phrasen mehr sein, sondern Realität. Er konnte es kaum glauben, dass er kurz davor stand, seinen größten Traum wahr werden zu lassen. Innerlich zitterte er vor Erregung und vor Nervosität, doch er versuchte, sich weder das eine noch das andere anmerken zu lassen. Langsam schritt er um *sie* herum. Seine herablassenden Blicke streichelten ihren nackten Körper.

Eine zerbrechliche Elfe. Eine Göttin auf Knien. Eine Königin in der Gestalt einer Sklavin.

Obwohl sie den Kopf gesenkt hielt, saß sie aufrecht und streckte die Schultern zurück. Demütig und würdevoll. Stolz, ihm dienen zu dürfen, in einer Weise, die nur wenige Frauen erfahren durften und die noch weniger von ihnen ertrugen.

Im Gegensatz zu ihm verbarg sie ihre Gefühle nicht. Ein Schweißtropfen floss ihren Rücken hinab. Die Brustspitzen wurden hart und leuchteten rötlich. Aus den vielen gemeinsamen Sessions, die sie verbanden wie nichts anderes in der Welt es vermochte – kein Schwur, kein Ehering –, wusste er, dass das ihre Art war, um Aufmerksamkeit zu betteln. *Streichel mich. Zwick mich. Zwirbel mich. Beiß mich.* Doch er würde nichts dergleichen tun, damit sie sich bewusst wurde, dass sie ihn nicht manipulieren konnte.

Dass er die absolute Macht über sie besaß.

Sie selbst verlieh sie ihm. Freiwillig. Ihr Geschenk an ihn war so großzügig, dass seine Augen feucht wurden vor Dankbarkeit. Er blieb so lange hinter ihr stehen, bis er die Tränen weggeblinzelt hatte. Ein Riss in seiner dominanten Fassade hätte sie enttäuscht, sie vielleicht sogar in ihrer Entscheidung, sich ihm ohne Wenn und Aber hinzugeben, zweifeln lassen. Und das wollte er auf keinen Fall. Er diente genauso ihrer Lust wie sie seiner. Er hatte sich ihrer erst würdig erweisen müssen.

Hart hatte er um sie gekämpft.

Hart hatte er sie leiden lassen.

Und ebenso hart hatte er sie gefickt.

Mit seiner Erbarmungslosigkeit hatte er ihre Fantasien wahr werden lassen … hatte er seine wahr werden lassen. Nun würden sie den letzten Schritt wagen. Gemeinsam. Auch wenn es nicht den Anschein haben mochte, weil er über sie regierte.

„Ich werde der Kriegsführer sein und dein Körper das Schlachtfeld, auf dem ich wüte", sagte er bedrohlich und erregte sich an der Gänsehaut, die sie bekam. „Ich werde dich knechten, dich züchtigen, dich schänden und mit meinem Wappen brandmarken."

Ihre Wangen bekamen einen rosigen Schimmer. Sie öffnete die Lippen. Ihr Brustkorb wogte auf und ab.

„Du wirst meine Leibeigene sein, *Amasone*, abhängig von meinen Launen und meiner Willkür ausgesetzt. Kein anderer wird jemals wieder auch nur in deine Nähe kommen, denn du bist mein Eigentum. Mein Besitz!" Mein Reichtum, fügte er liebevoll in Gedanken hinzu.

„Nur meine Hände wirst du auf dir spüren für den Rest deines Leben. Nur ich werde die Peitsche schwingen, die dich zeichnet. Nur ich werde dich zum Schreien bringen." Sinnlich und doch grausam fuhr er fort: „Im Guten wie im Bösen."

Feuchtigkeit glitzerte auf ihrer Scham. Kein Höschen und kein einziges Schamhaar – völlig schutzlos bot sie ihm ihren Schoß an, damit er ihn benutzte, wann und wie es ihm beliebte.

Er hätte sie auf der Stelle zwischen den gespreizten Schenkeln schlagen können und sie hätte sich nicht gewehrt. Denn sie war so durch und durch devot, wie er dominant war. So masochistisch wie er sadistisch. Sie stellte für ihn das Gold am Ende des Regenbogens dar. Und er war für sie ein Ritter in strahlender Rüstung, der sie in das Korsett einer Lustsklavin steckte und sie davon befreite, so zu sein, wie die moderne Gesellschaft es von einer Frau erwartete. Sie wollte es so, sie brauchte strenge Regeln und eine starke Hand. Alles andere hätte sie nicht befriedigt.

Nun strebte sie nach wahrhaftiger Glückseligkeit. „Bitte, Herr, schnüren Sie mich noch fester. Ich will nur noch Luft bekommen, wenn Sie es erlauben“, hatte sie voller Inbrunst gefleht, als er Bedenken darüber geäußert hatte, ob die Verantwortung für ein Menschenleben ihn nicht überfordern würde. „Und wenn Sie meiner irgendwann überdrüssig sein sollten, halten Sie meinen Atem für immer an. Ich kann nicht zurück in die normale Welt. Dort gehöre ich nicht hin. Eher möchte ich sterben!“

Er erinnerte sich an die erste Begegnung mit ihr. Eine fast verwelkte Blume. Hübsch, aber unendlich traurig. Schon damals besaß er Erfahrungen als Dominus. Er erkannte die Lustsklavin in ihr, er hatte sie genommen und ihr das gegeben, was sie brauchte. Aufmerksamkeit, Zuneigung, Sicherheit und Geborgenheit, aber auch Schmerz, Erniedrigung und Tränen voller Verzweiflung.

Wie ein Phönix aus der Asche entstieg sie den BDSM-Sessions. Jedes Mal noch strahlender und schöner. Jetzt wollte sie endgültig zur Sonne werden, doch das konnte sie nur, wenn sie ab sofort in seinem Schatten lebte. Dadurch verschmolz sie mit ihm und er mit ihr. Auf ewig. Es würde kein Zurück mehr geben. Zwei Seelen, die miteinander verwachsen waren, konnte man nur mit Gewalt trennen. In dem Fall würde nur Ödland auf beiden Seiten zurückbleiben, denn solch eine Beziehung, wie sie sie eingingen würden, saugte jegliche Energie auf.

Aber man konnte nur den ultimativen Höhepunkt erleben, wenn man das ultimative Risiko einging, dass das Herz am Ende nur noch verbrannte Asche war. Und sie wussten beide, dass sie nie wieder jemanden finden würden, der bereit dazu wäre.

Außerdem liebten sie sich. Eine wahrhaftige Liebe, die ihnen Kraft gab und Mut zusprach. *Es ist richtig, was wir tun. Es muss sein. Jetzt oder nie. No regrets.*

An einem Tag würde er sie so behutsam anfassen, dass sie glaubte zu vergehen, wenn sie ihn nicht endlich intensiver zu spüren bekäme. Aber am nächsten Tag würde er blutige Striemen auf ihrem Körper hinterlassen und sie würde es genießen, das eine wie das andere. Niemals würde er ihr Vertrauen missbrauchen! Das hatte er ihr durch die Sessions zuvor bereits bewiesen und dieser Beweis stellte die Grundlage dafür dar, dass sie nun diesen radikalen Schritt, eine Session ohne Ende und ohne Kompromisse, mit ihm wagte. Sicherheitsbewusst, mit gesundem Menschenverstand und einvernehmlich galt auch weiterhin. Er war nicht nur ihr Foltermeister, sondern auch ihr Netz, ihre Reißleine, derjenige, der zärtlich ihre Wunden pflegte, der sie in den Arm nahm und die Tränen trocknete, die der Qual und die der Ekstase.

Allerdings würde sie das Recht auf ein Safeword abgeben. Sie ließ sich vollkommen auf seine Führung ein. Tag und Nacht. Vierundzwanzig Stunden. An sieben Tagen die Woche. Sie wünschte sich, seine Marionette zu sein, und er versprach ihr grausam-lustvolle Spiele. Weil sie sich nichts mehr ersehnte. Und er ebenso.

Ying und Yang. Wie könnten zwei Seelen irregeführt sein, die so perfekt zusammenpassten, fragte er sich, während er sich zu ihr hinabbeugte und in ihren Nacken blies. Sie erschauerte und stöhnte leise. Wenn sie geahnt hätte, dass das an diesem Tag alles war, was sie von ihm erfahren würde, das einer Berührung nahe kam, wäre sie entsetzt gewesen. Aber er kannte sie in- und auswendig. Er wusste, wonach sie gierte – und das war genau das, was er ihr verwehren würde. Denn er war der Sadist, der sich aus ihren feuchten Träumen manifestiert hatte.

Während er sich wieder vor sie aufbaute wie ein Kaiser vor seinem niederen Volk, fragte er sich, ob sie sich bewusst war, dass er sich mit Enthaltsamkeit ebenso folterte wie sie. Oder war sie zu sehr gefangen in dem Rausch, den die Achterbahnfahrt der Gefühle in ihr auslöste? Denn das war es, eine Achterbahnfahrt. Seine Geliebte gierte nach Erlösung und wollte gleichzeitig nichts mehr, als weiter gequält zu werden. Ein Zustand, den nur Gleichgesinnte nachvollziehen konnten.

Stunden, Wochen und Monate lang hatten sie sich über das, was in ihnen vorging, unterhalten – den tabulosen Sex, die Unsicherheit, weil sie ihn anders lebten als die meisten Menschen, die Angst, fehlgeleitet zu sein, zu weit zu gehen und abzustürzen. Doch sie waren zu dem Schluss gekommen, dass nichts sie mehr befriedigte, dass die anderen sie nicht interessierten, denn sie hatten ja sich und sie beide wussten, was sie begehrten: BDSM nicht nur zu praktizieren, sondern zu leben.

Nun wollten sie vollkommen darin aufgehen. Zumindest sie würde dieses Privileg haben. Das für sie zu arrangieren war seine Art, Hingabe zu zeigen. Während er weiter arbeiten ging – worauf er sich, seit er sie kannte, schon schlecht konzentrieren konnte, doch von nun an würde es fast unmöglich sein –, durfte sie ganz und gar in einem Kokon aus Ekstase leben.

Ihre schwarzen Augen glichen glühenden Kohlen: feurig leuchtend und gerötet vor Aufregung. Dankbar, bange. Sie flehte ihn an, endlich fortzufahren, es endlich wahr werden zu lassen. Gleich darauf waren sie wieder angsterfüllt. Licht und Schatten wechselten sich sekündlich ab.

„Jede Zelle deines Körpers, jede Regung und jeder Gedanke – alles, was dich ausmacht, gehört jetzt mir." Er neigte sich zu ihr hinab und tat, als streichelte er über ihren Kiefer, doch er berührte sie dabei nicht. Sehnsüchtig kam sie seiner Hand entgegen, doch er zog sie zurück. „Du gehörst mir!"

„Auf ewig, *Meester*", sprach sie den Eid aus, der für sie beide gewichtiger war als ein Eheschwur.

Dieses letzte Zeichen für ihre Bereitschaft war ihm äußerst wichtig. Für seine große Liebe würde sich ab sofort alles ändern. Sie verabschiedete sich von der Welt und würde sich sogleich in den Mikrokosmos begeben, den er für sie geschaffen hatte. Ein Palast für eine Lustdienerin – karg für andere, für sie jedoch kostbar.

Würdevoll, wie es dem Anlass entsprach, öffnete er die Flügeltüren zu ihrem Gefängnis. „Nun, denn."

Als sie sich erheben wollte, brüllte er: „Runter mit dir!"

Sie zuckte zusammen. Gehorsam befolgte sie den Befehl. Dann rollte sie die Schultern nach vorne und senkte den Kopf, um sich vor ihm klein zu machen und auf diese Weise um Entschuldigung zu bitten.

Wieder einmal kämpften die zwei Seiten in ihm. Während sein Herz sie in die Arme schließen und klarstellen wollte, dass seine Ungehaltenheit zum Rollenspiel gehörte und er nicht ernsthaft böse auf sie war, wurde sein Schwanz endgültig hart. „Bis auf Weiteres wirst du in meiner Gegenwart nur noch knien. Wenn du dich fortbewegst, dann ausschließlich auf allen vieren. Nur Herren stehen auf zwei Beinen, Haustiere kriechen."

Ohne zu zögern krabbelte sie an ihm vorbei in ihr neues Heim, das sie so schnell nicht mehr verlassen würde, vielleicht sogar niemals wieder. Ihre Feuchtigkeit rann an den Oberschenkeln hinab. Die Schamlippen waren rot und geschwollen.

Er brauchte sie nicht anzufassen, um sie zu erregen, sondern wusste, welche Worte er wählen musste, damit sie zerfloss.

Mitten in der fensterlosen Zelle aus Beton kniete sie sich hin, das Gesicht ihm zugewandt. Sie spreizte die Schenkel, legte die Hände auf die Oberschenkel, drückte ihren Busen heraus und wartete darauf, von ihm bespielt zu werden. Lächelnd schaute sie auf die Wölbung in seinem Schritt.

Doch er hatte nicht vor, sie in ihrem Domizil mit einer Session willkommen zu heißen, sondern er zeigte ihr die dunkle Seite ihres neuen Status'. Er kannte sie gut, und das, was sie am meisten hasste, waren nicht die Schmerzen, die er ihr zufügte, wenn er ihre Klitoris peitschte, nicht die Demütigung, wenn er ihr erwartungsvoll eine Champagnerflöte mit Natursekt überreichte, nicht die Erkenntnis, dass selbst ein erzwungener Orgasmus nach dem x-ten Mal hintereinander zur Qual wurde – sondern wenn er sie ignorierte.

Als er absichtlich langsam die Tür zwischen ihnen schloss, änderte sich ihr Blick erst in Erschrockenheit. Dann wölbten sich ihre Mundwinkel nach unten, und Tränen flossen über ihr erhitztes Gesicht.

Wie lange würde sie in derselben Position an derselben Stelle verharren und auf ihn warten? Würde sie die Finger von sich lassen können oder ihrer Lust nachgeben? Die Überwachungskameras zeichneten es auf, eine weitere Erniedrigung, allzeit beobachtet zu werden. Aber dies diente auch zu ihrem Schutz und um ihr zu zeigen, dass ihr Herr allzeit bei ihr war.

Wie lange würde er es aushalten, nicht hineinzustürmen und sie zu vögeln?

Zitternd vor Erregung und Sehnsucht nach ihr, ließ er sich hinabgleiten. Er setzte sich auf den Boden und lehnte den Rücken an die Tür, als würde er sich an seine *Amasone*, seine kleine Kämpferin, schmiegen. Aus dem Raum drang kein Laut und er hoffte, dass sie nicht hörte, wie er leise vor Glück und Dankbarkeit weinte, während er onanierte.

2. KAPITEL

Dale Henderson jagte ihr Angst ein. Mit düsterer Miene musterte er sie, die Augen zusammengekniffen wie ein Wolf, der seine Beute fixierte. Die Kiefer malten. Willow befürchtete, er könnte jede Sekunde über den Schreibtisch springen und die Zähne in ihre Kehle schlagen, weil er ihr falsches Spiel durchschaute.

Doch noch etwas anderes beunruhigte sie. Durch die Furcht bekam sie keineswegs eine Gänsehaut. Vielmehr begann es zwischen ihren Schenkeln zu prickeln. Die Reaktion ihres Körpers auf Henderson überraschte Willow, sie irritierte sie und lenkte sie ab.

Lag es an den Narben, die ihm eine archaische Erscheinung verliehen? Ein Jäger, der Wunden davongetragen hatte, die ihn auf ewig zeichneten. Sie gaben Zeugnis über seinen Mut, seinen Kampfwillen und sein Durchsetzungsvermögen. Ein Krieger, der einen dunklen Fleck auf der Seele hatte, weil er Schlimmes durchgemacht, aber eine Erkenntnis daraus gewonnen hatte: dass er alles überstehen konnte. Die Überlegenheit, die er ausstrahlte, sprach etwas ursprünglich Weibliches in ihr an.

Er würde nicht leicht hinters Licht zu führen sein, aber das vergrößerte für sie nur den Reiz, es zu schaffen. Dale Henderson war ihr Gegenspieler, er saß auf der anderen Seite des Schachbretts – sinnbildlich. Konkret lauerte er auf der anderen Seite des Schreibtischs in seinem Home Office, dem Büro in der Villa Henderson – und wusste nichts davon. Ungewohnt nervös wartete sie auf seinen Zug. Sie hatte ihren gemacht, indem sie zu ihm gekommen war und sich ihm angeboten hatte.

Als er die Nase rümpfte, wirkte er wie ein Hund, der die Zähne fletschte. „Ekeln Sie sich?"

„Wie bitte?"

„Sie starren mein Gesicht an."

„Entschuldigung."

„Wussten Sie etwa nicht, dass ich entstellt bin?" Er gab ein spöttisches Knurren von sich. „Dann wohnen Sie wohl noch nicht lange in der Stadt, denn ich bin für Seattle das, was der Glöckner von Notre-Dame für Paris ist."

Sie hatte nicht vor, ihm mehr über sich zu erzählen, als unbedingt notwendig war. Schließlich würde sie ohnehin lügen und – das hatte die Erfahrung gezeigt – je mehr Lügen sich anhäuften, desto schwieriger würde es werden, sich an alle zu erinnern. Sie war eine Vagabundin, nicht aus Überzeugung, sondern aus Notwendigkeit, aber das ging ihn nichts an. „Nein, kein Ekel. Sonst wäre ich erst gar nicht zu Ihnen gekommen. Denn man fragte mich schon am Telefon, ob ich ein Problem damit hätte."

„Hat man?" Überrascht hob er die Augenbrauen.

„Es tut mir leid, wenn ich Sie verletzt habe." Offenbar wusste er nicht, dass man die Kandidatinnen darauf vorbereitete, ein Monster zu treffen. „Ich hätte nicht so ehrlich sein sollen."

„Im Gegenteil. Das verbuche ich auf der Pro-Seite. Die ist in Ihrem Fall nämlich noch recht leer. Die Kontra-Seite dagegen füllt sich immer weiter, während ich Ihre Bewerbung lese und Sie anschaue." Sein Blick glitt über ihren Körper, erzeugte, ohne es zu ahnen, ein Kribbeln, und blieb an ihren nackten Knien hängen.

Willow versuchte vergeblich, den Saum ihres Rockes hinunterzuziehen. Im Stehen besaß er die richtige Länge, aber wenn sie sich setzte, rutschte er zu weit hoch. Das ist so typisch für dich, hatte sie im Wartezimmer mit sich geschimpft. Alle anderen Frauen trugen züchtige Businesskostüme, Nylonstrumpfhosen und strenge Hochsteckfrisuren. Zu allem Übel hatte sie ihre schwarzen Haare hellbraun gefärbt und sie zu schulterlangen Locken aufgedreht, um sich wieder einmal neu zu erfinden, was sich nun als Fehlentscheidung erwies. Die Frisur ließ sie zu rebellisch für diesen Bürojob wirken. Beiläufig schloss sie die obersten Knöpfe ihrer Bluse.

„Öffnen Sie sie wieder, Miss Archer!"

Irritiert verharrte Willow. Ihr fiel das Atmen schwer, weil er sie zwar streng angefahren hatte, doch in seine Augen war ein begieriges Funkeln getreten. Ein Wolf, der Hunger bekam. Sie erkannte die Gefahr! Und fühlte sich von ihr angezogen.

„Ich möchte nicht, dass Sie sich beim Vorstellungsgespräch verstellen und später dann, falls wir zusammenarbeiten sollten, plötzlich ganz anders sind. Das wäre für mich eine Enttäuschung und doppelt Arbeit, weil ich erneut auf die Suche gehen müsste, und Sie würde es den Arbeitsplatz kosten." Sein Schmunzeln sollte die Atmosphäre wohl auflockern, aber es führte nur dazu, dass Willows Mund trocken wurde. Sanfter fuhr er fort: „Wir sind hier nicht beim Militär, auch wenn ich manchmal wie ein Feldwebel klinge."

Eine Weile schien die Zeit stillzustehen. Das offizielle Gespräch war unterbrochen. Wie ferngesteuert befolgte Willow seine Anweisung. Ihr wurde heiß. Die Finger kribbelten. Sie empfand das Öffnen der Knöpfe als sinnlich, weil Dale Henderson ihr den Befehl erteilt hatte und weil er sie dabei beobachtete.

Doch als sie ihn ansah, schaute er rasch auf die aufgeschlagene Mappe in seinen Händen. Sein Lächeln erlosch, dabei war es attraktiv gewesen, geradezu erotisch. Vor ihr saß ein Adonis, zumindest zur Hälfte. Die andere erinnerte eher an Hunter aus „Beastly".

„Ihre Vorkenntnisse in dem Job sind dürftig. Sie haben keinerlei Erfahrung in der Branche, in der Tangy Inc. tätig ist."

Willow runzelte die Stirn. Sie hatte gedacht, gut recherchiert und die Vita und Arbeitszeugnisse gekonnt gefälscht zu haben. *Mist!* „Ich habe bereits in mehreren Firmen in einer ähnlichen Stellung gearbeitet."

„Kleinen Firmen."

Sie hatte nicht übertreiben wollen. „Renommierte Unternehmen."

„Zudem nur als Sekretärin, aber nie als Assistentin der Geschäftsführung."

„Man wächst mit den Aufgaben."

Seine Mundwinkel zuckten. „Da draußen sitzt eine Handvoll Bewerberinnen, die weitaus qualifizierter sind als Sie. Warum sollte ich da ausgerechnet Sie einstellen?"

Mit Fachkenntnissen konnte sie nicht aufwarten und mit Freizügigkeiten ließ sich ein Mann wie Henderson nicht ködern, denn er schenkte ihrem Dekolleté keinerlei Beachtung mehr. Willows Zuversicht geriet ins Wanken. Plötzlich fiel ihr eine letzte Möglichkeit ein. Sie musste das Gespräch auf die persönliche Ebene verlagern. In gespieltem Selbstbewusstsein setzte sie sich gerade auf. „Weil ich Ihnen ins Gesicht sehen kann."

„Was ...?"

„Ich wette, die anderen schauen aus dem Fenster, auf die Urkunden an den Wänden, die Buchrücken im Regal, den Seidenteppich ... überallhin, nur nicht auf Sie."

Anscheinend hatte sie ins Schwarze getroffen, denn er schwieg betroffen. Seine harte Schale bröckelte, sein Adamsapfel bewegte sich auf und ab. Für den Bruchteil einer Sekunde gab er den Blick auf sein Innerstes frei, das noch immer eine offene Wunde war.

Willow betrachtete demonstrativ die Brandnarben auf Dale Hendersons linker Wange. Eine Landschaft aus Kratern und Wülsten zog sich bis hinunter zu seinem Hals, aber auch sein Ohr wies Folgen des Überfalls auf.

Wie sie in der Vorbereitungsphase in unzähligen Online-Artikeln gelesen hatte, war er gerade aus dem Dojo gekommen, in dem er dreimal die Woche trainierte, als es passierte. Willow hatte davor noch nie von einer Säureattacke gegen einen Mann gehört. Dale Henderson war der erste und einzige. Ansonsten waren es laut ihrer Recherche immer gekränkte und eifersüchtige Exliebhaber, die die Frau dafür bestrafen wollten, dass sie sie abgewiesen hatten. Bei Dale schien alles anders zu sein.

Vor einem halben Jahr hatte sich ein Schatten aus der Dunkelheit der Februarnacht gelöst. Ein Maskierter war in der Gasse, wo Dale Henderson stets parkte, wie aus dem Nichts aufgetaucht. Er war auf ihn zugestürmt und hatte ihm eine ätzende Lösung entgegengeschüttet. Gegen diese Attacke hatte Henderson auch kein Karate geholfen. Nur seiner schnellen Reaktionsfähigkeit war es zuzuschreiben, dass er sich hatte wegdrehen können, sonst wäre nicht nur seine linke Wange verätzt worden, sondern sein ganzes Gesicht.

„Wenn ich Sie betrachte, sehe ich nicht die Wundmale, sondern den Mann."

Seine düstere Miene erhellte sich. „Den … Mann?"

„Ich meine", verzweifelt suchte sie nach den passenden Worten, sie rutschte auf dem Stuhl herum und wischte sich eine Schweißperle von der Schläfe, „den Inhaber von Tangy Inc."

„Ich bin nur der Geschäftsführer. Die Firma gehört meiner Mutter, Vivian Henderson. Sie haben sich nicht gut genug informiert."

Er sah älter aus als dreißig. Das lag nicht an den Narben, sondern an seiner verhärmten Miene. Warum kam in ihr der Wunsch auf, ihn zum Lachen zu bringen, richtig herzhaft zum Lachen? *Herrgott, du bist keine barmherzige Samariterin!* „Ist es nicht ein Familienunternehmen, egal wer im Register als Eigentümer eingetragen steht?"

„Ja, schon, aber …"

„Ja, ja, ich weiß. Genau genommen ist es das nicht, denn Ihr Bruder Gary ist nicht mit im Boot. Er und Ihr Vater Henry sollen wie Feuer und Wasser gewesen sein, daher entschloss er sich, nach dem Betriebswirtschaftsstudium nicht in das Geschäft einzusteigen, sondern sich sein Erbe auszahlen zu lassen und auf dem freien Markt sein Glück zu versuchen", referierte sie, um ihm den Wind aus den Segeln zu nehmen. „Mehr schlecht als recht, wie man sagt. Wie eine Heuschrecke hüpft er von Firma zu Firma und bleibt nirgendwo lange. Entschuldigen Sie den Vergleich." Sie strich sich unter der Nase entlang und fügte verschnupft hinzu: „So mies habe ich mich also doch nicht über Sie informiert."

„Gary ist erfolglos?" Dale wirkte überrascht.

„Wussten Sie das etwa nicht?"

Plötzlich wirkte er wieder verschlossen, die Miene undurchdringlich. Er hatte wieder die Maske des verbitterten Mannes aufgezogen, der tief verletzt worden war, körperlich und seelisch, und sich daraufhin zurückgezogen hatte, in diese Landhausvilla und in sich selbst.

Dale Henderson stützte die Handgelenke auf der Schreibtischunterlage ab und schlang die Finger ineinander. „Woher haben Sie all das?"

Was sollte sie darauf nur antworten? Sie zuckte mit den Achseln. „Stand irgendwo im Internet. Ich weiß nicht mehr, wo. Ich habe so viel über Sie gelesen. Dass Tangy Inc. eine der ersten Firmen in den USA war, die Chilisoßen durch Zugabe von Wasabi, Ingwer und anderen Zutaten noch schärfer machte, was den Nerv vieler Scoville-Junkies trifft und Ihnen Millionengewinne beschwert."

„Die Goldgräberzeit ist vorüber. Heutzutage regieren nicht mehr kreative Rezepturen, sondern Dumpingpreise. Aber unser guter Name bürgt für Qualität, wir haben eine engagierte Marketingabteilung und ausgezeichnete Kontakte überall auf der Welt, das hilft, uns international zu behaupten."

Dale Henderson war ein Tiefstapler, denn Tangy Inc. brachte immer noch satte Gewinne ein. Aber dieses Verhalten machte ihn Willow sympathisch. So schroff er sich auch gab, sie glaubte, dass in ihm ein netter Kerl verborgen war. Nur würde sie diesen vermutlich selten zu sehen bekommen, falls sie die Anstellung überhaupt bekam.

Er sah auf die antike Standuhr, die trotz ihres Alters noch funktionierte. Anscheinend war Willows Zeit abgelaufen. Ihre Nervosität stieg.

„Nun gut." Er klappte ihre Bewerbungsmappe zu, seine Hände waren kräftiger, als man es bei einem Geschäftsmann vermutet hätte. „Sie sind ehrlich."

Willow wich seinem Blick aus.

„Sie sagen offen, was Sie denken. Außerdem schätze ich Sie so ein, dass Sie sich immer und überall durchbeißen."

Eifrig nickte sie, denn er hatte recht. Sie stammte aus ärmlichen Verhältnissen, hatte die Schule früh abgebrochen und keinen Beruf erlernt, aber sie wusste, wie man überlebte. Über Leichen ging sie dabei nicht, aber sie ließ verbrannte Erde zurück. Allerdings nur in den Gärten der Reichen.

„Ja, ich schätze, Sie werden sich durchbeißen. Auch als meine Assistentin", er zupfte die Ärmel seines Hemds unter denen der Anzugjacke hervor, „obwohl Sie am Anfang überfordert sein werden."

Ebenso überrascht wie erfreut riss Willow die Augen auf. „Dann habe ich den Job?"

„Sie werden als Schnittstelle zwischen mir und der Verwaltungszentrale im Central Business District, der Fabrik in Redmond und den Tochterfirmen in Boston und in Illinois tätig sein", erklärte er, während er die Krawatte lockerte.

Ihr Puls beschleunigte sich. Sie musste untergetaucht sein, bevor er merkte, dass sie den Anforderungen nicht gewachsen war. „Gehört die Stelle mir?"

„Sie müssen bereit dazu sein, das ein oder andere Wochenende durchzuarbeiten und …", er öffnete das Jackett und nahm eine lässige Haltung ein, „… auch an Wochentagen hin und wieder im Gästehaus zu übernachten, da wir manchmal bis spätnachts die Köpfe zusammenstecken werden."

Willow nickte. Das kam ihr nur gelegen bei dem, was sie vorhatte. Aber warum stieg ihr dann die Hitze ins Gesicht? Weil ihre Gedanken unabsichtlich in eine ganz andere Richtung gingen. Eine, in der ein Wolf seinen Nadelstreifenanzug abstreifte und sich an sein Opfer heranpirschte, mit den Zähnen an dessen Kehle knabberte, die sich bereitwillig anbot, Augen bedrohlich funkelten, eine Zunge gierig über nackte Knie leckte und langsam höher glitt, während Klauen ein Höschen zerfetzten.

„Soll das heißen", ihre Stimme klang rau, verlegen räusperte Willow sich, „ich bin eingestellt?" *Nun sag es doch schon!*

Er goss sich aus einer Karaffe Wasser in ein Trinkglas. Während er einen Schluck nahm, musterte er sie über den Rand hinweg. Der Wappenring klackerte gegen das Glas. Weißgold, stellte Willow mit einem Kennerblick fest. Dale Henderson ließ sie zappeln.

Sie merkte ihm an, dass er noch nicht restlos von ihr überzeugt war. Ihre Zuversicht geriet ins Wanken. Was sollte sie nur tun, wenn er ihr absagte? Sie war pleite, sie stand alleine da und hatte keinen Plan B.

„Nun gut“, geräuschvoll stellte er das Glas ab, „ich werde Ihnen eine Chance geben, Miss Archer.“

Beinahe hätte sie gejauchzt. „Danke!“

Er schob den Bürostuhl zurück, stand auf und reichte ihr die Hand. Die Berührung elektrisierte Willow. Seine Hand war warm, beschützend, sinnlich und so groß, dass ihre darin völlig verschwand. Dale hielt sie länger fest, als es nötig gewesen wäre.

„Enttäuschen Sie mich nicht“, sagte er keineswegs bedrohlich, sondern sanft, mit einer fast schon flehenden Nuance.

Ihre Zunge klebte am Gaumen. Am liebsten wäre Willow aufgesprungen und hätte die ganze Kanne Wasser in einem Zug leer getrunken. Doch ein schlechtes Gewissen konnte man nicht einfach hinunterspülen, man konnte es nicht verdauen und ausscheiden, um es loszuwerden.

Gewissensbisse waren ihr nicht fremd. Bei den vergangenen Aktionen war sie immer öfter von ihnen gequält worden. Aber dieses Mal waren sie anders – schlimmer! Und von Anfang an da. Das Gefühl war so stark, dass Willow beinahe ins Wanken geraten wäre und Dale Henderson vor sich selbst gewarnt hätte.

3. KAPITEL

Leise, wie es ihre Art war, trat Vivian Henderson in Dales Büro. Seine Mutter war eine unauffällige Person, immer zur Stelle, wenn man sie brauchte, jedoch auf unaufdringliche Art und Weise. Sie hielt mit ihrer Meinung nicht hinter dem Berg, äußerte sie aber stets zurückhaltend, sodass es wie das Wispern des Windes klang. Seit Jahren trug Vivian ihr viel zu früh ergrautes Haar kurz, weil die Frisur pflegeleicht war, wie sie einmal gesagt hatte.

„Warum färbst du dir die Haare nicht?", sagte Dale nicht das erste Mal zu ihr. „Das Weiß macht dich älter als neunundfünfzig."

Sie schenkte ihm ein mildes Lächeln. „Weil ich mich so alt fühle, wie ich aussehe."

Vivian hatte viel durchgemacht in den letzten Jahren. Ihre Ehe hatte gekriselt, ihr Mann war plötzlich verstorben und dann wurde zu allem Übel Dale auch noch mit Salzsäure auf ewig entstellt. Ein Fluch schien über der Familie Henderson zu liegen.

Dale stand auf, ging um den Schreibtisch herum und gab ihr einen Kuss auf die Wange. „Nichts Extravagantes. In einer natürlichen Farbe, vielleicht in deinem blonden Naturton."

„Du solltest blond sein wie ich, nicht Gary. Dir fühle ich mich viel näher als deinem Bruder." Liebevoll wuschelte sie ihm durch die Haare wie damals, als er noch ein Kind gewesen war, sodass sie jetzt vermutlich wirr abstanden, da er sie länger wachsen ließ, um sein vernarbtes Ohr zu verbergen. „Leider kommst du nicht nur mit deinem dunkelblonden Schopf nach deinem Vater."

„Jetzt habe ich wohl mehr Ähnlichkeit mit Freddy Kruger als mit einem von euch."

„Solange wir uns haben, ist die Welt in Ordnung. Ich bin so glücklich, dass du wieder bei mir wohnst." Sie zog sein Gesicht zu sich herunter und küsste ihn auf die Stirn.

Seine Mutter versuchte immer, etwas Gutes zu finden, selbst in schlechten Dingen. Doch Dale konnte dem Säureanschlag nichts Positives abgewinnen. Was in Vivians Augen eine Familienzusammenführung war, stellte für ihn eine Flucht dar. Er verkroch sich im Haus seiner Eltern, das genau genommen das seiner Mom war, seit sein Dad im letzten November gestorben war.

Ausgerechnet an seinem fünfzigsten Geburtstag hatte Henry Henderson einen tödlichen Herzinfarkt erlitten. Ihm war es schon seit einigen Monaten schlecht gegangen, doch sein Hausarzt hatte keine körperliche Ursache feststellen können. Als es sechs Wochen vor seinem Tod rapide mit ihm bergab ging, dachten alle ein wenig spöttisch, er hätte ein Problem damit, älter zu werden, weil er kurz davor stand zu nullen. Nur Dale hatte an dieser These immer gezweifelt. Sein Vater war ein lebensfroher Mensch gewesen, ein Genießer, der alles auskostete und den Glaubenssatz vertrat: Man ist immer so alt, wie man sich fühlt. Aber etwas hatte die Flamme in ihm schon Wochen vor seinem Tod erstickt. Was war passiert?

Noch heute grübelte Dale manchmal darüber nach. Außerdem hatte er Angst, an derselben mysteriösen Krankheit zu leiden. Auch er hatte sein Lachen verloren, allerdings kannte er den Auslöser. Während sich Vivian über das Ende ihrer Einsamkeit freute, weil ihr Sohn mit ihr unter einem Dach wohnte, grub sich Dale tiefer und tiefer im Gram ein.

Doch heute hatte ihn das Schicksal überrascht. Es hatte ihm einen Lichtblick in der Gestalt eines gelockten Kobolds geschickt. Seit er Sandor Clegane, dem „Bluthund" aus „Game of Thrones", ähnelte und Millicent ihn unmittelbar nach dem Anschlag abserviert hatte, hatte er kein Ziehen mehr in der Leistengegend gespürt. Er hatte geglaubt, das Thema Frauen hätte sich für ihn auf ewig erledigt, doch sein Körper signalisierte ihm, dass sein Verstand falschlag. Aber Willow Archer würde sich wohl kaum für einen Mann interessieren, für den sie sich schämen musste. Für einen Mann, der hässlich war, den die Menschen auf der Straße angewidert und entsetzt anstarrten, hinter dessen Rücken getuschelt wurde und der darum nur noch selten das Haus verließ.

Sanft berührte Vivian seine Schulter. „Worüber grübelst du nach?“

„Nichts.“

„Du hast geseufzt.“

„Wirklich?“ Dale fühlte sich ertappt, flüchtete hinter den Schreibtisch und nahm wieder Platz. „Wusstest du, dass es Gary nicht gut geht? Beruflich, meine ich.“ *Vermutlich auch finanziell.*

Geradezu tänzelnd für eine Frau mit mindestens fünfundzwanzig Kilo Übergewicht drehte Vivian sich weg und ging zur Regalwand. Mit dem Zeigefinger fuhr sie hier und da über die Einlegeböden, Bücher und Aktenordner und prüfte wohl, ob die Hausmädchen ordentlich Staub gewischt hatten. Oder versuchte Zeit zu schinden und abzulenken. Beiläufig ließ sie fallen: „Er bat mich um Unterstützung.“

„Er hat dich um Geld angebettelt?“, fragte Dale empört und richtete den Oberkörper auf.

„Diese Blöße würde er sich niemals geben. Er bat mich lediglich darum, ein gutes Wort für ihn bei einem Bekannten einzulegen. Ihm gehört der Konzern, bei dem Gary sich beworben hat.“

Gereizt hämmerte Dale mit einem Kugelschreiber auf die Schreibtischplatte. „Er könnte bei Tangy Inc. einsteigen.“

„Du weißt doch, dass er sich dazu niemals überwinden könnte.“ Vivian stellte sich ans Fenster und schaute mit unbeweglicher Miene hinaus.

„Weil Sir Henry den Betrieb aufgebaut hat.“ So nannten sie ihren Vater seit Kindertagen. Dale, weil er seinen Dad mit einem stolzen Ritter verglich. Sein Bruder hingehen spielte damit auf Henrys Rolle als Patriarch an und meinte es spöttisch und herablassend.

Sie drehte sich zu ihm und zuckte mit den Achseln. Offenbar hatte sie resigniert, was das Thema betraf. „Gary möchte mit nichts, auf dem der Name eures Vaters steht, etwas zu tun haben, und über Tangy Inc. liegt nun einmal Henrys Schatten.“

„Aber die Geschäftskontakte, die Dad aufgebaut hat, nutzt er gerne." Aufbrausend warf Dale den Stift auf die lederne Unterlage. „Du bist ja gut im Bilde. Trefft ihr euch öfters?"

„Er kommt mich ab und zu besuchen."

„Hier?"

Verlegen schlug Vivian die Augen nieder.

„Warum schaut er dann nicht in meinem Trakt vorbei?" Denn Dale lebte zwar wieder zu Hause, hatte aber vor dem Einzug darauf bestanden, einen eigenen Flügel zu bewohnen, sodass er sich nicht wie ein kleiner Junge am Rockzipfel der Mutter vorkam. Langsam fühlte er sich sogar stark genug, die Geschäfte wieder zu führen, aber erst einmal nur aus der Entfernung.

„Gary ist unsicher und weiß nicht, wie er sich dir gegenüber verhalten soll", behutsam strich sie ihm über die vernarbte Haut, sicherlich um zu beweisen, dass sie keinerlei Berührungsängste hatte. „Sieh es ihm nach, er liebt dich."

„Dafür gibt es eine einfachere Lösung. Er soll die Entstellung ignorieren", brachte er hitziger als beabsichtigt hervor. „Miss Archer, eine Fremde, schafft das auch. Wieso nicht mein eigener Bruder?"

„Ist das der Grund, weshalb du gerade sie eingestellt hast, oder ...", sie zögerte und fuhr leiser fort: „... ihr kurzer Rock?"

Etwas zu eifrig räumte Dale das Glas neben die Karaffe, legte den Kuli in die Schale mit den Stiften, stellte das Telefon in die Aufladestation, riss beschriftete Notizzettel ab, warf sie weg, schloss den Laptop. Und das alles nur, um dem durchdringenden Blick seiner Mutter zu entgehen. „Alle anderen Bewerberinnen konnten mich nicht einmal anschauen. Wie soll ich mit jemandem zusammenarbeiten, der sich unwohl in meiner Gegenwart fühlt?"

Sie schritt um ihn herum, was ihn nervös machte. „Du hast die meisten weggeschickt, bevor du überhaupt mit ihnen gesprochen hattest."

Zu dem Zeitpunkt hatte er seine neue Assistentin schon gefunden. Er musste zugeben, dass Willow Archer nachlässig gekleidet gewesen war. Und zu sexy für den Job. Das Jackett war ihr eine Nummer zu groß gewesen, am Rock hatte eine Handbreit Stoff gefehlt und sie hatte einen gelben BH unter der weißen Bluse getragen, sodass die Unterwäsche leicht durchgeschimmert hatte. Ob mit Absicht oder aus Unbeholfenheit, wusste er nicht. Willow Archer wirkte in einem Moment unsicher, im nächsten kokett, aber in beiden Fällen reizvoll.

Sie kam mehr wie die Karikatur einer Sekretärin daher, erfrischend anders, nicht so steif und ernst. Aber gerade die Tatsache, dass sie nicht perfekt und aalglatt war, weckte seine Neugier. Sie passte nicht in das Outfit, nicht in ein Büro und er wollte aus ihr herauskitzeln, warum sie sich trotzdem dazu entschlossen hatte, diesen Weg zu wählen. Eine rätselhafte Person. *Irgendwie süß, die Kleine.* Doch er vermutete, dass sie es faustdick hinter den Ohren hatte. Sie würden sich niemals näherkommen, aber wenigstens würde Willow Archer seine Fantasien anregen. Seine Tagträume füttern. Ihn wieder etwas mehr ins Leben locken mit ihrer gleichzeitig unschuldigen und erotischen Ausstrahlung.

„Außerdem kann sie gleich morgen früh anfangen. Sie wird frischen Wind hier reinbringen, das wird uns guttun." Das Herrenhaus war zu dunkel, zu still und zu melancholisch. Erstarrt, wie im Winterschlaf.

Vivian lächelte müde. „Oder alles durcheinanderwirbeln und Chaos hinterlassen."

Seine Mutter war mit seiner Entscheidung nicht einverstanden, sagte das aber nicht direkt. Inzwischen hatte sie sich schon gebessert und gab zu, wenn sie etwas auf dem Herzen hatte. Als sein Vater noch lebte, hatte sie vieles hinuntergeschluckt und mit sich selbst ausgemacht.

So oder so würde es mit Miss Archer nicht langweilig werden, vermutete Dale. Alles war besser, als weiterhin Trübsal zu blasen. Fast zärtlich legte er ihre Bewerbungsmappe in eine Schublade und stapelte die anderen im Postausgang-Fach. Es würde ihre erste Aufgabe sein, die Absagen ihrer Konkurrentinnen zu schreiben. Das sollte ihr Spaß machen. *Einen fröhlichen Start in Ihren neuen Job.*

Vivian stellte sich neben ihn, das Gesicht zu ihm gewandt, und lehnte sich mit der Hüfte gegen den Tisch. „Du lächelst so verträumt."

„Freu dich doch, denn so hast du mich seit Februar nicht mehr erlebt."

„Dein Lächeln wirkt auf mich eher verzweifelt. Es erinnert mich an die letzten Sonnenstrahlen im Herbst, ein letztes Aufbegehren der Wärme, bevor die Kälte kommt und alles Leben zerstört." Mit Sorgenfalten auf der Stirn verließ sie sein Büro, aber ihre düsteren Worte hingen weiter im Raum.

Warum war seine Mutter nur so theatralisch und negativ? Zwei weitere Eigenschaften, die immer wieder zutage traten.

Als sich Dale im Bürostuhl zurücklehnte, quietschten die Scharniere. Er verschränkte die Hände hinter dem Kopf und spähte zur Zimmerdecke, als könnte er durch die Mauern hindurch zum strahlend blauen Augusthimmel aufschauen. Für ihn glich Willow eher den ersten Sonnenstrahlen im Frühsommer, die eine heiße Zeit ankündigten.

Sein Grinsen wurde noch intensiver.

4. KAPITEL

Wie hätte Willow ihrem schlechten Gewissen nachgeben können? Unmöglich! Dafür war Dale Henderson zu interessant. Sie lechzte danach, seine harte Schale aufzubrechen, um zu sehen, was darunter verborgen lag. Einige vom Hauspersonal eilten an ihnen vorüber durchs Foyer der Henderson Mansion und nahmen keine Notiz von Dale und seiner neuen Mitarbeiterin. Ob die Angestellten die Anweisungen erhalten hatten, sein Narbengesicht nicht anzustarren?

„Ihre Bluse steht ja noch weiter offen als beim Vorstellungsgespräch." Rügend schaute er sie über den Rand des Porzellanbechers an, aus dem er gerade trank.

Ihre Brustspitzen wurden hart. Sie schob das auf die Klimaanlage und wünschte sich, Dale würde aufhören, ihre Rundungen eingehend zu mustern. „Da täuschen Sie sich."

„Ganz bestimmt nicht. Gestern konnte ich den kleinen Leberfleck auf Ihrem Dekolleté noch nicht sehen."

„Das macht nur die Perspektive. Bei dem Vorstellungsgespräch gestern saßen Sie mir gegenüber, am anderen Ende des Schreibtischs." Heute Morgen dagegen stand er so dicht vor ihr, dass sie sein erdiges Aftershave riechen konnte. *Als wäre er die ganze Nacht in der Gestalt eines Wolfes durch den Wald gerannt.* Ein Kichern kitzelte in ihrer Kehle, doch sie presste die Kiefer aufeinander. Dale Henderson überragte sie um mehr als einen halben Kopf und starrte ungeniert auf die Ansätze ihrer Brüste. „Genau so haben Sie mich eingestellt, also beschweren Sie sich nicht."

„Ihr freches Mundwerk wird Sie noch mal in Schwierigkeiten bringen." Sein Blick glitt seitlich ihren Körper entlang zu ihrer Kehrseite und er lächelte unheilvoll, als freute er sich schon darauf, ihr eines Tages den Po zu versohlen.

Meinte er das ernst? War sie zu weit gegangen? Oder zog er sie auf? Seine funkelnden Augen sagten etwas anderes als sein strenger Ton. „Ich wollte nicht …"

„Entschuldigen Sie sich nicht! Ich mag keine buckelnden Menschen." Sein Atem roch nach Kaffee. „Aber wenn Sie zur Zentrale oder in die Fabrik fahren, schließen Sie ein oder zwei Knöpfe, verstanden?"

„Sie hatten recht." Mühsam unterdrückte sie ein Schnauben.

Seine Stirn krauste sich. „Womit?"

„Sie klingen tatsächlich manchmal wie ein Feldwebel." Sie verschränkte die Arme unter ihrem Busen, merkte, dass sie ihn dadurch anhob und noch aufreizender präsentierte, und nahm die Arme wieder herunter. „Erkennen Sie nicht die Doppelmoral in dieser Anweisung?"

„Sie werden meinen Befehl befolgen! Denn seit Sie vor fünf Minuten den Arbeitsvertrag unterzeichnet haben, gehören Sie mit Haut und Haaren mir", sein Ton klang harsch, doch seine Augen funkelten belustigt, „zumindest während der Arbeitszeit."

Ging das nicht ein bisschen zu weit? Dale Henderson musste sie foppen, oder etwa doch nicht? Die Signale, die von ihm kamen, konnten nicht widersprüchlicher sein, sie verwirrten Willow. Sie fühlte sich in ein Theaterstück versetzt, eine romantische Posse – ein Rollenspiel. Er spielte den Boss und sie die Assistentin, ähnlich wie in dem Film „Secretary", bei dem sie jedes Wort mitsprechen konnte, weil sie ihn schon so oft angeschaut hatte. Auf Willow traf das mit dem Schauspielen sogar zu, nur fehlte der erotische Kontext. *Oder irre ich mich da nicht?*

„Ich werde Sie erst einmal herumführen und Ihnen alles zeigen." Lässig, wie es nur jemand sein konnte, der in ein begütertes Elternhaus hineingeboren worden war und darum dem Luxus um sich herum keine Beachtung schenkte, schritt er voraus, durchquerte die Eingangshalle und trat in einen Gang.

Als Willow ihm rasch folgte, spürte sie, wie ihr Slip über die in der Früh frisch rasierten Schamlippen rieb. Das Klackern ihrer Schuhsohlen hallte durch den Korridor, denn im Gegensatz zur Vorhalle lagen hier keine Teppiche, sondern Fliesen. Warum, das erkannte sie bald. In diesem Trakt befanden sich die Räume für die Angestellten. Körbe mit Bett- und Tischwäsche wurden an ihnen vorbeigetragen, man balancierte Geschirr auf Tabletts und schob Putzwagen vorüber.

„Nun ja, nicht alles, nur die Bereiche des Hauses, die Sie nutzen werden, Willow. Ich darf Sie doch so nennen, oder?", fragte er über die Schulter hinweg und drehte ihr die makellose Gesichtshälfte zu.

„Nur wenn ich Sie mit Dale ansprechen darf." Das schoss aus ihr heraus, bevor sie darüber nachdenken konnte. *Bist du verrückt?!* Was tat sie denn da? Ihr Widerstand gegen die Upperclass regte sich wieder einmal. Die Seidentapeten, handgeknüpften Läufer und goldgerahmten Gemälde im Hauptteil der Villa hatten sie daran erinnert, warum nur die Reichen ihre Opfer waren.

Vor einer Schwingtür blieb er stehen. „Sie scheinen nicht sehr erpicht darauf zu sein, den Job zu behalten."

Willow biss die Zähne zusammen. Die Antwort war frech von ihr gewesen. Sie hatte sich weit aus dem Fenster gelehnt, und nun drohte sie, aus Hendersons prächtigem Schloss zu fallen. Der Sturz konnte ihr das Genick brechen, denn wenn dieser Auftrag schiefging, würde sie vor dem Nichts stehen.

„Keine andere der Bewerberinnen hätte sich getraut, eine Bedingung zu stellen." Er hielt den Kopf so geschickt, dass sie wieder nur die Schokoladenseite von ihm sah. „Sie hätte einen Knicks gemacht und ‚Aber sicher doch, Mr Henderson', ‚Sehr gerne, Mr Henderson' oder ‚Alles, was Sie möchten, Mr Henderson' erwidert."

Willow merkte, dass er versuchte, sie zu provozieren. Und er hatte sichtlich Spaß dabei. Trotzdem hätte sie ihm am liebsten den edlen Becher aus der Hand geschlagen. „So bin ich nicht! Sie haben sich die falsche Mitarbeiterin ausgesucht."

„Da bin ich anderer Meinung." Die nächsten Worte ließ er sich auf der Zunge zergehen, als wären sie köstlicher Karamell-Fudge, den er so lange wie möglich genießen wollte: „Ich muss Sie nur noch erziehen."

Sie trat dicht vor ihn, stellte sich auf die Zehenspitzen und zischte in gespielter Empörung: „An mir werden Sie sich die Zähne ausbeißen“, und fügte ein betontes „Dale“ an.

Er warf den Kopf in den Nacken und lachte. „Wollen Sie Kaffee?“

„Danke, nein“, sagte sie trotzig und ärgerte sich über ihre Gefühlsausbrüche, er dagegen hatte sich völlig unter Kontrolle. Damit hatte Dale doch erreicht, was er wollte. Er brachte ihr Blut in Wallung, aber nicht nur weil sie sich über ihn ärgerte. Auch seine feurigen Blicke erregten sie. Sie ließen seine Aussagen in einem völlig anderen Kontext erscheinen.

„Sie werden meinen Befehl befolgen! Denn seit Sie vor fünf Minuten den Arbeitsvertrag unterzeichnet haben, gehören Sie mit Haut und Haaren mir.“

„Ich muss Sie nur noch erziehen.“

Willow wünschte sich auf der Stelle eine kalte Dusche! Wahrscheinlich dachte sich Dale Henderson rein gar nichts dabei. Allein ihre Fantasie setzte seine Anweisungen in einen frivolen Kontext. *Du hast zu lange nicht mehr gevögelt.* Was daran lag, dass sie nie lange an einem Ort blieb und niemandem traute. Man konnte den wenigsten Menschen vertrauen. Sie war das beste Beispiel dafür.

Er trat voraus in den angrenzenden Raum, der sich als Küche entpuppte. „Das ist Martha, unsere Köchin. Sie arbeitet schon dreißig Jahre für meine Familie.“

„Länger.“ Martha hob die mit Altersflecken übersäte Hand an den Mund und flüsterte verschwörerisch, als könnte Dale sie nicht hören: „Nehmen Sie sich aus dem Kühlschrank, was Sie möchten. Und wenn Sie Appetit auf ein Stück Streuselkuchen zwischen den Mahlzeiten haben, kommen Sie zu mir.“ Als sie zwinkerte, wurden die Lachfalten um ihre Augen noch tiefer.

Zu Willows Überraschung räumte Dale seinen Becher selbst in die Spülmaschine. „Martha hat immer geheime Vorräte. Als Kinder haben Gary und ich alle Küchenschränke durchsucht, sie aber nie gefunden. Wenn wir danach gefragt haben, hat sie uns immer rausgeschickt, und sobald wir wieder hinein durften, stand wie aus Zauberhand eine Dose mit selbst gebackenen Keksen auf dem Tisch."

„Ihr habt so oft etwas bekommen", Martha strich über ihre breiten Hüften und schob dann einige wirr abstehende Haare in den Dutt, „ihr hättet eigentlich kugelrund sein müssen."

„Bestimmt haben eure Eltern euch zum Rudern, Tennis- oder Golfspielen gefahren", ließ Willow spöttisch fallen.

„Nein, wir sind stundenlang durch den Wald gerannt, der hinter dem Grundstück liegt, haben den Bach gestaut, bis er über die Ufer trat und die Lichtung flutete, und sind dann mit nackten Füßen durch den Schlamm gesprungen." Die Erinnerung rief ein sehnsüchtiges Lächeln auf seinem Gesicht hervor.

Willow schämte sich für ihre Vorurteile. „Muss wunderschön gewesen sein."

Sie selbst war in einer Betonwüste aufgewachsen. Die Freizeitbeschäftigung der Kids in der Nachbarschaft bestand daraus, Steine auf Tonnen zu werfen, in denen die Stadtstreicher nachts Müll anzündeten, um sich warm zu halten. Willow erklomm mit ihren Freunden leer stehende Hochhäuser, baufällige Gebäude, eine Mischung aus Mutprobe und Abenteuer. Mit diebischer Freude nahm sie mit ihrer besten Freundin Miranda die Besucher von Wal-Mart aus. Sie bauten einen maroden Campingtisch, den sie auf einem Schrotthaufen entdeckt hatten, auf dem Supermarktparkplatz auf. Nie bekamen sie Ärger wegen des Hütchenspiels, weil zwei Kinder doch so harmlos wirkten.

„Die wollen doch nur spielen."

„Lass sie nur. Was sollen sie denn sonst in solch einer Scheißgegend machen?"

„Sind sie nicht niedlich?"

Sie gewannen immer! Natürlich durfte Willow zu Hause nichts von den Einnahmen des illegalen Glücksspiels erzählen. Sie streichelte die Katzenspardose, in der sie die Scheine sammelte – keinen einzigen gab sie aus –, jeden Abend, bevor sie sich schlafen legte. Eines Tages würde sie genug haben, um weglaufen zu können, denn die Situation zu Hause spitzte sich zu. Am Anfang bekamen sie noch oft Besuch. Aber da ihr Vater nicht die Finger bei sich lassen konnte, blieben Freunde und Verwandte bald weg. Ihre Mutter hatte sich trotzdem nicht von ihm getrennt. Stattdessen waren sie wieder mal umgezogen, hatten sich neue Freunde gesucht. *Die Dad auch wieder enttäuschte.* Ein Teufelskreis.

„Sie sehen plötzlich so traurig aus." Marthas Stimme riss Willow aus der Vergangenheit zurück in die Gegenwart. Sie hielt ihr eine Dose unter die Nase. Köstlich süßer Duft stieg daraus empor. „Wie wäre es mit einem Eclair? Die Pistazien-Vanille-Creme darin habe ich selbst kreiert."

Willow lief das Wasser im Mund zusammen. Sie nahm einen der Liebesknochen, die alle eine mundgerechte Größe besaßen und somit eleganter zu essen waren als die klobigen Brocken, die sie aus den Fertigpackungen kannte. Artig bedankte sie sich und wünschte insgeheim, eine Oma wie Martha gehabt zu haben.

„Eigentlich heißt es: Erst die Arbeit und dann das Vergnügen." Dale nahm eine Nektarine aus der Obstschale auf der Anrichte und biss hinein. Saft lief ihm am rechten Mundwinkel hinab.

Gebannt verfolgte Willow, wie er ihn mit dem Zeigefinger auffing und ableckte.

„Ich heiße die junge Dame nur willkommen, damit sie sich wohlfühlt und lange bleibt", sagte Martha und stellte die Dose zurück auf ein Regal. „Ich mag sie. Seien Sie nett zu ihr."

Mit den Vorderzähnen löste er den Kern aus dem Fruchtfleisch und warf ihn in den Abfalleimer. „Das bin ich immer."

„Sie sind ein Schwindler, Dale. Aber ein charmanter." Martha lächelte ihn warmherzig an, verabschiedete sich vorerst von Willow und verschwand durch eine Zwischentür in den Vorratsraum.

Noch eine Angestellte, die nicht Ja und Amen sagt, dachte Willow und fühlte sich sogleich mit der Köchin verbunden.

„Kommen Sie, ich zeige Ihnen den Garten und danach das Gästehaus.“ Er schob den letzten Bissen in den Mund und wusch sich die Hände. Gemächlich schritt er durch den Korridor zurück ins Foyer und von dort durch die beeindruckende Bibliothek. Anscheinend hatte er es nicht eilig, an den Schreibtisch zu kommen.

Willow dagegen hatte mit ihrer Arbeit begonnen, seit sie einen Fuß in das Haus gesetzt hatte. Sie scannte alles haargenau. An den Einrichtungsgegenständen sah sie imaginäre Preisschilder. Sie schätzte aber nicht nur den Wert, sondern auch, wie schwer und sperrig sie waren. Eine Berufskrankheit. Dabei wollte sie gar nichts stehlen, diesmal nicht. Warum musste sie in dem Moment an ein Trüffelschwein denken? *Herrje, genau das bin ich doch.* Sie kicherte.

Auf der Terrasse blieb Dale stehen. Sie sah, dass er die Stirn gerunzelt hatte. Er hatte sich wieder einmal so gedreht, dass Willow die vernarbte Gesichtshälfte verborgen blieb. Aber tat sie im Grunde nicht genau das Gleiche? Sie verbarg ihr hässliches Gesicht vor ihm.

„Ein Königreich für Ihre Gedanken“, sagte er mit rauer Stimme und spielte damit wohl auf ihr Gekicher an.

„Sie besitzen aber keins, daher …“ Kess lächelnd zuckte sie mit den Achseln.

In der Sonne glitzerten einige Strähnen seines dunklen Haars bernsteinfarben. „Aber ein Chilisoßen-Imperium.“

„Sie würden Tangy Inc. dafür hergeben?“ Überrascht hob sie den Kopf.

„Nein, aber ich habe durchaus eine Waffe, mit der ich Sie zum Sprechen bringen könnte.“ Dale schob die Hände in die Hosentaschen und präsentierte sich in der legeren Pose des siegessicheren Mannes. „Es bräuchte nur ein wenig unserer schärfsten Soße.“

„Auch wenn Sie es nicht glauben, ich kann meinen Mund halten, ich kann ihn sogar richtig fest und lange zusammenpressen. Wussten Sie etwa nicht, dass der Kaumuskel der stärkste Muskel des Menschen ist?“

„Sie sollen sie doch nicht essen, Willow. Sondern ich würde ihren Körper damit eincremen, von oben bis unten, jeden Millimeter, jeden Hügel und jedes Tal. Dann, und das versichere ich Ihnen, würden Sie mir sofort verraten, warum Sie gelacht haben."

Er wollte sie scharfmachen. Im übertragenen Sinne zumindest. Willow blieb die Spucke weg.

Ihre Haut kribbelte wie elektrisiert. Sofort sprang ihre Fantasie an. Sie stellte sich vor, wie es wäre, wenn er seine Drohung wahr machen würde. Seine großen, kräftigen Hände auf ihr, das Brennen jeder einzelnen Zelle, zuerst sachte und erregend, doch schon bald würde sie das Gefühl haben, in Flammen zu stehen, überall, auch zwischen den Schenkeln.

„Sie kommen ja jetzt schon ins Schwitzen." Dale lachte sinnlich, holte ein Papiertaschentuch aus der Gesäßtasche der Jeans und tupfte damit über Willows Stirn.

Verlegen stieß sie seinen Arm fort, denn die Berührung, auch wenn sie indirekt war, machte es nur schlimmer. Um abzulenken, spähte sie zum wolkenlosen Himmel auf. „Es ist jetzt schon heiß."

„Das kann aber nicht an den Temperaturen liegen, Willow. In Seattle steigt das Thermometer selten über fünfundzwanzig Grad, und es ist gerade mal zehn Uhr."

Als er das Taschentuch unter den Bund ihres Rocks stopfte, wagte sie kaum zu atmen. Demonstrativ starrte sie an ihm vorbei. Sie musterte ausgiebig den englischen Rasen, der an der untersten Treppenstufe begann. Wo er endete, konnte sie nicht erkennen, stellte sich aber vor, dass er sich bis zu der Mauer erstreckte, die das Gelände umgab. Tannen rahmten das Mittelstück ein. Ein wellenförmiger Pool bildete das Zentrum. Weiße Liegen mit apricotfarbenen Auflagen und Beistelltischen standen am Rand.

Die einzigen Blumen, die Willow dort unten sah, waren gelborangefarbene Wandelröschen, die das Herrenhaus umsäumten. Auf der Terrasse dagegen reihten sich Gartenamphoren und

Steinvasen aneinander, antik anmutende Pflanzenkübel aus Steinguss oder Naturstein mit Reliefs und Patina. Sommerastern, Hornveilchen, Fingerhut, Glockenblumen, Lupinen, Margeriten, Lavendel, Elfenspiegel, Engelstrompete, Petunien, Amerikanischer Flieder – ein farbenfrohes Meer aus Blüten.

Willow kannte sie alle. Da sie im Stadtdschungel von Chicago aufgewachsen war, hatte sie ein Faible für Sendungen entwickelt, die sich mit Gärtnern beschäftigten. Stundenlang konnte sie vor dem Fernseher sitzen und sich ins Grüne träumen. Wäre sie nicht so oft im Leben umgezogen, hätte sie längst eine kleine Bibliothek mit Sachbüchern zu den Themen Pflanzen- und Tierkunde, Gestaltung, Teichbau, Obst und Gemüse selber anbauen besessen. Doch wozu Schätze ansammeln, wenn man sie auf der Flucht doch nur wieder zurücklassen musste.

Da der Garten – welch eine maßlose Untertreibung! – schon auf der Terrasse begann, stand Willow mitten im Paradies. „Das ist ja ein Park!"

„Dabei sehen Sie nur einen Teil davon. Hinter den Bäumen geht das Grundstück weiter." Dale wechselte auf ihre andere Seite.

Warum tat er das? Verwundert musterte sie ihn. Sonnenstrahlen ließen seinen Teint heller erscheinen, als er war – elfenbeinfarben, ebenmäßig, einfach perfekt. *Wie ein griechischer Gott!* Dann ging ihr ein Licht auf. Wieder einmal hatte er sich so hingestellt, dass seine Narben vor ihr verborgen blieben.

„Drehen Sie mir bitte nicht ständig die unversehrte Gesichtshälfte zu", bat sie und bemühte sich um einen freundschaftlichen Ton. „Sie brauchen mich nicht zu schonen." Oder was auch immer er sich dabei dachte. Sein Nacken musste durch die Haltung schon steif sein.

Mit einem Mal wirkte ihr neuer Arbeitgeber kühl. Sein Schmunzeln erlosch. Seine Stimme klang nicht länger neckisch, sondern nüchtern. „Ich schone nicht Sie, sondern mich, damit mich Ihre natürliche Reaktion nicht beleidigt."

„Und die wäre?"

5. KAPITEL

„Ich wende mich ab, damit Sie es nicht tun müssen, Willow."

Aus einem Impuls heraus umfasste sie sein Kinn und wollte sein Gesicht in ihre Richtung drehen, doch er wehrte sich. Also zwang sie ihn mit etwas Nachdruck dazu. Die vernarbte Fläche bot einen furchtbaren Anblick, aber sie war recht klein, nur ein Streifen, der sich über die Wange zog. „Hören Sie mit dem Unsinn auf!"

Überrascht riss Dale die Augen auf. Seine Miene erhellte sich. Der Schatten, der sich über sie gelegt hatte, als Willow ihn auf sein merkwürdiges Verhalten angesprochen hatte, verschwand. Sie meinte sogar, einen Hoffnungsschimmer zu erkennen. In seiner Stimme schwang Bewunderung mit. „Es steckt erstaunlich viel Kraft in Ihren kleinen Händen."

„Ich habe das gestern nicht nur gesagt, um den Job zu bekommen." Ihr Daumen führte ein Eigenleben, denn er strich hauchzart über Dales Kiefer, bevor sich Willow bewusst wurde, was sie da tat. „Ich meinte es auch so."

„Erschrecke ich Sie denn gar nicht?" Er klang verletzlich, aber auch auf eine subtile Weise bedrohlich, was Willow in ihrer Vermutung bestärkte, dass er es gewohnt war, sich hinter Schroffheit zu verstecken.

Ja, Dale Henderson erschreckte sie, aber anders, als er dachte. Die Narben verliehen ihm etwas Düsteres und Raues, manchmal sogar Brutales, je nachdem wie finster er guckte. Das erregte sie! Wie ein Steinzeitmann, der sie über die Schulter werfen und in seine Höhle schleppen könnte, um ihr dort Urschreie zu entlocken.

„Ich will nicht lügen." *Zumindest nicht in diesem Punkt.* „Wenn ich Ihre Wange sehe, zucke ich innerlich zusammen. Aber heute schon weniger als gestern. Je länger wir zusammenarbeiten, desto weniger werde ich Ihre Narben wahrnehmen. Da bin ich mir sicher."

„Trotzdem werden sie immer noch da sein", murmelte er desillusioniert und stieg die Treppe hinunter. Seine Schritte über den

Rasen waren schwerfälliger als zuvor. Seine Schutzschilde senkten sich wieder herab.

Verärgert über ihr Vordringen in seine Privatsphäre stakste sie über den Gehweg hinter ihm her. Sie hatte ihm nur seine Scham nehmen wollen, doch damit hatte sie sie noch verschlimmert. Wie musste er sich jetzt fühlen? Als hätte sie mit dem Finger auf seinen Makel gezeigt oder ihn in die Wunde gebohrt. Es tat ihr leid, aber die Entschuldigung blieb ihr im Halse stecken, weil sie Angst hatte, ihn noch mehr in Verlegenheit zu bringen.

Schneller als zuvor gingen sie voran, erst am Pool vorüber, dann zwischen den Tannen hindurch und auf ein Backsteingebäude zu, das die Baumkronen nicht überragte.

Das Schweigen bedrückte Willow. Sie grübelte darüber nach, warum Dale sie am Vortag direkt angeschaut hatte, während er sich heute scheuer verhielt. Sie vermutete, dass er sich gestern hinter beruflicher Professionalität versteckt hatte. Es musste ihm schwergefallen sein, sein Haus Fremden zu öffnen und sich ihren Reaktionen auszuliefern. Doch er hatte sich souverän verhalten, in manchen Momenten ein wenig aggressiv, wie ein dominanter Rüde, der sein Revier verteidigte und seine Angst durch Imponiergehabe tarnte.

Heute jedoch waren sie allein, er war mehr er selbst, mehr in ihrem Fokus und fühlte sich dadurch anscheinend dünnhäutiger. Sein Inneres musste noch immer eine offene Wunde sein. Das rührte Willow zutiefst! Aber sie ließ sich nichts anmerken, denn Mitleid war bestimmt das Letzte, das ein Mann wie Dale Henderson wollte.

Das Gästehaus befand sich abseits vom Hauptgebäude, geschützt vor Wind und neugierigen Blicken durch zahlreiche Birken. Einen separaten Swimmingpool gab es nicht, allerdings eine kleine Veranda, auf der gepolsterte Gartenmöbel einluden, Platz zu nehmen. Blauregen nahm fast die komplette Sonnenseite ein. Die Trauben warfen gerade ihre Nachblüte ab, sodass ein zarter Teppich aus hellblauen Blütenblättern das Gras darunter bedeckte. Dagegen zeigten sich die Klettertrompeten an anderer Stelle noch in ihrer schönsten Pracht. Honiggelbe und flammend rote Blüten konkurrierten miteinander.

Die Tür stand offen, man hatte sie erwartet. Bestimmt hatten die Angestellten das Häuschen noch einmal vor der Begehung geputzt und hergerichtet. Tatsächlich hieß Willow ein Strauß bunter Blumen willkommen, die, so vermutete sie, von den Kübelpflanzen auf der Terrasse stammten. Er zauberte ein Lächeln auf ihr Gesicht. Hier fühlte sie sich wohl. Zu wohl, wurde ihr klar. Das war nicht gut, aber auch nicht zu ändern.

Strahlend drehte sie sich einmal um die Achse und verabscheute sich für die Freude, die sie empfand. Eigentlich verachtete sie die Reichen, doch dem Zauber dieser liebevoll im Landhausstil eingerichteten Kate konnte sie sich nicht entziehen. „Hier ist es traumhaft."

„Wie bitte?", fragte er, dabei stand er keine drei Meter von ihr entfernt.

Sie sprach lauter: „Ein wirklich schönes Haus."

„Ja, das ist es."

„Haben Sie oft Besuch?" Zur Probe setzte sie sich in den Ohrensessel, ein gemütliches Ungetüm, überzogen mit Blümchenstoff. Am liebsten hätte sie sich sofort eingekuschelt und stundenlang in Gartenbüchern gelesen.

„Nein. Meine Familie lebte schon immer zurückgezogen."

„Dann steht es meistens leer?"

„Mir gefällt es auch sehr." Er warf einen raschen Blick in die kleine Küche und kehrte zu ihr zurück.

Willow runzelte die Stirn. War er nicht ganz bei der Sache? „Was für eine Schande, dass Sie so selten Besuch bekommen!"

„Das wird sich ja jetzt ändern." Er konzentrierte sich zwar auf den Schirm der Stehlampe, den er gerade richtete, aber sie war sicher, dass das Lächeln ihr galt.

Hatte er ihr bereits verziehen?

„Kommen Sie, Willow", sagte er, und sie spürte den Hauch einer Berührung. Hatte er ihr etwa übers Haar gestrichen? „Ich zeige Ihnen das Obergeschoss."

Da seine Schritte schon auf der Treppe zu hören waren, sprang sie auf und rannte ihm hinterher. Sie kam sich wie der Wirbelwind vor, der sie einst gewesen war, und als sie an einem Pfeilerspiegel vorbeilief, bemerkte sie, dass sie mit den Locken, den vor Aufregung geröteten Wangen und dem Funkeln in den Augen auch wieder so aussah.

Sie drosselte ihr Tempo und ging gemäßigter weiter. Die obere Etage war viel größer, als Willow sie sich vorgestellt hatte. Von außen wirkte das Gästehaus insgesamt kleiner. „Zwei riesige Schlafzimmer mit eigenem Bad, wow!"

„Nein, jedes hat sein eigenes Bad."

Verwirrt blieb Willow stehen, folgte ihm dann wieder und murmelte: „Sagte ich doch."

„Ich hatte verstanden, zwei Schlafzimmer mit einem Bad." Er schob die Haare hinter die Ohren. Eine Verlegenheitsgeste?

„Schon gut." Jetzt fiel ihr auf, dass er nicht nur den Nacken steif hielt, damit sie ausschließlich seine Dr.-Jekyll-Seite sah und nicht die von Mr Hyde, sondern er lauschte auch angestrengt. Hoffte er etwa, besser hören zu können, wenn er die Haare zurückstrich?

Schwerhörigkeit! Natürlich! Die Erkenntnis durchfuhr sie wie ein Blitz. Er musste tatsächlich Probleme haben, sie zu verstehen, zumindest auf der Seite, die verätzt worden war. Vermutlich war sein Innenohr bei dem Säureanschlag in Mitleidenschaft gezogen worden.

Wie dumm von mir, dachte sie. Warum bin ich nicht schon früher darauf gekommen?

„Heutzutage gibt es Hörgeräte, die sind klein wie Knöpfe", sagte sie leise und wagte nicht, ihn anzuschauen. „Man trägt sie wie In-Ear-Kopfhörer, sie fallen gar nicht auf." Behutsam tastete sie sich vor. „Oder solche, die man auf die Ohrmuschel klemmt. Sie sind transparent, man sieht sie gar nicht."

Drohend blinzelte er sie an. „Das geht Sie nichts an."
„Ich weiß, es war nur nett gemeint."
Er zischte: „Ich brauche Ihre vermeintlichen Freundlichkeiten nicht, genauso wenig wie die aller anderen."
„Vermeintlich?" Aufgebracht stemmte sie die Hände in die Hüften. „Nun machen Sie aber mal halblang."
„Sie vergreifen sich im Ton!", grollte er.
„Es ist keine Schwäche, sich einzugestehen, dass man ein Problem hat."
Plötzlich drängte Dale sie gegen die Vitrine im Flur. Willow befürchtete, die Scheibe könnte brechen. Die Sammeltassen darin klirrten. Das Tageslicht, das durch das Fenster am Ende des Ganges drang, warf helle Streifen auf sein umschattetes Gesicht. Doch diese Mischung aus hell und dunkel machte ihn nur attraktiver, sie verlieh ihm noch mehr Profil und brachte seine raue männliche Ader auch optisch hervor.
„Übertreiben Sie es nicht, Miss Archer!" Er nagelte sie mit seinem Blick an den Glasschrank. „Mein Privatleben geht Sie nichts an."
„Könnten Sie mich bitte wieder Willow nennen?"
Die Frage brachte ihn sichtlich aus dem Konzept, sodass er schwieg.
„Es tut mir aufrichtig leid, Dale." Unter ihren langen Wimpern schaute sie zu ihm auf.
Er kam noch näher. Ihr Busen berührte fast seinen Brustkorb. Seine Stimme war nur noch ein Knurren: „Sie haben keine Vorstellung davon, wie es mir geht."
„Das habe ich nicht." Hatte er sich vielleicht doch noch nicht wegen des Vorfalls auf der Terrasse beruhigt? Und nun machte sie auch noch denselben Fehler zum zweiten Mal.
Er stemmte die Hände gegen die Vitrine und neigte sich über sie. „Und was ich seit vier Monaten durchmache."
„Entschuldigung."
„Sie sind hübsch, perfekt auf Ihre eigene unperfekte – ein wenig chaotische und zerzauste – Art. Bestimmt liegen Ihnen die

Männer zu Füßen. Sie haben am laufenden Band Dates und werden flachge…" Er stockte, rote Flecken erschienen auf seinem Hals, und er senkte den Blick.

Durch die Haltung schien es, als würde er schamlos in ihre Bluse starren. Wahrscheinlich tat er das sogar. Willow senkte den Kopf und bemerkte, dass der Leberfleck auf ihrem Dekolleté auf und ab hüpfte, weil sie so heftig atmete. Speichel sammelte sich in ihrem Mund. *Hör auf zu sabbern!*

„Leider bin ich den Kerlen oft zu klein. Sie finden, dass meine Beine zu kurz sind." Spöttisch lachte sie. „Mein Bauch ist ihnen nicht flach genug, mein Busen sei dagegen *zu* flach. Einer sagte sogar mal, meine Haare sähen aus wie die einer Verrückten aus der Klapse, aber das war, als wir uns stritten, daher gilt das wohl nicht."

So wie Dale den Kopf schräg legte, drückt er Skepsis aus. „Sie lügen, damit ich mich besser fühle."

„Keineswegs."

Anzüglich glitt sein Blick über ihren Körper, sodass ein köstliches Prickeln durch sie hindurch rieselte, sie spürte es bis in ihre Zehenspitzen. „Ich kann mir das wirklich nicht vorstellen, Willow."

„Ich sage die Wahrheit! Zugegeben, das ist nicht das Gleiche wie Ihre Narben. Aber Sie machen den Fehler zu glauben, das Leben anderer wäre ein Zuckerschlecken, nur weil Ihres zurzeit schwer ist."

„Bisher waren Sie nur mit Idioten zusammen." Der Ausdruck des hungrigen Wolfs zeigte sich wieder auf seinem Gesicht, doch es lag keine Aggression mehr darin, sondern nur eine verhaltene Gier.

Willow spürte, wie ihr die Hitze in die Wangen stieg. Sie war kein Kind von Traurigkeit und flirtete gern, doch einem Mann wie Dale war sie noch nie begegnet. Er hatte etwas Einschüchterndes, was nicht nur an den Narben lag, sondern vor allen Dingen daran, dass der hinterhältige Säureanschlag seine Psyche angegriffen hatte. War der größte Teil von ihm noch gefestigt? Oder stand eine tickende Zeitbombe vor ihr?

„Ich sage das nur einmal: Ich werde niemals ein Hörgerät tragen! Die sind für Greise, ich bin aber erst dreißig." Er rümpfte die Nase. „Sie arbeiten lediglich für mich. Warum interessiert Sie also mein Gesundheitszustand?"

Darauf wusste sie keine Antwort, es war einfach so. Dale machte sie neugierig, er wirkte in einem Moment gefährlich und rührte im nächsten Moment ihr Mitgefühl. Wie eine Wippe, die mal auf der einen Seite, mal auf der anderen Kontakt mit dem Untergrund herstellte, aber stets unentwegt auf und ab schnellte. Unruhig, wechselhaft, ohne konstante Bodenhaftung.

„Haben Sie Angst, den Job, zu verlieren, weil man mich in die Irrenanstalt sperren könnte?" Ein bitteres Schmunzeln lag auf seinen Lippen.

Undamenhaft schnaubte sie. „Das ist kompletter Unsinn!"

„Fürchten Sie mich etwa doch?" Er guckte sie an wie ein Raubtier, das bereit zum Sprung war.

Aber sie bot ihm die Stirn, indem sie sich auf die Zehenspitzen stellte und ihr Gesicht so dicht an seines heranbrachte, dass sein Atem sie kitzelte. „Nur Ihre abrupten Stimmungswechsel."

Als er die Vitrine abrupt losließ und einen Schritt zurück machte, klirrten die Tassen darin wieder. „Die lösen Sie aus, Sie und Ihre kesse Zunge." Gierig starrte er ihren Mund an.

War er gerade vor ihr geflüchtet? „Ich gelobe, mich ab sofort am Riemen zu reißen und mich nicht mehr in Ihre Angelegenheiten einzumischen."

„Das wäre klüger." Leiser fügte er hinzu: „Aber ich bezweifele, dass Sie das schaffen werden, denn ich erkenne eine Rebellin, wenn ich sie sehe." Er wandte sich ab und stieg die Treppen hinab.

Seite an Seite schlenderten sie zum Haupthaus zurück. Willow fragte sich, warum er sie angestellt hatte, wenn er sie für rebellisch hielt. Darauf konnte es nur eine Antwort geben: Weil er diese Wesensart attraktiv fand. Vielleicht mochte er alle Menschen, die anders waren, da er selbst anders war. Sie betrachtete sein Profil. Natürlich ging er links und wandte ihr seine

Toffee-Seite zu. Schokolade, Karamell-Fudge, nun Toffee. Warum dachte sie nur bei ihm so oft an Süßes? *Weil er zum Anbeißen ist.*

Um sich von diesen irritierenden Gedanken abzulenken, schaltete sie ihre Professionalität an und scannte das Gelände und die Henderson Mansion mit ihrem geschulten Blick. Sie versuchte, nicht allzu neugierig zu klingen. „Haben Sie nur an den Toren Überwachungskameras?"

„Das haben Sie bemerkt?"

„Ansonsten sehe ich nur Stacheldraht und Glasscherben." Auf der roten Backsteinmauer, die das Grundstück einfasste.

Ganz Gentleman ließ er ihr den Vortritt, als sie die Tannen passierten, die den Bereich vor der Villa einrahmten. „Das sollte reichen, finden Sie nicht auch?"

„Ist das gesamte Wachpersonal, das Sie beschäftigen, genauso alt wie der Herr, der mir das Tor geöffnet hat?"

„Sie sind allesamt Rentner. Die einen müssen sich etwas dazuverdienen, die anderen wollen noch nicht in den Ruhestand gehen." Dale blieb am Pool stehen. „Ich kann Ihnen versichern, dass sie ihren Job verdammt gut machen. Sie üben ihn schon ewig aus. Die meisten waren Polizisten."

„Exbullen?" Das passte ihr gar nicht.

„Oder fuhren Geldtransporter." Gemächlich schritt er weiter. „Einer von ihnen verdingte sich vorher sogar als Kopfgeldjäger."

In die Jahre gekommene Profis. *Verdammt!* Aber Willow war ja schon dort, wo sie hinwollte, auf der anderen Seite der Mauer. „Die Häuser sind doch bestimmt zusätzlich mit Alarmsicherungen ausgestattet?"

„Fühlen Sie sich bei uns nicht sicher?"

„Doch, doch", beeilte sie sich zu sagen, während sie die Stufen zur Terrasse hochstieg. „Nur falls ich nicht schlafen kann und rüberkommen will, um mir ein Glas heiße Milch mit Honig zu machen. Sollte der Alarm losgehen, wäre mir das sehr peinlich."

„Der Kühlschrank in Ihrem Domizil wird gefüllt sein. Es soll Ihnen an nichts fehlen."

„Es könnte ein Notfall passieren, sodass ich zu Ihnen gerannt kommen müsste."

„In Ihrem Telefon sind alle Nummern, auch die des Wachpersonals, gespeichert." Dale blieb an der Terrassentür stehen. „Warum fragen Sie nach all dem?"

„Ich möchte nur in kein Fettnäpfchen treten." Das Erste, was sie als Diebin gelernt hatte, war, eine Unschuldsmiene aufzusetzen. Daher schenkte sie Dale nun eines ihrer Kleinmädchenlächeln – hell, naiv und frei von Sünde.

6. KAPITEL

Willow hatte gleich zwei Kapitalfehler für eine Diebin begangen.

Zum einen hatte sie Dale Henderson in der ersten Arbeitswoche zu nah an sich herangelassen, hatte sich zu stark mit ihm beschäftigt und fühlte sich zu allem Übel auch immer mehr zu ihm hingezogen. Kein Wunder also, dass sich das schlechte Gewissen wie bleierne Fußketten um ihre Knöchel legte und sie jetzt nur noch im Schneckentempo von Baum zu Baum schlich.

Vielleicht torkelte sie auch eher, und die Trägheit lag am Wein.

Denn, und das war der zweite Fehler, sie hatte Alkohol getrunken, dabei musste sie zu jeder Zeit einen klaren Kopf bewahren.

Um ihren Einstand zu feiern, hatte Dale sie zu einem Abendessen auf der Terrasse eingeladen. Eigentlich hatte sie danach zurück in ihr Apartment fahren wollen, doch die Nacht war so romantisch gewesen – das Zirpen der Grillen, die warme Sommerluft, Kerzenschein und Dales sinnliches Lachen – und so hatte sie die Abfahrt immer mehr hinausgezögert, indem sie ständig an ihrem Glas genippt hatte. Der Wein war ihr zu Kopf gestiegen, Auto fahren hatte sie nicht mehr können. Statt ihr anzubieten, dass einer der Angestellten sie heimfuhr, hatte er darauf bestanden, dass sie im Gästehaus übernachtete.

Man könnte glatt meinen, er hätte es darauf angelegt. Schmunzelnd duckte sie sich, schlich zum Haupthaus und hockte sich hinter einen Ginsterbusch.

Aber sie durfte sich keinen Illusionen hingeben. Sicherlich lag es nicht an ihrem umwerfenden Charme, sondern vielmehr daran, dass er nach weiblicher Aufmerksamkeit dürstete. Laut seiner Darstellung hatte sich die Frauenwelt von ihm abgewandt, seit der Unbekannte ihn entstellt hatte. Bestimmt gab es die eine oder andere Dame, die sich trotzdem an ihn heranwerfen würde – Reichtum lässt über vieles hinwegsehen –, aber er ging ja nicht aus, sondern verschanzte sich in der Henderson Mansion wie in einer Trutzburg.

Nun durfte sie diese Chance nicht ungenutzt verstreichen lassen. Doch insgeheim hoffte sie, nicht zu finden, wonach sie suchte. Denn das würde bedeuten, dass sie ihren Auftrag erledigt hätte. Dann musste sie kündigen, ihr Äußeres verändern, wieder einmal umziehen, flüchten – Dale verlassen! Dazu war sie noch nicht bereit. Erst wollte sie ihn knacken wie eine Nuss und herausfinden, was sich in seinem Inneren befand. Diese Melange aus Verletzlichkeit und Schroffheit reizte sie. *Was erhoffst du dir davon? Wo soll das hinführen?* Allein diese Gedanken waren schon überflüssig. Bald schon würde sie fliehen, das brachte die Art Verbrechen, die sie beging, mit sich. Sie würde Dale zurücklassen, ihn nie wiedersehen. Warum schmerzte die Vorstellung?

Der Dienstboteneingang stand immer offen, Tag und Nacht, das hatte Willow bereits herausgefunden. Offenbar hielt man eine Mauer, Kameras am Eingang und Wachpersonal für eine ausreichende Absicherung. Willow schnalzte missbilligend. In ihren Augen war ein solches Verhalten grob fahrlässig. Lautlos wie eine Katze schlich sie ins Herrenhaus. Einen Moment lang stand sie im feudalen Entree und überlegte, wo sie mit der Suche anfangen sollte.

Dales Trakt zog sie magisch an.

Zum ersten Mal brauchte sie bei einem Coup nicht die Etagen mühsam auszuspionieren. Ihr Auftraggeber hatte ihr einen Plan der gesamten Villa geschickt und darauf alle Räume beschriftet. Was hinter der Zimmertür am Ende des Flurs lag, war ihr daher bekannt. Betreten hatte sie Dales Schlafzimmer allerdings noch nie. Er lag längst im Bett, vermutete sie, somit konnte sie sein Allerheiligstes nicht untersuchen. *Was suchst du dann hier?*

Willow biss sich auf die Unterlippe. Vorsichtig lehnte sie sich mit der Schulter gegen die Tür und lauschte. Nichts. Kein Schnarchen, kein Seufzen, weil er nicht einschlafen konnte, oder sonstige Geräusche. Dafür pochte ihr Herz so laut, dass es in ihren Ohren wie Trommelschläge klang. So nervös war sie doch sonst nie.

Etwas ist anders als sonst, dachte sie erneut, und es behagte ihr nicht.

Während sie sich mit den behandschuhten Händen durchs Gesicht fuhr, schmiegte sie ihre Kehrseite an Dales Tür. Sie stellte sich vor, er würde auf der anderen Seite stehen und dasselbe tun. Rücken an Rücken, nur getrennt durch eine Holzplatte. Wie sie auf solch dumme Gedanken kam, wusste sie selbst nicht. Aber sie schien ihn zu spüren: die Wärme seines Körpers und die sanfte Bewegung der Muskeln. Ein Kribbeln floss von ihrem Nacken hinab zu ihrem Po, verschwand zwischen ihren Gesäßhälften und …

Schwer atmend stieß sie sich ab. *Spinnst du eigentlich? Wie lange kennst du ihn? Was ist los mit dir? Krieg dich wieder ein. Er ist nur ein Mann. Nein, nicht einmal das, sondern er ist nur ein Opfer!* Genauso sollte sie ihn betrachten, als Neutrum, als Zielscheibe, als derjenige, der auf der anderen Seite stand, als Feind.

„Der Wein ist schuld", murmelte sie. „Das muss am Alkohol liegen."

Außerdem fühlte sie sich ebenso einsam wie Dale. Ihr Vater saß im Gefängnis, und ihre Mutter hatte ihn schlussendlich doch verlassen, aber erst nachdem er festgenommen worden war, denn zu diesem Zeitpunkt ließ sich nicht mehr unter den Teppich kehren, dass er unter Kleptomanie litt. Willow konnte nicht anders, sie nahm ihrer Mutter diesen Verrat übel, was auch daran lag, dass diese inzwischen mit dem Polizisten, der ihren Dad verhaftet hatte, zusammenlebte. Sie hatte ihre Mom immer für schwach gehalten, weil sie ihren Vater gedeckt hat. Und auch jetzt war ihre Erzeugerin mal wieder den Weg des geringsten Widerstandes gegangen. Nun, da Willow selbst eine „diebische Elster" war, fühlte sie sich ohnehin ihrem Vater näher. Doch im Gegensatz zu ihm war sie nicht krank, sondern hatte als Mädchen genau beobachtet, wie geschickt er Menschen bestahl. Das hatte sie sich abgeguckt und es perfektioniert. Kinder lernen eben von ihren Eltern.

Aber dass ihr Dad nach all den Jahren, die er mit seinen flinken Fingern durchgekommen war, doch noch eingebuchtet worden war, hatte sie schockiert. Davor war er immer mit einem blauen Auge davongekommen, und Willow hatte nie Zweifel daran gehegt, dass sich das jemals ändern könnte. Ihren geliebten Daddy eingesperrt mit Schwerverbrechern zu sehen, ausgemergelt, hohlwangig und grauhaarig, hatte sie erschüttert. Sie musste umdenken, einen anderen Lebensweg einschlagen, bevor sie ebenfalls im Knast landete.

Für einen Neustart jedoch brauchte sie Geld. Das würde sie sich bei diesem letzten Diebstahl verdienen. Nur, wo sollte sie nach dem Absprung arbeiten? Sie hatte nie etwas Anständiges gelernt.

Auf leisen Sohlen lief Willow in den Flügel, den Vivian Henderson bewohnte. Ihr Pulsschlag wummerte wie ein Presslufthammer. Sie schwitzte, das war unüblich. Aber üblicherweise zog sie die Gaunerei auch nicht allein durch.

Im Ankleidezimmer von Vivian blieb sie beeindruckt stehen. Ein Modepüppchen war Willow nie gewesen, aber eine Meisterin der Verkleidungen, und hier hingen Outfits für alle möglichen Events, von Reiterkleidung über Buntfaltenhosen bis zu Seidenkleidern. Sogar ein venezianisches Karnevalskostüm befand sich darunter. Das hätte Willow der Hausherrin gar nicht zugetraut! Überrascht ging sie in den hinteren Teil, um den Glitzerfummel genauer zu begutachten, als der Schein ihrer Taschenlampe auf einen Schminktisch fiel, der halb versteckt hinter den Kleiderstangen stand. Er wirkte wie aus der Garderobe einer Hollywood-Diva aus der Schwarzweißfilmzeit.

Doch nicht das nostalgische Möbelstück selbst zog Willow an, sondern das, was darauf stand. Sie riss die Augen auf. *Was zur Hölle …?*

Henry Henderson blickte sie von unzähligen Fotos an, unterschiedlich alt und unterschiedlich gekleidet, aber stets selbstbewusst und charmant.

Das ist ja ein verdammter Schrein! Willow trat näher.

Auf den meisten Bildern zeigte er sich braun gebrannt und mit einem dezenten Lächeln auf den Lippen. Kein Wunder, dass sich Vivian in ihn verliebt hatte. Er wirkte nicht wie ein Lebemann, aber wie ein Charmeur, dem die Frauenherzen nur so zuflogen. Auf einigen wenigen Fotografien stand er neben seiner Ehefrau. Willow hatte schon in einigen abfälligen Berichten von Klatschmagazinen gelesen, dass Henry acht Jahre jünger gewesen war als Vivian. Auf den Schnappschüssen sah man es deutlich. Die Energie, die er ausstrahlte, ließ sie noch älter erscheinen. Beide lächelten zwar glücklich, doch auf keinem einzigen Bild berührten sie sich. Hatte das etwas zu bedeuten? Oder war das Zufall? Ganz bestimmt hatten sie nicht damit gerechnet, dass Henry vor ihr sterben würde. Angeblich war der tödliche Herzinfarkt wie aus dem Nichts gekommen. Willow konnte sich das nicht vorstellen. Etwas hakte an der Geschichte.

Sanft strich sie über ein altes Foto, das Vivian und Henry mit ihren beiden kleinen Söhnen zeigte. Es musste Anfang der neunziger Jahre aufgenommen worden sein. Sie erkannte Dale in seinem Vater wieder. Beide besaßen eine außergewöhnliche Präsenz. Sie gehörten zu den Menschen, nach denen man sich umdrehte, wenn sie an einem vorübergingen, und an denen die Blicke klebten, wenn sie einen Raum betraten.

Doch Dales Glanz hatte einen tiefen Kratzer bekommen. Die verätzte Hautfläche auf seiner Wange schmälerte seine Wirkung nicht, allerdings schien ihn seitdem eine düstere Aura zu umgeben. Schön, aber gefährlich, wie ein Dunkelelf oder ein gefallener Engel.

Willow hatte sich schon immer zur düsteren Seite hingezogen gefühlt.

Den Catsuit, den sie trug, hatte Willow sich nicht etwa für die Einbrüche angeschafft, sondern für eine „Party der finsteren Gelüste“. Ein dämlicher Name für eine dämliche Veranstaltung, aber die Party fand in einem (ihrer Meinung nach abbruchreifen) Haus in ihrer Nähe statt, und der Eintritt für Frauen war frei. Die Nacht hatte sich als Reinfall entpuppt, Willow hatte nicht gefunden, was sie suchte. Am Ende hatte sie nur Fremden beim öffentlichen Sex – Gangbangs, Auspeitschungen, Vorführungen von Sklaven – zugeschaut.

In dem hautengen Dress hielten alle Anwesenden sie für eine Domina, dabei sehnte sich Willow nach vollkommener Hingabe ihrerseits. Ihr Fehler! Die Männer (und Frauen), die sich ihr anboten, amüsierten sich nach der Abfuhr eben mit anderen Besuchern und Besucherinnen. Ihnen war egal, mit wem sie es trieben, Hauptsache, es handelte sich nicht um Blümchensex. Aber Willow war das nicht egal. Sie wollte keinen Kerl, der in der einen Minute die Rolle des Kerkermeisters spielte und in der nächsten grölend mit einem Bier in der Hand an der Bar damit prahlte, was für ein harter Ficker er war. Niveauloser Scheiß!

Sie richtete ihren Blick wieder auf die Fotos. Hatte Vivian Henderson gesucht, was sie gefunden hatte? Auf einem Bild sahen sie und ihr Mann sich tief in die Augen. Vivians Blick war trunken vor Liebe, Henrys hätte auch seiner Schwester gelten können. Offenbar hatten sich die beiden geliebt, das glaubte Willow schon, nur nicht gleich intensiv.

Sie verließ das Ankleidezimmer und durchsuchte die anderen Räume. Zu ihrer Überraschung stieß sie auf ein leeres Schlafzimmer. Die Bezeichnung auf dem Plan lautete: *Sir Henry's Exile.* Darunter hatte sie sich nichts vorstellen können, außer vielleicht einem Hobbyraum. Generell getrennt geschlafen hatten die Hendersons jedenfalls nicht, denn hier lagen keinerlei persönliche Gegenstände des Verstorbenen herum, zudem war auf dem Plan ein Elternschlafzimmer verzeichnet. Hatte Henry hier geschlafen, wenn Vivian ihn aus dem Ehezimmer geworfen hatte oder er sauer auf sie gewesen war?

Schmunzelnd schaute Willow unter das Bett, hob die Matratze an, prüfte die Schubladen der Kommode. Im Grunde ging sie nicht davon aus, hier das zu finden, worauf ihr Auftraggeber sie angesetzt hatte. Aber sicher war sicher.

Leise schnaubte sie. Sie wusste ja nicht einmal, nach was sie konkret suchte. Von einem großen Juwel bis zur Eigentumsurkunde einer Diamantenmine konnte das X in der Gleichung, die sowohl ihrem Auftraggeber wie auch ihr Reichtum bescheren sollte, alles Mögliche sein. Henry Henderson hatte Geschäftskontakte nach Südafrika gepflegt und einen Schatz erwähnt, den er von dort mitgebracht hatte. Er hatte ihn weder im Safe bei der Bank, noch in dem hier in der Mansion deponiert, er hatte ihn nicht einmal versichern lassen. Und Vivian hatte Gary gegenüber behauptet, ihn nie gesehen zu haben.

Die Kostbarkeit blieb ein Geheimnis – bis Willow sie fand.

Und das würde sie! Denn ihre Zukunft hing von der Bezahlung ab. Zurzeit hatte sie nichts: keine Rücklagen, keine Freunde, die ihr aushelfen könnten, keine Ausbildung, nicht einmal eine Familie, bei der sie kurzzeitig unterschlüpfen konnte. Sie brauchte das Geld, um wieder auf die Füße zu kommen und diesmal einen legalen Weg einzuschlagen.

Selbst die wachsende Sympathie und das Interesse für Dale durfte sie nicht davon abhalten, das Kleinod, die Aktien oder die Rarität abzuliefern. Der Verlust würde die Familie Henderson bestimmt nicht schmerzen.

Willow stockte. Täuschte sie sich oder hatte sie gerade etwas Merkwürdiges gesehen? Sie drehte sich wieder zurück und leuchtete erneut die Kommode ab. An einer Stelle wurde das Licht reflektiert. Etwas steckte zwischen Rückwand und Tapete.

Neugierig schlich sie näher heran. Sie beugte sich vor.

Der Schein der Lampe traf auf eine durchsichtige Schutzhülle. Daher also die Lichtreflexe. Jemand hatte sie an die Rückwand getuckert. Vorsichtig zog Willow das Schränkchen nach vorne. Die tiefen Abdrücke der Tischbeine im Teppich sagten ihr, dass es seit einer Ewigkeit nicht mehr verschoben worden war.

Ihr Puls stieg. Hatte sie entdeckt, wonach sie Ausschau hielt? Jetzt schon? Wo blieb dann das Triumphgefühl? Warum spürte sie fast so etwas wie Enttäuschung? Mit spitzen Fingern holte sie das DIN-A5-große Notizbuch aus dem Umschlag. Obwohl sie Handschuhe trug, strich sie über den Einband aus bordeauxfarbenem Samt. Es stand nichts auf dem Deckel. Leise versuchte sie das Schloss zu öffnen, aber der Hebel an der Seite ließ sich nicht herunterdrücken. Verriegelt!

Innerlich fluchte Willow. Woher sollte sie wissen, ob sie das Zielobjekt in Händen hielt? Sie würde sich keinesfalls die Blöße geben und bei ihrem Auftraggeber falschen Alarm schlagen.

Erneut strahlte sie die Schutzhülle an. Da endlich grinste sie. Es lag ein winziger Schlüssel darin, den sie zuerst übersehen hatte. Sie fischte ihn heraus und bewunderte die hübsche Verschnörkelung der Reide. Bei dem zweiten Versuch, den Riegel aufzuschließen, bemerkte sie, wie ausgeleiert der Schließmechanismus war. Er musste oft betätigt worden sein. Jemand hatte häufig in dieses Büchlein geschrieben oder viel darin gelesen oder beides. Ob es mehrere Personen gewesen waren?

Willow setzte sich auf den Boden und lehnte sich gegen das Bett. Sie nahm die Taschenlampe zwischen die Lippen. Aufgeregt schlug sie das Notizbuch auf. Schon bei der Überschrift konnte sie kaum glauben, was sie da las. Plötzlich atmete sie schneller, ein Kribbeln überlief ihren Körper.

Geliebter Herrscher über meinen Körper,
König meiner Gedanken,
Gebieter meiner Gefühle
und Eigentümer meiner Seele!

Ist dieses Pochen zwischen meinen Beinen nicht eine ziemlich heftige Reaktion? fragte sie sich etwas verlegen. Beim Überfliegen der ersten Seite wurde ihr klar, dass es sich um einen SM-Roman handeln musste. Geschrieben war der Text wie ein Tagebuch, aber diese unglaublichen Dinge konnte niemand erlebt haben! Wer in diesem Haus mochte solch eine schmutzige Fantasie besitzen? Fasziniert blätterte sie eine weitere Seite um und spürte, wie ein breites Grinsen sich auf ihren Zügen ausbreitete.

Sie vergaß alles um sich herum, als sie mit dem Lesen fortfuhr:

7. KAPITEL

Meester, als Sie mir befahlen, ein Tagebuch zu führen, wusste ich zuerst nicht, was ich schreiben sollte. Aber dann dachte ich, man fängt immer am Anfang an, und so beginne ich mit meinem Einzug bei Ihnen.

Nicht mit unserer ersten Begegnung in der Lodge auf einem dieser unerträglichen Geschäftsausflüge meines damaligen Mannes, bei dem Interesse für Land und Leute vorgeheuchelt wird, aber es in Wahrheit nur darum geht, Verträge abzuschließen.

Nicht mit der ersten Session im Reservat – unerwartet, rau und animalisch –, hin und her gerissen zwischen Geilheit und Schuldgefühlen.

Nicht mit der ersten Gewissheit, entgegen aller Umstände zusammenzugehören und gemeinsam die absolute Unterwerfung zu wagen, so vollkommen wie BDSM nur sein kann, die Hölle für normale Menschen, doch der Himmel für mich als Sklavin.

Sondern mit dem Moment, in dem sich die Tür meines Kerkers in Ihrem Domizil schloss mit dem bittersüßen Ausblick auf Züchtigung, Demütigung und Ficks in alle Löcher, ohne Heimlichkeit, ohne Reue, ohne Rücksichtnahme auf andere. Stattdessen hundertprozentige Konzentration auf Sex, wie wir ihn brauchen. Denn in dieser Sekunde startete eine neue Zeitrechnung für mich.

Davor war ich Wüste, in mir herrschte Öde. Ich war ausgedörrt, ausgehungert, leer und traurig. Mein Lebensmut schwand.

Dann eine Weile Wüste und Ihre *Amasone*, zerrissen zwischen der, die ich war, und der, die ich sein wollte, eine gequälte Seele, die nur erblühte, wenn wir uns heimlich trafen.

Aber seit diesem Augenblick bis zum Ende meines irdischen Daseins werde ich nur noch *Amasone* sein. Sie sind mein Lebenselixier, mein Sinn, mein Alles.

Ich bin jetzt eine andere.

Endlich bin ich ich selbst.

Ich bin neugeboren. Dank Ihnen.

Dennoch war der Anfang dieser Lebensphase nicht leicht für mich. Je länger ich dort hinter der Tür kniete und auf Ihre Rückkehr wartete, desto unsicherer wurde ich. Konnte ich Ihren Erwartungen gerecht werden? Sie hatten mich nicht angefasst, hatten mich nicht in meinem neuen Heim willkommen geheißen, in dem Sie mich vögelten, stattdessen warten Sie Distanz. Wie ich schon dieses Wort hasse! Meine Sehnsucht danach, von Ihnen genommen zu werden, zerriss mich fast innerlich. Meine Haut kribbelte schmerzhaft, meine Nippel zogen sich zusammen, bis sie hart waren, meine Möse pochte und ich hielt krampfhaft meine Tränen zurück.

So hatte ich mir das nicht vorgestellt. Aber mein Wille und meine Wünsche zählten nicht mehr. Allein Ihre, *Meester*!

Meine Knie taten immer mehr weh. Meine Blase füllte sich und ich schaute ständig zwischen Toilette und Eingang hin und her, in der Hoffnung, Sie würden jede Sekunde zurückkehren und mich von dieser physischen, aber vor allen Dingen psychischen Folter erlösen. Doch Sie kamen nicht. Sie blieben hart. Dafür verehre ich Sie!

Für die folgenden Worte erbitte ich im Voraus eine Strafe. Ich dürfte sie nicht schreiben, ja, nicht einmal denken.

Es steht mir als Sexsklavin nicht zu, Erwartungen zu äußern, aber ich wage es dennoch, weil wir bei stundenlangen Vorgesprächen offen zueinander waren und ausgelotet haben, ob wir bereit für eine 24/7-Beziehung sind, und Sie von mir erwarten, stets ehrlich zu sein. Wären Sie nicht konsequent, hätte ich mich nicht darauf eingelassen, Ihnen den Rest meines Lebens zu dienen. Nichts, keine Mauern, Schlösser oder Ketten, könnte mich in diesem Gefängnis halten, würden Sie eines Tages nachgiebig werden.

Das war gerade ein Frevel. Ich entschuldige mich vielmals. Bitte, lassen Sie mich hart dafür büßen.

Ich weiß, dass es dagegen keine Bestrafung war, mich einzusperren, ohne mich noch einmal anzufassen. Es war ein Denkzettel, eine Mahnung, dass Sie bestimmen, wann ich Ihrer Aufmerksamkeit wert bin, und dass es auch mal gehörig wehtun kann. Nicht nur körperlich werden Sie mir alles abfordern, auch emotional.

Als ich es kaum noch aushielt, zu knien und zu warten, weinte ich. Verheult schaute ich zwischen meine gespreizten Schenkel und erschrak. Hatte ich auf den Boden gemacht? Nein, hatte ich nicht, die Pfütze unter mir bestand aus der Feuchtigkeit, die aus meiner Mitte herausgelaufen war. Entschuldigung, Sie mögen es ja nicht, wenn ich solche Worte benutze. Sie lieben es obszön und verlangen, dass ich ordinäre Begriffe benutze, die mich verlegen machen. Weil es Sie erregt, wenn ich mich schäme, und mich erregt es auch. Also, noch einmal: Die Lache stammte von dem Saft, der aus meiner Möse gesickert war. Nein, das wird Ihnen auch nicht reichen. Der Saft aus meiner Fotze. Ich verabscheue diese Bezeichnung. In meinen Augen ist es ein Schimpfwort. Aber eben weil es mir so schwer über die Lippen kommt, bestehen Sie darauf, es zu hören. Um mich zu schockieren, mich zu testen, mich zu erniedrigen und Ihre Macht über mich zu beweisen.

Dafür verehre ich Sie. Ich bin so glücklich, von Ihnen als Sexsklavin auserwählt worden zu sein.

Irgendwann – es gibt ja keine Uhren in meiner Zelle – schalteten Sie das Licht aus. Dadurch wusste ich, dass es inzwischen Nacht war, und ich ahnte, dass Sie fernbleiben würden. Aber sicher konnte ich mir nicht sein. Sie sind immer für Überraschungen gut, Sie tun nie das, was ich denke, dass Sie es tun werden. Ich überlegte, was Sie von mir erwarten. Durfte ich ins Bett gehen? Höchstwahrscheinlich nicht, denn Sie hatten mir befohlen zu knien, und dieser Befehl war von Ihnen nicht aufgehoben worden.

Daher blieb ich gehorsam, wo ich war.

Meine Kräfte schwanden. Mir fielen die Augen zu. Nach weiteren Stunden hielt ich es nicht mehr aus und kippte zur Seite. Ich blieb auf dem blanken Boden liegen. Selbst zum Weinen war ich zu müde. Nur die Erregung hielt mich davon ab, sofort einzuschlafen. Die gefüllte Blase unterstützte meine Geilheit. Bevor ich einnickte, ließ ich es laufen. Warm floss der Natursekt über meine Beine. Ich träumte, es wäre Ihre Hand, die mich streichelte, und schlief erschöpft ein.

Ich erwachte, als Sie mich hochhoben. Sofort schlug mein Herz schneller, weil Sie endlich wieder bei mir waren. Aber auch vor Furcht, denn ich hatte Ihren Befehl zu knien missachtet. Doch Sie schimpften nicht, Sie lächelten allerdings auch nicht, sondern Sie trugen mich mit der undurchsichtigen Miene des erfahren Meisters ins Badezimmer, legten mich in die Wanne und ließen so viel warmes Wasser einlaufen, dass mein Hintern bedeckt war.

Sanft wuschen Sie mich mit dem Naturschwamm ab. Sie fuhren zärtlich über meine Brüste, rubbelten etwas fester über die Nippel und strichen über meinen bebenden Bauch hinab zur rasierten Muschi.

Sie lieben meinen flachen Bauch, meine langen schlanken Beine und filigranen Finger. Alle halten mich trotz meiner für eine Frau beachtlichen Größe für zerbrechlich. Sie jedoch wissen, dass ich belastbar bin. Darum nennen Sie mich *Amasone*.

Behutsam reinigten Sie die Berge und Täler meines Schoßes. Sie schoben die Vorhaut meiner Klitoris zurück, drückten den Badeschwamm über meinem Venushügel aus und ließen Wasser über meinen bloßgelegten Kitzler laufen, bis es nur noch auf das hochempfindliche Knötchen tröpfelte.

Mir fiel das Atmen schwerer, ich war längst hellwach, solche Liebkosungen hatte ich nicht erwartet. Die Tropfen wirkten sich wie kleine Detonationen aus. Innerlich zuckte ich zusammen, ließ mir aber äußerlich nichts anmerken.

Sie stopften ein Viertel des Schwamms in meine Möse hinein, langsam und sinnlich. Ich öffnete einladend meine Schenkel so weit es ging und schob mein Becken nach vorne, damit Sie besser an mein Loch herankamen. Außerdem wollte ich Sie auffordern, weiter mit mir zu spielen. Ein Vergehen, das Sie mir jedoch durchgehen ließen.

Auch jetzt schaffe ich es nach all den Sessions mit Ihnen, *Meester*, immer noch nicht, nur hinzunehmen, nur zu reagieren, nur zu folgen und keinerlei Eigeninitiative zu zeigen. Langsam gebe ich die Hoffnung auf, dass ich diesen hohen Level für eine Sklavin jemals erreiche. Ich bin eben keine Marionette. Sie sagten mir, dass Sie mich schon dahingehend erziehen werden und Ihre Methoden hätten, mich gefügig und gehorsam zu machen. Aber ich habe den Eindruck, Ihnen gefällt, dass ich Fehler mache, dass ich nicht perfekt und immer noch ein eigenständiges Wesen bin.

Wenn Sie mit einer Puppe spielen wollten, würden Sie das tun. Doch Sie erwählten mich – willig und ungeschliffen.

Außerdem gebe ich Ihnen somit genügend Gelegenheiten, mich zu bestrafen. Das brauchen wir beide. Ein weiterer gemeinsamer Nenner.

Als Sie den Schwamm aus meiner Fotze – ich schüttelte mich selbst jetzt, da ich dieses Wort nur schreibe! – zogen, pochte sie außen wie innen. Flammen schienen an der Öffnung zu züngeln. Wie gerne wäre ich von Ihrem prallen Schwanz ausgefüllt worden!

Doch Sie nahmen den Duschkopf. Sie stellten den Strahl auf sanft ein und streichelten damit meinen Busen. Die Lust explodierte in meinen Nippeln. Diese Beschreibung habe ich mal in einem Erotikroman gelesen und fand sie merkwürdig, aber in diesem … in meinem Fall passte sie. Tausende kleine Eruptionen aus Geilheit, dort, wo die Wasserstrahlen meine Brustwarzen trafen. Der Kitzel wurde immer intensiver. Ich bemühte mich, stillzuhalten, aber am Ende drückte ich meinen Rücken durch, weil ich es kaum aushielt und weil ich mehr wollte. Genussvoll schloss ich die Augen und gab mich der wachsenden Geilheit hin.

Plötzlich riss ich meine Augenlider wieder auf. Sie hatten unbemerkt die Dusche auf stark gestellt. Hart prasselte nun das Nass auf meine erigierten Nippel. Anfänglich tat es gut, doch es wurde rasch schmerzhaft. Ich biss die Zähne zusammen.

Keuchte. Ich ertrug es mit dem Willen der Lustdienerin und der Gier der Masochistin. Es fiel mir schwer, mich nicht wegzudrehen, und dennoch schrie alles in mir nach mehr.

Eine Weile ließen Sie den Strahl über meinen Schamhügel kreisen. Es fühlte sich an wie Nadelstiche. Wie schlimm würde es erst zwischen meinen Schenkeln werden? Die Furcht fachte meine Geilheit an. Meine Möse pulsierte, meine Brustwarzen brannten und mir wurde bewusst, dass jetzt die Strafe dafür folgen würde, dass ich das Knien nicht durchgehalten hatte, bis das Licht in meinem Gefängnis anging und Sie zurückkehrten.

Das Warten machte mich nervös, machte mir Angst, aber es machte mich auch hungrig.

Das Unvermeidliche geschah. Ich schrie auf, wand mich unter der Qual und zuckte mit dem Oberkörper hin und her. Mein Unterleib blieb jedoch unbeweglich, wie in Beton gegossen. Tapfer nahm ich die Folter hin, denn sie bedeutete gleichzeitig Lust für mich. Mögen die wenigsten Menschen auf der Welt das nachvollziehen können, Sie können es, und nur das zählt. Sie geben mir, was ich brauche, um vollkommen zu sein, und Sie nehmen sich dadurch, was Sie vollkommen macht.

Den Moment dieser perfekten Symbiose weiteten wir auf unsere Leben aus. 24/7. Eine Session ohne Ende und somit ohne Traurigkeit, weil sie schon wieder vorüber war und wir in unsere alten Leben zurück mussten.

Komischerweise war es genau das, was ich dachte, als Schmerz und Geilheit verschmolzen. Wenn dieser lustvolle Moment endete, würde ich immer noch Ihre Sklavin sein, eingehüllt in einen Kokon aus mit Folterwerkzeugen verzierten Wänden, Haken an der Wohnungsdecke und abgeschottet von der Welt dort oben, die mich nicht versteht, in der ich mir wie ein Fremdkörper vorkomme. Sie jedoch würden gezwungen sein, aus der Unterwelt an die Oberfläche zu steigen, um unseren Traum zu finanzieren.

Diese Höhle nie wieder verlassen zu müssen, ist Ihr Geschenk und Ihr Opfer an mich. So großzügig, dass meine Augen feucht werden! Auf Sie zu warten und abhängig von Ihnen zu sein, ist mein Geschenk an Sie.

Der fulminante Orgasmus wischte die sentimentalen Gedanken fort. Ich schrie die schmerzvolle Lust heraus, griff den Wannenrand, zuckte epileptisch und schluchzte, weil ich es nicht länger aushielt.

Das erkannten Sie wohl. Sie mussten es erkannt haben, denn Sie durchschauen mich stets wie Glas.

„Scht", machten Sie, stellten die Dusche aus und ließen das Wasser ab. Nachdem Sie mich herausgehoben hatten, trockneten Sie mich ab, mal liebevoll, mal grob. Ich genoss beides mit jeder Faser meines Körpers. Dabei grübelte ich darüber nach, ob der qualvolle Höhepunkt nicht ausschließlich Bestrafung dafür war, dass ich die Position, die ich laut Ihrem Befehl einnehmen musste, verlassen hatte. Vielleicht stellte es aber auch eine Belohnung dar, denn ich hatte mich nicht vom Platz gerührt, ich war nur erschöpft an Ort und Stelle eingeschlafen.

Lächelnd folgte ich Ihnen in den Essbereich.

Mein Kerker bestand aus einem einzigen großen Zimmer. Nicht einmal das Bad war abgeteilt. Ich sollte mich wohl nirgends verstecken könnten. Ständige Überwachung durch Kameras. Manchmal war mir das unangenehm, meist jedoch fühlte ich mich dadurch sicher.

Sie nahmen am Tisch Platz und zeigten mit dem Finger neben Ihren Stuhl. Ich verstand, kniete mich demütig neben Sie, legte die Handrücken auf meine Oberschenkel und spreizte die Beine, damit Sie jederzeit Zugriff auf meine Intimstellen hatten. Allzeit geöffnet, allzeit bereit, Ihrer Lust zu dienen.

Sie waren so gnädig, mir eine Tasse an die Lippen zu halten, damit ich Tee trinken konnte. Ich dankte Ihnen dafür herzlich, *Meester*. Dass das nicht immer so sein würde, sagten mir die Keramiknäpfe auf der anderen Seite ihrer Füße.

Geschmeidig wie ein Raubtier standen Sie auf. Sie gingen zu einem Regal, kamen zu Ihrem Platz zurück und legten ein tropfenförmiges Ungetüm aus schwarzem Latex auf den Tisch. Der

Schlauch und die Handpumpe am Ende daran erinnerten mich auf skurrile Art und Weise an eine Klapperschlange. Bedrohlich! Ein Analplug zum Aufblasen.

Ihre Worte klangen in meinen Ohren wie sich rasch näherndes Gewittertosen, obwohl Sie einen liebenswürdigen Ton anschlugen: „Jetzt frühstücken wir erst einmal. Danach werde ich deinen Arsch dehnen, weil du immer noch Probleme hast, meinen Schwanz aufzunehmen. Es ist ungehorsam von dir, dich mir zu verwehren. Ich weiß, du hasst das, aber du erkennst die Notwendigkeit, nicht wahr?"

Ich dachte, Sie würden keine Antwort erwarten, denn Sie bestimmten, was mit mir geschah, doch Sie schauten mich an, und je länger ich schwieg, desto finsterer wurde Ihre Miene.

Mühsam brachte ich über die Lippen: „Ja, Sir." Ich senkte den Kopf, mehr aus Verzagtheit als aus Demut. Mein Mund war trotz des Tees trocken. Doch mein enger Muskel prickelte sehnsüchtig.

In Seelenruhe fütterten Sie mich mit Rührei, wohl wissend, dass Grausen, aber auch Lust mit jeder Minute in mir wuchsen. Ich fraß Ihnen aus der Hand und leckte schließlich Ihre Finger sauber.

Nach dem letzten Schluck Tee standen Sie auf, holten das Gleitgel und zogen Ihre lederne Henkersmaske an, um das Urteil zu vollstrecken.

8. KAPITEL

Beinahe wäre Willow von Vivian Henderson erwischt worden. Sie hatte völlig die Zeit vergessen. Die BDSM-Geschichte hatte sie in ihren Bann gezogen, hatte sie eingesaugt und in eine andere Welt katapultiert. *Was sagt das über mich aus?* Dass sie ihre eigenen Fantasien ein Stück weit in dem handgeschriebenen Text gefunden hatte. Dennoch war es dumm und gefährlich, sich inmitten einer heißen Ermittlungsphase in erotischen Träumereien zu verlieren!

Plötzlich schritt die Hausherrin an dem mysteriösen Extraschlafzimmer vorüber. Als hätte das Schicksal Willows Fehler sofort bestrafen wollen. Doch Vivian Henderson bemerkte nicht einmal, dass die Zimmertür offen stand. Schlafwandelte sie? Stand sie unter der Wirkung eines Beruhigungsmittels? Ihre Lider waren halb geschlossen, sie schleppte sich vorwärts und schien kaum etwas um sich herum wahrzunehmen.

Worin liegt ihr Problem? fragte sich Willow und schob das Buch unter ihren Catsuit. Dales Dilemma sprang einem förmlich ins Gesicht, das seiner Mutter lag tiefer vergraben.

Leise wie eine Katze floh Willow aus der Mansion und schlich zurück ins Gästehaus.

Die nächsten Tage vergingen wie im Rausch. Seit sie das Buch gefunden hatte, konnte Willow an nichts anderes mehr denken als an *Amasone* und ihren *Meester*. Täglich las sie weiter, die Story machte sie süchtig. Ihr Höschen war ständig feucht. Deswegen schämte sie sich und sie genoss es gleichsam, genau wie *Amasone* die bittersüße Erziehung.

Aber wer steckte hinter dieser Geschichte voller geheimer Fantasien? Die Schrift bestand aus auffällig runden Buchstaben und winzigen Kreisen als Punkte, was Willow vermuten ließ, dass es sich um eine Frau handelte. Die Wahl der Perspektive sprach ebenfalls dafür.

Steckte Vivian dahinter? War sie gar nicht so steif, bieder und langweilig, wie Willow sie kennengelernt hatte?

Oder hatte ein Gast sein verstecktes Kleinod bei der Abreise zurücklassen müssen, weil zum Beispiel einer der Angestellten gekommen war, um die Koffer abzuholen, oder das Abschiedskomitee ihn im Zimmer abgeholt und zum Ausgang begleitet hatte?

Mehr als einmal hatte Willow darüber nachgedacht, ob das in Samt gebundene Notizbuch vielleicht der Gegenstand war, den ihr Auftraggeber suchte. Aber nein, unmöglich. Wie sollte er daraus Kapital schlagen können?

Erpressung, Dummchen. Das war die einzige Möglichkeit, die ihr einfiel.

Doch zum einen ging sie davon aus, dass es pure Träumereien waren, die die Seiten mit Hitze, Körperflüssigkeiten und Schreien füllten. Jemand hatte diese Vorstellungen niedergeschrieben, um sich erneut daran zu erregen oder vielleicht als eine Art Therapie. *Schreib deine dunklen, obszönen und perversen Gelüste auf und befreie dich so von ihnen.* Niemand konnte sich ernsthaft für ein Leben als Sexsklavin entscheiden!

Zum anderen wehrte sich alles in ihr dagegen, die Familie Henderson auszuliefern. Dabei verband sie nichts mit ihnen. Gar nichts! *Belügst du dich nicht selbst?*

„Eine schöne Geschichte“, murmelte sie. „Erfunden, aber geil.“

Manche Details gingen ihr zu weit. Zum Beispiel war sie mit *Amasone* einer Meinung, was das F-Wort betraf.

Einmal hatte *Meester* seine Lustdienerin knien lassen. Er hatte ihren Oberkörper nach vorn bis auf den Boden gedrückt und ihren Kopf seitlich gedreht. Mit dem nackten Fuß hatte er diesen niedergedrückt und fixiert und sie von hinten gevögelt. *Amasone* liebte es, benutzt zu werden, und war eher gekommen als er, was dazu geführt hatte, dass sie zehn Schläge mit der Gerte auf ihre feuchte Öffnung erhalten hatte.

So viel Erniedrigung und Schmerz hätte Willow niemals ertragen! Sie fühlte sich zur dunklen Seite des Menschseins hingezogen, auch was die Erotik betraf, und hatte sich mit SM beschäftigt, aber selbst kaum Erfahrungen. Schnell hatte sie festgestellt, dass diese Form der Triebhaftigkeit eine Gratwanderung war. Ausgenutzt und benutzt zu werden, lagen dicht beieinander.

24/7 ging Willow auch viel zu weit! Sie sehnte sich nach absoluter Hingabe, wollte jedoch die restliche Zeit selbstbestimmt leben. Immerhin wurde deutlich, dass *Amasone* ihren Sextraum lebte und glücklich war. Außerdem handelte es sich nur um eine Geschichte, und die Fantasie war vogelfrei.

Aber der Rest machte Willow so heiß, dass sie so oft masturbierte wie nie zuvor. Auch wenn nicht alles sie ansprach, so stoben von der Story genügend Funken auf sie über, die ihre eigenen Tagträume anregten. Sie stellte sich Jake Gyllenhaal als ihren Herrn vor, Hugh Jackman, Matt Bomer und Gerard Butler. Immer verzweifelter suchte sie nach einem Gesicht für den Mann, der sie in ihrer Fantasie unterwarf und dominierte. Doch unter ihrer wachsenden Erregung schmolz es jedes Mal wie heißer Wachs und formte sich zu dem von Dale Henderson.

Unglücklicherweise musste sie ständig daran denken, wenn sie mit ihm zusammen war. Es tauchten Ketten aus ihrem Unterbewusstsein auf, grobgliedrige Fesseln, die eng um entblößte Brüste gezurrt wurden, von einer kräftigen Hand, die einen Siegelring trug. Vor ihrem geistigen Auge sah sie zähflüssige Feuchtigkeit über nackte Oberschenkel rinnen und rote Flecken auf einem Hintern, dort, wo die Gerte getroffen hatte. Stöhnen und Schreie aus ihrer Fantasie übertönten Dales Worte. Tagtraum und Realität mischten sich, sodass der Dominus, der ihr damit drohte, sie wieder und wieder kommen zu lassen, bis sie nicht einmal mehr die Kraft haben würde, um Erbarmen zu betteln, bald mit Dales Stimme sprach.

Passend zu ihren schmutzigen Gedanken war sein Gesicht in dunkle Schatten getaucht. Sichtlich schlecht gelaunt wanderte er vor Willow im Foyer auf und ab und gab ihr Instruktionen. Schließlich blieb er vor ihr stehen. „Hören Sie mir überhaupt zu?"

Das Bild des bedrohlichen Meisters gewann an Intensität. So, wie er sich vor ihr aufbaute und sie mit einem rügenden Blick ansah, glich er eins zu eins dem Mann in ihrem Kopf.

Sie errötete.

„Sie müssen selbst in die Firma fahren. Diesmal kann ich das nicht für Sie erledigen“, hatte Willow zu Dale gesagt und Pläne geschmiedet für seine Abwesenheit.

Dass er sich bei Tangy Inc. zeigen musste, ging ihm gehörig gegen den Strich. Er war sichtlich gereizt, als er ihr eine Liste mit Aufgaben, die sie während seiner Abwesenheit zu erledigen hatte, mitteilte. Er bat sie, die Punkte zu wiederholen.

Grob ratterte sie die Aufträge herunter. In Gedanken war sie längst bei ihrem geheimen Vorhaben.

Skeptisch blinzelte er sie an. „Haben Sie auch die Details mitbekommen?“

Sie biss sich auf die Unterlippe. Sollte sie lügen? Wenn sie das tat und er nachhakte, wäre sie gehörig in der Bredouille. Aber durch ihr Zögern hatte sie ihm bereits die Wahrheit mitgeteilt.

„Also, nein. Ich sollte Sie übers Knie legen und …“

„Wir befinden uns nicht im Mittelalter.“

„Zu der Zeit hätte man Sie wegen Ihres Ungehorsams, Willow, wahrscheinlich im Stall angekettet und ausgepeitscht.“

Sie schnappte nach Luft, nicht etwa vor Entsetzen, sondern vor Erregung. „Wie gut, dass Sie keinen Stall haben.“

„Aber Ketten und Peitschen trauen Sie mir zu, ja?“

„So war das nicht gemeint.“ Ihre Wangen brannten.

„Sie in Verlegenheit zu bringen, ist in diesen Tagen meine einzige Freude.“ Das Lächeln malte die Schatten unter seinen Augen weich. „Wie auch immer, ich muss los. Warten Sie auf mich, es wird jedoch spät werden. Nach meiner Rückkehr müssen Sie noch ein wichtiges Schriftstück für mich aufsetzen und mich mit Ihrem Charme aufheitern.“

„Ja, Sir“, schoss es aus ihr heraus. Sie erschrak, denn sie hörte sich wie eine Sklavin an. Aber nur in ihren Ohren. Dale hatte offenbar andere Assoziationen.

„Wir sind hier nicht beim Militär. Entschuldigung, wenn ich wieder einmal so klang.“ Seufzend rieb er sich über die Stirn.

„Dieser Termin kotzt … nervt mich gewaltig. Ich hatte extra Sie als Bindeglied zu Tangy eingestellt."

„Manche Dinge kann eben nur der Boss persönlich erledigen", sagte sie sanft.

„Leider." Ungehalten zerrte er am Knoten seiner Krawatte, um sie zu lockern. „Ich hätte den Betrieb längst verkauft, wenn ich damit meiner Mutter nicht den Todesstoß versetzen würde."

„Vivian würde es überleben."

Er klemmte die Aktentasche unter den Arm. „Sie leidet sehr unter dem Tod meines Vaters."

„Wegen der Narben wollen Sie das Familienimperium opfern? Tun Sie das nicht." Willow legte die Hand auf seinen Arm und zog sie sofort wieder zurück. Weil seine Augen sie zornig anfunkelten. Und weil die Berührung etwas in ihr ausgelöst hatte, das unangebracht war: Den Wunsch, ihn an sich zu ziehen.

„Sprechen Sie das Thema nie wieder an! Ich werde mich nicht noch einmal wiederholen. Meine Entstellung geht Sie nichts an."

„Die Wunden sind nicht so schlimm, wie Sie glauben", beeilte sie sich zu sagen.

„Woher wollen Sie das wissen? Sie sind nicht dazu fähig, in mich hineinzuschauen." Mit diesen Worten verließ er die Henderson Mansion.

Betroffen blieb Willow zurück. Es tat ihr leid, ihn verletzt zu haben. Aber sie wusste jetzt schon, dass sie auch beim nächsten Mal einen mutigen Vorstoß wagen würde.

Wozu? Um ihn zu erlösen? Bullshit, du bist keine barmherzige Samariterin. Für einen Moment presste sie wie in Kindertagen die Hände auf die Ohren, aber ihre innere Stimme wollte nicht schweigen. *Du bist nicht das, was er braucht – eine Psychologin –, sondern eine dreckige Diebin.*

Ihr Herz zog sich zusammen. Willow lief ins Angestellten-WC und schaufelte sich kaltes Wasser über die Schläfen. Es stimmte, sie hatte ihre eigenen Probleme. Warum sich also zusätzlich noch Dales Sorgen aufhalsen, zumal er keine Hilfe wollte?

Sie konnte nachvollziehen, weshalb einige Menschen Dale mieden. Nicht wegen der verätzten Haut, sondern wegen seiner Launen.

In einer Minute schien er kurz davor zu stehen, in tausend Stücke zu zerbrechen. Dann wollte Willow ihn in die Arme ziehen, fest an sich drücken und ihm zuflüstern, dass alles gut wird.

In der nächsten verhielt er sich barsch und strahlte Kälte und Härte aus. Von dieser Seite Dales fühlte sie sich abgestoßen.

Doch im Gegensatz zu anderen – seit sie für ihn arbeitete, hatte ihn kein Freund besucht oder auch nur angerufen – verspürte sie nicht den Drang, ihn in seinem Leid allein zu lassen. Nein, am liebsten wäre sie noch näher an Dale herangetreten und hätte ihm eine heruntergehauen. Eine Ohrfeige konnte vielleicht die Mauer, die er um sich errichtet hatte, niederreißen. Aber den Test, ob es funktionierte, würde sie sich für ihren letzten Arbeitstag aufsparen. Denn wenn er sie mit sofortiger Wirkung feuerte, wäre sie auch ihren zweiten, weitaus besser bezahlten Job los.

Und was machst du, wenn es dir gelingt, Dales Schutzpanzer aufzubrechen? Wenn er dir sein wahres Ich zeigt, seinen weichen Kern? Wenn er dich tief in seine Seele blicken lässt und dir seine Ängste und Schwächen offenbart? Dann bist du am Arsch, Schwester! Du wirst ihn verlassen – verlassen müssen! –, einen hilflosen Käfer, der auf dem Rücken liegt, mit offenem Brustkorb und blutendem Herz.

Willow konnte sich gerade noch davon abhalten, die Stirn gegen die Wand zu hämmern. In Gedanken hatte sie schon immer Selbstgespräche geführt, doch in letzter Zeit wurden sie intensiver und zerrten zunehmend an ihren Nerven. Wer sprach da? War es wirklich sie selbst? Wurde sie verrückt?

Sie bohrte sich die Fingernägel in den Unterarm. Der Schmerz brachte alles andere in ihr zum Schweigen. Mit der einsetzenden Stille kam die Erkenntnis. Es war ihr schlechtes Gewissen, das eine eigene Stimme entwickelt hatte.

„Ich werde tatsächlich gaga.“ Sie musste endlich ein ehrliches Leben führen. Dazu brauchte sie eine große Summe als Startgeld. „Dann such endlich weiter!“

Es dämmerte bereits. Ein Hausangestellter nach dem anderen verabschiedete sich in den Feierabend. Bevor auch Martha heimfuhr, verriet sie Willow, wo die Brownies standen, falls sie den Kürbisauflauf, den sie gebacken hatte, nicht mochte.

Das Dinner mit Vivian Henderson war eine Qual. Willow tischte eine Lüge nach der anderen auf, die ihren Magen zuschnürten, sodass sie kaum etwas von dem Essen herunterbekam, und sie sah ständig auf die Uhr. Die Zeit saß ihr im Nacken. Dale sollte eigentlich erst in einigen Stunden zurück sein. Doch wenn irgendetwas schieflief, kam er vielleicht früher zurück. Sie musste diese Chance nutzen. Der Countdown bis zu seiner Rückkehr tickte.

Kaum hatte sich die Hausherrin in ihren Flügel zurückgezogen, nahm Willow die schwarzen Handschuhe aus der Tasche und machte sich auf die Pirsch. Die Jagd nach dem mysteriösen Schatz des verstorbenen Henry Henderson glich der Suche nach der Nadel im Heuhaufen.

Als Erstes durchstöberte sie Dales Schlafzimmer.

Sie öffnete die Schubladen und wunderte sich darüber, dass er anthrazitfarbene Boxershorts trug. Dazu schien er gar nicht der Typ zu sein. Oder vielleicht doch? Im Kleiderschrank fand sie mehr Freizeitklamotten als Businessanzüge vor, darunter zahlreiche Outdoorhosen und -hemden. Neben edlen Ledersneakern standen Wanderschuhe und Hausschlappen; so dachte Willow zuerst, denn die Schuhe bestanden aus schwarzem Baumwollstoff und Gummisohlen.

„Vermutlich doch eher Sportschuhe“, murmelte sie und stellte sie zurück. „Vielleicht ist Dale ja ein zweiter Johnny Castle.“ In ihrer Vorstellung sah sie ihn über das Parkett schweben wie Patrick Swayze in *Dirty Dancing*, ein ganzer Kerl, der sexy die Hüften kreisen ließ. Der Gedanke brachte sie unwillkürlich zum Kichern.

Sie hatte fest damit gerechnet, auf Tennis- und Golfschläger zu stoßen, ihr fiel jedoch nur ein kurzer Leinenbademantel in die Hände, den Dale wahrscheinlich für die Sauna benutzte. Aber warum reichte er gerade mal bis über den Hintern?

Ihr Blick blieb an einer schwarzen Lederhose kleben. Das Kleidungsstück passte nicht zu den anderen Sachen, sondern stach heraus. Ein Motorrad war ihr bei dem Rundgang am ersten Arbeitstag nicht aufgefallen. Wozu also die Kluft? Sie musste an die vermeintlich dominanten Besucher der Undergroundparty denken und geriet ins Träumen. Wie von selbst strichen ihre Hände zärtlich über die Hose, kniffen in das Rückenteil und betasteten die Knöpfe am Schlitz, bevor ihr Kopf mitbekam, was sie da tat.

Rasch zog sie die Finger weg und schloss die Schranktüren. Dale Henderson war der letzte Mann auf Erden, mit dem sie sich einlassen durfte.

Nur ein einziges Foto stand im Raum. Es zeigte Dale mit seinem Vater, Arm in Arm auf irgendeinem schneebedeckten Gipfel. Sie hatten die Skimützen tief ins Gesicht gezogen, ihre Wangen leuchteten rosig. Die Augen der beiden strahlten, während sie in die Kamera lächelten, als sei dies der glücklichste Tag ihres Lebens. Möglicherweise war er das sogar gewesen. Der Schnappschuss musste einige Jahre alt sein, denn Dale wirkte noch jünger. Er strahlte die Unbekümmertheit eines Studenten aus, und sein Gesicht war noch unversehrt.

Jetzt war er entstellt und sein Vater tot.

Seine Mutter vergrub sich in Trauer und der ältere Bruder kapselte sich von der Familie ab. Es muss ein Fluch auf den Hendersons liegen, dachte Willow. Aber Flüche gab es nur in Märchen und Gruselromanen. Was also war mit den Hendersons geschehen?

Sie schaute unter Dales Bett nach, hob die Matratze an und strich über die verzierten Holzbalken, die an den vier Ecken bis zur Zimmerdecke reichten. Der pechschwarze Baldachin dort oben glänzte im Schein der Taschenlampe, die Willow eingeschaltet hatte, da vor den Fenstern die Nacht hereinbrach.

Schwach war am Horizont noch ein rötlicher Schimmer zu sehen, ein Abschiedsgruß der Sonne.

Willow ertappte sich dabei, wie sie an Dales Kopfkissen roch. Sein männlicher Körperduft stieg ihr in die Nase. Tief atmete sie ihn ein. *Zu schwach! Was zum Henker soll das?* Sie erschrak und trat verlegen zurück. Ihr fiel auf, dass sie zwar alles durchsucht, aber nicht nach der geheimnisvollen Kostbarkeit geschaut hatte. Sie hatte nur Dale ausspioniert, hatte seine Sachen analysiert, um mehr von ihm zu erfahren. Wozu? Weil er sie faszinierte. Weil sie sich zu ihm hingezogen fühlte. Weil er die verbotene Frucht war, von der sie niemals naschen durfte, denn sonst würde sie in der Hölle landen, im Gefängnis.

Sie hatte ihr eigenes Interesse über das ihres Arbeitgebers gestellt. So etwas war ihr noch nie passiert.

Was kümmerte Dale Henderson sie überhaupt? Er scherte sich höchstwahrscheinlich einen Dreck um sie. Waren nicht alle Reichen gleich? Ihnen ging es nur darum, ihr Vermögen noch zu vergrößern.

„Sie leben wie die Maden im Speck", hörte sie in der Erinnerung ihre Mutter meckern. Und dann die Stimme ihres Vaters, der ihr beipflichtete: „Und kürzen uns sogar das Weihnachtsgeld, nur um noch mehr für sich zu haben, diese Schweine." Dabei hatte ihr Dad nie eine feste Anstellung gehabt.

Dieser Abscheu den Wohlhabenden gegenüber, den sie von ihren Eltern eingeimpft bekommen hatte, trieb sie an, die Reichen ohne Reue zu hintergehen und zu bestehlen. Doch sie schaffte es nicht, Dale als begüterten Abschaum zu betrachten. Das musste an der halbseitigen Entstellung liegen, redete sie sich ein, unsicher, ob sie sich nicht selbst belog.

Aber Mitleid bezahlte ihre Rechnungen nicht, und Dale würde keins zeigen, wenn er herausfand, dass sie vorhatte, ihm seinen wertvollsten Besitz zu rauben. Ob er überhaupt wusste, dass er ihn besaß? Er *musste* Kenntnis davon haben, schließlich führte er Tangy Inc. und verwaltete das Vermögen der Hendersons.

Dale. Dale. Dale.

Dieser Name schwirrte ständig in Willows Kopf herum wie eine lästige Fliege. *Ich muss hier weg!*

Sie wollte aus dem Schlafzimmer eilen, doch bevor sie die Tür erreicht hatte, stoppte sie und drehte sich um. Aus einem Impuls heraus nahm sie eine Boxershorts aus der Kommode und stopfte sie sich unter den Rocksaum. Jetzt spinnst du völlig, schimpfte sie mit sich selbst. Wie konnte sie so dumm sein und einen Beweis dafür mitnehmen, dass sie in seinem Raum gewesen war? Sie wurde nachlässig. Aber sie konnte ja immer noch behaupten, dass der Slip aus dem Bügelzimmer stammte.

Nervös nahm sie die angrenzenden Räumlichkeiten unter die Lupe, doch sie fühlte sich beobachtet.

Blicke schienen sich in ihren Rücken zu bohren. Sie fuhr herum, doch da war niemand. Schlich da nicht jemand umher? Stoff raschelte. Aufgeschreckt eilte Willow auf den Korridor hinaus. Leer. Wurde nicht in der Nähe eine Tür zugezogen, so leise, als legte es jemand darauf an, nicht gehört zu werden? Aber alle Zimmertüren waren geschlossen, und im Flur herrschte Stille.

Ihre Fantasie musste ihr einen Streich gespielt haben. Sie ging zurück und rieb sich über die Arme, denn trotz Klimaanlage fröstelte sie.

Die Dunkelheit vor den Fenstern kam ihr finsterer vor als in den Nächten zuvor. Ihr war, als würde jemand sie von dort draußen beobachten. *Unsinn! Du befindest dich im Obergeschoss.* Und dennoch …

Die würdevolle alte Dame auf dem Gemälde an der Wand starrte sie rügend an. Die Vorhänge bewegten sich wie von Geisterhand. Als sich auch noch das Muster auf dem Teppich zu bewegen schien, sie umkreiste und sich Schlingpflanzen gleich um ihre Knöchel legen wollten, wusste Willow, dass ihr schlechtes Gewissen einmal mehr die Hand im Spiel hatte.

Sie flüchtete förmlich aus Dales Wohntrakt. Ihre Haut prickelte unangenehm, es fühlte sich an wie Nadelstiche. Immer wieder schaute sie sich um. Sie fühlte sich verfolgt, dabei war das Pochen ihres Herzens alles, was sie vernahm.

Erst in der Küche blieb sie stehen. Schwer atmend stützte sie sich auf den Oberschenkeln ab. Dales Shorts drückten in ihren Bauch, aber sie empfand das keineswegs als unangenehm, sondern so, als läge seine Hand knapp unter ihrem Nabel.

Sie trank einen Schluck Wasser direkt aus dem Hahn. Das Ticken der Wanduhr warnte sie davor, dass der Hausherr jeden Moment zurückkehren könnte. Aber noch war er nicht da und sie wollte nicht untätig herumsitzen und Zeit vergeuden. Je schneller dieser Auftrag erledigt war, desto besser. Sie würde bei Dale Henderson kündigen, Seattle verlassen und weit weg ein neues Leben beginnen. Ein Zwacken in der Leiste ließ sie gequält aufstöhnen. *So schnell bin ich doch gar nicht die Treppe hinuntergerannt.*

Während sich ihr Puls langsam beruhigte, fasste sie den Entschluss, die Räume der Angestellten zu durchsuchen. Zwar war die Wahrscheinlichkeit, den Schatz in den umliegenden Zimmern zu finden, gering, doch wer clever war, versteckte Wichtiges dort, wo andere es am wenigsten vermuteten.

Sie fing im äußersten Winkel der Villa an. Wie schon bei der Rundführung von Dale staunte sie über die Schönheit des Bankettsaals. Er schmiegte sich zur Rechten an die Mansion und war in einem riesigen Wintergarten untergebracht. Zartrosafarbene Clematis rankten von außen an einer Seite empor. Die Glaskuppel wölbte sich über den langen Tisch, der zum Schutz mit einem blütenweißen Tuch abgedeckt war. Die Sitzmöbel, klobige Holzsessel mit Intarsien, umringten die Tafel, als würden sie sie beschützen. Auf einem Sideboard reihte sich ein silberner Kerzenständer an den nächsten.

Energisch schritt Willow zu der Kommode und öffnete sie. Sie erwartete nicht, die geheimnisvolle Kostbarkeit zwischen dem Silberbesteck zu finden, sondern vielmehr dahinter. Mit einem kraftvollen Ruck riss sie die Schublade heraus und fischte mit den Fingern nach einem Umschlag, der möglicherweise an der Hinterwand klebte und die Besitzurkunde einer Diamantenmine enthielt. Oder ein weiteres Buch von *Amasone*, schoss es ihr in den Sinn. Zur Strafe, weil ihre Gedanken schon wieder abschweiften, biss sie sich auf die Unterlippe. Doch in der Kommode war nichts.

Plötzlich glitt die Tür hinter ihr auf. Willow flog herum.

Ein schwacher Lichtstrahl fiel vom Korridor in den Saal. Eine hochgewachsene Gestalt huschte in den Raum. Deren schwarze Lederhose knarzte. Von der Statur her ein Mann. Er hatte breite Schultern und große Hände, die in Handschuhen steckten und den Eindruck erweckten, mühelos einen schlanken Frauenhals brechen zu können.

Nachdem der Spalt wieder geschlossen war, stand der Kerl in der Dunkelheit. Der Mond schien nicht hell genug, um sein Gesicht sichtbar werden zu lassen. Er verschmolz nahezu mit den Schatten und war nur noch zu erahnen.

Für den Moment stand er einfach nur da – geräuschlos, fast unsichtbar und bedrohlich.

Also doch keine Einbildung, durchfuhr es Willow mit Schrecken. Sie war im Obergeschoss tatsächlich verfolgt worden. Aber nun gab sich derjenige nicht länger damit zufrieden, sie zu beobachten, sondern … Was wollte er von ihr?

Ihr würde schon eine Ausrede einfallen. Es war leider nicht das erste Mal, dass man sie beim Herumspionieren erwischte, sie war jedoch immer ohne allzu großen Ärger davongekommen. Busen raus, Kulleraugen einsetzen und mit Engelszungen sprechen, schon wurden die Männer weich.

Aber warum schaltete dieser hier nicht das Licht an? Und weshalb hatte er die Tür hinter sich geschlossen, als hätte *er* etwas zu verbergen und nicht nur sie?

Innerlich zitterte sie, aber als sie die Taschenlampe auf ihn richtete, war ihre Hand ruhig. Dies war nicht die erste gefährliche Situation, in der sie sich befand. Doch dass sich jemand so merkwürdig verhielt, hatte sie noch nie erlebt.

Der Lichtkegel streifte das Gesicht des Unbekannten. Schwarz umrahmte die Balaclava seine Augen. Er war maskiert!

Willow erschauerte.

Seine Augen funkelten Willow wütend an. Wilderte sie im Revier eines anderen Diebes?

Er machte zwei Schritte auf sie zu.

Instinktiv wich sie zurück. Mit der Hüfte stieß sie gegen das Sideboard. Schmerz zuckte durch ihre Leiste. Sie gab einen erstickten Schrei von sich und griff Halt suchend hinter sich, geradewegs in die Schublade, die sie herausgezogen und oben auf dem Schrank abgestellt hatte. Löffel schepperten unangenehm laut in der Stille des Bankettsaals aneinander.

„Silberbesteck? Hast du es etwa darauf abgesehen?“ Die Stimme des Maskierten klang nicht nur spöttisch, sondern auch ungewöhnlich tief und rau.

Sie erinnerte Willow an den bösen Wolf auf der Rotkäppchen-Kassette, die sie als Kind ständig gehört hatte. Schon damals hatte sie es gemocht, sich zu gruseln. Jetzt bekam sie eine Gänsehaut, aber diese war nicht nur unangenehm, sondern mit Schrecken stellte sie fest, dass die Gefahr, die der Fremde ausstrahlte, sie erregte. In einer erotischen Fantasie wäre ihr die Begegnung mit dem Schattenmann willkommen gewesen, in der Realität jedoch wusste sie, dass die Situation auf der Kippe stand. Mochte es zwischen ihren Schenkeln auch unpassenderweise prickeln, so war sie dennoch auf der Hut.

Hastig, als hätte sie in heiße Kohlen gegriffen, zog Willow die Hand von dem Silberbesteck zurück. „Unsinn! Ich arbeite hier.“

„Im dunklen Saal?“

„Nein … aber …“, stotterte sie, denn sie wusste nicht, wie viel sie verraten sollte. Doch wenn sie ihn davon überzeugen wollte, sie gehen zu lassen, musste sie alle Argumente in die Waagschale werfen. „Ich bin Dale Hendersons Assistentin.“

„Vom Monster höchstpersönlich? Du hast mein Mitleid.“

„Wag es ja nicht noch einmal, ihn so zu nennen!“, spie sie wütend aus. Da er sie duzte, tat sie es ihm gleich. „Er ist ein Mann mit Ehre, was man von dir sicherlich nicht behaupten kann, sonst würdest du nicht deine Identität verbergen." Sie schämte sich für diesen Vorwurf, denn den konnte man ihr ebenso machen.

Er stutzte. Dann kam eine Art Brummen über seine Lippen. „Wenn du von Henderson wüsstest, was ich weiß, würde dir nicht so viel an ihm liegen."

Was meinte er damit? Verbarg Dale eine Leiche im Keller? Unauffällig streckte Willow die Hand wieder aus und tastete in der Lade nach einem Messer. Ihre Finger schmiegten sich um einen Griff.

Der Fremde machte einen Schritt auf sie zu. Einem Raben ähnlich legte er den Kopf schräg. „Das erklärt nicht, was du im Wintergarten machst."

„Ich muss dir gar nichts erklären! Du solltest sofort das Weite suchen, bevor ich die Polizei rufe."

Sein sinnliches Lachen ließ ihre Nervenbahnen vibrieren. Erneut trat er ein Stück näher. „Wohl kaum! Du trägst Handschuhe wie eine Diebin."

Das ließ sich nicht leugnen. Eine Ausrede fiel ihr dafür auch nicht ein. Er hatte sie erwischt! Ihr Herz setzte einen Schlag aus und pochte dann wie ein Haken schlagender Hase, hektisch und nervös. Ihr Mund war trocken, als sie dürftig erwiderte: „Du auch."

„Ich kam zufällig mit meinem Motorrad vorbei."

Er machte sich lustig über sie. Willow kochte. Lautlos zog sie das Messer aus der Kommode. „Du bist der Einbrecher von uns, du verbirgst schließlich dein Gesicht unter einer Sturmhaube."

„Clever von mir und ziemlich dumm von dir, keine zu tragen."

„Pass ja auf, was du sagst! Ich bin eine Angestellte." Bedrohlich schwang sie die Taschenlampe. Sie hatte sich schon als Kind mit Jungs geprügelt und würde auch jetzt nicht vor einer körperlichen Auseinandersetzung zurückschrecken.

„Wie süß!"

Während sie beobachtete, wie er die Mundwinkel zu einem Lächeln hochzog, fiel ihr auf, dass das Atemloch, anders als die

Aussparungen für die Augen, zerfranst war, als wäre es zusätzlich mit einer Schere hineingeschnitten worden.

Erneut ging er einen Schritt auf sie zu. Er schälte sich mehr und mehr aus der Düsterkeit heraus und war fast so nah, dass sie sich berühren konnten. Sein Blick, so spöttisch wie durchdringend, ging ihr durch und durch. Ihre Nackenhaare stellten sich auf. Sie bekam eine Gänsehaut, die zu ihrer Überraschung recht angenehm war. Was war nur los mit ihr?

Plötzlich wurde ihr klar, warum der Fremde sie erregte. *Amasone* trug Schuld daran! Im letzten Kapitel, das Willow gelesen hatte, hatte *Meester* eine Henkersmaske übergestreift. Das hatte nicht nur seine Sklavin heiß gemacht, sondern auch Willow. *Verflixt!*

Er rückte immer dichter an sie heran und wirkte dabei gefahrvoll, ein schwarzer Dämon mit feurigen Augen. Doch er strahlte keine Aggression aus, sondern Überlegenheit, eine Eigenschaft, auf die Willows Körper höchst eigensinnig reagierte. Ihr fiel das Atmen schwerer, sie schwitzte und konnte sich nur schwer konzentrieren.

Doch sie durfte dieser düsteren Lust keinesfalls nachgeben. Nicht jetzt, nicht hier und auf keinen Fall mit diesem Mann.

Weil sie Angst hatte, dass er sie jeden Moment packen könnte, hob sie die Lampe hoch und leuchtete ihm direkt ins Gesicht. „Verdammt", grollte er, schirmte die Augen mit den Armen ab und drehte sich zur Seite.

Das war ihre Chance! Willow rannte an ihm vorbei.

Doch kaum war sie an ihm vorüber, wurde sie auch schon zurückgerissen. Erschrocken gab sie einen Schrei von sich. Sie taumelte rückwärts und ruderte mit den Armen, um ihr Gleichgewicht zu halten. Das Sideboard stoppte sie schmerzhaft. Scharf sog sie die Luft ein. Sie rieb sich über den unteren Rücken.

Unheilvoll tauchte der Maskierte vor ihr auf. Aber noch war genügend Raum zwischen ihnen.

Bevor sie ihn erneut blenden konnte, machte er etwas, das sie überrascht innehalten ließ. Ein Fehler, wie sich nur Sekunden später zeigte! Blitzschnell drehte er sich um die eigene Achse. Noch im Schwung streckte er das Bein aus. Ein Kick mit dem Fuß! Und die Taschenlampe flog in hohem Bogen durch den Saal.

Schmerz fuhr in ihr Handgelenk, obwohl er nur die Lampe getroffen hatte. Sie stöhnte gequält. *Was zur Hölle ... ?* Steckte etwa Jackie Chan unter der Verkleidung?

Ihre Bewunderung nahm zu, noch mehr jedoch verstärkte sich ihre Furcht. Ihr wurde bewusst, dass sie einen Gegner vor sich hatte, der ihr haushoch überlegen war. Sie stand auf verlorenem Posten.

Ängstlich drückte sie sich gegen die Kommode. Sie hielt die einzige Waffe, die sie hatte, vor sich, um ihn in Schach zu halten, und bemerkte jetzt erst, was genau sie aus der Schublade gegriffen hatte: ein Buttermesser.

Na, bravo, dachte sie zerknirscht und zitterte.

Plötzlich schoss sein Arm vor. Der Maskierte packte Willows Handgelenk und presste seinen Daumen auf eine Stelle. Obwohl er nur wenig Druck ausübte, tat es dennoch so weh, dass sie das Messer fallen ließ. Sofort löste er den Griff.

Hatte er eine militärische Ausbildung hinter sich? Oder rangelte sie gerade nicht mit einem ihresgleichen? War er kein Dieb, sondern ... ein Killer? Ihr wurde angst und bange. Sie wehrte sich heftiger gegen ihn.

Das führte dazu, dass er sie gegen die Wand neben dem Besteckschrank drückte und sie mit seinem Körper fixierte. Lasziv schob er das Knie zwischen ihre Beine. Sein Oberschenkel schmiegte sich an ihre Mitte und löste dort ein kleines Feuerwerk aus, das Willow als höchst unpassend empfand, aber nicht verhindern konnte. Das lag nicht nur an *Amasone* und *Meester*, wurde ihr klar, sondern auch daran, wie der Fremde sie musterte.

Amüsiert. Verlangend. Mehr noch: hungrig.

Als wüsste er von ihrer verbotenen Lust. Als wäre er ebenso erregt wie sie. Aber das konnte nicht sein. Oder doch? Sein Blick schien ihr eindeutig.

„Was hast du da unter der Bluse?“ Während er seine Hüften gegen ihren Bauch drückte, rieb sein Bein, beabsichtigt oder nicht, über ihren Venushügel. „Schon reiche Beute gemacht?“

Er legte die Hand seitlich an ihren Hintern und ließ sie von dort zu ihrer Taille gleiten. Vermutlich, um die Berührung länger auszudehnen als nötig, vermutete Willow. Langsam schoben sich seine Finger unter ihr Oberteil.

„Hände weg!“ Sie versuchte ihn daran zu hindern, ihr Diebesgut herauszuziehen und sie in Verlegenheit zu bringen, verlor aber einmal mehr gegen ihn.

Als er die Boxershorts hochhielt, weiteten sich seine Augen überrascht. Ein Männerslip war wohl das Letzte, womit er gerechnet hatte.

Willow errötete. „Ist ungetragen“, merkte sie an und biss sich sogleich auf die Zunge. Ihre Wangen brannten durch den peinlichen Kommentar noch mehr.

„Stammt die Unterhose von Dale Henderson?“

„Das geht dich einen feuchten Kehricht an!“ Blitzschnell, wie sie fand, griff sie danach, um sie ihm zu entreißen, doch er hob erstaunlicherweise die Hand noch schneller ein Stück höher, damit sie nicht heranreichte.

„Was soll das? Hast du dich etwa in diese Bestie verguckt?“

„Red nicht so von ihm! Ich … ich habe damit nur … meine Fingerabdrücke abgewischt, genau, und musste die Shorts deshalb mitnehmen. Um sie zu entsorgen.“ Das Stottern entlarvte ihre Lüge.

„Du trägst doch Handschuhe.“

„Das war bevor … ich mich dazu entschied, nun ja, das Haus zu erkunden.“

Er blinzelte. „Wie unprofessionell!“

„Ich bin keine blutige Anfängerin“, verteidigte sie sich wütend. Sie hatte in ihrem Leben nicht viel vorzuweisen, darum war sie stolz auf die erfolgreiche Masche von ihr und ihrer Komplizin und dem Triumph, immer noch frei herumzulaufen. Allerdings war sie froh, Miranda los zu sein, denn ihre ehemalige

Freundin hatte sich zu einer tickenden Zeitbombe entwickelt. „Du hast keine Amateurin vor dir, sondern …" Sie stockte. Nun hatte sie ihm auch noch verraten, dass sie ein Profi war und nicht nur eine Angestellte, die das ein oder andere Tafelsilber entwenden wollte, um sich einen Zusatzverdienst zu verschaffen. *Elendes Plappermaul!*

„Ein Langfinger, der Männerslips klaut. Was soll ich davon halten?" Spott troff aus jedem Wort.

„Er bedeutet mir nichts." Rasch fügte sie hinzu: „Ich meine den Slip. Nicht Dale."

„Dale?" Durch das Loch in der Balaclava sah sie, wie er eine Augenbraue hochzog. „Wie vertraut."

Verunsichert räusperte sich Willow. „Mr Henderson."

„Bist du sicher, dass du nicht ihn meinst?"

Sie reckte ihr Kinn. „Ganz sicher."

„Dann bedeuten dir seine Hosen nichts, aber er dir schon?"

„Du drehst mir ja das Wort im Mund herum."

„Warum kannst du mich dann nicht anschauen, wenn du seinen Namen aussprichst?" Er stützte sich an der Wand hinter ihr ab und kam ihrem Gesicht ganz nah.

„Aus verschiedenen Gründen." Das war nur halb geflunkert. Der Maskierte machte ihr weiche Knie. Ebenso wie Dale Henderson. Beides würde sie nie im Leben zugeben.

„Mache ich dich nervös?" Er legte zwei Finger unter ihr Kinn, hob es an und sah ihr tief in die Augen.

Sie riss sich los und blickte trotzig an ihm vorbei. „Nein."

„Fürchtest du dich vor mir?" Seine Stimmbänder rieben wie Kieselsteine aneinander.

Willow bekam eine Gänsehaut. „Natürlich nicht."

„Warum sehe ich dann Schweißperlen auf deiner Stirn?" Sinnlich kreisten seine Fingerspitzen über ihre Schläfen, strichen über ihre Wange und zogen die Lippen nach.

Ein Kribbeln floss durch diese hindurch, tropfte in Willows Mund und sprang auf ihre Zunge über. „Es ist heiß hier drin."

„Oh ja, das ist es."

Sie wollte etwas Kesses erwidern, denn dass er nicht auf die Zimmertemperatur anspielte war ihr klar, doch ihr fiel partout nichts ein. Ihr Kopf war wie leer gefegt. Wie war sie nur in diese Situation geraten?

„Machst du das immer so?“ Der mysteriöse Mann neigte sich vor, und so, wie er die Worte in ihr Ohr flüsterte, schwang eine latente Bedrohung mit: „Etwas Persönliches von deinen reichen Opfern mitnehmen, als eine Art Erinnerung an die Diebestour?“

„Nein.“ Sein Atem strich wie eine warme Brise über ihren Hals. Sie empfand das keineswegs als unangenehm.

Er stemmte sich wieder ab und sah sie an. „Warum dann von Henderson?“

„Wie gesagt, ich habe den Stoff nur als Putzlappen …“

„Hör auf zu lügen, Willow Archer!“, sagte er scharf. Warnend blinzelte er sie an.

Der Schreck fuhr ihr in die Glieder. Der Schattenmann wusste, wer sie war. Er kannte ihren Namen. Zumindest den, der in den gefälschten Papieren stand. Das hätte sie bei jedem anderen Menschen beruhigt, aber bei ihm schrillten sämtliche Alarmsirenen. Offenbar war er nicht nur körperlich im Vorteil.

„Woher …?“

Der Fremde überging ihre Frage. „Henderson ist ein Verlierer, ein Monster und Muttersöhnchen. Was um Himmels willen zieht dich an ihm an?"

„Er hat viel erlitten."

Abfällig prustete er. „Du hast kein Interesse an ihm, sondern nur Mitleid."

„Das ist nicht wahr."

„Wie mit einem Köter, der angefahren wurde. Er tut dir wegen seiner Verstümmelung leid, dabei war er nur so dumm, die Gefahren, die dort draußen lauern, zu unterschätzen."

„Du scheinst ihn nicht zu kennen."

„Aber du?" Er lachte spöttisch. „Du arbeitest erst seit Kurzem für ihn."

Er wusste definitiv zu viel über sie. Beobachtete er sie? Ihr Puls beschleunigte sich. Nein, wohl eher hatte er ein Auge auf die Hendersons geworfen. Aus eigenem Interesse? Oder war er genau wie sie von einem Auftraggeber geschickt worden? Womöglich sogar von demselben, da er befürchtete, sie könnte den Job nicht erledigen? „Du solltest dich nicht auch noch lustig über ihn machen, nach allem, was er gerade durchlebt."

„Vielleicht hatte er es nicht besser verdient", sagte er kalt. „Vielleicht hat er etwas Schlimmes getan und seine Strafe erhalten."

Willow schnappte nach Luft. „Niemand verdient es, durch einen hinterhältigen Überfall auf ewig entstellt zu werden!"

Plötzlich versteifte sie sich. Ihr kam ein schrecklicher Gedanke: Steckte etwa der Maskierte hinter der Säureattacke auf Dale?

War er hier, weil er seinem Opfer noch mehr Schaden zufügen wollte, um ihn mürbe zu machen, bis er bekam, was er verlangte? War der Mann vor ihr ein Erpresser?

Oder hatte der erste Angriff nicht das gewünschte Ergebnis gebracht? War er tatsächlich ein Killer?

Willow fröstelte. „Was weißt du schon von Dale Henderson?"

„Alles, aber du dagegen gar nichts. Halte dich von ihm fern!"

„Soll das etwa eine Warnung sein?" Das klang, als würde der Schattenmann nicht aufhören, sinnbildlich auf Dale zu schießen, obwohl sie durch einen Querschläger getroffen werden könnte.

„Um deinetwillen." Er sprach die Worte leise aus, als hätte er sie gar nicht gesagt, sondern lediglich laut ausgeatmet.

Wollte er sie vor Dale schützen? Befürchtete der Maskierte, Henderson könnte sie mit ins Verderben ziehen? Sie hörte Zuneigung aus seinen Worten heraus. Willow runzelte die Stirn.

Die vielen Fragen schwirrten in ihrem Kopf herum und brachten sie durcheinander. War Dale nicht nur ein Opfer? Und was sollte sie von dem Mann vor ihr halten? Vielleicht wollte er sie beschützen, möglicherweise führte er sie aber auch nur an der Nase herum. Ein dunkler Engel, der sie beschützen, ihr jedoch auch gefährlich werden konnte. In zweierlei Hinsicht, dachte sie und spürte wieder die Anziehungskraft.

„Wer bist du?"

„Du erwartest nicht ernsthaft eine Antwort, oder?" Seine Augen funkelten spöttisch. „Aber ich gebe dir eine Chance. Du kannst dir meinen Namen verdienen."

Was zur Hölle meinte er damit schon wieder? Sein Blick verhieß nichts Gutes.

„Durch einen Kuss."

Ihre Brauen schnellten in die Höhe. Sie prustete. Doch ihr Unterleib geriet in Aufruhr. „Das kann nicht dein Ernst sein."

„Dann lass es eben. Du willst etwas von mir, nicht ich von dir."

Ihr Mund kribbelte köstlich. Willow saugte die Unterlippe ein und biss darauf, bis es wehtat, doch das Prickeln ging nicht weg.

Der Maskierte wandte sich ab, um zu gehen.

„Warte!" Ein Name war ein Anfang. Zu ihrer Form des Diebstahls gehörte auch eine umfassende Vorabrecherche über die Zielperson und deren Umfeld. Willow war gut darin, sie würde aus dieser winzigen Information eine ganze Lebensgeschichte in Erfahrung bringen.

„Nun?"

Nervös verlagerte sie ihr Gewicht von einer Seite auf die andere. „Okay."

Mit einem triumphierenden Grinsen drehte er sich wieder zu ihr. Er stellte sich erneut unverschämt dicht vor sie. Während er auf ihren nächsten Schachzug wartete, atmete auch er immer schwerer.

Willow wusste, er würde ihr nicht weiter entgegenkommen. Normalerweise war sie auch kein Kind von Traurigkeit und scheute sich nicht davor, den ersten Schritt zu machen. Doch bei ihm war alles anders. Er flößte ihr eine bittersüße Angst ein, und dennoch fühlte sie sich magisch zu ihm hingezogen. Wovor sie sich allerdings am meisten fürchtete, war, dass er erkannte, welche Macht er über sie haben könnte, wenn er nur wollte. Ohne Gewalt, sondern allein durch seine finstere und dennoch sexy Aura vermochte er, sie zu unterwerfen. Wichtig war nun, ihm diese Schwäche keinesfalls zu zeigen! Er durfte nicht davon erfahren. Ihn zu küssen jedoch bedeutete Gefahr. Willow musste sich aufs Glatteis hinaustrauen. Wenn sie ihn ihr Begehren spüren lassen würde, wäre sie verloren.

Linkisch vor Aufgeregtheit packte sie den Fremden grob wie ein Holzfäller. Sie zog sein Gesicht zu sich herunter. Ihre Lippen fanden seine. Flüchtig küsste sie ihn auf den Mund, betont kühl, und löste sich wieder von ihm. Doch die kurze Berührung war wie ein Stromschlag für sie gewesen.

„Das nennst du einen Kuss?" Er schnaubte.

„Es war einer, so viel steht fest."

„Aber nicht einer, wie ich ihn im Sinn hatte."

„Du hast keine Vorgaben gemacht."

Ungehalten schüttelte er den Kopf. „War doch klar, dass wir uns nicht wie Bruder und Schwester ..."

„Ich habe unsere Abmachung befolgt", unterbrach sie ihn. „Nun bist du dran."

„Ich bin davon ausgegangen, dass jemand, der so sinnlich aussieht“, er wickelte eine ihrer braunen Locken um den Zeigefinger, „auch sinnlich küsst.“

Ihre Wangen brannten. Solch ein Kompliment hatte sie noch nie erhalten.

„Ich habe dich kaum gespürt“, seine Reibeisenstimme war zurück, „geschweige denn geschmeckt.“

Bei der Vorstellung, ihn zu kosten, wurde ihr heiß. „Dein Pech!“

„Er stellt mich nicht zufrieden, also erfährst du auch nichts von mir.“

Sein aufgebrachtes Blinzeln jagte ihr wohlige Schauer über den Leib. „Das ist unfair.“

„Und beruht auf Gegenseitigkeit. Du wolltest mich betrügen und mir einen richtigen Kuss verwehren. Aber wir sind Verbrecher, Fairplay ist nicht unser Ding“, spie er aus, doch Enttäuschung schwang zwischen den Worten mit, „das hatte ich vor Begehren vergessen.“

Begehren? Willow schluckte. Wärme breitete sich in ihr aus. Bevor sie darüber nachdenken konnte, fragte sie: „Erhalte ich eine zweite Chance?“

„Wozu?“

Verlegen räusperte sie sich. „Um es diesmal richtig zu machen.“

„Du müsstest nicht nur das, sondern auch Wiedergutmachung leisten.“

„Was willst du damit andeuten?“

Er lächelte arglistig. „Ich verlange, dass du dich mehr ins Zeug legst.“

„Mehr?“ Es war ihr peinlich, ständig nachzuhaken, aber ihr fiel das Denken schwer, weil er sie mit seinem Blick auszog. *Was für ein Kerl!*

„Mehr Leidenschaft. Mehr Feuchtigkeit. Definitiv mit Zunge.“ Unter halb geschlossenen Lidern sah er sie an. Seine Stimme klang rau und animalisch. „Lass mich spüren, wie sehr du es willst.“

„Dich zu küssen“, hauchte sie atemlos. Das wollte sie auch, gestand sie sich endlich ein.

Er lachte. „Ich meinte, meinen Namen zu erfahren.“

Ihr Gesicht schien in Flammen zu stehen. Sie hatte verraten, dass sie sich zu ihm hingezogen fühlte, dabei hatte sie genau das vermeiden wollen. Der Schattenmann war noch cleverer, als sie erwartet hatte. Er kämpfte mithilfe eines unfairen Mittels: mit Lust.

Sein Finger hinterließ eine heiße Spur auf ihrem Gesicht, als er über ihre Schläfe kreiste, über ihre Wange tiefer glitt und durch die Kerbe unter ihrer Unterlippe fuhr. Wohl um es ihr leichter zu machen, kam der Maskierte so dicht an sie heran, dass ihre Nasen sich fast berührten. Weiter ging er nicht.

Zuerst war Willow wie erstarrt, überwältigt von dem, was gleich geschehen würde. Dabei handelte es sich nur um einen unbedeutenden Kuss. Aber durch das erotische Netz, das der Fremde um eben diese Berührung gewoben hatte, bekam sie eine weitaus größere Bedeutung. Wurde faszinierender, reizvoller – heißer!

Ich bin erregt wegen eines läppischen Kusses, einem, der noch nicht einmal stattgefunden hat. Wie peinlich ist das denn? Bevor der Schattenmann bemerkte, wie aufgewühlt sie war, presste Willow rasch ihre Lippen auf seine.

Zögerlich begann sie, seinen Mund zu erforschen. Sie fühlte sich so unsicher wie ein Teenager. Was erwartete er von ihr? Gefiel ihm, was sie tat? In den ersten Sekunden hielt er lediglich still. Er reagierte nicht auf sie, was sie irritierte. Möglicherweise war er enttäuscht.

„Ist das alles an ‚mehr‘, was du zu bieten hast?“, fragte er herausfordernd und löste sich dabei kaum von ihr. „Ich will Feuer!“

Sogleich strengte sie sich mehr an, wie *Amasone* es tat, wenn sie von ihrem *Meester* gerügt wurde, da sie beispielsweise seinen Schwanz nicht eifrig genug sauber leckte. Dieser Gedanke schickte erotische Blitze durch Willows Körper, die sie von ihrem Busen bis zu ihrer Möse elektrisierten. Verdorbenes Weib! dachte sie und kicherte in sich hinein.

Sie öffnete ihren Mund weiter und zog den Maskierten eng an sich. Die Balaclava kitzelte sie. Mit geschlossenen Augen konzentrierte sie sich vollkommen auf das Küssen. Die Herausforderung, dass sie ihn erst von sich überzeugen und ihn durch ihre eigene Leidenschaft anstecken musste, wirkte aphrodisisch auf sie. Je emsiger sie sich bemühte, ihn zu erregen, desto erregter wurde sie selbst.

Endlich ging er auf ihren Kuss ein. Er antwortete darauf, indem er an ihrer Oberlippe knabberte. Zärtlich schnappte er nach ihr, um sich kurz an ihrem Mundwinkel festzusaugen.

Als er seine Lippen wieder auf Willows presste, zögerte sie nicht länger und schob gierig ihre Zunge in ihn hinein. Nicht wegen seiner Anweisung, sondern aus reinem Verlangen.

Ihre Münder verschmolzen. Sie kosteten nicht bloß voneinander, sondern sie betranken sich aneinander. Eng umschlungen schnäbelten sie immer ungestümer. Sie schienen miteinander zu ringen, so wild küssten sie sich.

Als Willow merkte, dass sie vollkommen die Kontrolle über sich verloren hatte, befreite sie sich aus seiner Umklammerung. *Was zur Hölle war hier passiert?* Die Erkenntnis darüber, einige Minuten lang nicht mehr sie selbst gewesen zu sein, schockierte sie. Sie hatte sich wie eine hingebungsvolle Lustdienerin verhalten und sich ausgerechnet den Wünschen eines zwielichtigen maskierten Mannes unterworfen. Wie leichtsinnig!

Die Distanz zu ihrem Gegenüber ließ sie dennoch frösteln. Ihr fehlte seine Wärme. Peinlich berührt wich sie seinem Blick aus und rieb sich die Oberarme. „Ich habe meinen Teil der Abmachung erfüllt. Jetzt bist du dran."

Da er schwieg, sah sie ihn an. Er wirkte enttäuscht. Weshalb? Am Kuss konnte es nicht liegen. Aber vielleicht an der Nüchternheit ihrer Stimme. „Dein Name!"

„Savage."

Sie hob die Brauen. „Wie bitte?"

„So kannst du mich nennen."

„Du heißt aber nicht wirklich so, habe ich recht?" Empört prustete sie. „Ist das dein Ganoven-Nickname?"

„Könnte man sagen."

Das war dürftig, aber immerhin etwas. Eventuell war er unter diesem Pseudonym in der hiesigen Szene bekannt. Und sie konnte den Namen ihrem Auftraggeber entgegenschleudern und beobachten, wie er darauf reagierte. „Du hast mich belogen."

„Habe ich nicht. Ich habe dir meinen Namen genannt. Abmachung erfüllt."

„Aber nicht deinen echten."

„Du hältst mich wohl für dumm."

„Nein, ganz und gar nicht", sie ärgerte sich maßlos, „aber ich war es."

Sonnenstrahlenfältchen an den Augen traten zum Vorschein, als er lächelte. „Du hast dich von mir ablenken lassen, das ist alles. Wenn du etwas möchtest, lenke die Aufmerksamkeit auf etwas anderes, damit dein Begehren nicht zu offensichtlich ist."

„Dann ist alles, was du wolltest, mich zu küssen?" Aufmerksam hing sie an seinen Lippen. Das Atmen fiel ihr erneut schwerer, und Hoffnung stahl sich in ihr Herz.

„Nein."

Ihr Lächeln erstarb.

„Das war mein rein persönliches Anliegen. Mein Privatvergnügen. Ich dachte, ich könnte dich weich kochen, damit du mir erzählst, was ich von dir wissen möchte. Also, wonach suchst du wirklich, Diebin?" Er blickte kurz zum Tafelsilber. „Und ich rate dir, mir keine Lügen aufzutischen."

„Ich würde eher sterben, als dir das zu verraten."

„Das dachte ich mir. Ich muss wohl härtere Geschütze auffahren."

Ängstlich presste sie den Rücken gegen die Wand.

Mit sanfter Gewalt zog er sie von dort weg. Sie wehrte sich. Leise, damit niemand im Haus sie hörte, schimpfte, zeterte und verfluchte sie ihn. Als wäre sie nur eine strampelnde Katze, die er im Nackengriff gepackt hatte, bugsierte er sie mit Leichtigkeit zur Tafel in der Mitte des Bankettsaals. Er drückte sie mit dem Oberkörper darauf. Sein Knie stieß zwischen ihre Schenkel und öffnete sie. Dadurch rutschte ihr Rock höher. Doch das war Savage noch nicht genug, er schob den Stoff so weit wie möglich hoch, klappte den Saum nach oben und klemmte ihn unter das Bündchen, damit er nicht wieder herunterrutschen konnte.

Willows Unterleib war dem Fremden schutzlos ausgeliefert. Ihr Höschen würde ihn nicht davon abhalten, mit ihr zu tun, was immer er plante.

Sie kämpfte gegen Savage an, bis ihr die Kraft ausging. Erschöpft blieb sie liegen, ergab sich aber nur vermeintlich ihrem Schicksal. Heimlich lauerte sie auf einen Moment der Nachlässigkeit, um sich loszureißen.

Ein heiß-kaltes Prickeln floss ihre Wirbelsäule hinab, drang in die Spalte zwischen ihren Pohälften und elektrisierte ihren Schoß. Ihr Körper bebte. Ihre Möse pochte. *Verräterin!*

Überraschung, aber auch Genugtuung schwang in seiner Stimme mit: „Dein Slip ist feucht."

„Ach, halt die Klappe!", verfiel sie in den Gassenjargon ihrer Jugend. Es ärgerte sie maßlos, dass Savage den Beweis vor Augen hatte, wie sehr ihr das erotische Gerangel mit ihm von Anfang an gefallen hatte. „Was hast du mit mir vor?"

„Ich werde ein Geständnis erzwingen."

„Wie?"

„Durch Folter."

Ihr stockte der Atem. War er doch kein Einbrecher, sondern ein Krimineller, der Männer mit Säure übergoss und Frauen Schmerzen zufügte? „Du wirst mir doch nicht wehtun, oder?"

Savages Fingerspitzen zogen immer größer werdende Kreise über ihrem Steißbein. „Es gibt andere Wege und Möglichkeiten, jemanden zu quälen."

Was meinte er damit? Über die Schulter hinweg versuchte Willow, ihm einen flehenden Blick zuzuwerfen, aber der Mann mit der Maske stand genau hinter ihr.

Sein sinnliches Lachen kitzelte ihre Kehrseite. „Hab keine Angst. Am Anfang wird es sogar sehr schön für dich sein."

„Was soll an Folter schön sein?" Mit aller Kraft versuchte sie, ihre Arme freizubekommen, aber er hielt ihre Handgelenke unnachgiebig in ihrem Rücken zusammen.

„Die Lust, die ich dir bereiten werde, wird sich hochschrauben. Du wirst sie genießen. Ich bin gut darin, was ich tue." Er machte eine Kunstpause. „Aber es wird der Moment kommen, an dem du sie verfluchen wirst. Glaube mir, ich habe Erfahrung. Ich weiß, was ich tue … dir antue."

Wie unbescheiden! Willow wunderte sich, dass die Ankündigung ihr nicht nur Furcht einflößte, sondern sie auch erregte. Lust, natürlich, er hatte sie schon einmal als Waffe benutzt. Aber während der Fremde bei dem Kuss quasi noch mit Platzpatronen geschossen hatte, benutzte er nun scharfe Munition.

Ihr blieb nur zu hoffen, dass jemand sie durch die gläsernen Wände des Wintergartens entdeckte und Alarm schlug.

Doch die Aussicht auf Rettung war gering. Die Taschenlampe war erloschen, nachdem Savage sie Willow aus der Hand gekickt hatte und sie auf den Boden gefallen war. Und das Mondlicht erhellte den Saal nicht mehr als den Park.

Willow setzte zu einem Hilfeschrei an, doch Savage bemerkte es und verschloss in letzter Sekunde ihren Mund mit seiner Hand.

„An deiner Stelle würde ich still sein!" Sachte drückte er ihr den Kopf in den Nacken, lehnte sich über ihren Rücken, wodurch sie seine Erregung an ihrem Hintern spürte, und wisperte ebenso drohend wie lüstern in ihr Ohr: „Denn wenn ich entdeckt werde, wirst auch du auffliegen. Ich werde keine Sekunde zögern, dich, meine kleine, süße Diebin, mit an den Pranger zu stellen. Mögen sie auch eine schlechte Qualität haben, auf den Handyfotos, die ich von dir geschossen habe, bist du trotzdem zu erkennen." Als Beweis zeigte er sie ihr und steckte das Smartphone wieder weg. „Und wie willst du Hendersons Boxershorts erklären, Lockenköpfchen?"

Verflucht, dachte Willow. Während sie noch mit der Taschenlampe hantiert hatte, musste Savage beim Reinkommen unbemerkt Bilder von ihr geschossen haben. Wütend versuchte sie ihn zu treten. Doch durch die gespreizten Schenkel gelang es ihr nicht. Er hatte recht, sie durften nicht erwischt werden, dann wäre sie mit dran.

„Warum bist du hier?" Mit einer Hand hielt er ihre Handgelenke hinter dem Rücken fest.

Mehr Sorgen bereitete Willow jedoch, was seine andere Hand machte. Erhob er sie zur Klaue, um einen weiteren schmerzhaften Kampfgriff anzuwenden? Oder holte er gerade einen Schlagring oder etwas Ähnliches aus seiner Hosentasche? „Ich arbeite als Dale Hendersons Assistentin."

„Falsche Antwort." Als er über ihr Höschen strich, erschauerte sie.

Sie erschrak über diese Reaktion. Um ihr Beben zu überspielen, sagte sie trotzig: „Sie war korrekt. Du hast nur deine Frage zu ungenau gestellt."

„Deine Frechheit werde ich dir schnell austreiben."

Plötzlich klatschte es. Dann noch einmal. Und noch einmal. Gerade noch rechtzeitig unterdrückte Willow einen Schrei. Savage hatte sie geschlagen! Drei Mal kurz hintereinander auf die Seite der Pobacke, die nicht vom Stoff bedeckt war. Zu dumm, dass sie ihre Slips gerne knapp trug. Fassungslos schnappte sie nach Luft. Als sie ausatmete, entfloh ein Stöhnen ihrem Mund. Darüber erschrak sie fast so sehr wie über den Klaps.

„So tickst du also." In seiner Stimme hörte sie ein Lächeln. „Ich hatte es schon geahnt."

Willow murmelte einen Fluch.

Gekonnt spreizte er die Finger und rieb parallel über ihre äußeren Schamlippen.

Sie schwollen immer weiter an, Willow konnte nichts dagegen unternehmen. Aufgebracht versuchte sie erneut, ihm zu entkommen, doch Savage besaß viel mehr Kraft als sie und hatte sie in eine Position manövriert, aus der sie sich ohne fremde Hilfe nicht würde befreien können.

Er ging dazu über, die inneren Lippen zu streicheln. Minutenlang liebkoste er hauchzart ihren Schoß. Offenbar hatte er Zeit.

Willow dagegen nicht. Bald würde Dale nach Hause zurückkehren. Nicht auszudenken, wenn er sie bei diesem ... Ja, wobei denn überhaupt? ... erwischen würde!

Zu ihrer eigenen Überraschung kam die Angst vor einer Kündigung dabei erst an zweiter Stelle. Viel wichtiger war ihr, Dale nicht zu enttäuschen. Denn seinen überraschten und vorwurfsvollen Blick könnte sie unmöglich ertragen. *Glaubst du ernsthaft, du bedeutest ihm etwas? Mach dich nicht lächerlich!*

Aber es gab noch einen weiteren Antrieb: Sie musste Dale vor Savage schützen! Auf keinen Fall durften die beiden Männer aufeinandertreffen.

„Hör auf!“, zischte sie mühsam. Doch ein Teil von ihr wollte das gar nicht, bemerkte sie bestürzt. Ihrer verruchten Seite gefiel, was Savage tat. Dabei war er ein Bad Boy und somit nicht vertrauenswürdig, dafür brandgefährlich und unberechenbar. *Gerade weil er ein Bad Boy ist, fährst du auf ihn ab, Dummchen.*

Savage unterbrach ihre inneren Zwiegespräche, den Kampf zwischen Vernunft und Verlangen, indem er seine Fingerspitzen über ihre Scham tanzen ließ. Zärtlich berührte er sie hier und dort, ein sachtes Streifen, das Willows Erregung weiter anstachelte. Ein kurzes Aufflammen der Lust, immer an unterschiedlichen Stellen, kleine Explosionen, deren Funken mit jedem Kontakt weiter zu einem großen Feuerwerk verschmolzen. Dass der Stoff ihres Höschens das direkte Aufeinandertreffen von Haut auf Haut verhinderte, minderte das Wohlgefühl nicht, sondern es machte das Spiel nur noch verruchter.

Unwillkürlich schloss Willow die Augen. Sie atmete durch die Nase, denn sie traute ihrem Mund nicht. Laszives Seufzen steckte in ihrem Hals fest und drängte hinaus. Wie lange würde sie es noch zurückhalten können?

Das Streicheln wurde zum Klopfen. Immer öfter schnippte Savage gegen das Höschen, das von der geschwollenen Mitte gedehnt wurde.

Ihre Möse ärgerte Willow, indem sie mit Pochen reagierte. Ihr Körper hatte sich diesem Mann längst ergeben. Ihr Wille, ihm zu widerstehen, schwand.

Das Schnippen wurde stärker. Es tat zunehmend weh. Willow hörte sich selbst laut atmen. Nun stand ihr Mund doch offen, sie japste nach Luft und bemühte sich, zu verhindern, dass ihr Unterleib ständig zuckte. Aber ihr Körper wollte den Berührungen nicht ausweichen, sondern er bebte vor Lust. Der Schmerz kam Detonationen gleich, und diese lösten einen Sturm zwischen Willows Schenkeln aus.

Als Savages Fingerspitzen um ihren Kitzler kreisten, weit genug entfernt, um ihn nicht zu streifen, ballte sie die Hände zu Fäusten. Sie erwog, sich erneut zu wehren. Doch wozu? Sie hatte ohnehin keine Chance gegen den Mann mit der Maske. Von einem Moment zum anderen wollte sie es nicht einmal mehr, denn während sie noch überlegt hatte, gegen ihn und seine Dreistigkeiten anzukämpfen, hatte heimlich, still und leise die Lust die Oberhand gewonnen.

Savages Daumen brauchte nur einige wenige Male über ihre Klitoris zu reiben und schon kündigte sich der Höhepunkt an. So schnell war Willow noch nie bereit gewesen. Sie hatten sich nur geküsst, und er hatte sie lediglich ein bisschen gestreichelt, war aber nicht einmal in sie eingedrungen. Was hatte sie so heiß gemacht? Die tabulose SM-Geschichte über *Amasone* und *Meester*? Savages Maske? Gezwungen zu werden, sich ihm hinzugeben? Die Mischung aus Sex und Gewalt, aus Erregung und leichtem Schmerz? Ja, dachte sie, all das.

Ihre Muskeln spannten sich an. Ihr wurde heiß. Fest presste sie die Lider zu. Sie konzentrierte sich vollkommen auf seinen Daumen und die Ekstase, die er in ihr auslöste. Doch er fasste sie immer behutsamer an. Und je weniger Willow ihn spüren konnte, desto mehr verlangte sie danach.

Energisch schob sie ihm ihren Schoß entgegen, um ihm zu signalisieren, dass er fester zupacken sollte. Sie stand kurz davor, den Gipfel zu erklimmen. Gleich musste es so weit sein. Jede Zelle in ihr sehnte sich nach diesem vollkommenen Rausch, der zum Greifen nah war.

Doch es war vorbei. Willow spürte Savage nicht mehr. Keuchend machte sie ihrer Enttäuschung Luft.

Er hatte aufgehört. Kurz vor dem Orgasmus. Sie konnte es kaum fassen. „Hey!"

„Was machst du bei den Hendersons?"

„Wie bitte?" Seine Worte drangen nur schwer zu ihr durch. Das Pochen ihrer Möse schien laut in ihren Ohren widerzuhallen, und ihre Gedanken flossen durch die Erregung träge.

„Du musst dir den Höhepunkt erkaufen, mit der Wahrheit. Also, was führst du im Schilde?"

„Okay, schon gut. Eigentlich bin ich keine Assistentin, sondern", sie versuchte, sich zu sammeln, „nur eine Tippse – huch!"

Savage hatte den Daumen auf ihre Klitoris gepresst.

Das reichte schon, um Willow erneut einzuheizen. Alles in ihr konzentrierte sich auf dieses pulsierende Knötchen unter seinem Finger. Sie biss die Zähne zusammen, um ihm nicht zu zeigen, wie leicht er sie erregen konnte. Steif stand sie da. Doch schon als er den Kitzler behutsam zwirbelte, zitterten ihre Beine.

Ihre erigierten Brustspitzen drückten hart gegen die Tischoberfläche. Durch das Beben, das ihren Körper in Wellen erschütterte, rieben die Nippel über die Holzplatte unter ihr, was einen süßen Kitzel durch ihren Busen sandte.

Sie zerfloss förmlich unter seinen Liebkosungen. Ihm gegenüber würde sie es niemals zugeben, aber er hatte nicht untertrieben. Er wusste tatsächlich genau, was er tat. Qualvoll sanft schraubte er ihre Lust nach oben. Für Willow bestand kein Zweifel daran, dass Savage seine Macht über sie genoss, und das lag nicht nur daran, dass sie seinen harten Schwanz ab und zu an ihrer Kehrseite spürte. Er folterte eine Frau nicht das erste Mal auf diese bittersüße Art und Weise, so viel stand für sie fest.

Savage ließ von ihrem Kitzler ab. Kurz geschah rein gar nichts. Diese Pause schürte Willows Angst. Die Ungewissheit ließ sie unruhig werden.

Plötzlich stieß etwas in sie hinein.

Obwohl sie ihr Höschen noch trug.

Sie spannte sich an. Lauschte in sich hinein. Bemühte sich zu erspüren, was es war. Und erkannte, dass Savage lediglich zwei Finger in sie hineindrückte. Erleichtert stieß sie die Luft aus. Doch auch aus diesem Ausatmen wurde wieder ein Stöhnen, denn das Penetrieren hatte zur Folge, dass der Stoff ihres Slips über die empfindliche Klitoris rieb.

Immer schneller drangen die Finger in ihre Möse ein. Immer heftiger wurde ihr Kitzler gereizt. Willow warf den Kopf in den Nacken. Sie japste wie ein Fisch auf dem Trockenen, stellte sich auf die Zehenspitzen und ließ sich wieder hinabsinken. Instinktiv wollte sie die Schenkel schließen, doch Savage zwang sie auseinander.

Ihr Mund war trocken, ihre Stirn dagegen feucht. Sie befürchtete, einen Krampf in der linken Wade zu bekommen, war jedoch außerstande, sich zu artikulieren und Savage um Gnade anzuflehen. Bei dem Versuch biss sie sich auf die Zunge, spürte es aber kaum. Die Lust brannte so heiß in ihrem Schoß, dass sie alles andere in den Schatten stellte. Ihre Schamlippen schienen in Flammen zu stehen, Feuer schien aus ihrer Mitte zu züngeln, und ihr Kitzler glich einer glühenden Kohle.

Plötzlich hörte Savage auf.

Willow fühlte sich, als hätte man sie mit Eiswasser übergossen.

Er gab ihr wohl einen Moment, um durchzuatmen. Dann fragte er: „Bist du jetzt bereit, mich über die wahren Gründe deiner Anwesenheit ins Bild zu setzen?“

Im ersten Augenblick war sie unfähig zu antworten. Ihre Zunge lag nutzlos in ihrem Mund. Die Lider waren schwer wie Blei.

„Warum spionierst du hinter dem Rücken der Hendersons in ihrem Haus herum?“

„Fahr zur Hölle.“

Im Nachhinein bereute sie es, das gesagt zu haben. Denn in der folgenden Stunde bekam sie seine Rache zu spüren. Unbarmherzig trieb er sie immer wieder auf den Höhepunkt zu und hörte kurz davor auf. Das Blut rauschte in ihren Ohren. Sie war nass geschwitzt und fühlte sich, als wäre ihr Körper dabei, sich aufzulösen. Selbst die Zellen schienen sich zu verflüssigen, sie vibrierten vor Lust. Willows Nervenbahnen reagierten mit heftigen Schwingungen, als Savage sich niederkniete und ihren geschwollenen Schoß mit Bissen traktierte, mal zärtlich, mal schmerzhaft. Ihr Slip war durchtränkt mit ihrer Feuchtigkeit. Savage störte das offenbar nicht, sie hörte ihn sogar gierig schnuppern.

Ihr Wunsch nach Erlösung wurde immer verzweifelter. Sie stand kurz davor, loszuheulen, weil die unerfüllte Geilheit sie innerlich fast zerriss. Inzwischen störte es sie nicht mehr, dass er mitbekam, wie es ihr ging. Er konnte sie ohnehin lesen wie ein offenes Buch, zumindest was ihre Erregung betraf.

Es kam der Moment, in dem sie ihm auch den Rest erzählte. Sie knickte ein, gab auf. Atemlos brachte sie hervor: „Ich suche einen Schatz.“

„In der Henderson Mansion?“

„Er soll Henry Henderson mehr bedeutet haben als Tangy Inc.“

„Als sein Soßen-Imperium? Wohl kaum. Die Firma hat die Familie reich gemacht.“

„Damit hatte der alte Herr den Grundstein gelegt. Aber angeblich hat er in Südafrika eine Kostbarkeit entdeckt, die so wertvoll war, dass er sie geheim hielt."

„Woher weißt du das?"

Es kostete sie Mühe zu sprechen, zu lügen schaffte sie dagegen mühelos: „Man erzählt es sich in Ganovenkreisen. Du musst doch auch davon gehört haben."

„Ich bin ein Einzelgänger", sagte er nach einer Pause. Er half ihr, sich aufzurichten, doch kaum stand sie, drängte er sie wieder gegen die Wand, damit sie nicht fliehen konnte. „Was soll das für ein Schatz sein?"

Willows Beine waren weich wie Pudding. „Das ist das Problem. Nichts Genaues ist bekannt."

„Dann ist es vielleicht nur ein Mythos."

„Wahrscheinlich."

„Ich durchschaue dich." Er hielt ihr Kinn fest und zwang sie, ihn anzusehen. „Du willst deine Suche herunterspielen. Aber du wärst nicht hier und würdest alles durchforschen, wenn du nicht annehmen würdest, dass es ihn wirklich gibt."

Die Erregung trübte noch immer ihre Sicht. „Ich wollte nur mal nachgucken."

„Du gehst ein großes Risiko ein, um", er malte Anführungsstriche in die Luft, „nur mal nachzuschauen."

„Das ist meine Sache, nicht deine." Sie leckte über ihre trockenen Lippen.

Sein Blick folgte ihrer Zunge. „Ab sofort wird es unsere sein."

Sie glaubte sich verhört zu haben.

„Wir werden gemeinsam die Villa durchforschen." Um seiner Aussage Nachdruck zu verleihen, glitt seine Hand tiefer und packte ihren Hals.

Unglücklicherweise hatte dies nicht nur eine beängstigende Wirkung auf sie, sondern auch eine erotische. „Auf keinen Fall."

„Denk an die Handyfotos, die ich von dir geschossen habe. Mit Handschuhen, Taschenlampe und dem Tafelsilber. Auf frischer Tat ertappt." Sachte drückte er auf ihre Kehle.

„Überredet", sagte sie widerwillig.

Ihre weibliche Neugier und ihre Wollust freuten sich darauf, mehr Zeit mit diesem mysteriösen Mann zu verbringen. Vielleicht lüftete er sogar eines Tages seine Maske, ob freiwillig oder indem sie nachhalf. So oder so würde ihrer Partnerschaft eine erotische Spannung zugrunde liegen, die der Jagd nach dem Unbekannten eine interessante Würze gab.

Die Diebin in ihr jedoch wusste, dass sie nur scheinbar Verbündete waren. In Wahrheit blieben sie Konkurrenten. Sobald sie das Juwel, die Besitzurkunde oder was auch immer so wertvoll war, dass man es vor der Öffentlichkeit geheim hielt, aufgespürt hatten, würden sie darum kämpfen. Bis dahin wollte sich Willow eine Strategie zurechtgelegt haben, wie sie Savage kaltstellte. Er war der Stärkere von ihnen beiden, daher musste sie ihn überlisten.

„Du hast bekommen, was du wolltest. Lass mich endlich gehen." Sie musste sich dringend sexuelle Erleichterung verschaffen, sonst würde sie Dale nicht gegenübertreten können.

„Du hast etwas vergessen."

Ihre Wangen glühten vor Anstrengung und unerfüllter Lust. „Und zwar?"

„Das hier." Seine freie Hand glitt in ihren Schritt. Geschickt fand er ihre Klitoris. Das nasse Höschen spannte sich wie eine zweite Haut darüber.

Bevor Willow reagieren konnte, zwackte Savage sie in ihre empfindlichste Stelle. Sie kreischte vor Schreck, aber auch vor Erregung. Sogleich verschloss er ihren Mund mit einer Hand. Er zwickte sie erneut, schon etwas fester. Dann noch einmal und noch einmal. Willow packte seine Arme, um ihn wegzustoßen, stattdessen jedoch grub sie die Finger in sein langärmeliges Shirt und hielt sich an ihm fest.

Der Orgasmus rauschte so schnell und heftig heran, dass er sie von den Beinen gefegt hätte, hätte Savage sie nicht festgehalten. Außerdem hätte sie das Haus zusammengeschrien, doch er verhinderte es.

Als es vorbei war, konnte sie sich kaum noch aufrecht halten. Eine ungeheure Müdigkeit erfasste sie. Aber der Weg zum nächsten Bett war für sie in diesem Moment ebenso weit, wie zu Fuß nach Alaska zu laufen.

Nur ihr Stolz motivierte sie, sich von Savage loszumachen. Sie trat von ihm weg, die Schenkel gespreizt wie eine Rodeoreiterin, die viel trainiert hatte, da das nächste Turnier kurz bevorstand.

„Wenn du mich noch einmal anfasst, breche ich dir die Finger“, zischte sie, hob ihre Taschenlampe auf und stakste unbeholfen aus dem Bankettsaal.

Willow war so fertig, dass sie beinahe vergessen hätte, die Handschuhe rechtzeitig auszuziehen, als sie der Hausherrin in die Arme lief. So linkisch, wie sie sich dabei anstellte, sie abzustreifen und samt der Lampe hinter einer Vase zu verstecken, hätte Vivian es mitbekommen müssen. Doch etwas anderes beschäftigte sie offenbar so sehr, dass sie dem keine Beachtung schenkte. Aufgebracht versuchte die Neunundfünfzigjährige, in ihre Sommerjacke zu schlüpfen, schaffte es jedoch erst mit Willows Hilfe.

„Was ist los?“ In dem goldumrahmten Spiegel hinter Vivian sah Willow ihr vom Petting gerötetes Gesicht und riss bestürzt die Augen auf.

„Etwas Schreckliches ist passiert.“

Willows Puls beschleunigte sich von null auf hundert. „Ist Ihrem Sohn etwas zugestoßen?“ Ein weiterer Angriff? Ihr Herz rutschte in den feuchten Slip.

„Dale?“ Verwirrt stockte Vivian und schüttelte dann den Kopf. „Oh nein, nein. Nicht ihm.“

„Wem dann?“

„Martha.“

„Ihrer Köchin?“ Die Brownies, die Willow genascht hatte, lagen ihr plötzlich schwer im Magen.

„Jemand hat sie auf der Straße dort draußen zusammengeschlagen, als sie zur Bushaltestelle ging.“

Während ich von dem Schattenmann bittersüß gefoltert wurde, dachte Willow, um das Geschehen zeitlich einzuordnen. „Vor der Henderson Mansion?“

„Nach Feierabend, ja.“

Also schon bevor sie dem dreisten Kerl begegnet war. *Oh, bitte nicht.* „Ist sie …?“

„Sie wurde schon in die Notaufnahme gebracht. Ich werde hinfahren und sicherstellen, dass sie im Krankenhaus die bestmöglichste Behandlung erhält.“ Die Haustür ging auf. Der Chauffeur teilte Vivian mit, dass der Wagen bereit wäre, worauf sie hastig ihre Handtasche ergriff. „Sie ist kaum bei Bewusstsein, so übel hat man sie zugerichtet.“

„Mit Säure?“

„Was?“ Auf dem Weg zum Ausgang blieb Vivian stehen. Irritiert runzelte sie die Stirn. Dann winkte sie ab, als wäre es das Dümmste, was Willow hätte sagen können. „Ach, nein.“

Willow folgte ihr auf den Vorplatz hinaus. Bevor Vivian in die Limousine einsteigen konnte, fragte sie noch rasch: „Hat sie ihn erkannt?“

„Einer vom Wachdienst hat einen Maskierten flüchten sehen.“

Als der Chauffeur die Wagentür mit einem Knall schloss, zuckte Willow zusammen, als wäre eine Bombe neben ihr hochgegangen. Unwillkürlich schaute sie in Richtung Wintergarten. Der Bankettsaal lag im Dunkeln.

13. KAPITEL

In der darauffolgenden Nacht wurde Willow von Sexträumen verfolgt. Ein gesichtsloser Fremder unterwarf sie. Jedes Mal endete der Traum in Gewalt. Doch bevor die dunkle Bedrohung in Schmerz, Blut und Angstschreien münden konnte, schreckte sie mit heftig klopfendem Herzen aus der kurzen Schlafphase auf. Kaum nickte sie wieder ein, begann das nächste erotische Abenteuer, das wieder ein abruptes Ende fand.

Am Morgen erwachte Willow und wusste zuerst nicht einmal, wo sie war. Sie schämte sich für die Feuchtigkeit zwischen ihren Schenkeln. Ihre Gedanken schwirrten durcheinander, ihre Gefühle fuhren Achterbahn, und sie war völlig fertig.

Und das alles nur wegen diesem verflixten Savage.

Hatte er wirklich die gutherzige Martha zusammengeschlagen? War sie, Willow, nur knapp demselben Schicksal entgangen?

Er hatte sie dazu gezwungen, sich ihm hinzugeben, aber sie hatte es auch genossen, das war nun mal nicht zu leugnen. Jede andere Frau wäre in dieser gefährlichen Situation nicht gekommen, sie schon, denn sie war gerade auf diese Gefahr, auf den Zwang und seine Frechheit abgefahren. Hätte sie allerdings gewusst, dass er kurz vorher Martha krankenhausreif geprügelt hatte …

„Niemals!“ Sie schwang sich aus dem Bett und nahm eine lange heiße Dusche, um die Berührungen des Schattenmannes abzuspülen. Aber sie hatte in der Nacht schon einmal geduscht, und Erinnerungen ließen sich nicht abschrubben, daher fühlte sie sich kein bisschen besser, als sie sich schließlich abtrocknete.

Wenn sie an das Erlebnis im Bankettsaal zurückdachte, verspürte sie keineswegs Ekel, sondern Enttäuschung und Traurigkeit. Es war der beste Sex, den ich jemals gehabt habe, dachte sie, während sie sich für die Arbeit ankleidete. Und das, obwohl sie nicht einmal penetriert worden war. Sie hatte schon gewusst, dass sie BDSM ausprobieren wollte. Nun war sie angefixt und dürstete nach weiteren Erlebnissen dieser Art. Keine tabulose 24/7-Unterwerfung, sondern lediglich ein bisschen heftiger, schmutziger und obszöner Sex.

Aber auf keinen Fall mehr mit dem Fremden. Sie würde Savage wieder treffen müssen, um gemeinsam Jagd auf den Schatz zu machen, jedoch würde sie Abstand wahren. Falls sie es denn schaffte. Sie ahnte, dass er ihr die Umsetzung dieses Vorhabens nicht leicht machen würde.

Fügte sich nicht alles zusammen? Vor sechs Monaten hatte der vermummte Fremde Dale mit Säure übergossen und am gestrigen Abend die Köchin zusammengeschlagen, bevor er in die Villa einbrach ... *Um was zu tun?*

Er war noch nicht fertig mit den Hendersons, mutmaßte Willow, schnappte sich den Autoschlüssel und rannte die Stufen im Treppenhaus hinunter. Aber was trieb ihn an? Etwa Rache? Erpresste er die ganze Familie oder eine bestimmte Person? Was immer es war, er ging mit äußerster Brutalität vor.

Eine Frage jedoch brachte sie auf der Fahrt zur Villa noch mehr ins Grübeln als die anderen. Warum hatte er ein halbes Jahr mit dem nächsten Angriff gewartet? Diese lange Ruhezeit empfand Willow als unlogisch. Aber vielleicht hatte er die Familie ja gar nicht in Ruhe gelassen, sondern diese hatten seine weiteren Attacken vertuscht.

Wieder einmal wurde Willow das Gefühl nicht los, dass die Hendersons etwas verheimlichten.

Sie stellte ihr Auto auf dem Angestelltenparkplatz ab. Nachdem sie ausgestiegen war, stand sie einen Moment da und betrachtete die Villa. An diesem Tag kam sie ihr viel düsterer vor als zuvor. Aber vielleicht lag das nur an den Wolken, die tief über dem Giebel hingen. Der Sommer machte eine Pause.

Im Hausinneren herrschte eine bedrückte Atmosphäre. Möglichst unauffällig fragte Willow eins der Dienstmädchen, wer vom Personal Martha gefunden hatte. George, den aufgrund seiner Statur alle nur Bull Neck, Stiernacken, nannten, hatte eigentlich Spätschicht, aber Vivian hatte ihn gebeten, gleich morgens bei ihr vorbeizuschauen, um ihr haarklein zu berichten, was er beobachtet hatte.

Willow fing ihn im Angestelltentrakt ab. Er kam gerade aus der Küche und stopfte sich einen Pfannkuchen in den Mund. Wer auch immer den gebacken hatte, dachte Willow. Sie fand es seltsam, so unbedarft der Völlerei zu frönen, während Martha im Krankenhaus lag.

Bevor Bull Neck die Hausherrin aufsuchen konnte, verwickelte Willow ihn in ein Gespräch. Viel bekam sie jedoch nicht heraus. „Kannst du den Angreifer beschreiben?“

„Hatte 'ne Mütze auf und 'n Dreieckstuch vor dem Mund.“

„Keine Skimaske?“

„Wie kommste denn darauf?“ Skeptisch blinzelte er sie an.

Willow zuckte mit den Achseln. „Das tragen die Verbrecher in Filmen immer.“

„Nee“, mit dem fettigen Zeigefinger schob Bull Neck seine Brille hoch, „Beanie und Tuch, beides schwarz.“

„Eine Beanie?“

„Sagte ich doch.“

„Wie ungewöhnlich für einen Mann!“ Selbstverständlich trugen auch Männer welche, aber Willow kannte keinen einzigen. Sie hatte diesen Trend bisher nur bei Models in Fashion-Katalogen gesehen, nicht bei Kerlen auf der Straße.

Bull Neck stopfte sich den letzten Rest Pancake in den Mund. „War auch 'n Spargeltarzan. Vielleicht ist das so'n – wie nennt man das – androgyner Typ.“

„Aber wie hat er dann Martha überwältigen können?“

„Hatte 'nen Baseballschläger dabei. Der Wichser schwang ihn auch in meine Richtung, kapierte dann aber wohl, dass er da den Kürzeren ziehen würde, und rannte davon.“ Sein selbstgefälliges Gelächter hing noch in der Luft, als Bull Neck schon weiterstapfte.

Der Angreifer hatte eine Waffe mitgebracht, das bedeutete, er hatte den Überfall geplant. *Aber wieso Martha?* „Wer bereitet denn heute das Frühstück vor?“, rief Willow ihm hinterher.

„Na, die Neue."

Überrascht weiteten sich Willows Augen. Wie konnten die Hendersons so schnell eine neue Köchin gefunden haben? Selbst eine Agentur für Hausangestellte hätte nicht vor dem Mittagessen jemanden schicken können. Neugierig ging sie weiter. Ein hoffnungsvolles Lächeln lag auf ihren Lippen.

Ihr Maskierter hatte ein Balaclava getragen.

Er besaß breite Schultern und kräftige Arme.

Und beherrschte irgendeine Kampfkunstart, sodass er gar keine Waffe nötig hatte.

Es konnte sich nicht um ein und dieselbe Person handeln. Es sei denn, Bull Neck hatte den Mann nicht richtig gesehen. Immerhin war es dunkel gewesen, und die Brillengläser auf Bull Necks Nase waren dick wie Lupen. Ein Rest Zweifel blieb.

Der Duft von frisch aufgebrühtem Kaffee zog Willow magisch an. Sie brauchte dringend Koffein, sonst würde sie diesen Tag nicht überstehen. Gähnend trat sie in die Küche. Sie rieb sich über die Lider, denn ihre Augen schmerzten vor Müdigkeit.

Als sie sie wieder öffnete, durchfuhr sie der Schreck. Die neue Köchin hieß sie mit einem breiten Grinsen willkommen, einem Grinsen, das schöner und hinterhältiger nicht hätte sein können.

Durch die eng gebundene weiße Kochschürze erinnerte Mirandas Körper an ein Bügelbrett. Als sie sich aufrichtete, stieß ihr Kopf an die Lampe über der Arbeitsfläche, die auf Marthas normale Körpergröße und nicht auf Mirandas ein Meter neunzig eingestellt war. Das Licht schwang hin und her und schien die gesamte Küche in Aufregung zu versetzen.

Die zuckenden Schatten machten Willow nervös. Das Herz schlug ihr bis zum Hals. Plötzlich wurde ihr alles klar.

„Hallo, Charly", säuselte die Blondine so zuckersüß, dass Willow übel davon wurde.

14. KAPITEL

„Nenn mich nicht so!"

„Ist dir Charlaine lieber?" Miranda nahm ein Hackmesser und fuhr lasziv mit dem Finger über die abgerundete Kante.

Durch das weiße Dreieckstuch, das sie über ihren welligen mittelblonden Haaren trug, sah sie aus wie eine Magd auf einem Bauernhof aus vergangenen Tagen. In Sacramento, wo Willow und sie das letzte gemeinsame Ding gedreht hatten, hatte Miranda noch eine platinblonde Stachelfrisur gehabt. Sie musste sich Extentions angeschweißt und ihre Haare gefärbt haben. Dort war sie schrill aufgetreten, hier wie die Unschuld vom Lande. Sie sah aus wie eine vollkommen andere Frau, doch das heimtückische Lächeln war geblieben.

„Hier heiße ich Willow." Für gewöhnlich tauchte sie tief in die jeweilige Rolle ein, um sie überzeugend zu spielen. Sie versuchte, wie Willow zu denken und zu fühlen, und wurde dadurch auch zu der Frau, die sie gerade verkörperte. Doch eins war dieses Mal anders! Sie fühlte sich in ihrer Rolle ausgesprochen wohl.

„Jawohl, Miss Archer, Ma'am." Offenbar war Miranda gut informiert. Die Blondine deutete einen Knicks an. „Liberty-Rose, stets zu Ihren Diensten."

Prustend trat Willow näher an den Arbeitsblock heran, der die Mitte der Küche markierte. „Liberty-Rose?" Die Anwesenheit ihrer ehemaligen Komplizin beunruhigte sie, aber sie ließ es sich nicht anmerken.

„Ich dachte, Geldsäcke, die solch ein Landhaus bewohnen, stehen auf süßlich klingende Doppelnamen. Das wirkt so altmodisch und mädchenhaft."

Harmlos, meinte sie wohl. Für Miranda war das ganze Leben ein Spiel. Ein Wettkampf, bei dem sie unter allen Umständen gewinnen wollte, um ihre Minderwertigkeitsgefühle niederzuringen, die seit ihrer Kindheit in Armut fest in ihr verankert waren. Doch egal, wie viele Diebstähle sie durchzog, die Genugtuung, den Wohlhabenden eins ausgewischt zu haben, hielt nie lange an, sodass sie gleich wieder loszog, um den nächsten Bonzen übers Ohr zu hauen.

Anscheinend war jetzt Dale Henderson an der Reihe. Und daran bin nur ich selbst schuld, dachte Willow. Sie hatte „Miss Ice", wie Miranda sich gerne selbst nannte, hierher gelockt. *Verdammt!*

Schwungvoll stieß Miranda das Messer in eine Schalotte, als müsste sie sie erst erstechen, bevor sie sie verarbeiten konnte. Sie häutete sie und hackte sie auf eine provozierende Art und Weise klein.

Blondie war sauer. Willow hegte keinen Zweifel daran, sie kannte Miranda gut, genau genommen seit dreizehn Jahren.

Bohnenstange hatte man Miranda in der Schule genannt. Früher waren sie einmal beste Freundinnen gewesen, doch dann hatten sie sich in unterschiedliche Richtungen entwickelt. Während die letzten Coups Willow müde gemacht hatten und sie sich nach einem risikofreien Job sehnte, wurde Miranda immer abgebrühter und gewissenloser. Darum hatte Willow beschlossen, dass es besser für sie war, getrennte Wege einzuschlagen. Eines Tages würde „Miss Ice" zu weit gehen, und dann wollte Willow nicht mit untergehen.

Genervt kaute sie auf der Innenseite ihrer Wange herum. Miranda war ihr ein Dorn im Auge. Wie sollte sie sie nur wieder loswerden? Hatte Blondie sich erst einmal an einem Opfer festgebissen, war sie nur schwer zu entfernen, wie eine Zecke, die sich festgebissen hatte. Und Willow ahnte, dass Miranda nicht nur Dale als ihr Zielobjekt auserkoren hatte, sondern auch sie. „Was ist nur aus dir geworden?"

„Jedenfalls kein Kameradenschwein", presste Miranda hervor. Mit ihren spinnengleichen Fingern gab sie etwas Butter in eine Pfanne und strich die Zwiebelwürfel vom Schneidebrett hinein. Genauso heftig wie zuvor die Schalotte, hackte sie auch die Tomate und die Petersilie klein.

„Du schreckst nicht vor Gewalt zurück, das war am Anfang

anders.“ Es fiel Willow nicht schwer, eins und eins zusammenzuzählen: Martha lag im Krankenhaus, weil Miranda eine Eintrittskarte in die Henderson Mansion gebraucht hatte. Diese Erkenntnis brach ihr fast das Herz.

Die Schalottenwürfel knisterten im heißen Fett. „Wir sind ein Team, das hast du wohl kurzfristig vergessen.“

„Nicht mehr.“

„Zu einer Trennung gehören immer zwei.“ Aufgebracht rührte Miranda in der Pfanne.

„Stalkst du mich etwa?“

„Du hast immer an meinem Rockzipfel gehangen.“ Bevor Willow protestieren konnte, fuhr Miranda fort: „Als du plötzlich alleine weitermachen wolltest, ahnte ich, dass etwas im Busch war. Ich bin dir heimlich gefolgt. Und voilà, ich hatte recht! Du hast einen Bonzenhaushalt mit einer Schwachstelle gefunden und willst ihn alleine erleichtern.“

Dass sie mit „Schwachstelle“ Dale und seine freiwillige Isolation aufgrund der Entstellung meinte, war Willow klar. Es versetzte ihr einen Stich. Widerspruch regte sich in ihr, doch sie schwieg, um nicht zu verraten, wie sehr sie sich zu ihm hingezogen fühlte. Sie wollte ihn verteidigen. Wollte ihn vor Miranda schützen! *Als ob du auf seiner Seite stehen würdest. Aber das tust du nicht.*

Früher, als „Miss Ice“ und sie noch Partnerinnen gewesen waren, hätte eine von ihnen eine Anstellung in der Villa angenommen, um den Feind zu unterwandern und heimlich auszuschnüffeln. Sie hätte die wertvollsten Objekte im Haushalt ausfindig gemacht, einen Lageplan entworfen, Codes für Alarmanlagen und Safes herausbekommen, den Hausherren ausgehorcht und schließlich abgelenkt, während die andere den Einbruch beging.

Meist hatten die Reichen den Diebstahl erst bemerkt, wenn Willow und Miranda schon über alle Berge waren. Und selbst wenn der Verdacht auf diejenige fiel, die zum Personal gehörte, hatte sie stets ein hieb- und stichfestes Alibi.

Eine sanfte Methode, jemanden zu bestehlen, dem es nicht wehtat, weil er in Geld schwamm. Die Versicherungen kamen ohnehin für den Verlust auf. Doch Miranda hatte bei einem der letzten Einsätze einen Wachmann niedergeschlagen, weil dieser sie überrascht hatte. Mit einem Baseballschläger. Ein anderes Mal war der erwachsene Sohn der Familie mit einem Schädelhirntrauma im Krankenhaus gelandet, dabei hätte sie sich nur vor ihm in einem der Räume verstecken brauchen. Stattdessen hatte Miranda sich den Weg nach draußen freigekämpft. Und das war der Moment gewesen, in dem Willow die Notbremse gezogen hatte.

„Du kannst doch gar nicht gut kochen."

„Meine Bewerbung sagt etwas anderes." Miranda grinste frech und gab die Tomaten in die Pfanne.

Sie hatte sie gefälscht, wie Willow ihre auch. Ein Kinderspiel, darin waren sie geübt. „Aber du wirst den Anforderungen nicht gerecht werden können."

„Die frigide alte Schachtel will Rührei zum Frühstück, das kriege ich noch hin." Einhändig zerschlug Miranda das Ei, sodass der Inhalt direkt in die Pfanne fiel, und zerquetschte die Schale über dem Mülleimer, als wollte sie demonstrieren, was sie mit Vivian Henderson machen könnte, wenn sie denn wollte. „Und wenn ich erst Scarecrow bezirzt habe, wird er mich nicht mehr wegschicken, egal wie mies ich koche."

„Dale sieht nicht wie eine Vogelscheuche aus!"

„Sieh an, Charly mag den Hausherrn."

„Er ist mein Boss, ein guter übrigens, und ich möchte meinen Job als seine Assistentin behalten."

„So lange, bis du ihn beklaut hast."

„Auch wenn du es dir nicht vorstellen kannst, das hier ist mein neues Leben", flunkerte Willow.

„Und darum benutzt du einen gefälschten Namen? Oh, bitte, Charlaine, verarsch mich nicht, das macht mich wütend." Miranda rührte so aufgebracht in der Pfanne, dass ständig Eierkrümel über den Rand auf das Induktionsfeld fielen. „Wir kennen uns, seit wir dreizehn waren. Ich kann einen Braten riechen. Und der hier ist verdammt fett."

„Das hier ist etwas anderes."

„Hast du dich etwa in das Schreckgespenst verguckt?"

Hinter dem Rücken ballte Willow eine Faust. „Unsinn!"

„Gut, dann kann ich ihm ja schöne Augen machen."

„Lass die Finger von ihm!" Drohend machte Willow einen Schritt um den Arbeitsblock herum auf ihre ehemalige Freundin zu.

Zufrieden schmunzelnd gab Miranda das Rührei auf einen goldumrandeten Teller und streute Petersilie darauf. „Ich will mit ins Boot, Charly."

„Es gibt keins, ich habe mich geändert."

„Das Stehlen liegt dir im Blut. Du bist wie dein Vater und kannst gar nicht anders."

Stimmte das? Hatte sie die Kleptomanie von ihrem Dad geerbt? Obwohl sie wusste, dass sie viel gezielter und überlegter vorging als er, machte Willow dieser Gedanke Angst.

Sie war mit seiner Krankheit aufgewachsen, die schließlich zur Normalität geworden war. Ihre Mutter hatte ihren Vater immer gedeckt, soweit das möglich gewesen war. Das hatte Willow geprägt. Dann waren da noch die hohe Arbeitslosenquote, der Hass auf Reiche, der alle in ihrem heruntergekommenen Viertel verband, und die erfolgreiche Abzocke durch das Hütchenspiel auf dem Supermarktparkplatz gewesen.

Nein, an ihren Genen lag es nicht, sondern die privaten und gesellschaftlichen Umstände hatten sie auf die schiefe Bahn gebracht. Aber ihre Familie war inzwischen zerrüttet und ihr Vater, der so lange davongekommen war, hatte am Ende doch die Quittung erhalten.

Sie hieb die Faust auf die Arbeitsplatte und sog Luft zwischen den geschlossenen Zähnen ein, denn sie hatte sich bei ihrem Wutausbruch wehgetan. „Ich werde auf keinen Fall ins Gefängnis gehen wie er."

„Das liegt nicht nur in deiner Hand." Mirandas Lächeln

erstarb. Eiskalt funkelte sie Willow an. „Sondern auch in meiner."

„Drohst du mir etwa?"

Statt zu antworten, spuckte die „Schönheit vom Lande" in Vivians Essen.

„Das wirst du nicht servieren!"

„Und ob." Provokant stellte Miranda den Teller auf ein Tablett, auf dem schon eine Teekanne auf einem Stövchen und eine Tasse standen. Dann stolzierte sie damit an ihrer ehemaligen Freundin vorbei.

Fassungslos stellte sich Willow ihr in den Weg.

In all den Jahren, in denen sie sich in wohlhabende Haushalte eingeschlichen hatte, um sie auszuspionieren, hatte sie gemerkt, dass die Oberschicht die gleichen Probleme hatte wie die Unterschicht: Streit mit den Kindern, Abwendungen, Ehekrach, Affären, Scheidungen, Freunde, die einander hintergingen, Kompagnons, die versuchten, den Partner auszubooten, kein Familienleben …

Selbst Geldsorgen zählten zu den Nöten der Upperclass. Natürlich mussten sich diese Menschen nicht fragen, wie sie ihre Arztrechnung bezahlen oder das Geld für die Miete zusammenbekommen sollten. Stattdessen ging es darum, wie man den Status behielt, den man sich erarbeitet hatte, wie man sein Unternehmen durch schwere Zeiten brachte, wie man den Nachwuchs dazu erzog, sein eigenes Einkommen zu verdienen, statt auf Kosten der Eltern das Jetset-Leben zu genießen, und wie man sich vor geldgierigen Blutsaugern schützte.

Willows Abscheu gegenüber der Bourgeoisie war im Laufe der Zeit immer schwächer geworden. Manch einen Clan hatte sie sogar bemitleidet. So wie die Hendersons jetzt. Der ältere Sohn das schwarze Schaf, der jüngere gezeichnet, der Vater jung verstorben, und die Mutter beweinte ihn immer noch. Vivian verhielt sich merkwürdig. Sie trug zwar kein Schwarz mehr, hatte aber oft einen verklärten Blick, als hätte sie sich in ihre eigene Welt geflüchtet. War das wirklich nur Trauer? Oder Alkohol? Drogen? Depressionen? Noch konnte Willow sie nicht einschätzen.

Doch eines wusste sie genau: Sie wollte nicht, dass Dale noch mehr litt! Seine Gesichtshälfte war entstellt, er musste das Familienimperium leiten, weil es sonst niemand konnte, und war gezwungen, sich um seine Mutter zu kümmern. Ihn umgab eine dunkle Aura des Schmerzes.

Aus einem Impuls heraus schlug sie Miranda das Frühstück aus der Hand. Rührei, Zwiebeln, Tomate und Petersilie verteilten sich auf dem Boden. Das Porzellan brach scheppernd in tausend Stücke.

Erschrocken wich Miranda zurück. Sie riss die Arme hoch und verharrte in der Position. Ihre Miene verfinsterte sich. Die Spinnenhände formten sich zu Klauen. So groß und dünn wie die Blondine war, wirkte sie wie eine aggressive Gottesanbeterin. Ein unmenschlich klingendes Knurren drang aus ihrem Mund. Sie spie Willow die Worte vor die Füße: „Das bedeutet Krieg!“

„Ich warne dich“, grollte Willow zurück. Flüssiges Feuer schien durch ihre Adern zu fließen. Ihre Muskeln waren zum Zerreißen angespannt. „Hau ab, solange du noch kannst! Auch ich habe Beweise gegen dich in der Hand, was vergangene Coups betrifft.“

„Lässt du mich auffliegen, gehst du mit hoch.“

„Dito“, sagte Willow kühl, drehte sich um und schritt aus der Küche.

So gefasst und selbstsicher, wie sie aufgetreten war, fühlte sie sich allerdings nicht. Ihr Puls wummerte derart heftig, dass sie die Geräusche im Haus nicht wahrnahm. Ihr Inneres war in Aufruhr.

Miranda war nicht so leicht zu beeindrucken. Zudem hatte Willow sie nun auch noch verärgert. Das würde es nicht einfacher machen, sie loszuwerden. Aber mit Diplomatie kam man bei ihr nicht weiter. Wenn „Miss Ice“ etwas wollte, dann bekam sie es für gewöhnlich. Verlieren stellte für sie keine Option dar. Das hätte zu sehr an ihrem Ego gekratzt.

Erst der Maskierte, und jetzt drohte auch noch Miranda damit, sie auffliegen zu lassen. Willows Probleme häuften sich. Schon eine sanfte Brise konnte ihr Kartenhaus aus Lügen zum Einsturz bringen, und ein Sturm kündigte sich an, der Wind frischte bereits auf. Nur von welcher Seite er kommen würde, war noch nicht klar.

Doch Willow schöpfte auch Hoffnung. Da der mysteriöse Fremde Martha nicht zusammengeschlagen hatte, ging vielleicht auch der Säureangriff nicht auf sein Konto.

In sich hineinlächelnd trat Willow in Hendersons Büro ein.

„Sie sind zu spät!", knurrte Dale sie von seinem Schreibtisch aus an. Die Wolken hinter seinem Rücken wurden immer dunkler, der Himmel wirkte bedrohlich. Ein Sommergewitter kündigte sich an.

Verwirrt tauchte Willow aus ihren Gedanken auf.

„Eine halbe Stunde, fast genau auf die Minute." Er lehnte sich in seinem Stuhl zurück und verschränkte die Arme.

Es herrschte dicke Luft, das hatte ihr gerade noch gefehlt. Trotz regte sich in ihr. „Ich habe das Haus pünktlich betreten."

„Was hat Sie aufgehalten? Haben Sie mit dem Wachpersonal geflirtet?"

Hörte sie Eifersucht heraus oder war das eher ein Wunsch von ihr? Das Streitgespräch mit Miranda gab ihr Schwung. Sie hatte sich noch nicht beruhigt, und die Wut über Blondie fütterte nun die Empörung über die Ungerechtigkeit. Bevor sie ihr loses Mundwerk im Zaum halten konnte, blaffte sie: „Sie sind ja nur sauer, weil Sie gestern in die Firma fahren mussten."

Plötzlich sprang er aus seinem Sessel auf. Mit Riesenschritten stapfte er um den Tisch herum. Als er sich drohend vor ihr aufbaute, wirkte er größer als zuvor. Mit düsterer Miene kam er auf sie zu, doch selbst zornig sah er noch attraktiv aus. Automatisch wich sie zurück, bis sie mit ihrer Kehrseite gegen das Regal stieß.

Mit Dale vor ihr und dem Gestell hinter ihr, kehrte die bittersüße Erinnerung an den Schattenmann und daran, was er in jener Nacht Unglaubliches mit ihr gemacht hatte, zurück. Ihre Brustspitzen wurden hart, es prickelte zwischen ihren Schenkeln und ihr fiel das Atmen schwerer.

„Sie erröten ja.“ Dale stützte sich hinter ihr ab. Seine Mundwinkel zuckten. Eindringlich schaute er sie an. „Ich möchte den Grund dafür erfahren. Sagen Sie ihn mir, Willow. Ich will ihn hören!“

Süß, wie sie nach Worten ringt! Dale hatte Mühe, ein Schmunzeln zu unterdrücken. Aber mit einem Lächeln würde er die Situation auflockern und das Netz, das er um sie gesponnen hatte, zerstören. Sie würde zur Seite treten – er hielt sie nicht fest, sondern bewahrte einen Anstandsabstand, denn trotz allem blieb er ein Gentleman. Ja, gleich würde sie auf Distanz gehen und sich sammeln. Damit wäre der Bann zwischen ihnen gebrochen. Das wollte er nicht riskieren.

Schließlich erregte es ihn zu sehr, ihre vollkommene Aufmerksamkeit zu besitzen. Sie sollte hier bei ihm sein, mit jeder Faser ihres Körpers, und nicht bei irgendeinem Kerl dort draußen. Nicht an den anderen denken, sich nach ihm verzehren und davon träumen, wie er sie wieder berührte.

Allein die Vorstellung ließ seine Laune sinken und er schaffte es wieder problemlos, die Rolle des Bad Guys zu spielen. „Nun? Ich warte nicht gerne, Willow. Und wenn ich es muss, werde ich grantig. Das wollen Sie doch nicht riskieren, oder?“

„Es tut mir leid, wenn meine Ehrlichkeit Sie schockiert, aber dass ich so geradeheraus bin, war doch ein Grund, warum Sie mich eingestellt haben.“ Widerspenstig reckte sie ihr Kinn.

„Sie sind … mutig“, sagte er, und sie beide wussten, dass er eigentlich „unverschämt“ meinte. Ja, sie lag richtig, er mochte ihr freches Mundwerk, aber das bedeutete noch lange nicht, dass er es ihr durchgehen lassen musste.

„Ich bin auf Ihrer Seite.“

„Weil Sie meine Assistentin sind und es müssen.“

„War ich jemals scheinheilig?“

„Nein, wahrlich nicht.“

„War es gestern Abend wirklich so schlimm in der Firma?“

Sie hatte recht, er war sauer, weil er sich die Blöße hatte geben müssen, Tangy Inc. aufzusuchen und von seinen Mitarbeitern angestarrt zu werden.

Aber das war nicht alles, was ihn aufwühlte.

Ob sie die Wahrheit erkennen würde? Willow schien seine Gefühle lesen zu können, glücklicherweise jedoch nicht seine Gedanken. Denn dann wäre sie jetzt höchstwahrscheinlich ziemlich schockiert, würde sich auf der Stelle umdrehen, gehen und nie mehr zurückkehren.

Sein anschwellendes Glied drückte gegen die Naht seiner Hose, wenn er sich vorstellte, auf wie viele Arten er sie nehmen wollte. Unartige Träume hatten ihn die halbe Nacht wach gehalten, weshalb er es nicht hatte erwarten können, Willow am Morgen wiederzusehen. Ausgerechnet heute war sie zu spät erschienen, das hatte ihn rasend gemacht – vor Sehnsucht.

„Gehen Sie an die Arbeit." Verlegen trat er zum Fenster und schaute hinaus. Er drehte ihr den Rücken zu, da er befürchtete, sie könnte alles in seinem Gesicht ablesen und seinen prallen Schritt bemerken.

Seine Lust hatte sich schon seit Längerem aufgestaut. Nur daran musste diese Gier nach Willow liegen, versuchte er sich einzureden. Seit der Pubertät hatte er ein lebendiges Intimleben geführt. Er liebte Sex und wusste ihn in vollen Zügen zu genießen. Doch die Säureattacke hatte alles verändert.

Millicent hatte ihn verlassen, was ihn mehr geschmerzt hatte als erwartet – nicht ihretwegen, sondern wegen der Zurückweisung. Denn sie hatten sich längst auseinandergelebt, hatten andere Vorstellungen davon gehabt, was ihre Zukunft und auch die Erotik betraf.

Sie wollte Champagner, High Heels und Beischlaf nur so hart, dass ihr Make-up und ihre Frisur nicht zerstört wurden. Er bevorzugte ein Bier nach einem langen Tag auf der Skipiste, rauen Sex mit Schweiß, Körpersäften und dem ein oder anderen Kratzer sowie Bissspuren.

Außerdem war Millicent nicht bereit gewesen, sich ihm in dem Maße hinzugeben, wie er es sich von seiner Partnerin wünschte, erhoffte, erträumte. Selbstverständlich hatte er sie nie zu etwas gezwungen!

Schon Wochen vor dem Übergriff hatten sie viel zu oft im Bett nebeneinandergelegen, ohne sich anzufassen. Nach dem Angriff hatte sie ihn kaum noch ansehen können. Also war sie erst ins Gästezimmer gezogen und dann zurück in die Villa ihrer Eltern. Die Schöne neben dem Biest, das war nicht Millicents Rolle.

Jetzt fragte er sich, während er den finsteren Himmel vor dem Bürofenster betrachtete, wie sie überhaupt jemals hatten zusammenkommen können.

Länger als sechs Monate saß Dale schon auf dem Trockenen. Er hatte nicht einmal selbst Hand an sich gelegt. Seine Lust war wie weggeblasen gewesen. Aber seit Willow sein Büro betreten hatte, besaß er plötzlich Libido für zwei. Sie musste sich unbewusst aufgestaut haben und drängte nun mit aller Macht heraus.

Nur durfte er ihr nicht nachgeben. Dieser Gedanke setzte einen inneren Dialog in Gang – Engel und Teufel schienen miteinander zu ringen.

Aber warum nicht?

Sie ist meine Angestellte.

Aber selbst auch nicht abgeneigt. Wie sie dich anschaut!

Keine Frau kann sich zu einem Monster hingezogen fühlen.

Als wollte Willow ihm das Gegenteil beweisen, legte sie ihm die Hand auf die Schulter. Wie vom Blitz getroffen, fuhr er herum.

Sie riss die Augen auf und machte einen Schritt zurück.

„Bitte nicht zurückweichen."

„Ich bin nur erschrocken."

„Ich werde nicht meine Krallen ausfahren, und Reißzähne habe ich auch nicht."

Sie lachte und nahm eine entspanntere Haltung ein.

„Entschuldigung. Ich war nur in Gedanken."

„Düstere Gedanken, wie so oft."

Er wich ihrem Blick aus. Noch immer war er kaum in der Lage, über das, was ihm zugestoßen war, zu reden. Es tat zu weh! Männer sprachen ohnehin nicht gerne über ihre Gefühle.

„Wird es nicht Zeit, die Sonne wieder in Ihr Leben zu lassen?"

„Habe ich das nicht schon?" Verstohlen schaute er sie an. So wunderschön, so kess. Die vollen Lippen einer sinnlichen Frau. Die braunen Locken einer Rebellin. Die großen Augen einer Kindfrau. Willow vereinte viele Facetten, die er nur allzu gerne herausgekitzelt hätte. Bestimmt war sie wild im Bett, konnte jedoch auch devot sein. Aber welche Variante auch immer – bestimmt war sie stets hingebungsvoll, das Gegenteil von Millicent, und somit genau das, was er suchte.

Ihre Wangen färbten sich rot. „Sie sollten demjenigen, der Ihnen das angetan hat, den Stinkefinger zeigen."

„Wie bitte?" Er hob seine Brauen an.

Sie ballte die Faust, seine kleine Kämpferin. „Wollte er Sie nicht zerstören, Ihnen den Lebensmut rauben und Sie aus dem Verkehr ziehen?"

Dale nickte. Sein Magen krampfte sich zusammen. Sie hatte recht. Er presste die Zähne zusammen, bis es wehtat, denn er wurde sauer, nicht auf die kluge Willow, sondern den Angreifer. „Das hat er geschafft."

„Beweisen Sie ihm, dass sein Plan fehlgeschlagen ist. Verstecken Sie sich nicht länger."

„Das ist nicht so einfach."

Lächelnd legte sie die Handflächen aneinander, als wollte sie ihn anflehen. „Es braucht nur ein bisschen Mut."

„Menschen wenden sich ab, wenn Sie mir begegnen", sagte er leise und stützte sich an der Rückenlehne seines Bürostuhls ab, denn der Fußboden schien Wellen zu schlagen. Natürlich wusste er, dass er sich das nur einbildete. Er wollte verhindern, dass Willow merkte, wie verletzlich er war.

„Das ist deren Problem, machen Sie es nicht zu Ihrem." Sie gestikulierte so heftig, dass sie die Stiftebox vom Tisch fegte. Ihr Mund formte ein O, sie ging in die Hocke und hob die Kugelschreiber rasch auf. „Die sollten sich für dieses Verhalten schämen, nicht Sie sich für Ihr Aussehen. Sie haben nichts falsch gemacht. Niemand sollte Sie doppelt bestrafen."

Der Anblick der zu ihm aufschauenden Willow ließ das Blut kräftiger in seine Mitte schießen. Er floh hinter den Stuhl. „Selbst alte Freunde stehen vor mir und stammeln nervös, sodass jedes Treffen peinlich wird.“

„Dann helfen Sie Ihnen. Zeigen Sie Ihnen, dass sie ganz normal mit Ihnen reden können.“ Sie erhob sich.

Innerlich seufzte er enttäuscht. Bekam sie denn nicht mit, wie sehr sie ihn erregte? „Ich soll den ersten Schritt machen, wollen Sie mir das sagen?“

„Ja.“ Energisch stellte sie die Box zurück an ihren Platz. „Gehen Sie raus. Zeigen Sie der Welt, dass Sie sich nicht unterkriegen lassen.“

„Das ist viel verlangt. Vielleicht bin ich nicht so stark, wie Sie denken.“

„Doch, das sind Sie!“

„Woher wollen Sie das wissen? Sie kennen mich kaum.“

„Ich glaube an Sie.“

Diese vier Worte berührten sein Herz so sehr, dass seine Augen feucht wurden. Er nahm rasch ihre Hand, bevor der Mut ihn verließ, und drückte sie sanft. „Sie sind eine bemerkenswerte Person, Willow Archer.“

„Und Sie ein attraktiver Mann trotz …“ Verlegen saugte sie die Unterlippe ein und biss darauf. Offenbar hatte sie schneller gesprochen als nachgedacht.

„Sprechen Sie weiter.“ Er hauchte einen Kuss auf ihren Handrücken. Zum Dank. Aber auch, weil er sich nicht traute, ihren Mund zu küssen. Wie gerne hätte er sie in diesem Augenblick an sich gezogen, sie fest an sich gedrückt, seine Lippen auf die ihren gepresst und seine Zunge in sie hineingeschoben! Er wollte mit ihr verschmelzen, nicht nur oben, sondern auch in der Körpermitte. Sein Schwanz zuckte ungeduldig. Aber ihre Möse war noch nicht bereit für ihn. Dale wollte nicht vorpreschen wie ein notgeiler Teenager, damit hätte er Willow nur verschreckt. Das Risiko war bei ihm, dem Monster, noch größer als bei jedem anderen Mann.

„Trotz der Narben auf Ihrer Gesichtshälfte oder gerade wegen ihnen. Sie verleihen Ihrem Ken-Gesicht mehr Profil, mehr Charakter, mehr Tiefe.“

„Ken-Gesicht? Meinen Sie den aus dem Barbie-Universum?“ In drohendem Tonfall, aber schmunzelnd steckte er ihren Zeigefinger in den Mund. Er biss spielerisch darauf, entlockte ihr erst ein „Autsch“ und dann ein Lachen. Schließlich verstummte sie abrupt und atmete schwerer, denn er presste die Lippen um den Finger und ließ ihn dann langsam hinausgleiten. „Jetzt lehnen Sie sich zu weit aus dem Fenster.“

„Sie sind schön“, wisperte sie.

„Waren.“

„Jetzt sind Sie schön und kernig.“ Das Rot auf ihren Wangen wurde eine Nuance dunkler, doch sie schaute nicht weg.

Dale spürte ein angenehmes Ziehen in den Lenden. Sein Körper schien aus einem langen Winterschlaf erwacht zu sein. Hoffnung und Wärme erfüllten ihn, als hätte Willow die Sonne in ihn hineingepflanzt. Mit ihr war der Sommer zurückgekehrt. „Sie haben recht. Ich sollte mich nicht länger verstecken oder für etwas schämen, das man mir angetan hat.“

„Sie sind das Opfer.“

„Aber es wird nicht leicht werden.“

„Machen Sie Schritt für Schritt, geben Sie sich Zeit.“

„Wir sollten uns duzen.“

Sie stutzte über den abrupten Themenwechsel. Dann lächelte sie. „Das gefällt mir.“

„Ich könnte Unterstützung gebrauchen, Willow“, ihr Name zerging ihm wie Butter auf der Zunge, „dort draußen.“

„In der Öffentlichkeit?“ Sie klang unerwartet schrill und versteifte sich.

Diese Frage traf ihn wie eine kalte Dusche. Eben erst hatten seine seelischen Narben zu heilen begonnen, jetzt brachen sie erneut auf. Sein Herz blutete. Magensäure kroch seine Speiseröhre hinauf. Er ließ Willows Hand abrupt los, als wäre sie plötzlich aus flüssigem Feuer. Diese Frau war heiß, und er hatte sich soeben an ihr verbrannt. „Vergiss es. Es war eine törichte Idee."

„Du verstehst das falsch. Es hat nichts mit dir zu tun." Sie berührte ihn an der Hüfte.

Einem Blitz gleich schoss die Erregung in seinen Schwanz. Die Lust und das Verlangen nach Willow waren noch nicht vollkommen verraucht. Aber hätte sie sich jetzt nackt ausgezogen und ihn angebettelt, mit ihr zu schlafen, er hätte es nicht gekonnt. „Ich habe bisher immer Privates und Berufliches getrennt, das werde ich nicht ändern, nur weil jemand mir einen Floh ins Ohr gesetzt hat. Geh jetzt endlich in dein Büro und mach deinen Job! Du hast schon genug Zeit geschunden."

Aufgebracht blinzelte sie ihn an. „Geschunden?"

Er wandte sich ab. Die Unterhaltung war beendet und die erotische Spannung zwischen ihnen einer eisigen Kälte gewichen.

16. KAPITEL

Den ganzen Tag schon wurde Willow das Gefühl nicht los, auf Glas zu gehen, auf den Scherben, die einmal Dales Herz geformt hatten.

Es tat ihr schrecklich leid, wie sie auf seinen Hilferuf reagiert hatte. Es war falsch gewesen und nicht das, was sie wirklich hatte erwidern wollen. Nun dachte Dale garantiert, sie würde sich dafür schämen, mit ihm gesehen zu werden. *Unsinn!* Aber nicht nur der Kloß im Hals hatte es ihr unmöglich gemacht, das richtigzustellen, sondern auch die Tatsache, dass sie eine Diebin war, die sich in sein Haus eingeschlichen hatte, um ihn zu bestehlen.

Eine Person wie Dale Henderson, der Geschäftsführer von einem der größten Konzerne der Emerald City, stand immer unter Beobachtung. Das war einer der Gründe, weshalb er sich nach dem Angriff zurückgezogen hatte. Die Medien in Seattle hatten sein privates Drama verfolgt, und sie würden sich auch jetzt mit ihren Kameras auf ihn stürzen, sobald er mit einer Frau am Arm auftauchte. Aber es durften keine Fotos von ihr geschossen und verbreitet werden. Andere Geschädigte könnten sie wiedererkennen. Schon möglich, dass sich Bekannte aus ihrer Kindheit melden würden, die ihre wahre Identität offenlegten. Und wenn Willow untertauchen musste, nachdem sie den Schatz gefunden hatte, würde es, optische Veränderung hin oder her, schwer werden, sobald die gesamte Öffentlichkeit ihr Gesicht erst einmal kannte.

Also hatte sie Dale das Schlimmste antun müssen, was in der Situation möglich gewesen war. Sie hatte ihn vor den Kopf stoßen und ihn in dem Glauben lassen müssen, seine vernarbte Gesichtshälfte würde sie abstoßen. Doch der Dolch, den sie in ihn hineingerammt hatte, besaß eine Klinge auf beiden Seiten. Die eine hatte ihn getroffen, die andere sie selbst.

Zu Willows Überraschung war das Sommergewitter ausgeblieben. Aber seit dem Morgen lag eine nervenzerreißende Spannung in der Luft, als wäre die Atmosphäre elektrisch aufgeladen und es bräuchte nur einen Funken, um sie zu entzünden.

Dale hatte die Entladung nicht ausgelöst. Gekränkt hatte er sich zurückgezogen und ihr Aufgaben erteilt, die sie lange in ihrem Büro beschäftigt hatten, vermutlich um den Kontakt zu vermeiden.

Aber der Tag war noch nicht vorbei. Je näher der Abend kam, desto mehr nahm die drückende Stimmung zu.

Die Dämmerung schritt rasch voran. Für Willows Geschmack war es schon zu dunkel für die konspirative Zusammenkunft mit diesem Scheißkerl, wie sie ihn heimlich nannte, als sie mit dem Wagen an den Rand des Industriegebiets fuhr, das um diese Uhrzeit schon unangenehm verwaist war.

Es war nicht auszuschließen, dass der Mann, den sie gleich treffen würde, die Lunte an dem Pulverfass, auf dem sie saß, entzündete und es doch noch zu einer gewaltigen Explosion kam – denn sie erschien mit leeren Händen.

Nervös stieg sie aus. Sie war es nicht gewohnt, für andere zu arbeiten. Miranda und sie waren immer ihre eigenen Bosse gewesen. Willow mochte ihren Auftraggeber nicht sonderlich. *Zwielichtiger Bastard!* Er verbarg seine Hinterhältigkeit hinter Anzügen von der Stange und einem Vertreterlächeln.

Er stand schon am vereinbarten Treffpunkt, auf dem Hof einer Werksruine mit einem Warnschild am Tor, das auf die Einsturzgefahr hinwies. *Die perfekte Kulisse für einen Horrorfilm!* Im Halbdunkeln konnte sie nur seine Silhouette ausmachen. Ein finsterer Scherenschnittmann. Auf Hüfthöhe bemerkte sie ein rotes Licht, das sie unangenehm an die Laserzielvorrichtung einer Schusswaffe erinnerte.

Besorgt wurde sie langsamer. Sie blieb stehen. Ihr Puls beschleunigte sich. Doch dann hob er was immer er in der Hand hielt zum Mund, das Leuchten glomm auf und entpuppte sich als harmlose Zigarette.

Sie setzte ihren Weg fort. Ihr Herzschlag beruhigte sich jedoch nicht. Mit zwei Armlängen Abstand blieb sie vor ihm stehen. Sie traute ihm nicht über den Weg. Wer seine eigene Familie hinterging, legte Fremde erst recht herein.

Gary Henderson saugte den letzten Rest Nikotin aus dem Glimmstängel, als wäre er zu geizig, auch nur einen Krümel Tabak zu vergeuden. „Sie kommen spät."

„Ich musste länger arbeiten." Dieses ehemalige Fabrikgelände bescherte ihr eine Gänsehaut, es war ein Ort, an dem man Leichen versteckte. Zu einsam gelegen, zu heruntergekommen, zu viele Ecken, die schon pechschwarz waren und Willow an zahnlose Münder denken ließ, die alles verschlangen, was ihnen zu nah kam.

Er schnippte den Stummel fort. „Hat das Muttersöhnchen Sie aufgehalten?"

„Sie essen nur zu Abend zusammen, Dale hängt nicht an Vivians Rockzipfel." Warum verteidigte sie die Hendersons überhaupt? Sie würden bestimmt nicht dasselbe für sie tun. Oder doch?

Bis zu dem Eklat am Morgen hatte sie gehofft, dass zumindest Dale sich für sie einsetzen würde, sollte das jemals notwendig sein. Seine Blicke zogen sie förmlich aus, er versuchte sie oft mit unwichtigen Aufgaben lange in seiner Nähe zu behalten und hing beim Sprechen an ihren Lippen, bis diese vor Sehnsucht prickelten.

Aber das gehörte wohl der Vergangenheit an. Die Vorstellung ließ ihr das Herz schwer werden.

Sie sehnte sich nach Dales Aufmerksamkeit, sie wünschte sich, dass er einen Schritt weiter auf sie zuging, sie vielleicht sogar küsste, nein, ganz bestimmt sogar küsste, sie umarmte und auf den Rasen hinter der Mansion niederdrückte …

Erschrocken tauchte sie aus ihren Gedanken auf. Dies war weder der rechte Ort noch die rechte Zeit zum Träumen. *Von einem Mann, der ohnehin unerreichbar ist.*

Misstrauisch blinzelte Gary sie an. Er stellte sich aufrechter hin, wodurch sein Wohlstandsbäuchlein weiter hervortrat, und stemmte die Fäuste in die Seiten. „Sie nennen die beiden beim Vornamen?"

Willows Alarmglocken schrillten. Zu viel Vertrautheit würde Sympathie bekunden. „Nur Ihnen gegenüber. Macht die Sache einfacher."

Ihr Gegenüber entspannte sich nicht. Ob er ihr glaubte?

„Dale ist bestimmt froh, endlich eine Frau in seiner Nähe zu haben, die nicht zur Familie gehört", ein fieses Grinsen entblößte seine gelben Zähne, „sondern zu ihm."

„Nur beruflich. Er wollte mir nicht an die Wäsche, falls Sie darauf anspielen." *Leider nicht.* Am Morgen, als Dale dicht an sie herangetreten war und ihr tief in die Augen geschaut hatte, hatte sie gedacht, es wäre so weit und er würde sie küssen. Sie hatte gehofft, das Eis zwischen ihnen wäre endgültig gebrochen, und das war es auch, doch die Schollen hatten sich übereinander geschoben und zu einem Berg zwischen ihnen aufgetürmt.

„Abwarten." Gary zog eine Packung Zigaretten aus der Anzugtasche, eine Billigmarke, und zündete sich eine an. „Als wir zwanzig waren, mussten mir die Weiber ständig unter die Nase reiben, was für ein Hengst mein Bruder ist."

Sie hatte keine Lust, auf seine Eifersüchteleien einzugehen. Außerdem versetzte es ihr einen Stich, sich Dale mit anderen Frauen vorzustellen. „Das ist lange her."

„Aber er ist kein verdammter Zauberer oder so, sondern kocht auch nur mit Wasser. Er wusste die Chicks einfach nur zu blenden, ja, das muss es sein, so war's." Ungeniert rotzte Gary einen Schleimklumpen auf den Betonboden, der sich aufgrund von Witterung hier und dort hochgeschoben hatte. Unkraut wuchs in den Ritzen. „Er war wie Henry. Darum liebt ihn meine Mutter auch abgöttisch. Sie hat ein Faible für Dreckskerle."

Willow wurde immer klarer, warum Gary sein eigen Fleisch und Blut betrog. Verletzte Gefühle, Konkurrenzkampf um die Avancen des weiblichen Geschlechts und Bruderneid – Gary hatte stets den Kürzeren gezogen. Abfällig betrachtete sie ihn von den schlecht geschnittenen Haaren bis zu den ausgelatschten

Lederimitatschuhen. Sie hegte keinen Zweifel daran, dass Gary selbst Schuld an seinem Schicksal trug. Er war ein Schweinehund. Aber Willow musste sich eingestehen, dass sie nicht ganz unparteiisch war.

„Frauen fallen immer auf dieselben Scheißer rein."

Sie schob seiner Hetzerei einen Riegel vor, indem sie zum Geschäftlichen kam. „Warum wollten Sie mich jetzt schon sehen?"

„Haben Sie es?" Den ominösen Schatz.

„Ich bin noch zu kurz in der Villa. Sie hat immens viele Räume, die ich akribisch untersuchen muss." Wie stellte er sich das vor? Sie konnte nicht hexen.

„Sind Sie wenigstens auf einen Hinweis gestoßen, Ungereimtheiten in der Buchhaltung von Tangy Inc. oder etwas, das Vivian, Dale oder einer der Angestellten fallen ließ?"

Ihr fiel der handgeschriebene Roman über *Amasone* ein. Aber er war nicht Gegenstand des Auftrags. Außerdem meldeten sich ihre eigenen Besitzansprüche. „Nein."

„Keine erste Spur?" Seine Miene verfinsterte sich. Eine Zornesfalte gesellte sich zu den anderen auf seiner Stirn.

„Tut mir leid. Ich muss das gesamte Landhaus durchsuchen. Wenn das, was Henry Henderson vor der Welt verheimlicht hat, so wertvoll ist, wird er es gut versteckt haben."

„Dale muss wissen, um was es sich handelt und wo die Juwelen, die Besitzurkunde oder was auch immer sich befindet. Mein Dad und er teilten ein Geheimnis, es kann nur um den Schatz gegangen sein."

Willow biss sich auf die Unterlippe. Ausgerechnet den vermutlich einzigen Menschen, der die Wahrheit kannte, hatte sie verärgert. Aber das musste sie Gary ja nicht unter die Nase reiben

„Ich hätte jemand anderes engagieren sollen." Fest trat er auf ein Betonbröckchen. Es zerbarst unter seiner Sohle. Erst als er den Schuh wegnahm, erkannte Willow, dass es sich gar nicht um einen Stein gehandelt hatte, sondern um einen großen Käfer. Sein

Chitinpanzer bestand jetzt nur noch aus Puzzlestücken, die in gelbem Schleim schwammen, der eben noch seine Organe gewesen war.

„Ich bin die Richtige für den Job, ein Profi“, beeilte sie sich zu sagen, denn sie sah ihre Felle davonschwimmen. Kein Geld heißt keine Zukunft, lautete ihre Gleichung. „Aber ich brauche mehr Zeit.“

„Lange warte ich nicht mehr.“

Alles in ihr wehrte sich gegen einen Abschied aus dem Herrenhaus. Sie wollte mehr von dem geheimnisvollen Autor des SM-Romans lesen, herausfinden, wer er war und wer hinter der Balaclava des Maskierten steckte. Vielleicht wollte sie auch – nein, ganz sicher sogar – ein weiteres heißes Abenteuer mit ihm erleben, obwohl sie ihm ja das letzte Mal entgegengeschleudert hatte, dass sie ihm die Finger brechen würde, wenn er sie jemals wieder anfassen sollte. Aber vor allem wollte sie eins: Dale noch nicht verlassen. Sie wünschte sich, dass er sie wieder ansah, dass er ihr verzieh und sie sich näherkamen, so nah, wie es sich für einen Chef und seine Assistentin keinesfalls schickte. *Scheiß auf Berufskodex und Moral! Ich bin ja gar keine echte Sekretärin, also wäre es völlig okay, eine Affäre mit meinem Boss zu haben.*

„Ich melde mich bei Ihnen. Bald!“, sagte sie tougher, als sie sich fühlte. Sie wandte sich um, denn sie wollte nur noch weg, wollte stundenlang bei Kerzenschein und romantischer Musik in der Badewanne liegen und träumen. Von leidenschaftlichen Küssen in enger Umarmung mit Dale. Aber auch von Sex mit dem Maskierten, wild, hemmungslos und bizarr.

„Da ist noch was.“

Willow blieb stehen. Der Ton, den er anschlug, ließ sie befürchten, dass es nichts Gutes war. Ihre Nackenhaare stellten sich auf. Ein nervöses Kribbeln huschte über ihren Rücken.

Er stieß den Rauch durch die Nase aus und wirkte dadurch wie ein aggressiver Minotaur. „Ich muss Sie vor Dale warnen, das hätte ich schon viel früher tun sollen.“

Willow erschrak, denn ein Vogel stob aus der Ruine hinter Gary auf. Hektisch flatternd kam er durch ein Loch im Dach geschossen. Er stieg immer höher hinauf, bis er mit dem schwarzen Himmel verschmolz.

„Lassen Sie sich nicht um den Finger wickeln wie alle anderen." Um seine Worte zu unterstreichen, deutete er immer wieder mit seinem nikotingelben Zeigefinger auf sie. „Er macht einen auf ‚verletztes Bambi', guckt Sie mit seinen dunklen Kulleraugen an, und schon tun Sie alles, was er will."

Es kratzte in ihrem Hals, während sie antwortete: „Ganz bestimmt nicht."

„Sie unterschätzen ihn, das merke ich doch. Wahrscheinlich weil er wie Frankensteins Monster aussieht. Aber er ist ein Meister der Manipulation. Nicht von ungefähr erbt er alles: Tangy Inc., die Villa, den Löwenanteil vom Vermögen unserer Eltern ..."

Widerspruch regte sich in ihr, aber sie schwieg, denn sie befürchtete, dass er recht hatte. Mochte auch Neid eine Rolle spielen, so musste doch ein Körnchen Wahrheit in den Vorwürfen stecken. Gary kannte Dale gut, er war schließlich sein älterer Bruder.

„Und wenn er seines Spielzeugs überdrüssig wird, wirft er es weg. Sogar mich hat er ausgebootet." Asche fiel auf Garys Handrücken, aber er war so in Rage, dass er es nicht zu spüren schien. „Ich wurde mit meinem Pflichtteil abgespeist, aber er wird eines Tages den größten Batzen erben, diese Ratte."

Deshalb sollte sie also die Kostbarkeit finden, die Henry laut Garys Aussage nicht einmal im Testament aufgeführt hatte. Was nirgends erwähnt wurde, konnte auch nicht als gestohlen gemeldet werden. Es brächte dem „verlorenen Sohn" nicht nur eine hübsche Summe ein, sondern auch Genugtuung, seiner Familie eins ausgewischt zu haben.

Ihr wurde übel von dem Zigarettenrauch. „Haben Sie denn kein Mitleid mit ihm?"

„Jeder ist seines Glückes Schmied, heißt es doch. Alle schlechten Taten rächen sich irgendwann." Während er weiterredete, stieß Gray gleichzeitig Qualm aus, sodass sein Gesicht dahinter gespenstisch wirkte. „Er hat eben die Quittung für seine Schandtaten bekommen.“

Der letzte Satz traf Willow wie ein Blitzschlag. In ihren Ohren klang das, als würde der Angreifer, der mit einer ätzenden Tinktur Dales linke Gesichtshälfte entstellt hatte, in diesem Moment vor ihr stehen.

Hatte sie nicht Dale, sondern Gary unterschätzt? War er beleidigter und skrupelloser, als sie angenommen hatte?

Hatte Gary nicht auf die Rache des Schicksals gewartet, sondern sie selbst in die Hand genommen – mit einer Maske auf dem Kopf und einem Gefäß voll Säure?

17. KAPITEL

Je länger Willow darüber nachdachte, desto weniger traute sie Gary die Tat zu. Sie schätzte ihn als zu feige ein, um Dale eigenhändig einen Makel verpasst zu haben, weil er sich Mr Perfect gegenüber stets benachteiligt gefühlt hatte.

Nein, er war es nicht gewesen. Zumindest nicht er selbst. Aber, so schlussfolgerte Willow, er hatte sie für den Diebstahl engagiert, also konnte er genauso gut jemand anderes dafür bezahlt haben, seinen jüngeren und erfolgreicheren Bruder für immer zu entstellen.

„Ja, so könnte es gewesen sein", murmelte sie fassungslos und nahm die Finger von der Tastatur. Auf dem Bildschirm standen wirre Buchstabenkombinationen. Während sie in Gedanken versunken gewesen war, hatte sie offenbar weitergetippt.

„Bist du immer noch nicht fertig?" Dale tauchte im Türrahmen auf. Obwohl er finster dreinschaute, ging für Willow die Sonne in ihrem Büro auf.

Rasch löschte sie, was sie unbewusst geschrieben hatte, damit er nicht bemerkte, dass sie unkonzentriert gewesen war. „Es ist heute viel Arbeit."

„Nicht mehr als sonst."

„Mein Schreibtisch ist noch voll." Demonstrativ zeigte sie auf die Aktenberge, die sie absichtlich vernachlässigt hatte. „Ich kann das nicht bis Montag liegen lassen, sonst wachsen mir die Aufgaben nächste Woche über den Kopf."

Er trat dichter heran, betrachtete das Chaos rechts und links von ihrem Computer, und seufzte. „Den Eindruck habe ich ohnehin."

Obwohl sie an diesem Freitag absichtlich langsam gemacht hatte, stimmte das. Jeder andere Vorgesetzte hätte sie längst rausgeworfen. Warum Dale nicht? Weil er sie ebenfalls mochte?

Wie gut er aussah, stellte sie einmal mehr fest. Aus dem Augenwinkel heraus musterte sie ihn. Sein großer, durchtrainierter Körper ragte vor dem Tisch auf. Willow wünschte sich, die beigefarbene Hose zu sein, die seine Hüften umarmte, und das schwarze Baumwollshirt, das sich an seinen Brustkorb schmiegte.

Plötzlich wurde ihr klar, dass Dale schon mehrmals mit den Fingern geschnippt hatte. Hastig blickte sie auf.

„Kein Wunder, dass du die Aufgaben nicht erledigt bekommst. Du träumst ja mit offenen Augen“, rügte er sie, doch seine Mundwinkel zuckten.

„Ich werde mich mehr bemühen, ich verspreche es. Bitte, feuere mich nicht. Ich brauche diesen Job. Nicht nur das, ich mache ihn gerne.“ *Wegen dir.* Die Art, wie er auf sie hinabschaute – so streng, so sexy –, brachte ihr Blut in Wallung. Ihre Wangen brannten. Das war eine natürliche Reaktion ihres Körpers. Es war jedoch pure Absicht, dass sie zuerst ihren Blick senkte, Dale dann von unten hinauf durch ihre Wimpern ansah und unterwürfig flehte: „Ich werde das Wochenende durcharbeiten. Das ist kein Problem. Bitte, bitte, gib mir noch eine Chance. Ich tue alles.“

„Alles?“

Sie schluckte.

„Du zögerst.“

„Alles“, wiederholte sie krächzend, bevor ihre Stimme versagte.

„Ein großes Wort. Ich werde darauf zurückkommen.“

Sein Schmunzeln verunsicherte sie. Es erregte sie jedoch auch. Was meinte er damit? Was hatte er mit ihr vor?

„Danke.“ Sie unterstrich die Aussage mit einem Nicken und spähte aus dem Fenster in Richtung Gästehaus, um ihn weiter zu manipulieren. Ihr Plan ging auf, etwas zu leicht für ihren Geschmack.

„Ich bin einverstanden. Du kannst das Büro am Samstag und Sonntag nutzen. Auch ich habe noch einiges zu erledigen. Ich werde die Bediensteten anweisen, das Gästehaus herzurichten.“ Er schritt aus dem Büro. In der Tür blieb er stehen, drehte sich um und tippte auf die Armbanduhr. „Dinner um sieben. Sei wenigstens dann einmal pünktlich.“

Hinter seinem Rücken streckte sie ihm die Zunge heraus. Doch in ihr breitete sich eine angenehme Wärme aus. Sie hatte ihr Ziel erreicht, sie würde die Nacht hier verbringen und weiter nach der geheimnisvollen Kostbarkeit von Henry Henderson suchen. Ebenso sehr freute sie jedoch die Aussicht auf ein gemeinsames Wochenende mit Dale, das mit einem romantischen Abendessen auf der Terrasse eingeläutet werden würde. Das breite Lächeln auf ihrem Gesicht war wie festgetackert.

Ein erwartungsvolles Prickeln begleitete sie die restliche Arbeitszeit über. Als die Sonne schon tief stand, zog Willow ihre Schuhe aus, nahm sie in die Hand und stieg ins Erdgeschoss. Doch auf der Veranda war nicht gedeckt, stattdessen war der Tisch im Esszimmer hergerichtet, und es befanden sich auch nicht nur zwei, sondern drei Gedecke darauf.

„Warum schaust du so enttäuscht?“ Ganz Gentleman zog Dale ihren Stuhl zurück.

Bevor sie sich setzte, schlüpfte sie rasch wieder in ihre Schuhe. Die Hausherrin würde sich über nackte Füße bestimmt mokieren. „Ich bin nur erschöpft.“

„Vom Arbeiten kann es wohl kaum sein“, neckte er sie und nahm Platz.

Ein Dienstmädchen brachte Getränke. Noch jemand, der stört, dachte Willow plötzlich schlecht gelaunt.

Vivian kam in den Raum, bemerkte Willow und stockte. „Ich habe keinen Hunger.“

Dale erhob sich. „Aber du bist doch hier…“

„Ich bin nur gekommen, um dir Bescheid zu geben.“ Sie presste die blutleeren Lippen aufeinander. Ihr Gesicht war kreidebleich.

Das fiel wohl auch Dale auf. „Du siehst aus, als hättest du einen Geist gesehen.“

„Im ersten Moment dachte ich, dein Vater säße am Tisch. Du siehst ihm immer ähnlicher. Nur besaß er einen exquisiteren Geschmack.“ Ohne sich zu verabschieden, ging Vivian hinaus.

Willow fühlte sich brüskiert. Peinlich berührt knetete sie die Stoffserviette in ihrem Schoß.

Dale setzte sich wieder. „Es tut mir leid."

„Nicht so schlimm." Sie quälte sich ein Lächeln ab.

„Mom ist im Moment gesundheitlich angeschlagen." Nachdenklich drehte er das Glas Wein neben seinem Gedeck. „Irgendetwas nimmt sie mit, aber sie rückt nicht mit der Sprache heraus."

„Schon gut."

„Ich werde ihr sagen, dass nichts zwischen uns läuft, sondern ich es nur unhöflich fände, dich als unseren Gast alleine essen zu lassen. Das wird sie beruhigen, und sie wird sich dir gegenüber wieder normal verhalten." Er trank einen großen Schluck Rotwein.

So war das also. Willow fühlte einen Stich im Herzen. Seine einfühlsame Stimme vergrößerte den Schmerz noch. Dieses Dinner war nur eine nette Geste ihres Arbeitgebers. *Und du naive Gans hast mehr hineininterpretiert.*

Um sich von der Zurückweisung abzulenken, dachte sie über Vivians Worte nach. Anscheinend hatte sie ein Déjà-vu gehabt, eins, das sie erschreckt hatte. Hatte sie ihren Mann mit einer anderen erwischt? Oder hatte er sogar mehrere Affären gehabt? Er war acht Jahre jünger gewesen, und Vivian wirkte nicht, als könnte sie mit einem jüngeren Ehemann mithalten.

Aber vielleicht tat Willow ihr unrecht, und erst Henrys Tod hatte sie schwerfälliger und trübsinniger gemacht. So oder so, langsam kam Willow einem der Geheimnisse der Hendersons auf die Schliche. Die Ehe von Vivian und Henry war nicht so rosarot gewesen, wie es nach außen hin schien.

Dale bemühte sich redlich, die Stimmung wieder zu heben. Er versuchte, sie zum Lachen zu bringen, schaute ihr tief in die Augen und berührte sogar ihre Hand – etwas, das er noch nie zuvor getan hatte und das sich überraschend vertraut anfühlte.

Dennoch, all das hatte für Willow einen schalen Beigeschmack. Wie viel war echt und wie viel Taktik? Wie viel von seinem draufgängerischen Vater steckte in ihm? Was wollte Dale: nur eine gehorsame Assistentin, einen Flirt, um sein säuregeschädigtes Ego aufzupolieren, oder mehr? Mehr was? Ging es ihm um ein Sexabenteuer oder um echte Zuneigung?

Dale Henderson blieb für Willow ein Rätsel. Er brachte sie gehörig durcheinander, dabei musste sie einen klaren Kopf bewahren, nun mehr denn je.

Erschöpft ging sie kurz darauf zum Gästehaus hinüber. Sie duschte und zog eine schwarze Stretchhose und ein enges dunkles T-Shirt an, um sich geschmeidig wie eine Katze bewegen zu können. Ungeduldig wartete sie darauf, dass im Hauptgebäude die Lichter erloschen.

Leise schloss sie die Haustür ihres Domizils hinter sich, um hinüberzuschleichen und ihrer wahren Aufgabe nachzugehen. Dunkelheit umgab sie. Normalerweise war diese ihre Verbündete, doch heute war die Nacht erfüllt von beunruhigenden Geräuschen.

Es knackte im Gebüsch. Willow flog herum, aber da war niemand. Sekundenlang blieb alles still. Dann kreischte ein Tier in der Ferne, als ginge es um Leben und Tod. Willow bekam eine Gänsehaut. Rasch hockte sie sich hin. Nichts geschah weiter. Die Mansion blieb dunkel. Mit zittrigen Beinen stand sie wieder auf. Da war ein Rascheln links von ihr, ein Zischeln rechts von ihr und ein Summen, das sich nicht einmal orten ließ. Möglicherweise spielte ihre Fantasie ihr einen Streich. Doch ein Surren wie von gigantischen Flügeln über ihr ließ sie zusammenfahren. Es stammte nur von einer Taube, die einen Schlafplatz suchte. Willow kicherte nervös.

Warum bist du so schreckhaft? fragte sie sich und schnaubte. Schließlich war sie in diesem Spiel die Böse.

Plötzlich legte sich von hinten eine Hand auf ihren Mund. Ein warmer Körper schmiegte sich an ihren Rücken. Heißer Atem kitzelte ihren Nacken. Eine Stimme, ungewöhnlich tief und rau, flüsterte bedrohlich in ihr Ohr: „Du gehst alleine auf die Jagd? Hast du unsere Abmachung vergessen, Partnerin?“

Savage! Wütend, weil er sie erschreckt hatte, trat sie ihm gegen das Scheinbein.

Seine Hand glitt über ihr Kinn tiefer bis zu ihrem Hals. Er übte sanften Druck auf ihre Kehle aus. „Das würde ich an deiner Stelle kein zweites Mal wagen."

„Sonst was?"

„Sonst lernst du mich von meiner bösen Seite kennen."

Sie lachte verächtlich. „Und was zeigst du jetzt gerade?"

„Meine gute … geduldige … versöhnliche."

„Das ist dein sonniges Gemüt?" Willow vermied ein abfälliges Prusten. Es wäre ihr nicht zuträglich gewesen.

„Diese Erkenntnis sollte dir eine Ahnung davon geben, wie meine dunkle Seite ist."

Rabenschwarz, so viel war sicher. Durch die Finger auf ihrem Kehlkopf konnte sie schwer schlucken. Sie zitterte immer noch von dem Schrecken, den Savage ihr eingejagt hatte. Oder machte sie sich nicht nur etwas vor? Bebte sie nicht längst vor Aufregung, weil sie den unverschämten Maskierten wieder getroffen hatte?

Erneut reagierte ihr Körper instinktiv auf ihn. Mit Kurzatmigkeit, Herzklopfen und einem Pochen zwischen den Schenkeln. Sie wollte sich nicht zu ihm hingezogen fühlen, konnte sich aber gegen das Verlangen in ihr nicht wehren. Es war sogar noch stärker als beim ersten Zusammenstoß. Sie machte sich nichts vor, woran das lag.

Zum einen wusste sie um seine Fähigkeiten, ihr Lust zu bereiten, schließlich hatte er sie dazu gezwungen, Bekanntschaft mit seiner erotischen Dominanz zu machen. Dafür hätte sie ihn hassen sollen, doch das Gegenteil war der Fall. Allein seine Gegenwart ließ sie feucht werden.

Zum anderen hatte Dale mit seiner Zurückweisung die Fronten geklärt. Sie brauchte sich keine Hoffnungen mehr zu machen, dass er ebenfalls etwas für sie empfand. Er verhielt sich lediglich höflich, das war die schmerzhafte Wahrheit. Doch warum hatte er sie dann zärtlich berührt?

Nein, nein, NEIN! Sie verbot sich, erneut ins Schwärmen zu geraten. Der Wunsch nach mehr als nur einem Arbeitsverhältnis mit ihrem Boss würde nur in der Traumwelt wahr werden. Die Realität dagegen stand hinter ihr – dunkel, gefährlich und schamlos.

Blitzschnell schwang Savage sie herum. Er legte den Arm um ihre Hüften und zog sie eng an sich. Durch die Löcher in der Balaclava fixierte er sie. „Du wolltest dich doch nicht etwa ohne mich auf Schatzsuche begeben, oder?“ Er grollte.

„Selbstverständlich nicht“, säuselte sie zuckersüß zurück, aber sie wussten beide, dass sie log. „Aber ich hatte ja keine Ahnung, wie ich dich erreichen kann. Gibst du mir deine Handynummer? Dann rufe ich dich beim nächsten Mal an, um einen Termin abzusprechen.“

„Netter Versuch, aber das ist nicht nötig. Ich habe ständig ein Auge auf dich.“

Ihre Nackenhaare stellten sich auf, doch die Gänsehaut, die sie bekam, war erotischer Natur. Savage sah sie an, als wolle er sie jede Sekunde mit Haut und Haaren verschlingen. Ihm ging es nicht allein um den wertvollen Gegenstand, der im Haus der Hendersons versteckt war, machte der Blick ihr klar. Er war auch ihretwegen gekommen.

Ihr wurde heiß. Sie versuchte, ihn wegzudrücken, doch er ließ sie nicht los. Mit belegter Stimme sagte Willow: „Lass uns keine Zeit mehr verschwenden.“

„Hast du hier schon gesucht?“ Mit dem Kopf deutete er hinter sich.

„Wo meinst du?“ Auf dem Grundstück? Spielte er auf eine vergrabene Kiste an?

„Im Gästehaus.“

Sie runzelte ihre Stirn. „Nein, wozu?“

„Es gehört auch zum Besitz der Hendersons.“

„Die meisten Menschen verstecken ihre Schätze an dem für

sie intimsten Ort: ihrem Schlafzimmer." Selbstverständlich würde Willow auch alle anderen Räume inspizieren, aber an das Gartendomizil hatte sie keinen Gedanken verschwendet.

„Wo würdest du etwas Kostbares vor aller Augen, sogar vor denen deiner eigenen Familie, verbergen?"

„Dort, wo es niemand erwartet." Sie grübelte. „Und wo Frau und Kinder nicht hingehen."

„Trifft das nicht beides auf dieses Gebäude zu?", fragte er, und sie nickte. „Jeder geht doch davon aus, dass der Patriarch das Nebenhaus äußerst selten, fast nie betritt. Die Besucher übernachten hier, mehr nicht."

Da war etwas dran, musste Willow zugeben.

„Es wird kaum genutzt, und auch dann schlafen nur die Gäste hier. Alles Weitere findet im Haupthaus statt."

Argwöhnisch blinzelte sie ihn an. „Du weißt gut Bescheid über die Gewohnheiten der Hendersons."

„Du offenbar nicht." Spielerisch biss er in ihren Hals, sodass sie aufschrie und sogleich die Lippen aufeinanderpresste. „Du musst dich besser vorbereiten!"

„Ja, mein Herr und Meister", schoss es trotzig aus ihr heraus, bevor sie sich der Doppeldeutigkeit bewusst werden konnte. Sie spürte, wie ihr die Hitze in die Wangen schoss. Hoffentlich war Savage das in der Dunkelheit entgangen.

„So gefällst du mir", sagte er mit seiner Reibeisenstimme.

„Also gut, fangen wir in meiner Unterkunft an", lenkte sie ihn von ihrer Verlegenheit ab. Sie hegte den Verdacht, dass er sie vom Hauptgebäude fernhalten wollte, um es zu einem späteren Zeitpunkt alleine zu durchsuchen. Aber sie würde ihn mit seinen eigenen Waffen schlagen, ihn die ganze Nacht beschäftigen und die Mansion tagsüber ausspionieren. „Aber Finger weg von meiner Unterwäsche!" Erneut versuchte sie, sich von ihm loszumachen, und diesmal gab er sie frei.

„Die interessiert mich nicht, sondern das", seine behandschuhten Finger glitten über ihren Bauch hinab bis zu ihrem Venushügel und ein kleines Stück darüber hinaus, „was darunter ist. Aber dazu später." Savage drehte sich um und ging zum Eingang.

Fassungslos blieb Willow stehen. Sie schnappte nach Luft. Und ärgerte sich darüber, dass sie seine Hand nicht weggeschlagen hatte. *Unverschämter Kerl!* Sie wollte ihm ein paar saftige Schimpftiraden hinterherschleudern – aber ihr Kopf war leer. Da war nichts, niet, nada, nothing, rien! Nur ein sehnsüchtiges Kribbeln auf ihrem Schamhügel, auf das sich alles in ihr konzentrierte.

Verlegen gab sie ein Zischen von sich. Schließlich fiel ihr doch etwas ein. Sie ballte die Faust und hielt sie drohend hoch: „Ich hatte dich gewarnt. Fass mich noch einmal an, und ich breche dir deine Finger."

Er sah sich nicht einmal nach ihr um. Anscheinend ging er nicht davon aus, dass sie sich hinterrücks auf ihn stürzen könnte. „Ich habe keine Angst vor dir." Lässig schlenderte er weiter.

„Und ich nicht vor dir", rief sie ihm hinterher und kam sich lächerlich dabei vor, daher nahm sie ihr Fäustchen wieder herunter.

„Doch, das hast du, und es erregt mich." Mit zur Schau gestellter Gelassenheit öffnete er die Tür. Er wandte sich zu ihr um, machte eine einladende Geste und schenkte ihr ein selbstgefälliges Grinsen. „Und jetzt komm und hör auf, mich anzumachen!"

„Ich? dich?" Erneut rang sie nach Worten. Vergeblich. Also schwieg sie und stapfte an ihm vorbei ins Gästehaus, wütend darüber, dass ihre Schamlippen bereits so empfindlich waren, dass sie bei jedem Schritt das Reiben ihres Slips spürte, was ihre Libido nur noch mehr hochkochen ließ.

Während sie die Einrichtung durchsuchten, blieben sie dicht beieinander. Sie ließen sich nicht aus den Augen. Misstrauisch beobachteten sie, ob der andere nicht etwas fand und es heimlich einsteckte. Partner waren sie gewiss nicht. Konkurrenten traf es besser. Der Wettstreit hatte begonnen.

Willow achtete tunlichst darauf, den Ort, an dem sie die handgeschriebene Geschichte von *Amasone* und *Meester* verborgen hatte, selbst zu untersuchen. Savage bekam nicht mit, dass sie das Buch vor ihm versteckte. Hätte er es in die Finger bekommen, hätte er es ihr bestimmt nicht zurückgegeben. Vielleicht hätte er es sogar als Anleitung für weitere erotische Folterungen genommen.

Bei der Vorstellung schlug ihr Herz einen Takt schneller. Sie ging in die Hocke. Doch ihr Höschen drückte auf ihren erregten Schoß, und der Druck sandte heiße Wellen in ihren Unterleib aus.

Damit die Ablenkung aufhörte, stand Willow auf und ging voraus in den Raum mit den Utensilien für das Reinigungspersonal. Savage folgte ihr auf dem Fuße.

Während er den Putzwagen zur Seite schob und dahinter nachschaute, durchsuchte sie den Regalschrank, in der die Wechselwäsche lagerte. Ein hochwertiger Schrank aus Massivholz mit kunstvoll gefertigten Intarsien, eventuell sogar antik, ganz bestimmt jedoch sehr teuer. Es wunderte sie, dass er in der Abstellkammer stand.

Die Wäsche barg kein Geheimnis, nichts befand sich darunter oder dahinter, das nicht auch dort hingehörte. Willow tastete vorsichtshalber den Innenraum ab. Ebenfalls nichts. Dennoch blieb sie misstrauisch und ging um das Möbelstück herum. Die Seiten waren glatt, auch darunter entdeckte sie nichts Auffälliges. Als sie sich schon anderen Dingen zuwenden wollte, fiel ihr der Spalt zwischen Rückwand und Mauer auf. Er war ungewöhnlich breit.

Neugierig leuchtete sie mit der Taschenlampe dahinter. Der Lichtkegel wurde von einem goldenen Rahmen zurückgeworfen. Dieser war riesig, er stand auf dem Boden und besaß bis auf wenige Zentimeter dieselbe Höhe wie der Schrank.

„Hier steht ein Bild oder so“, plapperte sie aufgeregt.

Savage reagierte nicht. Er kniete hinter dem Reinigungswagen.

„Bist du taub?“ Sie warf ein Gästehandtuch nach ihm.

Als es ihn an der linken Schläfe traf, schrak er zusammen. Er fing es, bevor es hinunterfiel, und schnellte noch in der Hocke zu Willow herum. Sein Blick flackerte. Er leckte sich über die Lippen und stand auf. In aller Seelenruhe, so schien es, schob er den Wagen zurück an die Stelle, an der er gestanden hatte, doch sein Brustkorb hob und senkte sich rasch.

Willow hob die Augenbrauen. Was sollte sie davon halten?

Er kam zu ihr. „Ich war nur konzentriert."

Ungläubig runzelte sie die Stirn. Ihr kam ein Gedanke. Der brachte sie zum Schmunzeln. „Ich habe dich wohl beim Träumen erwischt."

„Das wäre kein Kompliment für dich." Seine Augen funkelten. Er lehnte sich mit der Seite gegen die Wand und verschränkte die Arme.

Ihr Lächeln erstarb. „Hier ist ein Gemälde." Demonstrativ wandte sie ihm den Rücken zu. Unter anderen Umständen hätte sie ihn nicht darauf hingewiesen. Aber sie würde das riesige Bild ohnehin nicht vor ihm geheim halten können. Sie zweifelte nicht daran, dass er die Lücke ebenfalls entdeckt hätte.

Savage schmiegte sich an ihre Kehrseite und schaute über ihre Schulter hinweg in den Spalt, den sie mit ihrer Lampe ausleuchtete. „Sieht tatsächlich so aus."

„Lass uns den Wäscheschrank zur Seite schieben."

„Ich mach das alleine." Schon legte er die Hände an die Seiten des Möbelstücks. Er stemmte sich dagegen. Nicht nur das Holz ächzte und stöhnte, auch Savage. „Möglicherweise ist Henrys Schatz ein auf dem Markt hoch gehandeltes Kunstwerk von Renoir, Chagall, Klimt oder ähnlich."

Als die Sicht darauf frei war, staunten sie nicht schlecht. Das Bild zeigte eine hochgewachsene Frau mit ebenholzfarbenem Teint, die sich mit dem Rücken zum Betrachter rekelte. Sie kniete, die Beine gespreizt, auf einem Plaid mit afrikanischem Muster, und Willow meinte, Feuchtigkeit zwischen den Schenkeln zu erkennen. Vielleicht bildete sie sich das aber auch nur ein. Eine Benetzung der deutlich geschwollenen Schamlippen hätte zu dem Motiv gepasst.

Die schwarzen Haare der Unbekannten waren zu einer Hochsteckfrisur aufgetürmt, sodass ihr Rücken frei lag. Er stellte zweifelsohne den Mittelpunkt dieser stilvollen erotischen Malerei dar.

Ein Hingucker, der schockierte.

Und der Mitleid hervorrief.

Aber der Frauen mit speziellen Sehnsüchten wie Willow auch erregte.

Denn Striemen zeichneten die ansonsten makellose Haut. Fünf nebeneinander, sodass man sie auch für das Resultat eines Prankenhiebs hätte halten können. Sie verliefen vom oberen rechten Schulterblatt bis hinab zur linken Hüfte. An drei Stellen waren dunkelrote Blutstropfen hervorgetreten.

Stolz blickte die Frau mit dem Schwanenhals über die Schulter hinweg zum Maler und somit zum Betrachter des Bildes. Ihr Mund stand einen fingerbreit offen. Lust trübte ihren Blick. Selbst ihr Lächeln, so verklärt, drückte ihre Erregung aus.

Sie genießt die beißenden Schmerzen, dachte Willow fasziniert. *Selbst die Zurschaustellung macht sie heiß.*

In ihrer Fantasie sah sie sich selbst in dieser offenherzigen und devoten Pose, mit brennendem Rücken und pochender Möse, ihrem Folterknecht bereitwillig ausgeliefert. Waren er und der Maler dieselbe Person? Oder war die Frau angewiesen worden, sich einem Fremden so aufgelöst und nach Sex riechend zu präsentieren? Plötzlich fiel Willow das Atmen schwerer. Sie schwitzte.

Unauffällig prüfte sie Savages Reaktion. Seine Augen waren weit aufgerissen. Gier lag in seinem Blick. Unentwegt öffnete und schloss er die Hände. Er leckte durch seine Mundwinkel. Und, wenn Willow sich nicht täuschte, war sein Schritt ein bisschen praller.

Um zu überspielen, wie sehr sie beide das Motiv berührte, ging sie zum Geschäftlichen über. Sie beugte sich vor und kam dicht mit dem Gesicht an die Leinwand heran. „Ich sehe keine Signatur des Künstlers."

„Merkwürdig. Ich kann den Stil auch nicht zuordnen."

Argwöhnisch sah sie ihn an. „Du kennst dich mit Malerei aus?" Wer steckte wohl unter der Maske?

„Sollte das nicht jeder Einbrecher? Man muss doch den Wert von potenziellem Diebesgut einschätzen können."

Sie biss sich auf die Zunge. „Ich nehme immer nur, was ich einstecken kann."

Er ging nicht weiter darauf ein, sondern strich mit den Fingerspitzen zärtlich über die Tropfen auf dem Bild, als wollte er sie auf der dunklen Haut verwischen. „Wahrscheinlich stammt es von keinem der Großen."

„Jeder Künstler signiert sein Werk doch, ob bekannt oder unbekannt", entgegnete Willow schnippisch. Zu ihrer eigenen Überraschung verspürte sie Eifersucht auf die Unbekannte. Am liebsten hätte sie Savage einen Tritt verpasst.

„Vielleicht hat der Käufer ihn gebeten, es nicht zu tun."

„Du meinst, es handelt sich um eine Auftragsarbeit?"

Savage nickte.

„Das würde bedeuten", führte sie seine Überlegungen fort, „dass es die Frau auf dem Bild wirklich gegeben hat."

„Das vermute ich."

„Da du ja alles über die Hendersons weißt", sagte sie spöttisch und herausfordernd, denn nun starrte er auf die dunkle Brustspitze der Schönheit, die ihren Oberkörper grazil und anmutig verbog. „Erkennst du die Frau wieder?"

„Nein. Unter Umständen steht die Signatur auf der Rückseite des Rahmens, möglicherweise auch ein Titel oder ein Datum."

Er packte den Rahmen rechts und links und wollte das Bild von der Wand wegziehen, doch es ließ sich nicht abnehmen. Überrascht stutzte er. Er wandte mehr Kraft an und endlich bewegte es sich, aber nur die rechte Seite. Sie klappte auf. Scharniere quietschten.

„Eine Tür! Es verbirgt sich ein Eingang dahinter." Willows Augen weiteten sich. Mit einem Satz war sie an der Öffnung. Sie leuchtete in die Dunkelheit. Ihr Nacken kribbelte. „Da ist eine Treppe und sie führt nach unten."

„Nach unten? Das Gästehaus hat kein Souterrain."

Woher wollte er das nun schon wieder wissen? Und wie gewählt er sich ausdrückte. Mit der Fußspitze stieß sie die Tür ganz auf. „Und was ist das? Du bist anscheinend doch nicht so gut informiert, wie du dachtest."

Savage gab ein Murren von sich. „Er muss extra ausgehoben worden sein."

„Das ist bei Untergeschossen immer der Fall."

„Nachträglich, meinte ich", sagte er, doch bevor sie nachhaken konnte, woher er das wusste, verdrehte er die Augen und winkte ab. „Gartenhäuser haben für gewöhnlich kein Untergeschoss, das wollte ich damit nur sagen."

Anscheinend war Savage heute nicht ganz auf der Höhe. Aber das interessierte Willow gerade weniger als das Abenteuer, das der Abstieg bot.

Von Neugier getrieben, huschte sie in das enge Treppenhaus. Sie sprang die Betonstufen hinab und fand sich in einem Vorraum wieder. Durch den Sekretär im Rokokostil und den passenden Stuhl wirkte das Zimmer merkwürdigerweise noch leerer. An der Wand bezeugte ein dunkler Abdruck, dass einmal etwas auf dem Tisch gestanden hatte. Ein leerer Kabelschacht klaffte darunter. Der Marmor unter Willows Füßen war matt und staubig. Das Tiefparterre war schon länger von niemandem mehr betreten worden.

Die zweiflügelige Tür vor ihr wirkte ebenso edel und deplatziert für einen Keller wie der Bodenbelag. Willow bezweifelte, dass der Durchgang sie in eine Rumpelkammer führen würde. Nur wohin dann? In einen Wellnessbereich? Möglicherweise hatte dieses Gebäude früher als Poolhaus gedient.

Das Emblem, das sich über die champagnerfarbenen Flügel erstreckte, lenkte ihre Gedanken jedoch in eine andere Richtung. Es handelte sich um einen Kreis aus Flammen, an dessen unterem Ende ein Paar Handschellen baumelten. Beides zusammen erinnerte Willow vage an den Ring der O.

Im Inneren des Rings erkannte sie eine stilisierte Giraffe. Ein Löwe mit üppiger Mähne bedrohte sie. Er stand auf den Hinterpfoten, die Krallen ausgefahren und das Maul weit aufgerissen. Obwohl die Giraffe viel größer war als er, hatte sie den Kopf gesenkt, als würde sie sich ihm ohne Gegenwehr ergeben.

Willow erschauderte. Ein ungutes Gefühl breitete sich in ihr aus.

Savage schritt an ihr vorbei, er stieß die Seiten des Zugangs auf und leuchtete in den Raum dahinter. Dieser schien dieselbe Grundfläche zu besitzen wie das Haus darüber. Kein Spa, kein Lager, auch keine Wohnung, sondern nur ein einziges großes Zimmer, in dem jedoch alles zu finden war, was zu einem Apartment gehörte. Schlafecke, Couch, Küche – alles ohne Trennwände.

Willow tippte sich mit der Taschenlampe gegen die Schläfe. Niemals würde sie in Anwesenheit anderer auf die Toilette gehen. „Wer baut denn ein offenes Bad?"

„Jemand, der eine andere Person nonstop beobachten will." Der Lichtkegel von Savages Taschenlampe streifte eine Überwachungskamera nach der anderen. Sie klebten in den oberen Zimmerecken wie riesenhafte Spinnen.

„Oh mein Gott!" Willow bekam Sodbrennen. Die Handschuhe waren ihr zu warm, doch sie behielt sie an, um keine Fingerabdrücke zu hinterlassen. „Das ist ein Gefängnis! Hier war jemand eingesperrt und jeder seiner Schritte wurde verfolgt."

„Das denke ich auch."

„Warum grinst du amüsiert? Das ist nicht lustig!"

„Es ging wohl mehr ums beidseitige Vergnügen."

„Ich verstehe nicht."

„Die Tür besitzt kein Schloss. Wer auch immer in diesem Geheimkeller lebte, hätte ihn jederzeit verlassen können."

Das hatte Willow vor Aufregung gar nicht bemerkt.

„Außerdem ist da noch das." Das Deckenlicht ging an. Savage hatte den Lichtschalter gefunden, ein Dimmer, den er nur so weit aufdrehte, dass die Strahler über ihren Köpfen ein warmes Licht ausstrahlten.

Verblüfft riss Willow Augen und Mund auf. Nun wurde ihr klar, was er meinte. Jetzt erst sah sie alles! Jedes außergewöhnliche Detail dieser Wohnung. Heißkalte Schauer liefen ihr über den Leib.

Zwischen den gewöhnlichen Möbelstücken wie Küchenstühlen und einem Ohrensessel standen weitere außergewöhnliche. Ein mit schwarzem Leder bezogener Tisch, an dem rundherum Manschetten angebracht waren. Ein Strafbock. Ein vergittertes Himmelbett, an dem hier und da Handschellen hingen. Ein Käfig. Ein Pranger. Ein Standkreuz und einige Einrichtungsgegenstände mehr, von denen Willow nicht wusste, wie sie hießen oder wozu sie gedacht waren.

Die Wände waren tapeziert mit Folterinstrumenten – Flogger, Gerten, Schlagstöcken und Peitschen aller Art. Aber auch verschieden lange und dicke Seile hingen an den Haken, ebenso wie Masken und Kopfharnische mit eingearbeiteten Mundspreizern, Augenklappen und Dildos, die mal außen und mal innen angebracht waren. Auf Regalen lagen zig unterschiedliche Vibratoren, manche winzig, manche jedoch auch so imposant, dass Willow sich nicht vorstellen konnte, wie jemand sie in sich aufnehmen könnte. Daumenschrauben, Nippelklemmen, Spekulums und Plugs jeder Größe, Handschuhe mit Nadeln, Sauggläser, Nervenräder, Dildostangen, Keuschheitsgürtel – hier fanden Dominante wie Devote alles, was das SM-Herz begehrte.

Willow fühlte sich seltsam benommen, als gäben die Geräte eine erotische Strahlung ab, die sich auf sie übertrug. Sie fühlte sich schummrig und schob das darauf, dass es keine Fenster gab. Die Luft war jedoch nicht abgestanden, es musste ein Belüftungssystem geben, das noch funktionierte.

Geliebter Herrscher über meinen Körper,
König meiner Gedanken,
Gebieter meiner Gefühle
und Eigentümer meiner Seele!

Diese Worte erklangen in Willows Kopf. Woher kamen sie? Sie konnte in diesem Spielzimmer kaum klar denken.

Davor war ich Wüste, in mir herrschte Öde. Ich war ausgedörrt, ausgehungert, leer und traurig. Mein Lebensmut schwand.

Angestrengter horchte Willow in sich hinein.

Dann eine Weile zerrissen zwischen wer ich war und wer ich sein wollte, eine gequälte Seele, die nur erblühte, wenn wir uns heimlich trafen.

Die Giraffe und der Löwe – das Emblem am Eingang ergab mit einem Mal Sinn für Willow.

Eine Session ohne Ende und somit ohne Traurigkeit, weil sie schon wieder vorüber war und wir in unsere alten Leben zurück mussten.

24/7, natürlich, dachte Willow. Das war es, was sie vor sich hatte. Es hatte keine Entführung gegeben, sondern in diesem Versteck war ein Lebenstraum erfüllt worden. Nein, zwei Träume, korrigierte sie sich, und zwar zwei, die im Einklang standen. Innerlich entspannte sie sich.

Komischerweise war es genau das, was ich dachte, als Schmerz und Geilheit verschmolzen. Wenn dieser lustvolle Moment endete, würde ich immer noch Ihre Sklavin sein, eingehüllt in einen Kokon aus mit Folterwerkzeugen verzierten Wänden, Haken an der Wohnungsdecke und abgeschottet von der Welt dort oben, die mich nicht versteht, in der ich mir wie ein Fremdkörper vorkomme. Sie jedoch würden gezwungen sein, aus der Unterwelt an die Oberfläche zu steigen, um unseren Traum zu finanzieren.

Eine SM-Session, die zumindest für den devoten Partner niemals endete. Vierundzwanzig Stunden an sieben Tagen in der Woche. Immer Sklavin, ein Dasein in Lust, behütet und geliebt.

Diese Höhle nie wieder verlassen zu müssen, ist Ihr Geschenk und Ihr Opfer an mich. So großzügig, dass meine Augen feucht werden! Auf Sie zu warten und abhängig von Ihnen zu sein, ist mein Geschenk an Sie.

Keine Gefangene eines anderen, sondern der eigenen Neigung.

Plötzlich kam ihr dieser Geheimkeller bekannt vor. Sie hatte ihn noch nie betreten. Aber die Darstellung in dem Roman, den sie zurzeit las, war so genau beschrieben, dass er ihr vertraut vorkam.

„Ich bin in der Geschichte!“ Willow keuchte.

Misstrauisch blinzelte Savage sie an. „Was meinst du damit?“

Sie biss sich auf die Zunge, denn sie wollte ihm unter keinen Umständen etwas verraten. Doch er machte nicht den Anschein, sie ohne Antwort davonkommen zu lassen.

„Was … was ich … sagen wollte“, stotterte sie. „Das ist ja wie in einer dieser SM-Storys.“

Amasone und *Meester*, es hatte sie tatsächlich gegeben. Aber was war mit ihnen geschehen? Willow konnte es kaum abwarten, die restlichen Kapitel des Tagebuchs zu verschlingen, denn das waren die handschriftlichen Notizen in Wirklichkeit. Sie hatte keinen Roman gefunden, sondern den Erlebnisbericht einer echten Lustsklavin. Nun sah sie die niedergeschriebenen Sessions in einem ganz anderen Licht. *Krass!*

„So etwas Schmutziges liest du also.“ Er schmunzelte.

„Du doch auch.“

„Nur noch ab und zu.“ Provozierend zärtlich strich er über die Lehne eines Stuhls, auf dessen Sitz ein Dildo befestigt war. „Ich lebe BDSM lieber selbst aus.“

Sie errötete. Verlegen ließ sie ihren Blick umherschweifen und lenkte das Thema weg von ihnen. „Genau wie die dunkelhäutige Schönheit auf dem Gemälde, nicht wahr? Sie war nicht nur ein Aktmodell.“

„Ich vermute, sie hat hier unten gelebt.“

„Und das Motiv …“

„Stammt nicht aus der Fantasie des Malers, das sehe ich auch so“, führte er ihren Satz und ihre Überlegung zu Ende.

„Alles real. Die Frau, die Szene, die Striemen.“ Willows Stimme klang immer heiserer.

„Kaum zu fassen!“

„Weil die Hendersons ein Geheimnis haben, das der König der Diebe bisher nicht in Erfahrung bringen konnte?“

„Dass du bisher keine realen Erfahrungen in BDSM gemacht hast.“ Er vertiefte ihre Beschämung noch, indem er hinzufügte: „Außer die mit mir im Bankettsaal natürlich, aber das war harmlos.“

„Harmlos?“ Diesmal hatte sie den Eindruck, er lenkte das Gespräch von sich ab und meinte in Wahrheit die Existenz des Geheimkellers. „War es das?“

„Sieh dich doch um. Was sagt dir deine Fantasie?“

Dass es noch viel schlimmer geht als immer wieder bis kurz vor den Höhepunkt gebracht zu werden, ohne kommen zu dürfen. Sie behielt ihre Gedanken jedoch für sich.

Während Savage sie eindringlich anschaute, öffnete er den obersten Knopf seines schwarzen Hemds. „Erst die Arbeit, dann das Vergnügen, heißt es.“

Was wollte er damit andeuten? Ihre Körpertemperatur stieg.

Er trat dicht an sie heran. „Wir haben schon gearbeitet, daher wäre jetzt wohl die Zeit für ein wenig Spaß gekommen.“

„Wir sind noch nicht fertig mit dem Gästehaus.“ Ihr Puls beschleunigte sich.

„Du rechnest doch eh nicht damit, dass wir etwas finden.“ Langsam schritt er um sie herum, musterte sie von den Haaren bis zu den Zehenspitzen und spann ein erotisches Netz um sie.

Das stimmte wohl. Er verschwand aus ihrem Sichtfeld, was Willow beunruhigte. „Wir sollten hier unten weitersuchen.“

„Das ist eine Sackgasse“, wisperte er verführerisch. Sie spürte seinen Atem an ihrer Ohrmuschel. „Wir haben ein wenig Zerstreuung verdient.“

Sie erschauerte wohlig. „Danke, aber ich bin schon zerstreut genug.“ In dieser Folterkammer zu stehen, zu wissen, was *Amasone* und *Meester* hier getrieben hatten. Willow war etwas durch den Wind. Und Savages Angebot machte es nicht gerade besser.

„Wenn du dich in meine Hand begibst, werde ich dir helfen, dich zu sammeln.“ Als er wieder vor ihr stand, war sein Oberkörper nackt. Während er hinter ihr stand, hatte Savage sich das Hemd ausgezogen.

Willow verschlug es bei diesem Anblick die Sprache. Ihr lief das Wasser im Mund zusammen. Aber sie hatte auch Angst. Hatte sie sich an die Balaclava fast gewöhnt, so wirkte sie durch die nackte Haut plötzlich wieder erschreckend. *Wie eine Henkersmaske!*

„In Kürze wird sich alles in dir auf Sex konzentrieren. Da wird kein Platz mehr für Grübeleien sein. Die vollkommene Entspannung."

Das Wort *Sex* traf sie wie ein Blitz. Aus seinem Mund hörte es sich schmutzig und schamlos an, aber auch vielversprechend und verlockend. Warum nicht? hörte sie eine Stimme in sich. Dale hatte sie zurückgewiesen. Der Maskierte faszinierte sie ungemein und er konnte ihr geben, wonach sie sich schon lange sehnte: Dominanz, nicht aufgesetzt oder übertrieben, sondern gelassen und natürlich.

„Du möchtest es auch, ich kann es sehen", säuselte er. „Lass dich fallen."

„Ich vertraue dir nicht."

„Das ist ein Problem und nur allzu verständlich." Er nickte. „Aber so oder so gebe ich dir ein Safeword. Damit kannst du unsere Session von jetzt auf gleich beenden."

Das klang gut. Dennoch zögerte sie. Unsere Session, hallte es in ihr wider. Sie merkte, dass sie die Luft anhielt, und atmete weiter.

„Sobald du ‚härter' sagst, werde ich sofort aufhören, das verspreche ich dir."

Unauffällig floh sie hinter den Stuhl. Sie blinzelte Savage an. „Das ist aber das Gegenteil von Stopp."

„Eben." Er schmunzelte sinnlich, schob den Stuhl weg und baute sich wieder vor ihr auf. „Darum wird es dir schwer über die Lippen kommen."

Aufmüpfig stellte sie sich auf die Zehenspitzen. „Ich könnte tatsächlich ‚härter' meinen."

„Dann", er tippte ihre Nasenspitze an, „müsste ich dich bestrafen. Es steht einer Lustdienerin nicht zu, ihrem Herrn Befehle zu erteilen."

„Oh!", machte sie und stellte sich wieder normal hin. Sie zeigte in eine der oberen Ecken. „Aber die Kameras."

„Sie übertragen schon seit einer Ewigkeit nicht mehr. Was auch? Einen dunklen Raum?"

„Natürlich." Willow malte ein SOS in den Staub auf dem Fesseltisch. „Aber es könnte jemand kommen."

„Es ist Nacht. Alle schlafen."

„Wir würden Spuren hinterlassen." Rasch wischte sie ihr SOS weg.

„Wir werden den Keller wieder verschließen. Niemand wird je von diesem Sexrefugium erfahren." Er legte die Hand unter ihr Kinn und zwang sie, ihn anzusehen. „Und jetzt hör auf, nach Ausflüchten zu suchen. Du bist stärker, als du glaubst."

„Selbstverständlich bin ich das", entgegnete sie schwach.

„Aber bist du auch stark genug, um dich fallen zu lassen, dich mir mit Haut und Haaren zu schenken und mir zu Willen zu sein?"

Unsicher schwieg sie. Ihre Beine waren wie Gummi.

„Wir werden es zusammen herausfinden." Savage zog ihr das T-Shirt über den Kopf, und Willow ließ es geschehen.

Das Spiel begann.

21. KAPITEL

Heißkalte Schauer rieselten über Willow hinweg und durch sie hindurch. Glückseligkeit und Fluchtgedanken wechselten sich ab. Vor Savage wollte sie nicht fliehen, das war es nicht. Wenn er ihr etwas antun wollte, hätte er das längst in die Tat umsetzen können. Vielmehr hatte sie Angst vor der eigenen Courage.

Wovon sie lange geträumt hatte, würde endlich geschehen. Ihre erotischen Fantasien würden wahr werden. Jetzt. Hier. Das war unglaublich! Unglaublich schön.

Aber würde die Unterwerfung auch so atemberaubend sein, wie sie sich das ausgemalt hatte? Reichte ihr Mut aus, um seinen Befehlen Folge zu leisten? Würde sie sich entspannen können, sich gehen und von der Session elektrisieren lassen?

„Hör auf zu grübeln", sagte er sanft. „Zu denken ist nicht deine Aufgabe, sondern meine. Deine ist es, artig zu sein und mir zu gefallen. Und jetzt zieh dich aus!"

Willow legte die Hände an den Verschluss ihre Push-up-BHs und zögerte. Hart stießen die Brustspitzen gegen den weichen Stoff.

„Den ersten Schritt habe ich für dich getan und dir aus dem Shirt geholfen. Alles Weitere musst du selbst machen, als Zeichen für deine Bereitschaft, mir zu dienen. Und", die Pause, die er machte, füllte sich mit bedrohlicher Stille, „wenn ich noch länger warten muss, hast du dir deine erste Strafe verdient."

Sie keuchte. Während die besorgte Seite von ihr sie zum Ausgang blicken ließ, schrie die andere in ihr: *Ja! Tu mir weh, erdniedrige mich und fick mich danach kräftig.* Diese Stimme war laut und durchdringend. Sie übertönte jegliche Zweifel in Willow.

Die Sehnsucht nach Abenteuern gewann die Oberhand. Willow gehorchte.

Leggings, BH und Slip fielen zu Boden. Entblättert stand sie vor Savage, einem Fremden mit einer Maske, einem Einbrecher, einem Dieb und was auch immer er sonst noch sein mochte. *Und einem Dominus!* Dass er Erfahrung in BDSM besaß, war für sie eindeutig, so selbstsicher, wie er auftrat. Sie dagegen war eine Jungfrau, was SM-Sex betraf. Das machte sie schüchtern und verlegen.

„Streck die Brüste heraus! Halte dich gerade. Schultern nach hinten und spreize die Schenkel, damit dein Herr jederzeit Zugriff auf dich hat, denn dein Körper gehört für die nächsten Stunden mir."

„Stunden?" Ihre Augen weiteten sich. Willow stellte sich aufrechter hin und bemühte sich, ihre Vorzüge besser zur Geltung zu bringen. Sie wünschte mehr denn je, ihr Bauch wäre flacher, ihr Busen größer und ihre Beine länger. Doch sie war nun einmal, wie sie war – Gremlin hatte man ihr in der High School hinterhergerufen. Daran würde sie nichts ändern, und sie wollte sich nicht von ihren Unzulänglichkeiten davon abhalten lassen, wenigstens einmal im Leben eine Lustsklavin zu sein.

Durch diese Erkenntnis gewann sie einen Teil ihrer Stärke zurück.

Doch schon bei Savages erster Berührung geriet sie ins Wanken. Seine Zärtlichkeit und Ungeniertheit erschütterte sie. Sanft glitten seine Fingerspitzen über ihren Bauch. Sie strichen über ihren Busen und umkreisten ihre Brustspitzen mit einer Langsamkeit, die Willow mehr erregte, als sie es für möglich gehalten hätte.

Nun mach endlich, fass mich richtig an! wollte sie ihm zurufen, öffnete jedoch nur den Mund, um besser atmen zu können. Er ließ sich viel Zeit, um ihre Warzenhöfe zu liebkosen. Willow wurde immer unruhiger. Ihre Nippel gierten danach, von ihm angefasst zu werden. Aber würde er das tun? So langsam zweifelte sie daran.

Als seine Daumen endlich über ihre Brustwarzen rieben, stöhnte Willow. Sogleich presste sie die Lippen aufeinander. Sie wollte Savage nicht wissen lassen, wie sehr ihr schon diese ersten Berührungen gefielen. Sein sinnliches Lachen allerdings teilte ihr mit, dass er sie längst durchschaut hatte.

Wozu sich also zurückhalten, dachte sie, und keuchte, denn er zwirbelte die Spitzen. Hitze breitete sich von dort in ihrem ganzen Oberkörper aus. Savage wollte gar nicht aufhören, die Nippel zwischen Daumen und Zeigefingern hin und her zu drehen. Er übte immer mehr Druck aus. Ein sanfter Schmerz mischte sich unter die Glut der Erregung. Ein köstliches Gefühl, wie Willow fand, die es vermied, Savage in die Augen zu schauen. Sein Blick hätte die Stimulation noch intensiver wirken lassen und sie wusste nicht, ob sie das jetzt schon ertragen hätte.

Plötzlich zwickte er sie in die linke Brustwarze. Willow schrie auf. Nicht so sehr vor Schmerz, sondern weil ihre Erregung abrupt emporgeschossen war. Ihre Wangen brannten, ihr Nippel pochte, und ihr Mund war trocken.

„Ich werde dich jetzt auch in die rechte kneifen." Die nächsten Worte sprach Savage unerbittlich aus: „Diesmal fester. Es wird wehtun."

Willow schnappte nach Luft.

„Du wirst stehen bleiben, mir deine Titten entgegenstrecken und dich weder wehren noch einen Laut von dir geben! Glaubst du, dass du das schaffst, meine süße Diebin?"

„Ja, Herr", antwortete sie unsicher. Sie würde sich zumindest bemühen. Doch seine Ankündigung nährte ihre Furcht. Es wird wehtun, hallte es in ihr wider. Sie zitterte und ärgerte sich darüber.

Savage grollte. „Das klingt nicht überzeugend."

„Ich werde gehorsam sein und dir…"

„Sieze mich!", unterbrach er sie scharf. „Du wirst dir ja wohl nicht die Dreistigkeit erlauben, uns auf eine Stufe zu stellen."

„Natürlich nicht. Entschuldigen Sie bitte." Ihn plötzlich nicht mehr zu duzen und ihn anflehen zu müssen, hörte sich in ihren Ohren falsch an. Aber ihre Möse pulsierte glühend, daher musste es richtig sein. „Ich werde Ihnen beweisen, dass ich eine Lustdienerin bin."

„Wir werden sehen", entgegnete er kühl. „Aber du wirst von nun an *mein Herr* sagen."

Durch ihre Wimpern sah sie ihn an.

„Das gefällt mir besser."

Ein Lächeln stahl sich auf ihre Lippen.

Doch obgleich er warmherzig schmunzelte, sagte er kühl: „Es zeigt mir, dass du weißt, wessen Besitz zu bist."

Noch ein Wort, das in sie hineinfiel und ihr Inneres in Aufruhr brachte – wie ein Stein, der in einen Brunnen plumpste und die Wasseroberfläche aufwühlte. Ich gehöre Savage, dachte Willow und horchte in sich hinein, um herauszufinden, was sie dabei empfand. Ihr wurde erneut angst und bange, aber der Stolz überwog. Es war ja nur für eine Session und nicht 24/7, nicht für die Ewigkeit wie bei *Amasone* und *Meester*.

Sie hatte erwartet, dass er seine Drohung sofort wahr machen würde. Aber er überraschte sie erneut, indem er behutsam ihren Busen knetete. Liebevoll massierte er ihn. Seine Daumen streiften dabei immer wieder die Warzenhöfe. Langsam kletterte ihre Erregung in ungeahnte Höhen. Sie seufzte und schloss die Lider. Es fühlte sich unglaublich gut an, von ihm liebkost zu werden. Obwohl er nichts anderes tat als ihre Liebhaber zuvor, ging er dabei doch so viel geschickter, einfühlsamer und sinnlicher vor. Angenehm erstaunt nahm sie wahr, dass sie innerlich losließ ... sich entspannte ... und sich treiben ließ.

Da zwickte Savage sie in den rechten Nippel.

Ein Ruck ging durch ihren Körper hindurch. Ein kurzer, scharfer Schmerz schoss wie eine Stichflamme durch ihren Busen. Erschrocken schnappte sie nach Luft. Sie riss die Augen auf und krümmte sich. Doch der Schmerz war längst verflogen. Zurück blieb ein intensives Pulsieren, das ihre Brustspitze zum Glühen brachte. Keuchend stieß Willow alle Luft in ihren Lungen aus. *Wow!*

„Steh gerade!", peitschte Savages Rüge sie. „Du musst lernen, Qualen zu ertragen, ohne mit der Wimper zu zucken."

„Das werde ich niemals schaffen." Sie saugte die Unterlippe ein.

„Umso besser."

Verwirrt über diesen Kommentar hob sie die Brauen.

„Es wird Denkzettel für dich regnen, und ich werde jede einzelne Bestrafung genießen. Danach hast du mir für das Leid, das ich dir zufüge, zu danken." Sein diabolisches Grinsen verhieß nichts Gutes. „Und jetzt üben wir das noch einmal."

Ihr Blick streifte ihre Brüste. „Sie wollen ...?"

„Dich ein weiteres Mal kneifen", führte er ihre Frage zu Ende. Das allein schürte ihre Angst, ebenso wie ihre Erregung. Doch was er dann ankündigte, ließ sie erzittern. „Und zwar denselben Nippel."

Sie öffnete den Mund, brachte jedoch keinen Ton heraus. Instinktiv wollte sie vor ihm zurückweichen, aber ihre Füße schienen mit Blei ausgegossen zu sein. Sie war unfähig, sich zu bewegen. Vor Furcht. Aber auch, die Erkenntnis verblüffte sie, weil sie diese Erfahrung machen wollte. Ihre Sinne spielten verrückt, ihre Gefühle fuhren Achterbahn.

„Biete mir deine Tittchen an!", wisperte er verführerisch. „Bettele darum, dass ich dir lustvolles Leid zufüge!"

Willow brauchte all ihren Mut, um seinen Befehl auszuführen. Das, was sie dazu brachte, ihre Schultern nach hinten zu rollen, ihre Brüste vorzuschieben und dicht an Savage heranzutreten, war, dass er gesagt hatte „lustvolles Leid". Das ließ sie hoffen, dass er nicht zu weit gehen würde. Zudem erinnerte es sie daran, dass er ihr nicht ernsthaft wehtun würde, es ging ihm nicht um ernsthafte Folter, sondern darum, sowohl sich als auch sie zu erregen.

„Bitte, mein Herr, tun Sie mir weh." Waren diese Worte aus ihrem Mund gekommen? Willow konnte es kaum fassen. Bebend wartete sie auf seinen nächsten Schritt.

Auch diesmal ließ er sie zappeln. Mit dem Daumen rieb er über ihre Brustwarze, erst zart, dann immer kraftvoller, bis er schließlich daran rubbelte. Das brachte den Schmerz vom ersten Zwacken zurück. Stetig baute er sich wieder auf.

Willow wurde immer unruhiger.

Sie wünschte sich, er würde es sich anders überlegen und die Hand wegnehmen, und gleichzeitig hoffte sie, dass er endlich das Unvermeidliche tun würde.

Das Warten zerrte an ihren Nerven.

Gleichzeitig sehnte sie den Schmerz herbei, so kurios sie das auch fand. Allerdings befürchtete sie, er könnte zu stark sein, um ihre Geilheit weiter anzustacheln. Ihre Emotionen wechselten sekündlich. Sie fühlte sich wie auf einer Jolle, die der Sturm auf hoher See hin und her warf, den Gewalten hilflos ausgeliefert.

Als Savage sie kniff, löste sich ein Schrei in ihrer Kehle. Blitzschnell presste sie die Zähne zusammen, sodass er ihren Mund nicht verlassen konnte. Sie spannte jeden Muskel in ihrem Körper an, um zu vermeiden, dass sie sich rührte. Gegen ihre natürliche Reaktion anzukämpfen, kostete sie Kraft. Ihr Nippel schien in Flammen zu stehen. Er pochte schmerzhaft, und diesmal tat er länger weh als zuvor.

Aber dann sagte Savage: „Gut gemacht“, und es klang aufrichtig.

Willow empfand Stolz. „Danke, mein Herr“, brachte sie japsend hervor.

Tief atmete sie ein und wieder aus. Nur mühsam beruhigte sie sich wieder. Ihr Inneres war in Aufruhr. Hatte sie sich eben wirklich freiwillig Schmerzen zufügen lassen und es genossen? In ihrer Brustspitze loderte ebenso Hitze wie zwischen ihren Schenkeln. Über eine magische Verbindung waren die Flammen hinabgezüngelt und hatten dort unten ein Feuer angefacht.

„Brav, meine kleine Sklavin.“ Er sprach mit ihr, als würde er einen Hund loben.

Um nichts Aufmüpfiges zu sagen, bohrte sie die Fingernägel in die Handballen.

„Du hast dir eine Belohnung verdient.“ Diese Worte von ihm versöhnten sie wieder. „Eigentlich müsstest du erst mich bedienen, bevor ich überhaupt einen Gedanken daran verschwende, dir Lust zu verschaffen. Aber ich will eine Ausnahme machen. Sieh es als Motivation an, weiterhin gehorsam zu sein.“

Unverwandt griff er ihr zwischen die Beine. Sie keuchte. Beinahe hätte Willow ihre Schenkel aus einer Instinkthandlung heraus geschlossen, aber sie hielt die Position. Sie wusste nicht, wo sie hingucken sollte.

Nach oben, und sie begegnete Savages Blick.

Nach unten, und sie sah nicht nur seine Hand, deren Kante sich gerade ungeniert zwischen ihre Schamlippen drängte, sondern auch die entlarvende und peinliche Feuchtigkeit auf ihren Oberschenkeln. *Wie nass kann eine Frau werden? Also, wirklich. Du solltest dich schämen, du Luder!*

Zur Seite, und sie nahm all die Folterinstrumente wahr, die er an ihr ausprobieren könnte.

Offenbar hatte er ihre Unsicherheit bemerkt, denn er umfasste ihr Kinn und zwang sie, ihn anzuschauen. Sein amüsiertes Lächeln, dieser anmaßende Gesichtsausdruck und das Leuchten in seinen Augen teilten ihr mit, dass er wusste, wie erregt sie war.

Das alles – der maskierte Fremde, der BDSM-Keller, die Erfüllung ihrer dunkelsten Gelüste – war fast zu viel für sie. Heiße Schauer ließen sie erzittern, obwohl Schweiß über ihre Wirbelsäule hinabperlte. Schon jetzt wusste sie, sie hatte gerade den geilsten Sex ihres Lebens! Dabei hatte Savage sie nicht einmal gevögelt. *Himmel, ich bin verrückt nach Sex mit diesem Kerl.*

Seine Finger gingen auf Wanderschaft, während er ihr in die Augen starrte. Spinnenbeinen gleich huschten sie über Willows Schoß und lösten ein vorzügliches Prickeln aus. Als er ihre empfindsamste Stelle erreichte, glichen die zarten Berührungen elektrischen Impulsen. Das lag zum einen am Spiel mit ihren Brüsten, zum anderen daran, dass er jede Regung von ihrem Gesicht ablas. Zart rieb sein Zeigefinger über den Kitzler, gleichzeitig drückte sein Daumen gegen die Klitoriswurzel, und der Mittelfinger drang zwischen die kleinen Lippen.

Willows Möse glühte ebenso wie ihr Kopf. Die Scham, die sie gegenüber Savage empfand, wirkte wie Öl, das man in ein Feuer goss.

Er sah ihre Geilheit.

Er roch ihre Geilheit.
Und er spürte ihre Geilheit.
Sie konnte nichts dagegen tun. Durch den Blick in seine Augen fühlte sie sich noch nackter. Als könnte er direkt in ihr Innerstes schauen und ihre Gedanken und perversen Fantasien lesen. Vielleicht konnte er das sogar wirklich.
Die Erregung schraubte sich so quälend langsam hoch, dass Willow wimmerte. Das hatte sie noch nie getan! Ihre Lider flatterten. Ihre Beine wurden butterweich. Sie hielt diese Serpentinen-Lust und die Verlegenheit darüber, immer aufgelöster zu werden, kaum aus.
Als Savage zwei Finger in sie hineinschob, winselte sie zu allem Übel auch noch. Am liebsten hätte sie seine Hand wieder auf den Kitzler gepresst, doch sie wusste, dass ihr diese Andeutung nicht zustand, daher bemühte sie sich redlich, auszuhalten, was er ihr antat. *In dir steckt ja wirklich eine Sklavin!* Sie lächelte selig. Immer wieder stieß er in ihre schmatzende Möse und rieb dabei geschickt mit dem Handballen über die geschwollenen Schamlippen.
Es kostete Willow Mühe, ihre Augen offen zu halten, nicht zu schwanken und ihn nicht anzuflehen, sie endlich zu ficken. In diesem Moment wollte sie ihn mehr als alles andere auf der Welt! Wenn er das im Sinn gehabt hatte, so hatte er sein Ziel erreicht. *Spiel, Satz und Sieg, Savage!*
Doch statt sie zu nehmen, zog er sich zurück. Er strich etwas Feuchtigkeit auf ihre Wangen, ihre Stirn und ihr Kinn. „Damit du auch dort oben nach Sex duftest." Er schnupperte an ihr und kam ihr dabei so nah, dass seine Lippen fast ihren Mund streiften, aber er küsste sie nicht. Schade, dachte sie verlangend. Er wusste, wie man Begierde entfachte und nährte.
Er richtete sich auf und vergrub seine Finger in ihren wilden Locken. Seine Miene verfinsterte sich. Seine Augen wirkten dunkler als zuvor.
Unnachgiebig dirigierte er sie zum Pranger.
Panik erfasste Willow. Alles in ihr schrie: *Nein!*

„Ich weiß nicht, ob ich das will." Wäre sie erst gefesselt, wäre sie ihm hilflos ausgeliefert, im Guten wie im Bösen.

„Das ist unwichtig. Nur mein Wunsch zählt!"

Ihr Herz wummerte. „Aber …"

„Ab sofort wird Widerrede bestraft", sein Griff in ihren Schopf wurde kräftiger, „ebenso wie Zögern."

Unsicher verlagerte sie ihr Gewicht von einem Fuß auf den anderen. Sie fühlte sich unsicher und verletzlich. Wenn sie sich jetzt weigerte, wäre die Session vorbei. Aber das Safeword – härter – wollte nicht über ihre Lippen kommen. Dies mochte ihr erstes und letztes Erlebnis als Sklavin sein. Sie wünschte sich, fortzufahren, bis Savage sie endlich zum Höhepunkt ritt.

Er fasste ihr Kinn und zwang sie, ihn anzusehen. Sein Blick war überraschend weich und warm, das beruhigte sie etwas. „Du unterwirfst dich mir, das birgt Risiken, aber ich bin erfahren und umsichtig. Die BSDM-Gesetze – sicherheitsbewusst, bei gesundem Verstand und in beidseitigem Einverständnis – sind für mich in Stein gemeißelt."

„Ihr befolgt Gesetze, Meisterdieb?", entfuhr es ihr unwillkürlich.

Er zog sie dicht an sein Gesicht heran. Sein Blick bohrte sich in sie hinein. Ein bedrohliches Schmunzeln ließ sie angenehm erschauern. „Dein süßes, freches Mundwerk wird dir noch so manche Züchtigung einbringen."

Verärgert über sich selbst, presste sie die Lippen aufeinander.

„Du weißt nicht, wer ich bin, kennst nicht einmal mein Gesicht. Ich habe Verständnis dafür, dass du dich davor fürchtest, dich mir vollkommen zu unterwerfen." Seine Hand glitt von ihren Haaren zu ihrer Wange. Sein Daumen streichelte zärtlich über ihren Mund. „Aber dich erwartet grenzenlose Lust. Denn indem du meine erotischen Wünsche erfüllst, werden sich auch deine erfüllen."

„Woher willst du das wissen?" Eine ehrliche Frage, nicht aufmüpfig.

„Ich lese in dir wie in einem Buch."

„Hoffentlich nicht", rutschte es aus ihr heraus, denn sie dachte an die Geheimnisse, die sie vor ihm hütete.

Er lachte sinnlich. „Nur was deine Neigung betrifft, du kannst beruhigt sein."

Da war sie aber erleichtert.

„Dass du mir vertrauen kannst, kann ich dir so oft sagen, wie ich will. Das nutzt rein gar nichts, ich muss es dir beweisen."

Damit hatte er leider recht. Sie knirschte mit den Zähnen.

„Sieh diese Erfahrung als Chance an, dich selbst von einer neuen Seite kennenzulernen. Du musst keine Verantwortung tragen, nicht nachdenken, nicht führen, nicht stark sein, sondern kannst vollkommen in Wollust aufgehen."

So hatte Willow es noch nicht gesehen. Es klang reizvoll, wo sie doch so viele Probleme am Hals hatte. Kein Geld, keine Perspektive, keinen Hinweis aus Hendersons Schatz, dafür Dale, der nicht erfahren durfte, was sie in Wirklichkeit nach Seattle geführt hatte, sein Bruder Gary, der sie drängte, schneller zu machen, Vivian, die sie immer weniger leiden konnte, und ihre ehemalige Partnerin Miranda, die mit ins Boot wollte. Den Druck, der auf ihr lastete, wenigstens für eine Nacht abzugeben, reizte sie sehr!

„Außerdem", er küsste sie gefühlvoll, „was in einem Folterkeller geschieht, bleibt im Folterkeller."

Morgen, bei Sonnenschein betrachtet, würde diese Session wie ein Traum wirken. Aber heute konnte sie jemand anderes sein, oder noch besser, so sein, wie sie beim Sex sein wollte. Eine Sklavin, eine Lustdienerin, eine hingebungsvolle Geliebte.

Von plötzlichem Mut erfasst, legte Willow Kopf und Arme in die Vertiefungen.

Savage erwies sich rücksichtsvoller als erwartet. Er hätte sie zurechtweisen und auf ihren Platz als Sklavin verweisen können. Stattdessen war er auf sie eingegangen und hatte einfühlsam mit ihr gesprochen.

Sorge und Furcht kehrten jedoch schon zurück, als er den Pranger schloss. Doch diese Angstgefühle fraßen sie nicht auf, sondern unterfütterten ihre Lust. Ein bisschen Panik gehört wohl zum Spiel dazu, dachte Willow und bemühte sich, lockerer zu werden.

Doch schon im nächsten Moment erschrak sie, denn Savage hatte das Knie zwischen ihre Beine gestoßen und sie gespreizt.

„Immer offen, immer willig!“, donnerte seine Stimme durch den Keller.

Er ging hinter ihr auf und ab. Sehen konnte Willow ihn nicht, aber sie glaubte, einen Lufthauch zu spüren. Möglicherweise täuschten ihre Sinne sie auch. Hilflos und schutzlos zu sein, löste in ihr einen Orkan der Gefühle aus. In einer Sekunde wünschte sie sich ihre Freiheit zurück, in der nächsten wollte sie auf keinen Fall, dass die Session aufhörte. Ihre Muskeln krampften sich immer wieder zusammen. Nervös verlagerte Willow ständig ihr Gewicht. Ihr war brütend heiß. Instinktiv drehte sie den Kopf zur Seite, obwohl sie wusste, dass sie nicht über ihre Schulter und den Pranger hinwegspähen konnte.

Als Savage sie berührte, erschrak sie. Ein verlegenes Kichern löste sich aus ihrer Kehle, denn er hatte lediglich über ihr Steißbein gestreichelt. Nur kurz. Sie spürte seine Hand schon nicht mehr. Bis seine Fingerspitzen durch das Tal zwischen Schenkel und Schamlippe strichen. Wieder zog er sie sofort zurück. Als Nächstes kreiste einer seiner Finger um ihren Ringmuskel. Dieser antwortete mit einem Pochen. Immer wieder fasste Savage sie an, doch die Berührungen dauerten jedes Mal kaum drei Sekunden an. Nie wusste Willow, an welcher Stelle ihrer Mitte sie liebkost werden würde. Durch die Überraschung wirkte jeder Körperkontakt wie ein kleines Feuerwerk.

„Wie viel Schmerz kannst du ertragen, Sklavin?“

Die Frage traf sie eiskalt. „Ich … ich weiß es nicht.“

„Falsche Antwort! Du hättest sagen müssen: So viel, wie Ihr mir zumutet.“

„Oh … ja … natürlich“, stammelte sie.

„Außerdem hast du die Anrede vergessen."

„Entschuldigung." Betont unterwürfig fügte sie hinzu: „mein Herr", aber es klang eher trotzig. *Typisch!*

„Gleich zwei Vergehen, die dir Extraschläge einbringen werden."

„Bedeutet das, mein Herr", Willow schluckte die Empörung hinunter, damit man sie ihr nicht anhörte, „Sie hätten mich so oder so geschlagen?"

„So ist es." Lässig schritt er hinter ihr auf und ab.

Das Quietschen seiner Turnschuhe machte sie verrückt. „Aber warum, mein Herr?"

„Weil ich es kaum erwarten kann, dir wehzutun."

„Aber, mein Herr, das habt Ihr doch schon."

„Meinst du, das Zwacken deiner Nippel? Das war gar nichts im Vergleich zu dem, was dir bevorsteht."

Sie keuchte. Aus dem Augenwinkel bemerkte sie, dass sie unentwegt die Finger bewegte, ohne das bewusst zu steuern.

„Ich kann es kaum erwarten, dich zu züchtigen, dich mit Striemen zu zeichnen und von dir den Beweis zu erhalten, dass du all das Leid, das ich dir zufüge, erträgst, um mir eine gehorsame Dienerin zu sein." Erregung schwang in seiner Stimme mit.

Allein durch die Ankündigung quoll weitere Feuchtigkeit aus ihrer Möse. *Herrje, es ist doch nicht normal, auf Bedrohung mit Geilheit zu reagieren.* Aber „normal" war auch nicht das, was sie für ihr Leben wollte. Sonst wäre sie keine Diebin geworden, hätte keine Gefühle für Narbengesicht-Dale entwickelt und wäre von *Amasones* Tagebuch nicht wie besessen.

„Außerdem möchte ich deine Leidensfähigkeit testen. Mach mich stolz, Willow!"

Dieser Satz sagte so viel mehr aus als die bloße Bedeutung der Worte. Zwischen den Zeilen ermahnte Savage sie, stark zu bleiben und viel auszuhalten, wodurch ihr angst und bange wurde. Er wies sie jedoch auch darauf hin, dass ein zartes Band zwischen ihnen existierte. Das gefiel ihr mehr, als gut für sie war, denn emotional durfte sie sich nicht auf ihn einlassen. *Zu spät, Dummerchen.* Er war ihr Gebieter und sie seine Dienerin.

Willows Grinsen erstarb mit dem Surren hinter ihr. Kurz darauf ertönte ein Klatschen. Sie versuchte, das darauffolgende Sirren einzuordnen, konnte allerdings nur eins mit Bestimmtheit sagen: Savage probierte Schlaginstrumente aus. Rohrstöcke, Ruten, Peitschen, Gerten und Paddel, die ihre Haut röten und sie zum Schreien bringen würden.

Aufgewühlt drehte sie das Gesicht so weit wie möglich. Selbst dann konnte sie nur erkennen, wie einige Lederriemen durch die Luft schnalzten. Savage gab einen zufriedenen Laut von sich, offenbar hatte er das Folterwerkzeug seiner Wahl gefunden. Es musste die Peitsche sein, die Willow soeben erspäht hatte. Sie besaß erschreckend viele Lederriemen.

„Nein!“ Ihre Stimme zitterte. „Das werde ich nicht aushalten. Bitte, mein Herr, das ist zu viel für den Anfang.“

„Das bestimme ich“, entgegnete er gelassen und selbstgefällig.

Ihr Körper bebte. „Das ist mein erstes Mal als Sklavin. Sie muten mir zu viel zu.“

„Ich weiß genau, wie viel du aushalten kannst.“ Eine deutliche Warnung lag in seiner nächsten Frage: „Zweifelst du etwa an meinen Fähigkeiten als Dominus?“

„Nein, nein“, antwortete sie unsicher. Aufgebracht rüttelte sie am Pranger. Er war auf eine größere Frau eingestellt worden – auf *Amasone* –, sodass Willow nicht hundertprozentig im Neunzig-Grad-Winkel stand. „Aber ich bin eher devot als masochistisch.“

„Du hast doch keinerlei Erfahrung.“ Er zischte spöttisch. „Wie kannst du dir so sicher sein?“

„Bitte, nicht“, jammerte Willow. Verzweifelt rüttelte sie an ihren Fesseln.

Savages Antwort darauf war, dass er die Peitschenriemen unter dem Pranger hindurchschlug. Er stoppte in der Bewegung, sodass die Lederschnüre auf den Boden fielen und liegen blieben. Langsam zog er sie zurück.

Willow zählte neun Riemen. Ihr Brustkorb wogte auf und ab. *Eine Neunschwänzige Katze!* Ihre Beine wurden weich. Sie musste sich darauf konzentrieren, aufrecht stehen zu bleiben, denn sie drohte wegzusacken. Über solch ein Ungetüm hatte sie in *Amasones* Tagebuch gelesen. *Meester* hatte damit nicht nur den Rücken seiner Sklavin malträtiert, sondern das Leder so geschickt um sie herumgeschlagen, dass auch ihre Brüste „den süßen Schmerz kosten durften", so hatte *Amasone* es beschrieben. Nach dem Kapitel hatte Willow im Internet recherchiert. Nun war sie den Tränen nahe. Sie hätte Savage eben doch nicht vertrauen dürfen. Er war die große Unbekannte in der Gleichung mit ihr und BDSM.

Der erste Hieb traf ihren Hintern.

Willow schrie wie am Spieß.

Dabei hatte es gar nicht wehgetan, wie sie im Nachhinein feststellte. Verdutzt stieß sie die Luft aus. Was sollte sie davon halten? Sie war verwirrt und verlegen, aber auch erleichtert.

„Vertraust du mir so wenig?", wetterte Savage und schlug erneut zu.

Mehrere Riemen streiften ihre Pobacken hart, doch das Leder war weich. Es hinterließ ein angenehmes Brennen, das dem in ihrem Schoß nicht unähnlich war.

Der nächste Schlag kam, er war schon etwas fester, aber immer noch gut auszuhalten. „Kannst du mich so schlecht einschätzen?" Er klang enttäuscht.

Nicht die Horrorpeitsche! Das erkannte Willow plötzlich und gewann neue Stärke. Er benutzte die Katze gar nicht. Ihre Kehrseite brannte; Flammen züngelten zwischen ihren Gesäßhälften auf und wanderten tiefer.

„Zeigt die Lust, die ich dir schon bereitet habe, ohne auf meine eigene einzugehen, nicht, wie gut ich es mit dir meine?" Der nächste Treffer, hart und voll durchgezogen.

Zu ihrer eigenen Überraschung schrie sie jedoch nicht vor Schmerz, als sie ihren Mund öffnete, sondern sie hörte sich selbst stöhnen. Das beißende Kribbeln erlosch rasch. Doch je öfter er zuschlug, desto länger blieb es. Es wurde zunehmend qualvoll, aber es war ein angenehmer Schmerz, der ihre Geilheit nährte.

Savage hatte sie reingelegt! Er hatte sie hinters Licht geführt und ihr vorgegaukelt, grausam vorzugehen. Sie verfluchte ihn dafür, ihr eine Heidenangst eingejagt zu haben. Aber die Tropfen ihrer Feuchtigkeit, die an den Innenseiten ihrer Beine hinabliefen und ihre Waden erreichten, enthüllten auch, dass die Verzweiflung ihre Erregung angestachelt hatte.

Willow konzentrierte sich auf die Hiebe, die inzwischen rhythmisch auf ihren Po und ihre Oberschenkel niedergingen. Es musste sich um ein Schlaginstrument zum Aufwärmen handeln, einen Flogger, schätzte sie. Auch *Meester* hatte solch einen benutzt, um seine Sklavin vorzubereiten, denn die Cat-o-nine-tails war nie als Erste zum Einsatz gekommen. Er war ein ebenso umsichtiger Dominus gewesen, wie Savage einer war. Was mochte aus ihm und *Amasone* geworden sein?

Der zunehmende Schmerz und die wachsende Erregung vertrieben die Gedanken an die beiden. Willow war ganz im Hier und Jetzt, sie war vollkommen bei sich. Sie konnte es kaum fassen, dass sie sich schlagen ließ. *Aber Himmel und Hölle, es fühlt sich geil an!* Leid und Lust waren nicht zu trennen. Sie waren längst verschmolzen und zu einem bittersüßen Rausch geworden. Die Riemen küssten ihre heiße Haut. Ihre Kehrseite brannte lichterloh und ihre Möse brodelte wie ein Geysir.

Plötzlich hörte Savage auf. Zurück blieb ein Summen, ein Nachhall der Schläge, der nur in ihrem Kopf existierte, und das Pochen am Hintern. Willow konnte nicht abwägen, wie viel Zeit vergangen war. Hier unten schien diese ohnehin keine Bedeutung zu haben. Beim Betreten des Kerkers hatte sie keine Uhren gesehen. Ihr war es auch egal. Nichts war ihr in diesem Moment wichtig, nur eins: Sie wollte, dass das Spiel noch nicht vorüber war.

Savage hatte es geschafft: Sie war jetzt schon süchtig nach BDSM. Aber sie musste unter allen Umständen aufpassen, dass sie nicht auch noch süchtig nach ihm wurde.

Zärtlich streichelte er über ihre Gesäßhälften, und es fühlte sich so intensiv an, als würden zahlreiche Federn sie liebkosen. Es kribbelte heftig. Die süße Tortur hatte ihre glühende Kehrseite sensibilisiert. Jede kleinste Berührung war ein Feuerwerk.

Er kam um den Pranger herum. Mit einem diabolischen Lächeln warf er zwei Peitschen auf den Boden: Die mehrschwänzige Katze und, Willow hatte recht behalten, einen Flogger. Sie biss sich auf die Zunge, um Savage nicht ein paar unflätige Dinge an den Kopf zu werfen. Aber sie konnte auch nicht umhin, ihn anzuschwärmen für die Art und Weise, wie er eine Lust aus ihr herauskitzelte, die sie nicht für möglich gehalten hatte.

„Du hast dich tapfer gehalten.“ Er nickte anerkennend.

Stolz erfüllte sie. „Mein Herr, ich danke Ihnen.“

„Dieser Mindfuck sollte dich lehren, mir mehr Vertrauen entgegenzubringen.“

„Ja, mein Herr.“ Seltsamerweise glühte etwas in ihrem Brustkorb auf, als sie das sagte. Offenbar gewannen diese Worte an Bedeutung für sie. Es fühlte sich inzwischen alles richtig an – das devote Verhalten, die Fesselung, die Schmerzen. Ihr war, als hatte sie sich ein Stück weit gefunden. Sie war eine Lustdienerin!

„Und jetzt wollen wir herausfinden, ob du meinen Schwanz ganz in deinen Mund aufnehmen kannst, denn das erwarte ich von dir.“ Er öffnete die Lederhose. Sein Glied sprang heraus, dicht vor Willow Gesicht. Erigiert stand das Prachtexemplar von seinen Lenden ab.

Sie riss die Augen auf. *Unmöglich!*

Seine Eichel drängte zwischen ihre Lippen. Bereitwillig öffnete Willow ihren Mund. Sogleich schob Savage seinen Penis in sie hinein. Ein prachtvoller Kerl, dachte Willow. Groß, glatt und samtig. Aber er würde nie und nimmer bis zur Wurzel in sie hineinpassen. Das musste auch Savage wissen. War das ein neuer Mindfuck? Oder wollte er sie trainieren und sie so erziehen, dass sie seinen Wünschen entsprach?

Einige Male schaukelten Savages Lenden gemächlich vor und zurück. Sein Schwanz stieß aber nicht bis zum Anschlag in ihre Mundhöhle hinein, sondern nur zur Hälfte. Somit konnte sie sich an den Eindringling gewöhnen. Savage gab den Takt vor. Willow war gezwungen, ihn hinzunehmen. Diese Tatsache erregte sie.

Eifrig schloss sie die Lippen um den Schaft. Sie presste sie auf den Muskel, um Savage zu gefallen und ihm ebenso Lust zu bereiten, wie er sie ihr verschafft hatte. Er schmeckte gut, nach Mann und Geilheit. *So prall! So köstlich hart.*

Der Rhythmus lullte Willow ein. Sie ließ sich immer weiter fallen, genoss das Obszöne an dem Blowjob. Savage benutzte sie. Er fickte ihren Mund und nahm sich, wonach ihm gelüstete. Was auch immer er mit ihr vorhatte, wie weit er auch gehen würde, sie würde sich nicht wehren können. Sie musste das, was er ihr antat, hinnehmen und es aushalten, denn sie hatte sich ihm aus freien Stücken ausgeliefert.

Willow stöhnte.

„Du bist so weit“, hörte sie ihn wie durch Watte hindurch sagen.

Im nächsten Moment drang er tief in sie ein. Sie spürte die Eichel im Rachen und musste würgen.

Seine Hand schmiegte sich an ihr Kinn und drückte es hoch, sodass ihr Hals gestreckt war. „Leg den Kopf in den Nacken, dann klappt es besser.“

Doch auch der nächste Deep-Throat löste denselben unangenehmen Reiz bei ihr aus. Willows Augen wurden automatisch feucht. Sie blinzelte die Tränen fort, denn ihr war nicht zum Heulen zumute, sondern sie war sauer auf sich, weil sie sich nicht zusammenreißen konnte. Dabei wollte sie Savage so gerne gefallen und diese neue Erfahrung machen.

„Zögere den Schluckreflex hinaus, wenn ich meinen Schwanz in dich hineinschiebe", wies er sie mit sanft-bestimmter Stimme an. „Schlucke erst, wenn ich ihn herausziehe. Verstanden?"

Als ob sie hätte antworten können! Savage entfernte sein Glied nie vollkommen aus ihr. Seine Penisspitze blieb die ganze Zeit in ihr. Willow gab ein gutturales Geräusch von sich.

Das amüsierte ihn offenbar. Lächelnd glitt er erneut in sie hinein, doch auch diesmal schaffte sie es nicht, seinem Wunsch nachzukommen. „Versuch dich zu entspannen."

Ein weiteres Mal scheiterte sie, aber sie würgte schon weniger stark. Eine kleine Besserung, die sie hoffen ließ.

„Ich erkenne deine Bemühungen an. Das soll genug Übung für heute sein."

Für heute. Das klang ja, als würde es weitere Sessions geben. Willow lächelte in sich hinein. Was sprach dagegen, sich zu vergnügen, während sie die Henderson Mansion nach dem Schatz durchsuchte? Schließlich arbeitete sie für zwei: als Dales Assistentin und als Garys Trüffelhund.

„Jetzt werde ich dich hart in den Mund vögeln", sagte Savage in einem selbstgefälligen Ton, der sie wissen ließ, dass sie keine Wahl hatte.

Willow erschauerte. Bisher hatte sie stets Männer oral befriedigt, damit sie hinterher mit ihr schliefen, was okay und nett, oft auch erregend gewesen war. Benutzt zu werden, machte sie dagegen regelrecht heiß! Es war verruchter, dreckiger und perverser.

Savage hob ihr Kinn noch etwas weiter hoch. „Schau mich dabei an!"

Eine wohlige Gänsehaut breitete sich auf Willows Körper aus. Gleichzeitig spürte sie, wie sie errötete. Aus einem Impuls heraus schaute sie zur Seite.

„Die ganze Zeit!“, brüllte er. Drohend rieb einer seiner Finger über ihren Kehlkopf.

Erschrocken zuckte Willow zusammen und spähte wieder zu ihm auf. Diese Haltung war unangenehm. Ihr Nacken tat jetzt schon weh. Aber Savages Unnachgiebigkeit ließ ihren Schoß wieder stärker pulsieren.

„Ich will sehen, wie mein Schwanz zwischen deinen Lippen rein- und rausfährt.“ Er schob seine Daumen in ihre Mundwinkel und zog sie nach außen, um ihren Mund zu vergrößern oder, Willow war sich da nicht sicher, um zu sehen, wo sein Glied in ihr endete. „Ich will sehen, wie sich deine Nasenflügel blähen und dein Blick mich anfleht, dich nicht so hart ranzunehmen.“

Sie erbebte. Durch seine Ankündigung kehrte die bekannte prickelnde Angst zurück. Doch diesmal vertraute Willow darauf, dass er ihre Grenzen wahrte, denn bisher war er kein einziges Mal zu weit gegangen. Nie hatte er ihr zu viel zugemutet. Darum überwog die Erregung, und Willow konnte sich ihr vollkommen hingeben.

Behutsam schob er seinen Schaft bis zur Hälfte in sie hinein. Er entfernte ihn wieder. Doch bevor die Eichel aus ihr herausrutschen konnte, drang er erneut ein. Immer und immer wieder stieß er in ihren Mund, bis sein Phallus diesen ausfüllte, und wich zurück, ohne dass die Penisspitze ihren Rachen erreichte.

Obwohl er stöhnte, immer lauter und ungenierter, und seine Miene stetig verzückter wurde, hatte er sich unter Kontrolle. Seine Augen waren glasig vor Lust. Er rang nach Atem, biss die Zähne zusammen und erhöhte das Tempo seiner Stöße, ohne zu ungestüm zu werden.

Willow fungierte zwar nur als Gefäß für seine Geilheit, doch genau das heizte ihr ein. Ihr gefiel es, zum Spielzeug degradiert zu werden. Savages Fickpuppe. Ein lebendiges Toy. Wie bei einer Sexdoll konnte er ihre drei Öffnungen benutzen, wie er wollte und wann er wollte.

Nichts spielte mehr eine Rolle, außer Sex.

Savages Schaft rieb über ihre Zunge. Speichel rann aus Willows Mundwinkeln. Doch für Verlegenheit gab es keinen Raum, denn ihre Erregung war zu weit fortgeschritten. Zudem war Willow darauf bedacht, ihre Lippen fest auf den Phallus zu pressen, um Savage Vergnügen zu bereiten. Das war sie ihm schuldig, das erregte auch sie.

Ihre Gedanken wurden immer schmutziger, je weiter ihre Geilheit anstieg. Würde er in ihr kommen und sie ihn bald noch intensiver schmecken als jetzt? Würde er in ihren Rachen abspritzen und ihr befehlen, den kostbaren Saft ihres Herrn zu schlucken, damit er auch in ihr Innerstes eindringen konnte? So hatte *Meester* es gegenüber *Amasone* ausgedrückt.

Plötzlich zog Savage seinen Schwanz aus ihr heraus. Er sagte keinen Ton, sondern seufzte lediglich gequält. Vor unerlöster Erregung, dachte Willow, der es ebenso erging. Er eilte um den Pranger herum.

Bevor sich Willow fragen konnte, was er vorhatte, stieß er kraftvoll in ihre Möse hinein. Von Anfang an ging er hart zur Sache. Keine Vorsicht und kein Zurückhalten, sondern er fickte sie, als hätte er nur noch Sekunden zu leben. Das Blut rauschte in ihren Ohren. Schweißperlen rannen von ihren Achseln über den Busen, kitzelten sie und tropften von den Brustspitzen.

Während Savage sie von hinten vögelte, krallte er sich an ihren wunden Pobacken fest. Der Schmerz flammte wieder auf. Er mischte sich mit der Lust, die die Stöße des Maskenmanns in ihr hervorriefen. Diese Melange ließ Willows Erregung rasch in die Höhe schnellen. Wie ein Aufzug, der von der ersten Etage in den fünfzigsten Stock rast. Wie eine Rakete, die ins Weltall geschossen wird. Wie ein Pfeil, der surrend die Bogensehne verlässt und innerhalb von Sekunden das Ziel trifft.

Willow atmete bis ins Zwerchfell ein und hielt die Luft an. Die Welt um sie herum stand still. Sie hörte nichts. Sie sah nichts. Sie nahm nichts wahr, außer dem wundervollen Summen in ihr.

Sie kam sich schwerelos vor, dabei war jeder Muskel in ihrem Körper angespannt.

Als sie endlich ausatmete, fegte der Orgasmus durch sie hindurch. Unter Savages Stößen zuckte sie ekstatisch. Sie riss an ihren Fesseln, natürlich vergeblich, denn der hölzerne Pranger hielt ihren Hals und ihre Handgelenke unnachgiebig umklammert. Keuchend zappelte sie. Sie öffnete die Augen, die sie irgendwann in den letzten Minuten unwillkürlich geschlossen haben musste, und erblickte Savage.

Noch immer drang er zwischen ihre geschwollenen Schamlippen. Es schmatzte, Feuchtigkeit lief an ihren Schenkeln hinab, und ihr war es egal. Sie musste furchtbar aussehen, doch sie war stolz darauf, denn es zeigte nur, dass sie schmutzigen Sex hatte, der diese Bezeichnung auch verdiente.

Jetzt kam auch Savage. Er stieß ein Grollen aus, das in dem fensterlosen Keller durchdringender klang, geradezu animalisch, und Willow an den Löwen auf dem Emblem an der Tür denken ließ. Keuchend stützte er sich an ihren Hüften ab.

Es dauerte nicht lange und er befreite sie aus dem Pranger. Er half ihr dabei, sich aufzurichten. Fest drückte er sie an seinen nackten Oberkörper, er gab ihr Halt. Ihr war schwindelig. Die Naht seiner Maske drückte in ihre Stirn. Ihr Kreislauf spielte verrückt, das Pochen ihres Herzens beruhigte sich nur langsam. Sie war erschöpft, aber glückselig.

Hatte sie da gerade einen Kuss auf ihrem Kopf gespürt? Sie war sich nicht sicher. Da! Wieder. Tatsächlich. Sie hatte sich nicht getäuscht. Savage küsste ihre Locken. Das tat man doch nur, wenn man für jemanden Zuneigung empfand.

Irritiert betrachtete sie ihn. Noch mehr verwirrte sie jedoch, wie geborgen sie sich ausgerechnet in den Armen von Savage fühlte. Einem Verbrecher, einem Konkurrenten, einem Unbekannten.

Gemeinsam verwischten sie ihre Spuren im Keller. Sie schlossen im Erdgeschoss die Tür mit dem Akt der exotischen Schönheit, die nur *Amasone* sein konnte, und schoben den Schrank wieder davor.

Willow rückte die verrutschte Wäsche darin zurecht. Als sie sich umdrehte, war Savage verschwunden. Überrascht eilte sie aus dem Abstellraum. Im Gang drehte sie sich zu beiden Seiten, nahm aber keinerlei Bewegung wahr. „Savage?"

Nichts. Stille lag über dem Gästehaus. Er war genauso schnell wieder mit den Schatten verschmolzen, wie er daraus hervorgetreten war. Enttäuscht prüfte sie im ganzen Gebäude, ob die Fenster geschlossen und die Haustür verriegelt waren.

Savage war fort.

„Was soll man davon halten?", murmelte Willow. Sie hatte mehr erwartet. Keine romantische Abschiedszeremonie, das hätte nicht zu dem Mann mit der Maske gepasst. Doch nachdem er sie so liebevoll im Arm gehalten hatte, hatte sie wenigstens einen Abschiedskuss erwartet oder einen tiefen Blick in ihre Augen. Das Mindeste wäre doch ein lobender Kommentar gewesen, dass sie sich als Sklavin sehr gut gemacht hatte und er hoffte, noch einmal mit ihr spielen zu dürfen. *Das ist anscheinend nur dein Wunsch, nicht seiner.*

Mit einem Schnalzen brachte Willow die innere Stimme zum Verstummen. Wahrscheinlich hatte sie jedoch recht. Savage kam und ging wie ein Geist. Obwohl er aus Fleisch und Blut war, gehörte er mehr in ihre Traumwelt als in die Realität. Er schien ihren erotischen Fantasien entsprungen zu sein, ein dominanter Sexgott ohne Gesicht, dafür mit einem Prachtschwanz ausgestattet. Zu gut, um wahr zu sein.

„Vielleicht bilde ich ihn mir nur ein", scherzte sie und stieg unter die Dusche. Das Wasser wusch seinen männlichen Geruch von ihrem Körper, und je mehr die Beweise für seine physische Existenz verschwanden, desto mehr rückte der mysteriöse Unbekannte ins Reich der Illusion.

Nachdem sie sich abgetrocknet hatte, streifte sie nur einen Bademantel über. Ihre Haut reagierte empfindlich auf den Baumwollstoff. Als sie ins Wohnzimmer schlenderte, war es ihr, als würden unzählige Hände sie überall streicheln. Ihre Brustspitzen sandten Lustblitze aus. Ihr Schamhügel prickelte sanft. Willow setzte sich auf die Couch und dachte darüber nach, ob sie masturbieren sollte. Aber sie war zu erschöpft und wollte, dass Savage seine Hand zwischen ihre Schenkel schob, nicht sie selbst.

Das Kribbeln, das sie verspürte, war nur ein köstliches Nachglühen.

Nun, da sie zur Ruhe kam, stellte Willow fest, dass sie großen Durst hatte. Sie trank ein Glas Wasser mit einem Zug aus, war aber noch nicht zufrieden. Es gelüstete sie nach etwas mit Geschmack. Etwas Stärkerem.

Sie entschied sich für Merlot, öffnete eine der Flaschen lokaler Winzer, die den Besuchern zur Verfügung standen, und setzte das Weinglas an ihre Lippen. Als sie es abstellte, war es leer. Sie hatte es hinuntergekippt. Der Alkohol floss durch sie hindurch, er wärmte sie, wenn Savage es schon nicht tat, und entspannte sie.

Glücklich seufzend setzte sie sich in den Ohrensessel. Es war unfassbar, dass *Amasone* und *Meester* tatsächlich existiert hatten oder sogar immer noch lebten.

„Ein verdammtes Tagebuch", fluchte Willow ungeniert, da sie alleine war, „über reale Sexabenteuer! Kein Roman, keine Fiktion, sondern die krasse Realität."

Wer waren die Sklavin und ihr Gebieter, die sich für das tabulose Ausleben ihrer Sehnsüchte entschieden hatten?

Etwa Vivian und Henry? Nein, unmöglich. Vivian war schließlich keine Afrikanerin. Aber es mochte sein, dass das nur ein Rollenspiel zwischen den beiden gewesen war. Sie mimte die exotische Schönheit, die in einer lieblosen Ehe gefangen war, und er ihren dominanten Retter. Das würde erklären, warum sie ihren Lebenstraum nach einer 24/7-Beziehung nicht durchgehalten hatten – weil Henry gestorben war. Wahrscheinlich wirkte Vivian deshalb so mitgenommen. Sie musste wieder an die Erdoberfläche kommen und ihr altes Leben aufnehmen, was sie laut den Aufzeichnungen nie wieder hatte tun wollen.

Nachdenklich nippte Willow an einem zweiten Glas Wein.

Aber wenn Vivian als Sexsklavin in dieser Zelle gelebt hätte, wäre das nicht durch die Medien gegangen? Vor ihrem geistigen Auge sah Willow die Artikelüberschrift in der Zeitung: „Vivian Henderson auf mysteriöse Weise verschwunden". Natürlich hätte Henry Lügen streuen und behaupten können, dass seine Ehefrau sich für eine unbestimmte Dauer auf einen Selbstfindungstrip nach Europa begeben oder sich in einen indischen Ashram zurückgezogen hatte.

Aber Willow hatte bei ihrer Recherche über die Familie weder solche Schlagzeilen gefunden noch irgendwelche, die besagten, dass Vivian Henderson angeblich von einer langen Reise zurückgekehrt war, um nach dem Tod ihres Mannes, Tangy Inc. zu leiten. Nicht den kleinsten Hinweis. Nada.

Nein, Vivian konnte nicht *Amasone* sein. Das bedeutete aber nicht, dass hinter *Meester* nicht doch Henry steckte. Es musste jemand aus der Familie sein, so viel stand fest. Sonst wären die Aufzeichnungen nicht in der Henderson Mansion versteckt gewesen. Gary schloss sie kategorisch aus. Wer sein eigenes Leben nicht im Griff hatte, konnte auch keine Session führen, eine Sklavin mit dem richtigen Maß an Zuwendung und Härte erziehen und seine eigene Lust kontrollieren.

Der Gedanke, der Willow quälte, war, dass Dale der Dominus aus dem Tagebuch sein könnte. Denn wenn er eine Frau derart geliebt hatte wie *Meester* seine *Amasone*, würde er kaum fähig sein, noch einmal so tiefe Gefühle für jemanden aufzubringen. War es das, was ihn davon abhielt, sich auf sie einzulassen, und nicht seine Narben? Traute sie ihm diese Form der Lust überhaupt zu? Er erinnerte sie eher an ein verwundetes Tier, das sich nach Zärtlichkeit sehnt.

Vergeblich versuchte Willow, diese Befürchtung mit einem kräftigen Schluck Merlot hinunterzuschlucken.

Sie holte das Tagebuch aus dem Versteck und schlug es an der

Stelle auf, bis zu der sie zuletzt gelesen hatte. Der nächste Eintrag war sehr kurz. Obwohl sie sich sehr auf die Zeilen konzentrieren musste, da sie müde war, konnte sie nicht anders, als das Kapitel sofort zu lesen.

Gütiger, weiser Meester,
es fällt mir schwer, in Worte zu fassen, was heute passiert ist. Es tut mir unendlich leid, Sie erschreckt zu haben, aber Sie erschreckten mich auch. Mir kommt es so vor, als wären wir nicht wir selbst gewesen.

Ich weiß nicht, was los war. Rückblickend fühlte es sich an, als hätten die Geister der Vergangenheit – die, die wir verlassen haben – uns heimgesucht und versucht, uns alles zu verderben. Die Session stand von Anfang an unter einem schlechten Stern. Ich fühlte mich merkwürdig, ohne dass ich genau hätte sagen können, was los war. Doch ich wollte Sie damit nicht belasten. Es war ja auch nichts, zumindest nichts, was ich hätte benennen können.

Nun werden Sie wütend auf mich sein, weil ich Ihnen etwas verschwiegen habe. Bitte bestrafen Sie mich dafür! Ich habe Angst vor der Buße, mehr denn je, und diese Furcht schmeckt nicht aphrodisierend wie sonst, sondern schal.

Als Sie mich auf den Folterstuhl setzten, wurde mir mulmig. Das kannte ich ja schon, und ich liebe es, doch diesmal spürte ich nicht die Wüstensonne in mir, sondern da war etwas Verstörendes. Ich grübelte, worin es sich im Laufe des Spiels verwandeln würde, doch wieder in einen glühenden Feuerball oder diesmal in kalten Stahl, der mich von innen heraus durchbohren würde?

Diese Unsicherheit beunruhigte mich. Ich war verwirrt. Fast hätte ich nicht den Mund geöffnet, als Sie mir die Trense vor die Lippen hielten. Doch Sie merkten mein Zaudern nicht, und ich nahm den breiten Keil zwischen die Zähne. Sie fixierten die Lederbänder daran an meinem Hinterkopf.

Endlich stellte sich das gewohnte Prickeln ein, die Vorfreude auf Schmerz und Lust. Alles wird gut werden, dachte ich zuversichtlicher.

Nachdem Sie meine Arme an die Lehnen und meine gespreizten Schenkel an die Stuhlbeine gefesselt hatten, nahmen Sie den Rohrstock zur Hand. Einige Male ließen Sie ihn durch die Luft sausen. Meine Möse pulsierte. Mein Brustkorb wogte auf und ab. Die Nippel wurden in meiner ängstlichen Erwartung hart.

Drohend legten Sie den Cane auf meine linke Brust. Ich bekam eine Gänsehaut. Beim ersten Schlag riss ich mich noch zusammen, da Sie mir befohlen hatten, keinen Mucks von mir zu geben. Doch der zweite folgte innerhalb weniger Sekunden, darauf war ich nicht vorbereitet. Ich keuchte. Sogleich presste ich die Zähne auf den Knebel.

Aber Sie hatten die Verfehlung bemerkt. Die Bestrafung kam sofort. Sie schlugen mich auf die Brustwarze. Flammender Schmerz raubte mir den Atem. Er schraubte die Geilheit empor. Mein Blick dankte Ihnen, da mein Mund es nicht konnte.

Mir ging es besser. Ich konnte mich wieder konzentrieren. Das Leid brachte mich ins Hier und Jetzt. Es machte mich hellwach. Es half mir zu verdauen, was auch immer quer gelegen hatte.

Der Rohrstock zeichnete mich weiter. Er färbte meine dunkle Haut rot. Die Erregung schwoll an. Sie markierten mich mit einem Barcode aus Striemen. Der übliche Rausch wollte sich nicht einstellen, aber ich genoss die Tortur dennoch.

Als Sie meine Beine befreiten, nur um sie ausgestreckt auf einem Hocker erneut festzuschnallen und die großen Zehen durch Lederbänder zu fixieren, überschlug sich mein Herz fast. Was war heute nur los mit mir? Ich japste nach Luft. Erneut ergriff mich kalte Furcht.

Offenbar spürten Sie doch etwas von dem Aufruhr in mir, denn Sie fuhren geradezu sanft fort. Der Rohrstock küsste meine Fußsohle. Ich hielt die Luft an und stieß sie kurz darauf geräuschvoll aus. Ein weiteres Mal schlugen Sie zu. Da Sie den Schlag zunächst nur andeuteten und erst beim zweiten Anlauf ausführten, erschrak ich. Mein Puls hämmerte ungewöhnlich schnell. Der darauffolgende Hieb war hart, wie ich es mag. Zu meiner eigenen Überraschung würgte ich einen Schrei hinunter und hätte ihn beinahe wieder hochgewürgt mitsamt meinem Mageninhalt.

Diese übertriebene Reaktion brachte mich völlig aus dem Konzept. Normalerweise liebe ich die Bastonade genauso sehr, wie ich sie hasse. Etwas lief schief. Diese Unsicherheit riss mich aus der Lust. Ich bemühte mich, dem Gefühl nachzugehen, doch die Schläge auf meine Fußsohlen lenkten mich zu sehr ab. Panik breitete sich in mir aus. Ich fühlte mich schlecht. Sie deuteten wohl die Laute, die ich trotz der Trense von mir gab, als gespielte Aufmüpfigkeit. Der Stock fraß sich in meine Sohle. Doch die Erregung schmolz zu einem Summen dahin.

Sieh mir doch in die Augen, flehte ich hilflos. Als hätten Sie meine Gedanken erraten, taten Sie es und hörten auf, mich zu foltern. Es bestand also doch noch ein Band zwischen uns. Kurzzeitig hatte ich daran gezweifelt.

Schnell öffneten Sie die Fesseln. Sie fragten besorgt, was los sei, aber ich war unfähig zu antworten. Die starke Übelkeit machte mir zu schaffen. Ich stand immer noch kurz davor, mich zu übergeben. Ihre Streicheleinheiten und Ihr geflüstertes „Scht, es ist alles gut" halfen mir, dagegen anzukämpfen. Ich zitterte. Kalter Schweiß lief an mir herab.

Dieses Erlebnis scheine ich bis heute nicht verdaut zu haben, denn mir geht es immer noch schlecht.

Entsetzt schnappte Willow nach Luft. Deutete *Amasone* an, dass *Meester* ihr etwas angetan hatte? War er zu weit gegangen? Willow empfand Mitleid mit der Sklavin, die ihr altes Leben für ihren Gebieter … für diesen Traum aufgegeben hatte. Willow runzelte die Stirn. Langsam kam sie offenbar dem Grund näher, warum der Keller verwaist war.

Aber sie kam auch ins Grübeln, was das Vertrauen in einen Dominus generell betraf. Wenn sogar *Meester*, der am Anfang des Tagebuchs genauso hingebungsvoll seine Rolle ausgefüllt hatte wie *Amasone*, irgendwann vergaß, genau auf seine Sklavin zu achten, wie konnte das dann ein anderer Herr?

Sie zog die Beine an und stellte sie auf die Sitzfläche. „Ich muss unbedingt weiterlesen!"

Plötzlich klopfte es an der Haustür.

24. KAPITEL

Willow erschrak. Der Wein rotierte im Glas und schwappte bis zum Rand hoch. Rasch stellte sie das Glas ab, bevor sie noch die rote Flüssigkeit verschüttete. Als sie aufstand, wurde ihr schwindelig. Hätte sie den Alkohol doch nicht hinuntergekippt wie Wasser!

Während sie mit nackten Füßen zum Eingang ging, zog sie den Gürtel des Bademantels enger. Wer mochte das sein? Sie wollte niemanden mehr empfangen. Bestimmt sah man ihr an, dass sie eben den besten Sex ihres Lebens gehabt hatte.

Vorsichtig öffnete sie. Durch den Spalt erspähte sie Dale. Ausgerechnet! Sie zog die Tür weiter auf. Ihre Wangen glühten. Er konnte nichts davon wissen, dass sie sich eben in die Nippel kneifen, den Po versohlen, an einen Pranger fesseln, ihren Mund benutzen und dann hart von hinten hatte ficken lassen, redete sie sich ein. Doch dadurch rief sie sich die Session nur wieder in Erinnerung. Die Hitze in ihrem Gesicht nahm weiter zu.

„Was guckst du mich so merkwürdig an?" Argwöhnisch runzelte er die Stirn.

Genau genommen suchte sie nach Anzeichen dafür, dass er ihre schmutzigen Gedanken las. Blitzschnell fiel ihr eine Ausrede ein: „Das Licht aus dem Gästehaus fällt nur auf deine rechte Gesichtshälfte."

„Die makellose." Er gab ein Murren von sich.

„Ich habe gehört, dass die Frauenwelt dir früher hinterhergelaufen ist." Sie war müde und hatte keine Lust, um den heißen Brei herumzureden. „Ich kann das sehr gut nachvollziehen."

„Vergangenheitsform, richtig. Es war einmal." Bitterkeit trübte seinen Blick. Er stützte sich am Türrahmen ab, als würde die Erinnerung ihn wie eine Last niederdrücken. „Am Anfang habe ich den Fehler gemacht und Artikel über mich gelesen. Darin stand, wie unglaublich attraktiv ich einst gewesen wäre und wie jammerschade es sei."

„Das sehe ich durch das Spiel von Licht und Schatten. Ja, du warst ein atemberaubend schöner Mann. Aber mir hätte etwas gefehlt." Der Alkohol löste Willows Zunge.

„Wovon redest du?"

„Ich hätte das Besondere vermisst. Das, was du jetzt besitzt, das dich von allen anderen Männern abhebt und dich noch männlicher macht. Das Raue, Unvollkommene, das Barbarische." Hatte sie das wirklich ausgesprochen? Sie hätte die Finger vom Wein lassen sollen! Jetzt entwickelte ihre Hand auch noch ein Eigenleben und strich über Dales vernarbte Wange.

„Du machst dich lustig über mich", sagte er zwar, doch Willow meinte Hoffnung in seinen Augen schimmern zu sehen.

„Siehst du mich lachen?"

„Du bist unglaublich, Willow Archer." Er klang atemlos. „Es gibt da etwas, das ich schon längst hätte machen sollen. Diesmal werde ich es nicht vermasseln."

Mit einem Schritt stand er dicht vor ihr. Er vergrub die Hand in ihren Haaren. Sanft, aber bestimmt zog er ihren Kopf heran und küsste sie. Nicht zögerlich, nicht unsicher, nicht scheu, wie Willow es erwartet hätte, sondern selbstbewusst, besitzergreifend und dennoch voller Zärtlichkeit. Seine Lippen massierten die ihren eine Weile, bevor sich seine Zunge dazwischenschob. Sie drang in Willows Mund ein und füllte sie mit einem köstlich prickelnden Geschmack, der sie an die Brause aus Kindheitstagen denken ließ.

Leidenschaftlich züngelten sie. Ein wenig zu hektisch, anscheinend befürchtete jeder von ihnen, dass der andere den Kuss allzu bald lösen könnte. Doch das tat weder Willow noch Dale. Weit öffneten sie ihre Münder, als wollten sie einander verschlingen, um immer beisammen zu sein.

Langsam beruhigten sie sich. Willow knabberte an Dales Unterlippe, und er leckte über ihre Mundwinkel. Großzügig verteilte er Küsse auf ihrer Wange, ihrer Stirn und ihren Schläfen. Er saugte die dünne Haut an ihrem Hals ein und gab sie erst wieder frei, als Willow einen gequälten Seufzer von sich gab.

Plötzlich senkte Dale den Blick. Rote Flecken traten auf seinem Hals hervor. Er drehte sich um und eilte davon.

„Was wolltest du eigentlich von mir?“, rief Willow ihm hinterher. Sein Verhalten überraschte sie nicht einmal mehr.

Er blieb stehen und lächelte sie über die Schulter hinweg an. „Das ist nicht mehr wichtig.“ Alsbald verschluckte ihn die Dunkelheit.

Willow schloss die Haustür hinter sich. Verschmitzt grinsend lehnte sie sich mit dem Rücken dagegen. Es war falsch, erst mit dem einen Mann tabulosen Sex zu haben und noch am selben Abend einen anderen zu küssen, aber es fühlte sich beides so gut an. Bei Dale spürte sie eine wohlige Wärme in ihrem Brustkorb, bei Savage konzentrierte sich die Hitze auf ihren Unterleib.

Zu beiden Männern fühlte sie sich unwiderstehlich hingezogen!

Die nächste Begegnung mit Savage hatte sich Willow jedoch angenehmer vorgestellt.

Er erschreckte sie fast zu Tode! In der Nacht von Samstag auf Sonntag schlief sie auf dem Wohnzimmersofa im Gästehaus ein. Kein Wunder, hatte sie doch in der Nacht zuvor viel zu wenig Schlaf bekommen und tagsüber im Büro arbeiten müssen, ohne sich von Dales glühenden Blicken ablenken zu lassen. Als der Maskenmann sie mit einem Kuss weckte, riss er sie aus den frivolsten Träumen. Sie fuhr zusammen, öffnete die Augen, erkannte Savage durch den Schleier der Müdigkeit und errötete, weil sie von ihm geträumt hatte.

Wobei ... Der Mann in ihrem Traum hatte zwar Savages Fähigkeiten besessen, ihr unglaubliche Lust zu verschaffen, und seinen sexy Oberkörper, doch statt einer Maske hatte er Dales Gesicht gehabt. In wachem Zustand betrachtet, war das geradezu grotesk. Was Savage an Selbstbewusstsein zu viel hatte, hatte Dale zu wenig. Letzterer hatte lange gebraucht, um sie überhaupt zu küssen, Savage dagegen hatte sie schon beim ersten Zusammentreffen im Bankettsaal in einen Strudel bittersüßer Begierde gerissen.

Noch immer durcheinander, setzte sie sich auf. Gähnend tätschelte sie ihre Wangen, um die Blutzirkulation anzuregen.

Sie wusste nicht, zu wem sie sich mehr hingezogen fühlte. Beide Männer faszinierten sie auf unterschiedliche Weise. Der eine besaß Tiefgang und weckte ihren Beschützerinstinkt, der andere machte sie süchtig nach seiner Dominanz und nach außergewöhnlichem Sex. Aber sie musste sich ja auch nicht entscheiden. Über kurz oder lang würde sie aus Seattle fliehen und beide zurücklassen.

Sie verspürte einen Stich im Herz und massierte die Stelle an ihrer Brust.

Breitbeinig stellte sich Savage vor den Couchtisch und stemmte die Hände in die Hüften. „Es ist schon zwei Uhr morgens. Ich hätte das Haupthaus längst alleine durchsucht, wenn ich nicht so ein fairer Partner wäre."

„Du und fair?" Träge erhob sich Willow. Sie trat dicht an ihn heran und stellte sich auf die Zehenspitzen. „Wirst du auch so partnerschaftlich sein und mir den Schatz überlassen, wenn wir ihn finden?"

„Wir teilen brüderlich."

Nein, würde er nicht. „Als ob wir wie Brüderchen und Schwesterchen wären." Willows frivoler Unterton ließ keinen Zweifel aufkommen, worauf sie anspielte.

„Danke für das Angebot, Sklavin", er schmunzelte amüsiert, „aber ich muss ablehnen."

„Angebot?" Was bildete er sich ein! Als würde sie darum betteln, von ihm erniedrigt, benutzt, bestraft und gevögelt zu werden. *Himmel, hör auf, darüber nachzudenken!* Allein bei der Vorstellung wurde sie schon wieder heiß.

„Wenn du mich jetzt in den Keller lotsen würdest", jedes Wort troff wie flüssiger Karamell aus seinem Mund, „würde ich dich erst im Morgengrauen wieder aus meinen Klauen lassen."

Das versöhnte sie wieder. Er wünschte sich ebenso sehr, sie zu vögeln, wie sie ihn. Leider wünschte er sich aber noch mehr, Henry Hendersons Schatz zu finden. Ob es vielleicht das Gemälde war? Willow verwarf diese Überlegung sogleich wieder. Der Akt wäre nur von Wert gewesen, wenn ein namhafter Künstler ihn gemalt hätte, aber das traf nicht zu. *Meester*, wenn wirklich er es war, der das Bild in Auftrag gegeben hatte, und davon ging Willow aus, war es um das Motiv und nicht um eine Geldanlage gegangen.

„Wenn du jetzt nicht kommst, mache ich mich allein auf die Suche.“ Demonstrativ rückte Savage seine Balaclava zurecht.

„Das könnte dir so passen.“

Schlaftrunken eilte Willow in ihr Zimmer. Erst als sie schon in Unterwäsche vor dem Schrank stand, bemerkte sie, dass Savage in der Tür lehnte und sie lüstern beobachtete. Sein Blick prickelte auf ihrer Haut. Um ihn zu necken, zog sie sich nackt aus und präsentierte ihm kess ihren Körper.

Seine Stimme klang rau. „Du sollst dich an- und nicht ausziehen.“

„So wie du schaust, wärst du alles andere als abgeneigt, hierzubleiben und dich zu …“, sie räusperte sich, „… amüsieren.“

„Ganz bestimmt sogar. Aber du weißt, ich kann mich beherrschen.“

„Ja, leider.“ Sie schlüpfte ohne Unterwäsche in eine schwarze Jeans, streifte ein dunkles Shirt über und band die Turnschuhe zu, ein wenig verschnupft darüber, dass er ihr widerstand. Nachdem sie sich die Handschuhe angezogen hatte, steckte sie die Taschenlampe unter den Hosenbund.

„Dort wäre meine Hand jetzt auch gerne.“

„Also doch.“

„Ich sagte doch schon, dass ich nicht abgeneigt wäre.“ Lüstern betrachtete er die erigierten Brustspitzen, die sich unter dem Stoff abzeichneten. „Aber erst kommt die Arbeit und dann das Vergnügen.“

Nun lächelte sie wieder. „Auch wenn heute Sonntag ist, ich muss arbeiten.“ Ihr graute davor. Sie war hundemüde. Aber sie wusste, dass sie Savage nicht widerstehen konnte.

„Schlaf eben länger und fang später an.“

Willow folgte ihm in den Garten. Im ersten Moment konnte sie nichts sehen, doch ihre Augen gewöhnten sich schnell an die Dunkelheit. „Das wird Dale … Mr Henderson nicht gefallen."

„Ich wette, den kannst du mit Leichtigkeit um den kleinen Finger wickeln."

„Warum?" Abrupt blieb sie stehen. Sie stemmte die Hände in die Hüften und zischte aufgebracht. „Weil er entstellt und ausgehungert ist, willst du das andeuten?"

Er verschränkte die Arme vor dem Oberkörper. „Wow, da ist aber jemand empfindlich. Berührt dich das Thema dermaßen?"

„Ich will nur nicht, dass du abfällig über ihn sprichst."

„Wieso nicht?" Spöttisch fragte er: „Hast du ihn etwa ins Herz geschlossen?"

Ihr war das Thema peinlich. Sie wollte nicht mit Savage über einen anderen Mann sprechen. „Das geht dich nichts an."

„Tatsächlich, du magst ihn." Er klang ehrlich überrascht.

„Er ist ein anständiger Kerl."

Ein Ruck ging durch Savage hindurch. Er wich ihrem Blick aus. Seine Kiefer mahlten. Ein Zug von Bitterkeit trat um seinen Mund. „Ein anständiger Kerl." Abfällig schnaubte er und schlug einen rauen, lüsternen Ton an. „So jemanden brauchst du nicht, sondern einen Mann, der schmutzig und pervers ist."

„Beim Sex ja, aber im Alltag sehne ich mich nach Aufrichtigkeit, Gleichberechtigung und Liebe."

„Aufrichtigkeit?" Savage zögerte. Seine Stimme hatte an Schärfe verloren. „Dann ist Dale Henderson nicht der Richtige für dich."

„Was meinst du damit?", fragte Willow verunsichert. Aber wollte sie die Antwort wirklich hören?

„Der ganze Henderson-Clan ist verlogen. Sie polieren ihr Saubermann-Image, aber denk nur an die Sache im Keller." Savage deutete nach unten, als wären die Etagen aus Glas, und Willow könnte direkt ins Untergeschoss schauen. „Im Keller hat jeder von ihnen eine Leiche, auch dein Dale."

Das glaube ich nicht, wollte sie ihm entgegenschmettern, doch die Antwort blieb ihr im Halse stecken. Sie empfand das Bedürfnis, Dale zu verteidigen. Aber was wusste sie schon von ihm? Sie sah seine verletzte Seele, das war mehr, als andere sahen. Darüber hinaus allerdings war er ein unbeschriebenes Blatt für sie.

Erneut befürchtete sie, er könnte *Meester* sein. Möglicherweise hatte seine Freundin – Millicent? – herausgefunden, dass er sich im Keller eine Sexsklavin hielt, und hatte sich aus Eifersucht grausam gerächt.

Das letzte Kapitel, das Willow gelesen hatte, kam ihr in den Sinn. Vielleicht steckte sogar *Amasone* selbst hinter der Säureattacke gegen ihn, weil er sich bei den Sessions zunehmend gehen gelassen und keine Rücksicht mehr auf sie genommen hatte.

Während Savage sanfter fortfuhr, glitt seine Hand über ihren Hals und streichelte ihren Nacken. „Als ich sagte, du könntest ihn um den Finger wickeln, spielte ich auf deine Attraktivität an. Ein Blick aus deinen großen braunen Augen, und Dale würde dir verzeihen, dass du verschlafen hast." Mit milder Gewalt zog er ihr Gesicht heran. „Aber ich bin da anders. Glaube ja nicht, dass ich dich heute davonkommen lassen werde, ohne deine Erziehung als Lustsklavin zu intensivieren."

Die kleinen Härchen am Haaransatz stellten sich auf. Willow erschauerte wohlig. Der Disput war fast vergessen. Sie war Savage sogar dankbar für die Warnung, was Dale betraf. Ihre Gefühle ihm gegenüber machten sie blind, und seine Verätzung weckte ihr Mitleid. Er war ein Opfer, das auf jeden Fall, aber unter Umständen kein unschuldiges.

Eine Weile gingen Willow und Savage schweigend nebeneinander her, jeder in seine Gedanken versunken. Seine Eifersucht schmeichelte ihr. Er hegte offenbar Gefühle für sie, die über Sex hinausgingen. Als er sie nach der Session liebevoll im Arm gehalten und sie auf den Kopf geküsst hatte, war sie noch unsicher gewesen, ob das nicht lediglich zum positiven Abschluss dazugehört hatte. Doch nun hatte sie Gewissheit. Savage empfand etwas für sie. Diese Erkenntnis ließ sie beschwingter weitergehen. Zu beschwingt!

Plötzlich stolperte sie. Sie hatte sich in der Betrachtung von Savages breiten Schultern verloren, anstatt auf den Weg zu achten. Ihr Fuß blieb an etwas hängen. Ihr Oberkörper flog nach vorne. Im letzten Moment fuhr Savage herum und fing sie auf.

„Na, so was aber auch", stammelte sie verlegen.

Während er ungeniert ihren Hintern packte, um sie festzuhalten, flüsterte er sinnlich in ihr Ohr: „Ist das ein neuer Versuch, meine Aufmerksamkeit auf dich zu ziehen?"

„Bilde dir ja nichts ein." Sie fand ihre Balance wieder und hob die Taschenlampe auf, die aus dem Hosenbund gerutscht war.

„Man könnte meinen, du willst verhindern, dass wir das Haupthaus durchsuchen."

„Letztes Mal hast du", anklagend zeigte sie auf ihn, „darauf bestanden, das Gästehaus vorzuziehen."

„Und? Ich hatte den richtigen Riecher."

Neckisch blinzelte sie ihn an. „Ich wette, dein Talent zur Fährtensuche beschränkt sich auf Erotisches."

„Mag schon sein. Ich habe schließlich auch dich gefunden."

Er berührte zärtlich ihre Unterlippe, doch Willow schnappte nach dem Finger, sodass er ihn blitzschnell zurückzog.

„Aber an einen Schatz", das letzte Wort sprach er verächtlich aus, „glaube ich nicht."

„Warum kommst du dann überhaupt mit?"

„Um bei dir zu sein", erwiderte er, ohne zu zögern.

Innerlich strahlte sie noch mehr, als ihr Gesicht es wahrscheinlich tat. Aber über was war sie gestolpert? Sie leuchtete auf den Boden und fand sich mitten in einem ovalen Blumenbeet wieder. Die Petunien waren jedoch keine normalen, sondern eine außergewöhnliche Sorte, die Willow nur aus ihren Gartenbüchern kannte. Freudig überrascht hockte sie sich hin.

„Panther-Petunien, Black Velvet, wie wunderschön!" Leider hingen viele der samtig-schwarzen Blüten herab. Eine beträchtliche Menge Stängel waren abgeknickt und die Blüten zum Tode verurteilt. „So etwas Extravagantes habe ich Vivian Henderson gar nicht zugetraut."

„Sie hätte sich niemals solch eine düstere Farbe ausgesucht", sagte Savage im Brustton der Überzeugung.

Das Beet sah wüst aus, als wäre ein Orkan hindurchgefegt. „Ich war das nicht", verteidigte sich Willow. Die Blumen waren kreuz und quer eingepflanzt worden, wobei es eher den Anschein machte, als wären sie lieblos in die Erde gestopft worden. „Die Hendersons sollten ihren Gärtner feuern."

„Linus hätte so etwas niemals verbrochen!"

„Du kennst seinen Namen?"

Savages Adamsapfel hüpfte. „Wie die Namen aller Angestellten. Du etwa nicht?"

„Für gewöhnlich konzentriere ich mich aufs Wesentliche." Musste er immer seine Überlegenheit herauskehren? Willow stocherte mit der Schuhspitze im lockeren Mutterboden. „Der wurde weder angedrückt noch gewässert."

„Vielleicht wollte Li… der Gärtner das morgen machen."

„Unsinn! Das ist ein Arbeitsschritt. Der Boden ist so locker, als wäre jemand mit einer Egge durchgepflügt." Aber es handelte sich ja nicht um ein Feld, sondern nur um ein Beet, das so groß wie eine Badewanne war.

„Wohl kaum. Und jetzt komm endlich." Sanft zog er sie am Arm hoch. „Uns läuft die Zeit davon."

Im Schutz der Dunkelheit schlichen sie weiter. Sie konnten bereits den Angestellteneingang an der Seite des Gebäudes erkennen. Die Tür stand offen.

Plötzlich streckte Savage den Arm aus, um Willow daran zu hindern, weiterzugehen, und machte: „scht." Er schob sie hinter eine der Tannen, die den Swimmingpool umsäumten, und flüsterte: „Da ist jemand."

„Wo? Ich sehe niemanden."

„Beim Depot."

Angestrengt spähte sie zu dem flachen Häuschen, in dem die Mülltonnen standen. Eine Person klappte gerade den Deckel der Edelstahlbox auf. Wer das war, vermochte Willow nicht zu sagen. Sie konnte ja nicht einmal erkennen, ob es sich um einen Mann oder eine Frau handelte. *Warum hat derjenige denn das Gartenlicht nicht eingeschaltet?* Er musste genauso viel oder wenig in der Finsternis ausmachen können wie sie.

Weil er etwas zu verbergen hatte! durchfuhr es Willow. Ihre Nackenhaare stellten sich auf. Sie wollte sich näher heranpirschen, doch Savage legte ihr die Hand auf die Schulter und hielt sie zurück.

Gerade rechtzeitig, denn just in dem Moment drehte sich die Gestalt um und schaute in ihre Richtung. Willow hielt die Luft an und versuchte, das Gesicht zu identifizieren. Vergeblich. Die Sekunden, die sie erstarrt wartete, fühlten sich wie Minuten an. Erst nachdem die Person ihnen wieder den Rücken zugewandt hatte, atmete Willow aus.

Der Schatten hob einige Tüten aus einer der Mülltonnen. Lautlos hob er beidhändig einen Plastikbeutel hinein und packte die Säcke wieder obendrauf. Nun hatte er es eilig. Er schloss rasch erst den Abfallbehälter und dann das Depot und huschte auf leisen Sohlen zurück ins Haus. Die Tür glitt ins Schloss.

Willow verharrte in ihrem Versteck. „Wer war das?"

„Das werden wir wohl nicht mehr herausfinden können, wohl aber, was derjenige heimlich beseitigt hat."

„Dann glaubst du also auch, dass er oder sie irgendetwas loswerden will, das eine Gefahr darstellen könnte, falls es entdeckt wird?“, fragte sie aufgeregt.

„Warum sollte er sonst in der Dunkelheit herumschleichen und sich verstohlen umgucken?“ Aufmunternd knuffte Savage sie. „Lass uns nachschauen gehen.“

Vor der Edelstahlbox blieben sie stehen. Willows Herz schlug kräftig. Gleich würde sie ein weiteres Geheimnis der Henderson Mansion entdecken. Es mochte nicht unbedingt mit Dale, Vivian oder Gary in Verbindung stehen, und sie erwartete keinesfalls, Henrys Schatz im Müll zu finden, dennoch kribbelte die Neugier in ihren Adern.

War es etwas Harmloses? Hatte ein Angestellter eine teure Vase umgestoßen und heimlich die Scherben beseitigt? Oder gab es mehr als zwei Verbrecher in dieser Nacht an diesem Ort? Ließ einer vom Personal Schmuck verschwinden, indem er ihn in den Abfall warf? Holte sein Komplize bei der Müllabfuhr den Beutel mit dem Diebesgut wieder heraus?

Tatendurstig rieb sie die Handflächen aneinander. Sie ließ es zu, dass Savage das Edelstahlhäuschen öffnete, doch dann übernahm sie. Kichernd schob sie ihn beiseite. Sie fasste den Deckel der Tonne an. „Bereit?“

„Mach es nicht so spannend, Baby!“

Willow hob den Deckel hoch. Als Savage die obersten Tüten packen wollte, schlug sie ihm auf die Finger, sodass er die Hände zurückzog. Da sie nicht genau hatte sehen können, wie viele der Plastiksäcke entnommen worden waren, und alle gleich aussahen, riss sie einen nach dem anderen auf. Bei jedem Beutel schlug ihr Puls schneller.

Drei Tüten später hielt sie eine hoch, die sich völlig anders anfühlte als die anderen. Sie war auffällig groß. Und überraschend schwer.

Eine böse Vorahnung ergriff Willow.

Mit einem Ächzen hievte sie den Sack heraus. Sie löste den Knoten. Langsam, da sie plötzlich unsicher war, ob sie wissen wollte, was sich darin befand, zog sie die Öffnung auseinander.

„Heilige Scheiße!“, entfuhr es ausgerechnet Savage, der sich bisher immer gewählt ausgedrückt hatte.

Willow dagegen brachte keinen Ton heraus. Blitzschnell drehte sie sich zur Seite und erbrach sich in die Kletterrosen an der Hauswand.

Willow hatte mit allem gerechnet, aber nicht damit. Schockiert lehnte sie sich neben den Rosen an die Außenwand, denn ihre Beine waren wie aus Gummi. Sie starrte auf den schwarzen Plastiksack, fassungslos und entsetzt.

Savage besaß offenbar einen stärkeren Magen als sie. Um ihr den Anblick zu ersparen, stellte er sich mit dem Rücken zu ihr und leuchtete erneut in die Abfalltüte.

„Es ist eine Frau, oder?" Selbst Willows Stimme zitterte.

„Der Fetzen könnte mal ein Kleid gewesen sein."

„Wie lange mag sie schon ...?" Sie presste die Hand auf den Mund, denn sie würgte schon wieder.

„Einige Monate, vielleicht ein Jahr. Das kann nur ein Fachmann sagen."

Magensäure kroch Willows Speiseröhre empor. „Kannst du den Grund für ihren Tod erkennen?"

„Dafür ist die Leiche schon zu verwest."

„Wenn man sie heimlich vom Grundstück schaffen will, bedeutet das doch, dass sie ermordet worden ist, nicht wahr?"

„Zieh keine voreiligen Schlüsse. Aber ja", Plastik raschelte, „das stinkt gewaltig."

In zweierlei Hinsicht, dachte Willow und rümpfte die Nase. Wer mochte die Unbekannte gewesen sein?

Amasone? Hatte *Meester* sie auf dem Gewissen? War er ihrer überdrüssig geworden? Oder hatte er die Kontrolle über sich verloren, woraufhin sie geplant hatte, den Pakt zwischen ihnen zu lösen und ihren Dominus zu verlassen, was er mit äußerster Brutalität verhindert hatte?

Oder trug Dale Schuld an dem Tod des mysteriösen Opfers? Innerhalb weniger Sekunden malte sich Willow ein komplettes Drama aus. Vielleicht war Dale doch der Schwerenöter gewesen, den Gary in ihm sah. Er hatte eine seiner zahlreichen Geliebten abserviert, woraufhin sie ihn aus gekränktem Stolz und Eifersucht mit Säure übergossen hatte. Nach seiner Genesung hatte er sich an ihr gerächt und sie umgebracht. Waren das Millicents sterbliche Überreste in dem Beutel? Lebte Dales Ex noch? Oder war sie seit einigen Monaten spurlos verschwunden? Willow musste dringend herausfinden, ob sie noch lebte.

Sie wollte auf keinen Fall die Polizei rufen. Ihre Scheinidentität könnte auffliegen, und sie sollte ohnehin so wenig Aufmerksamkeit wie möglich erregen. Außerdem hatte sie sich in Dale verguckt. Ihr Herz wollte nicht wahrhaben, dass er ein Mörder war. *Er muss einfach unschuldig sein!* Sie seufzte schwer.

Besorgt fragte sie: „Es muss ein Typ gewesen sein, oder?"

„Nicht unbedingt." Über die Schulter hinweg schaute Savage sie an. „Du hast sie auch aus der Tonne heben können."

Er hatte recht. Willow schöpfte Hoffnung, dass sie eben keinen Mann … nicht Dale bei der Entsorgung einer Leiche beobachtet hatten. „Was machen wir jetzt mit ihr? Sie begraben?" Bevor Savage antworten konnte, stemmte sich Willow von der Mauer ab und keuchte. „Black Velvet!"

„Wie bitte?"

„Hast du dich nicht auch schon gefragt, woher der Leichnam kommt?"

„Es klebt Erde daran."

„Er muss unter den Panther-Petunien begraben gewesen sein." Willows Stimme überschlug sich fast. „Darum war der Mutterboden locker."

„Weil jemand es eilig gehabt hat …", setzte er ihre Überlegungen fort.

Und sie beendete den Satz: „Die Frau auszugraben und zu vertuschen, dass die sterblichen Überreste dort unter den Blumen gelegen haben."

„Eine Tote im Garten. Das darf doch wohl nicht wahr sein!" Savage holte aus, um gegen eine der Abfalltonnen zu treten, hielt sich aber im letzten Moment davon ab.

„Warst du es nicht, der gesagt hat: Jeder hat eine Leiche im Keller, auch die Hendersons?"

„Ich meinte das doch nicht wörtlich, sondern dass jeder negative Seiten hat.“ Auch er schien entsetzt über den Fund. Trotz seiner schlechten Meinung von den Hendersons und vor allem von Dale hatte Savage ihnen das offenbar nicht zugetraut.

Es war immer noch möglich, dass einer der Wachmänner die Finger im Spiel hatte. Vielleicht war die Familie unschuldig und wusste gar nichts davon. Das wünschte sich Willow sehr. „Was machen wir jetzt mit den Überresten? Wieder vergraben?“

Auch Savage vermied es, die Polizei überhaupt zu erwähnen, denn er sagte: „Ich nehme sie mit.“

„Halt!“ Willow bemühte sich, den Ekel vor dem Sack zu ignorieren, und stellte sich ihm in den Weg. „Nicht so schnell.“

„Ein Freund von mir ist Mediziner. Er soll sie sich anschauen. Vielleicht kann er etwas über die Todesursache oder sogar Hinweise auf ihre Identität herausfinden.“

„Kennst du auch jemanden, der Zugriff auf polizeiliche und behördliche Datenbanken hat, um DNA etc. abzugleichen? Ansonsten nutzt das alles wenig.“

Ihr Spott prallte an ihm ab, denn er nickte stumm.

Wieder einmal fragte sie sich, wer sich unter der Sturmmaske verbarg. Ein Martial-Arts-Kämpfer, ein Dieb, ein Einbrecher, ein Kunstkenner, der sich gewählt ausdrückte und Kontakte in höheren Kreisen besaß, und ein *Noble Savage*, ein *Edler Wilder* beim Sex. Der Mann vor ihr blieb ein einziges Mysterium! „Wer sagt mir, dass du die Überreste nicht wegwirfst oder sie nur in deinen Gewahrsam bringen willst, um die Hendersons zu erpressen?“

„Niemand. Du musst mir einen Vertrauensvorschuss schenken, wie beim BDSM auch.“ Da sie zögerte, strich er liebevoll über ihre Wange. „Ich habe dich als Dominus nicht enttäuscht und werde es jetzt auch nicht. Versprochen!“

Ihr blieb nichts anderes übrig, als einzuwilligen. Was konnte sie schon mit der Leiche anfangen? Nichts, außer die Hendersons mit dem erschütternden Fund zu konfrontieren. Und das würde ihr Verhältnis zu Dale trüben.

Wenn die Security unschuldig war, blieb in ihren Augen nur eine Person übrig, die als Täter infrage kam.

Henry war tot.

Gary lebte nicht in der Villa und kam selten zu Besuch.

Und Vivian war fast sechzig Jahre alt.

Doch für Dale fiel ihr keine Ausrede ein.

Am nächsten Morgen taumelte Willow schlaftrunken durch die Villa. Durch den grauenvollen Fund hatte sie kaum ein Auge zugemacht, weil sie dann immer den Inhalt des Müllsacks gesehen hatte. Der Gestank lag ihr heute noch in der Nase.

Schnell roch sie an dem Jasmin, der seinen Duft im ganzen Foyer verströmte, und eilte weiter. Ihr ging es nicht darum, pünktlich am Arbeitsplatz zu erscheinen. Nach dem Kuss am vergangenen Abend hatte sie keine Angst mehr, ihren Job als Assistentin so leicht zu verlieren.

Was sie antrieb, war, Dale wiederzusehen. Würde er sie sofort wieder in die Arme schließen? Bereute er bereits, dass er gestern an ihrer Tür geklopft hatte? Bei Tageslicht wirkte manches mitunter anders als in der Dunkelheit.

Sie befürchtete jedoch auch, ihren Mund nicht halten zu können. Manchmal sprach sie schneller, als sie dachte. Aber sie durfte Dale nicht mit der Entdeckung konfrontieren, denn sie hatte die Leiche ja nicht einmal mehr.

Das Büro war noch verwaist. Überrascht schaute Willow auf die Uhr. Sie war zu spät, wie immer. Meist saß Dale schon hinter seinem Schreibtisch, heute jedoch nicht. Vielleicht ließ er es langsam angehen, es war schließlich Sonntag. Aber hätte er ihr nicht wenigstens sagen können, dass er ausschlafen würde? Sie hätte sich allzu gerne auch noch einmal herumgedreht.

Erneut suchte sie das Erdgeschoss auf. In der Küche holte sie sich gleich eine ganze Kanne mit Kaffee und setzte sich wieder in ihren Bürostuhl. Der war so bequem, dass sie noch müder wurde. Erschöpft schob sie die Tastatur weg und legte den Kopf neben die Mouse.

Plötzlich schreckte Willow auf. Sie rieb sich durchs Gesicht, gähnte und sah erschrocken, dass sie eine ganze Stunde verschlafen hatte. Der Kaffee, den sie in gierigen Schlucken hinunterkippte, half nur leidlich. Ihre Gedanken blieben träge, und ihr Körper ließ sich weiterhin zu jeder Bewegung bitten.

Dale war noch immer nicht aufgetaucht. *Das sieht ihm gar nicht ähnlich.* Langsam wurde sie skeptisch. Ob alles in Ordnung mit ihm war? Möglicherweise ging es ihm nicht gut.

Sie machte sich auf die Suche nach ihm. So dreist, an seine Zimmertür zu klopfen und ihn womöglich zu wecken, wollte sie nicht sein. Natürlich hätte es sie brennend interessiert, ob er beim Schlafen einen Zweiteiler trug, nur Shorts anbehielt oder gar nackt war. Aber gut, sie würde ihre Neugierde erst mal zügeln. Eine Angestellte, die gerade seinen Wohntrakt staubsaugte, teilte ihr mit, dass Mr Henderson die Mansion schon bei Sonnenaufgang verlassen hatte, um sich mit einem Freund zu treffen. Sie glaubte aber, sie hätte durchs Fenster seinen Wagen die Auffahrt hochkommen sehen.

So früh, dachte Willow überrascht und schaute auf der Terrasse nach. Keine Spur von Dale. Noch einmal ging sie in die Küche, in der Hoffnung, ein Stück von dem Streuselkuchen vom Vortag ergattern zu können. Doch kaum hatte sie einen Fuß in den Raum gesetzt, war ihr Appetit wie weggeblasen. Miranda saß dreist auf der Arbeitsfläche und stopfte sich mit Wildlachs voll. Über das Glas Champagner hinweg, mit dem sie jeden Bissen hinunterspülte, grinste sie Willow frech an. Kochjacke und Haartuch wirkten lächerlich an ihr.

„Weißt du, wo mein Boss ist?“, fragte Willow kühl.

„Unser gemeinsames Frühstück liegt schon so lange zurück, dass ich schon wieder Hunger habe.“ Miranda leckte sich das Fischfett von den Lippen. „Du kommst zu spät, Charly.“

Willow ahnte, dass sie damit keineswegs das Essen meinte. „Ihr habt zusammen gefrühstückt?“

„Lange und ausgiebig, Charlaine. Wir haben gelacht und heiße Blicke ausgetauscht und …“ Provokativ öffnete Miranda die Beine. Es hatte etwas Obszönes, wie sie die Zunge immer wieder in das Glas stieß und den Schampus schleckte wie ein Kätzchen Milch aus einer Schale.

Willow glaubte ihr nicht, dennoch versetzten diese Worte ihr einen Stich. „Da ihr euch schon so nahesteht, hat er dir sicher auch gesagt, was er heute Vormittag vorhat.“

Miss Ice gab einen Löffel weißen Kaviar auf den nächsten Lachshappen, kaute genussvoll darauf herum und sprach mit vollem Mund: „Wenn er sich vor dir versteckt, will er wohl nichts mit dir zu tun haben. Ist doch klar, oder? Schlimm genug, dass du ihm mit deiner Anwesenheit seinen Sonntag versaust, Gremlin.“

„Fick dich!“ Willow stürmte hinaus. *Von der werde ich eh nichts erfahren.* Schlecht gelaunt flüchtete sie aus dem Personalflügel.

Im Foyer hörte sie Stimmen, die einer Frau und eines Mannes. Sie kamen aus Vivians Trakt. Dort hatte Willow noch nicht nach Dale gesucht. Inzwischen wusste sie zwar nicht mehr, ob sie ihn überhaupt noch finden wollte, aber ihre Neugier trieb sie dazu an, unauffällig in die Richtung zu schlendern. Noch konnte sie nicht verstehen, was gesagt wurde, denn die beiden Personen sprachen gedämpft.

Vermutlich Dale und seine Mutter. Sie schienen sich zu streiten. Ein leiser, aber hitziger Wortwechsel. Konnte es sein, dass Vivian ihn beim Flirt mit Liberty-Rose alias Miranda erwischt hatte? Dass sie ihm nun in aller Deutlichkeit klarmachte, dass selbst in diesen modernen Zeiten eine Köchin keine adäquate Partnerin für einen Henderson war, nicht einmal dann, wenn er glaubte, aufgrund seiner Entstellung nie wieder eine Frau an sich binden zu können?

Willow biss sich auf die Unterlippe, bis der Schmerz sie von der Eifersucht ablenkte. Zudem, wenn eine Hausangestellte nicht gut genug für ihn war, traf das ebenfalls auf eine Bürokraft zu.

Verstohlen schaute sie sich um. Da niemand in der Nähe war, huschte sie zur Tür, hinter der gereizt diskutiert wurde. Angespannt lauschte sie.

„Beschaff mir das Zeug, oder ich mach dich fertig!" Eindeutig Vivian. So hatte Willow sie noch nie reden hören.

„Du drohst mir?" Der Mann. Fassungslos. „So schlimm ist es schon mit dir?"

„Ich habe hier das Sagen, das vergisst du offenbar."

„Die Mansion ist kein Gefängnis. Ich kann gehen, wann immer ich will, Viv."

„Du irrst dich. Ich habe dich in der Hand. Es ist ja nicht das erste Mal. Wenn ich die Polizei auf deine Spur brächte, würden sie bestimmt …"

„Lass die Cops aus dem Spiel!"

„Dann sei artig." Sie fügte ein verzweifeltes „Bitte" an.

„Das sind keine sauren Drops, die du so oft konsumieren kannst, wie du magst, sondern die regelmäßige Einnahme einer solch hohen Dosis hat schlimme Konsequenzen."

„Das ist meine Medizin", sagte sie fast liebevoll.

„Du hattest deine Abhängigkeit doch überwunden. Was ist geschehen?"

„Das Böse ist in mein Haus zurückgekehrt", flüsterte Vivian gerade so laut, dass Willow es verstehen konnte.

Willows Nackenhaare stellten sich auf. Wen meinte Vivian? Kannte sie Mirandas wahre Identität? Hatte sie Savage einem Schattendämon gleich in der vergangenen Nacht durch den Garten streifen sehen und Angst bekommen? Oder sprach sie gar von ihr, Willow? Zurückgekehrt war allerdings nur eine Person: Dale. Aber mit wem stritt Vivian dann im Nebenraum?

Plötzlich ertönte es hinter Willow: „Hab ich dich erwischt!"

Vor Schreck setzte ihr Herz einen Schlag aus, um sodann umso schneller zu pochen. Sie fuhr herum und riss die Augen auf. „Dale!"

Mit anklagender Miene neigte er sich vor und zischte: „Spionin."

Ihre Tarnung war aufgeflogen. *Nein, nein, NEIN! Bitte, nicht.*

„Ich wollte nur hören, ob du da drin bist." Das entsprach immerhin zum Teil der Wahrheit. Etwas Besseres fiel ihr spontan nicht ein. Durch die nervöse Anspannung schwitzte sie trotz Klimaanlage.

„Liberty-Rose sagte schon, du würdest mich verzweifelt suchen." Seine Mundwinkel zuckten.

Dieses Biest! „So würde ich das nicht ausdrücken."

„Sondern?"

„Gesucht ja, verzweifelt nicht."

Ein sinnliches Lächeln vertrieb jegliche Finsternis aus seinem Gesicht. „Es ist heiß heute, findest du nicht?"

Willow war unklar, ob er damit das Wetter meinte.

„Was hältst du von einer Abkühlung im Swimmingpool?"

Überrascht brauchte sie einen Moment, um zu antworten. „Ich habe keinen Badeanzug mitgebracht."

„Das macht doch nichts."

Ihr verschlug es die Sprache. Meinte er Nacktbaden?

„Du kannst doch Höschen und BH anlassen."

„Ach so, ja. Und die Briefe, die ich fertig machen sollte?" Sie hatte eher gedacht, Dale wäre der „Erst die Arbeit, dann das Vergnügen"-Typ. Am Anfang hatte er den Eindruck erweckt, steif und überkorrekt zu sein. Doch nun ahnte sie, was für ein charmanter Kerl er vor dem Überfall gewesen sein musste. Kein Wunder, dass die Frauen ihm zu Füßen gelegen hatten. Auch Willow schmolz dahin, wenn er sie so ansah wie jetzt.

„Die kannst du auch noch später verschicken. Morgen kommen sie ohnehin nicht mehr an." Er ließ die Schultern hängen. „Aber wenn du nicht möchtest…"

Etwas zu euphorisch sagte sie: „Doch, sehr sogar." Ihre Wangen röteten sich.

„Das freut mich, Willow." Er ging voran, und sie folgte ihm in den Garten, während ihr Name aus seinem Mund einen köstlichen Widerhall in ihr erzeugte.

Offenbar wusste er nichts von Garys Auftrag. Dale war nur zufällig der Wahrheit nahe gekommen, dass sie die Mansion ausspionieren sollte, um den vermeintlichen Schatz des alten Herrn zu finden. Leider hatte sie die Kostbarkeit bisher noch nicht aufgestöbert. Aber das war ja auch kein Wunder, wenn sie sich ständig von zwei Männern von der Suche ablenken ließ.

Vor Savage hatte sie sich nackt in obszönen Posen präsentiert, doch Dale gegenüber schämte Willow sich, in Unterwäsche ins Wasser zu gleiten. Slip und Büstenhalter waren eben doch kein Bikini, sondern intimer. Zum Glück schirmte die Markise über dem Becken sie von den Blicken aus dem Haus ab.

Sie rechnete es ihm hoch an, dass er ebenfalls in den Boxershorts, die er unter seiner Jeans trug, in den Pool sprang, statt sich eine Badehose aus seinem Zimmer zu holen.

„Das halte ich nur für fair", erklärte er.

Als er auf sie zukraulte, erinnerte er Willow an einen weißen Hai, dessen linke Gesichtshälfte von einer Schiffsschraube zerkratzt worden war. Ein schönes, kräftiges und faszinierendes, aber verwundetes und gefährliches Raubtier.

Sein Blick haftete an ihrem. Ein sinnliches Prickeln floss durch sie hindurch. Wie ein Beutetier wich sie vor Dale zurück, bis sie mit dem Rücken gegen die Poolwand stieß. Ihr Puls schlug schneller, je näher er ihr kam. Er kostete den Moment aus, schwamm langsamer und wirkte dadurch bedrohlicher. Trotz angenehm warmem Wasser bekam sie eine wohlige Gänsehaut.

Vivians Stimme zerstörte die knisternde Atmosphäre, die sich zwischen ihnen aufbaute. Ihr Ruf schallte von der Villa bis zu ihnen herüber. Sie suchte Dale. Dieser verdrehte die Augen, bog kurz vor Willow zur Seite und hielt sich neben ihr am Rand fest.

„Willst du nicht nachschauen gehen, was deine Mutter von dir möchte?" Sie konnte nicht verhindern, dass sie enttäuscht klang.

„Ich bin beschäftigt. Sie muss warten."

Ihr Lächeln blühte wieder auf. Während Dale einige Züge unter Wasser machte, hörte Willow Schritte auf der Terrasse. Diese lag eine Etage höher als der Garten, sodass man, wenn die Markise ausgefahren war, das Schwimmbecken nur einsehen konnte, wenn man am Geländer stand.

Einige Atemzüge lang war es still. Dann entfernte sich das Klacken wieder. *Vivian!* Sie musste Willow und Dale in Unterwäsche im Pool erspäht und empört das Weite gesucht haben. Nun bin ich erst recht bei ihr unten durch, befürchtete Willow.

In ihrem Hinterkopf lief das Gespräch, das sie belauscht hatte, erneut ab. Konnte es tatsächlich sein, dass Vivian drogenabhängig gewesen war? Was immer sie süchtig gemacht hatte, sie drohte rückfällig zu werden. Willow konnte es kaum fassen. Immer mehr Geheimnisse der Hendersons kamen ans Licht. Savage hatte recht gehabt: Bei den Hendersons lagen so einige Leichen im Keller.

Was Willow allerdings am brennendsten interessierte, hatte sie noch nicht herausgefunden: Was verbarg Dale? Was hatte er getan, um jemanden derart gegen sich aufzubringen, dass dieser ihm Säure ins Gesicht gegossen hatte?

Dale war wieder untergetaucht und stieß jetzt durch die Wasseroberfläche. Er schüttelte den Kopf. Tropfen stoben umher und trafen Willow, sodass sie quiekte und rasch die Augen schloss. Vergnügt lachte er. Als sie die Lider wieder öffnete, war sein Gesicht bis über die Nase untergetaucht. Mit brennendem Blick fixierte er sie.

Er machte sie schwach, sie konnte kaum mehr mit den Armen rudern, daher hielt sie sich am Rand fest.

Die Atmosphäre knisterte erneut. Da war etwas zwischen ihnen, das sofort die Funken sprühen ließ, sobald sie sich aufeinander konzentrierten. Wahrscheinlich waren sie zu lange umeinander herumgeschlichen. Das Interesse war zu Sehnsucht geworden und die Sehnsucht zu Begehren. Sobald sie sich berühren würden, käme es zur Explosion.

Willow atmete schwerer. Sie vergaß die Welt um sich herum.

Plötzlich legte sich ein Schatten über sie.

Schwindelerregend hohe Stöckelschuhe stolzierten am Swimmingpool vorbei. Die langen nackten Beine wurden kaum von dem Minirock bedeckt, so kurz war er. Das Weiß der Kochjacke blendete in der Sonne.

Willow hätte schreien können, ob der neuen Störung.

Miranda schenkte ihr ein verächtliches Naserümpfen, sodass sich Willow klein und dick vorkam. Verlegen drehte sie sich um und drückte ihren flachen Busen gegen die Poolwand, um ihn zu verstecken.

Ihre ehemalige Komplizin dagegen streckte ihr üppiges Dekolleté nach vorne. Sie setzte Waffen ein, die Willow nicht besaß. Als sie sich hinhockte und das Tablett mit dem Fruchtsaftglas auf den Boden vor dem Einstieg stellte, rutschte ihr Rock noch höher.

Willow riss den Mund auf, brachte jedoch keinen Ton heraus. Miranda trug keinen Slip! Ungeniert präsentierte sie Dale ihren rasierten Schoß, nicht mit gespreizten Schenkeln, sondern elegant, aber dennoch vulgär.

Willow fühlte sich kaltgestellt. Gegen diese dreiste Anmache kam sie nicht an. Sie drohte zu einem Häufchen Elend zu werden; zu schwach, nicht abgebrüht genug und auf dem besten Weg, Dale an sie zu verlieren.

„Sie sind sicherlich durstig, Mr Henderson. Ich kann Ihnen Ihre Wünsche von den Augen ablesen." Lasziv saugte Miranda die Unterlippe ein und schaute ihn verheißungsvoll an. „Orangensaft, ich habe ihn selbst für Sie ausgepresst."

Mit deinen Schamlippen? frotzelte Willow heimlich. *Schlampe!*

Sie kochte vor Wut über so viel Dreistigkeit. Aber Miranda erreichte damit ihr Ziel, denn sie gewann Dales Aufmerksamkeit. Wie gebannt schaute er zu ihr hinüber. Er drehte von Willow ab und schwamm langsam zu seiner Köchin.

Willow war den Tränen nahe. Was sollte sie nur machen? Sie konnte doch nicht zulassen, dass Miranda ihr Dale so kurz vor dem langersehnten Moment wegschnappte. Aber hatte sie ihn nicht längst verloren?

Willow war hin und her gerissen. Sollte sie sich die Wäsche vom Leib reißen, um zu kämpfen, oder, bevor die Situation noch peinlicher wurde, die Arena verlassen, um im Gästehaus zu heulen?

Sie musste sich entscheiden.

Bevor Miranda den Fisch, den sie an der Angel hatte, aus dem Wasser zog und ihr vor der Nase wegschnappte.

Jetzt. Sofort!

Dale empfand eine fast kindliche Freude daran, die Eifersucht auf Willows Gesicht wachsen zu sehen. Aber sein schlechtes Gewissen hinderte ihn daran, die Situation vollkommen auszukosten.

Er nickte der kessen Köchin zu. „Danke, Libby."

„Libby?" Missbilligend schnaubte Willow neben ihm.

Er unterdrückte sein Schmunzeln nicht, aber er schenkte es Liberty-Rose, um Willows Eifersucht noch ein wenig länger auszukosten. Noch vor Kurzem hatte er geglaubt, keine Frau würde sich jemals wieder für ihn interessieren. Nun buhlten gleich zwei um seine Aufmerksamkeit, wobei nur eine es ernst meinte. Es war ja nicht so, als ob seine Verzweiflung ihn blind machen würde.

Sein Schwanz war hart, aber er zeigte eindeutig in eine bestimmte Richtung.

Unter anderen Umständen hätte er Libby getadelt, weil sie nur ein einziges Kaltgetränk gebracht hatte, obwohl er einen Gast hatte. Doch er freute sich darauf, mit Willow aus einem Glas zu trinken, seine Lippen auf die Stelle zu pressen, an der noch ihr feuchter Mundabdruck zu erkennen war, und damit die Atmosphäre weiter aufzuheizen. Also nahm er das Glas schweigend entgegen.

Neben ihm versteifte sich Willow immer mehr. Ihre Miene verfinsterte sich. Entweder würde sie gleich vor Zorn platzen oder in Tränen ausbrechen. Weil er weder das eine noch das andere provozieren wollte, hörte er auf, mit Libby zu flirten. Er würde sie ohnehin nur mit einer Kneifzange anfassen. Frauen, die sich ihm schamlos anboten, reizten ihn nicht eine Sekunde lang. Sie waren billig! Er dagegen besaß Geschmack und bevorzugte das Besondere. In diesem Fall war das koboldhaft süß und gelockt.

Kühl wandte er sich von Liberty-Rose ab. „Danke, wir brauchen Sie hier nicht mehr."

„Aber …"

„Gehen Sie zurück in die Küche! Servieren zählt nicht zu Ihren Aufgaben. Wünsche ablesen auch nicht. Wenn ich etwas benötige, rufe ich nach der Hausdame." Wegen ihrer Freizügigkeit würde er ihr unter vier Augen eine Verwarnung erteilen. Sie schockierte ihn jedoch keineswegs. Schon früher hatten sich ihm die Frauen an den Hals geworfen. Nicht nur wegen seines Charmes, sondern vor allen Dingen wegen seines Reichtums. „Und stören Sie uns nicht noch einmal!"

Liberty-Rose rauschte ab.

Wieder zu zweit, drehte sich Willow mit dem Rücken zur Poolwand und legte die Arme rechts und links darauf ab, sodass sich ihr fester kleiner Busen hob und sich ihm auf köstliche Weise darbot. Sie rümpfte die Nase. „Wenn man mit dem Personal frühstückt, muss man sich nicht wundern, wenn es sich später zu viel herausnimmt."

„Hat sie gesagt, wir hätten das getan?" Er zog die Brauen hoch.

Mit zusammengepressten Kiefern nickte Willow.

„Heute Morgen habe ich einen Bagel in der Küche heruntergeschlungen, im Stehen an der Anrichte, weil ich dringend einen Freund in Seattle aufsuchen musste. Sie war anwesend, als ich aß, das war alles."

Vergeblich versuchte Willow, ihre Freude zu verbergen, Dale nahm sie trotzdem wahr. Ihre Augen strahlten, sie entspannte sich sichtlich, und ihre Miene war nicht länger verkniffen.

Er stichelte: „Dann ist das hier ein Fehler?"

„Wie bitte?"

„Du bist auch eine Angestellte. Wirst du mir morgen auf dem Kopf herumtanzen?"

„Du hast recht, es ist falsch Beruf- und Privatleben zu vermischen." Sie schwamm zum anderen Ende des Beckens.

Dale bekam Angst, sie könnte hinaussteigen und gehen. Verunsichert suchte er nach den passenden Worten. Wie konnte er jetzt noch die Kurve bekommen? Er war genau dort, wo er sein wollte. Sollte er ihr das so sagen? In diesem Moment kam er sich wie ein Junge vor, der vor seiner ersten großen Liebe stand, während seine Gedanken heillos durcheinanderschwirrten.

Zu seiner Überraschung suchte Willow jedoch keineswegs das Weite, sondern zog BH und Höschen aus. Schwungvoll warf sie beides auf den Rasen. Sie drehte sich herum, ohne ihre Blöße zu bedecken. „Bis die Sachen trocken sind und ich zurück an die Arbeit kann, muss ich allerdings im Wasser bleiben."

Sie schaffte das Kunststück, ihn gleichzeitig scheu und herausfordernd anzusehen. Das machte ihn fast wahnsinnig! Blut strömte verstärkt in seine Lenden. Ihr Augenaufschlag lockte ihn an. Nach wenigen schnellen Schwimmzügen war er bei ihr. Er streifte die Shorts ab und schleuderte sie ebenfalls aufs Gras. *Nicht so gierig!* „Auch das ist nur fair."

Das Wasser schaukelte seinen erigierten Penis, eine samtweiche Berührung. Er schaute Willow an, und sie ihn. Die Welt stand still. Falls man uns zum dritten Mal stört, werde ich zum Tier, dachte Dale.

Er hatte Willows Nacktheit als Einladung verstanden. Doch bevor er zu ihr hinüberschwimmen konnte, ergriff sie die Initiative. Sie kam auf ihn zu. Ihr Blick hypnotisierte ihn. Als sie vor ihm trieb, fielen Wassertropfen von ihren Locken. In diesem Moment hatte sie etwas Medusenhaftes an sich. Das reizte ihn nur noch mehr.

Sie drängte ihn gegen die Bande.

Die Oberfläche ließ ihn ihre Brüste nur verschwommen erkennen. Seine Hände kribbelten. Sie wollten Willow berühren – sie streicheln, kneten und zwicken, bis sie vor Erregung schrie. Doch er fühlte sich wie paralysiert und regte sich nicht, das war ihm noch nie passiert. Normalerweise war er Herr über jede Situation.

Willow hielt sich an seinen Hüften fest. Ohne ihn aus den Augen zu lassen, zog sie sich an ihn heran. Schnell bog er seinen Schaft hoch, sodass der zwischen ihren Körpern eingeklemmt war. Das Blut strömte vermehrt hinein, es pulsierte darin. Mehr als alles andere auf der Welt wollte er in dieser Sekunde in ihr sein, dort, wo es warm, feucht und geil war.

Ihr Mund presste sich auf den seinen, und er vermochte sich nur schwer davon abzuhalten, über sie herzufallen. Für gewöhnlich konnte er sich sehr gut kontrollieren, doch diese Frau machte ihn schwach. Eigentlich verabscheute er das. Schon sein Vater hatte ihn Stärke gelehrt. Aber Willow war die erste Frau, bei der er bereit war, Zugeständnisse zu machen. Daher ließ er zu, dass sie das Ruder übernahm, ohne ihr vorher die Anweisung dazu gegeben zu haben. Er überließ ihr die Führung, gab sich ihr hin, und dieser Kontrollverlust fühlte sich besser an als erwartet.

Willow zögerte nicht und hielt sich auch nicht zurück. Der Kuss war von Anfang an leidenschaftlich. Ihre Lippen massierten die seinen voller Verlangen. Immer wieder schnappte sie nach ihm, als wollte sie ihn fressen, um auf ewig mit ihm verbunden zu sein. Vielleicht bildete er sich das aber auch nur ein und es handelte sich in Wahrheit um seinen Wunsch. Denn er wollte mehr als nur mit ihr schlafen. Er begehrte nicht nur ihren Schoß, sondern die ganze Willow Archer.

Zärtlich knabberte sie an seinem Mundwinkel, bevor sie ihre Zunge zwischen seine Zähne schob. Geradezu lüstern ließ sie diese kreisen. Sein Glied zuckte. Er schlang die Arme um Willow und presste sie so fest an sich, dass sie keuchte, erst dann gab er ihr wieder mehr Spielraum. Es fiel ihm unglaublich schwer, sich zurückzuhalten. Wäre es nach seinem Schwanz gegangen, hätte er mit dem Knie ihre Schenkel gespreizt und wäre sofort in sie hineingestoßen. Doch dadurch wäre der Spaß zu schnell vorüber gewesen, daher hielt er sich zurück.

Plötzlich löste sich Willow von ihm, sie holte tief Luft und tauchte unter.

Durch das aufgewühlte Wasser konnte er kaum etwas erkennen. Daher erschrak er, als sich eine kleine Hand um seine Peniswurzel legte. Mit der anderen hielt sich Willow an seinem Bein fest.

Dale schnappte nach Luft. Bereit, sich auf ihr Spiel einzulassen und sich ihr hinzugeben, hielt er sich am Poolrand fest. Von einem einzigen Kuss auf die Eichel, bekam er eine Gänsehaut.

Willow fuhr mit den Lippen sacht seinen Schaft entlang. Auf und ab und wieder zurück, hin und her, sanft wie ein Pinsel. Ihre Behutsamkeit trieb Dale in den Wahnsinn. So soft, so weich, so geil! Er ahnte, dass er bald ein wimmerndes Häufchen Elend sein würde, wie sonst nur die Frauen unter seiner Führung, daher biss er energisch die Zähne zusammen.

Doch schon als Willows Hand von seinem Oberschenkel zu seinem Geschlecht glitt, zitterten ihm die Beine. Er legte den Kopf in den Nacken und seufzte. Während sie mit der einen Hand seinen Phallus massierte, knetete sie mit der anderen seine Hoden. Der köstliche Kitzel verwandelte sich in ein Glühen und das Glühen alsbald in ein sehnsüchtiges Brennen. All das Wasser um ihn herum vermochte die Glut nicht zu löschen. Es kostete ihn Kraft, keine Laute von sich zu geben, die eindeutig auf Sex zurückzuführen waren.

Willow tauchte kurz auf, holte Luft und schenkte Dale ein laszives Lächeln, bevor sie wieder unter der Oberfläche verschwand. Diese Frau war der Wahnsinn! So hingebungsvoll wie frech, so unsicher wie mutig und so unterwürfig wie kess. Sie überraschte ihn immer wieder aufs Neue.

Nun packte sie seinen Hodensack. Sie schloss die Faust darum, hielt sich daran fest, um unten bleiben zu können, und bereitete Dale dadurch gleichzeitig Lust. Erneut ließ sie die Lippen über seinen Schwanz wandern, diesmal allerdings wesentlich fester. Luftblasen, die aus ihrem Mund aufstiegen, kitzelten ihn.

Dale stöhnte jetzt doch wollüstig. Das Haus, seine Mutter und die Angestellten waren ihm völlig egal! Er fühlte sich, als hätte man eine riesige Glaskuppel über Willow und ihn gestülpt. Darunter staute sich die Hitze. Die Lust schirmte sie von der Außenwelt ab. Es gab nur sie und ihn und diese unwiderstehliche Anziehungskraft.

Mit den Lippen schob Willow die Vorhaut an der Wurzel zurück. Vorsichtig schabte sie mit den Zähnen über den vorderen Teil des Schwanzes. Dale erbebte. Lange würde er sich nicht mehr zurückhalten können. Doch er wollte das Ende noch hinauszögern, weil diese elektrisierende Erregung ihn berauschte und weil er endlich Willow nah war. Aber auch weil er Angst davor hatte, sie könnte es nach dem Orgasmus, wenn die Erregung verflog, bereuen und ihm nie wieder in die Augen sehen oder sogar kündigen und die Flucht ergreifen.

Sex konnte ein Band zwischen zwei Menschen stärken oder es durchtrennen.

Damit er nicht vorzeitig kam, zog er sie an den Schultern zu sich hoch. Sie durchstieß die Oberfläche, rang nach Luft und wischte sich das Wasser aus dem geröteten Gesicht. Er hatte genug davon, ihr die Führung zu überlassen. *Schluss damit!* Denn das widersprach seiner Natur.

Dale fühlte sich wie ein Urmensch, der seine Auserwählte an den Haaren in seine Höhle schleifte, als er den Arm um Willows Hals legte und sie auf dem Rücken liegend mit sich zog, während er sich am Poolrand entlanghangelte. An der Treppe, die flach ins Becken führte, drückte er sie auf die Stufen. Wie ein Raubtier kroch er über sie, damit sie erst gar nicht auf die Idee kam, sich zu erheben. Ab sofort war sie der Spielball seiner Lust.

Willow hatte anscheinend gar nicht die Absicht, erneut die Initiative zu ergreifen. Erwartungsvoll schaute sie zu ihm auf. Ihre Hände hielten sich an einem der Tritte fest.

Mit der ganzen Länge seiner Zunge leckte er über ihren Busen. Er fing die Tropfen auf, die an der Seite hinabrannen. Lasziv züngelte er über die Warzenhöfe. Er stieß mit der Zungenspitze die Brustwarzen an und nahm nebenbei wahr, wie Willow sich unter ihm genussvoll wand.

Voller Vorfreude formten seine Lippen eine kreisrunde Öffnung. Durch diese saugte Dale einen Nippel in seinen Mund ein, bis Willow gequält stöhnte, dann ließ er von ihr ab und widmete sich dem anderen Nippel. Ihr Körper sandte Wärme aus, doch ihre Haut war kühl vom Nass. Ihre Brustspitzen wurden immer härter.

Es machte ihn heiß, Macht über Willow zu besitzen. Er konnte ihr Lust oder Schmerz oder beides zugleich bereiten. Über Jahre hatte er seine Fertigkeiten trainiert und verfeinert, er hatte gelernt, die Empfindungen einer Geliebten zu lesen, und Willow war ein offenes Buch für ihn. Sie war bereit, willig, devot und bis zu einem gewissen Grad auch masochistisch veranlagt. Wo ihre Grenzen lagen, wusste er allerdings nicht, denn sie kannte sie ja selbst nicht einmal. Gemeinsam würden sie sie herausfinden und erweitern. Denn wenn es nach Dale ginge, war dies nur die erste Unterwerfung von vielen.

Er biss zu! Direkt neben die Brustwarze, nicht fest, aber doch fest genug, dass Willow aufschrie. Lachend, aber besorgt, man könnte sie unterbrechen, hielt er ihr den Mund zu. Sein Schwanz schmerzte vor Erregung, als er Willows Brüste mit Lustbissen traktierte. Artig ließ sie die Finger an der Stufe und gab sich seinem Willen hin. Während sie bei jedem Biss in seine Handfläche schrie, zuckte ihr Unterleib immer wieder hoch, als wollte er Dales Penis ködern.

Die Folter ihrer Nippel sparte er sich bis zum Schluss auf. Zärtlich ließ er sie seine Zähne spüren, übte, nachdem sie sich entkrampfte, mehr Druck aus und entlockte ihr ein gequältes Stöhnen nach dem anderen. Jedes davon ging in schwül-erotisches Seufzen über.

Er küsste ihren Busen, liebevoll und besänftigend. Die roten Bissspuren und die leuchtenden Brustwarzen waren wunderschön! Zeichen der Hingabe an seine Geliebte und seine Neigung.

Dale glitt tiefer, und Willows Atem beschleunigte sich. Vermutlich befürchtete sie, er könnte die Tortur dort unten fortsetzen. Sie hatte recht! Genau das war sein Plan. Doch er ließ sie noch etwas zappeln und schürte ihre Angst, indem er ihre Schenkel spreizte. Er nahm sich Zeit, ihre geschwollene Scham zu mustern. Feuchtigkeit quoll aus ihrer Möse und vermischte sich mit dem Wasser des Swimmingpools. So weiblich, dachte er. *So verletzlich!*

Willow wurde mit jeder Sekunde, die verstrich, unruhiger.

Als er endlich zubiss, bäumte sie sich auf, legte sich jedoch sofort wieder auf die Treppe. Er fixierte ihren Unterkörper, indem er die Hände an die Oberschenkel legte und Druck ausübte. Es erregte ihn sehr, sie zu beißen. Er ging niemals zu weit, schonte sie jedoch auch nicht.

Dale saugte ihre Klitoris ein und hielt sie mit den Zähnen fest. Behutsam zog er sie lang. Willow keuchte, versuchte instinktiv die Beine zu schließen, aber er hielt sie konsequent davon ab. Er war erst mit ihr fertig, wenn er genug hatte!

Dass das genau in ihrem Sinne war, erkannte er daran, dass sie ihren Unterleib kreisen ließ, zumindest so weit, wie er ihr das zugestand. Ein inbrünstiges Stöhnen entfloh ihrer Kehle, als er an ihrem Kitzler nagte und gleichzeitig darüber leckte.

Willow war genau nach seinem Geschmack. Er konnte keine Sekunde länger warten.

Rasch kroch er über sie. Mit einem kraftvollen Stoß drang er in sie ein. Ihre Mitte nahm seinen Penis schmatzend auf. Willow war so bereit für ihn, wie eine Frau es nur sein konnte. Ihre Möse umschlang seinen Schwanz mit heißer Nässe. Ihre Muskeln dort unten pressten sich gierig um ihn.

Er war schon zu geil, um langsam vorzugehen. Vom ersten Moment an nahm er Willow hart. Ihr schien das mehr als recht, denn ein Seufzer, der direkt aus ihrem Zwerchfell stammen musste, drang aus ihrer Kehle. Ihr Stöhnen dröhnte über den Rasen. Glücklicherweise schützten die höher gelegene Terrasse und die Markise über dem Pool sie vor neugierigen Blicken. Allerdings liefen sie Gefahr, vom Gärtner oder einem der Wachmänner entdeckt zu werden. Dieses Risiko heizte Dales Erregung nur noch mehr an.

Damit man Willow nicht bis in die Mansion hörte, hielt Dale ihr amüsiert den Mund zu. *Mein vor Lust triefender Kobold!*

Während er Willow fickte, sah er auf sie hinunter, damit er jede Regung in ihrem Gesicht in sich aufsaugen konnte, und sie schaute zu ihm hinauf. Es war Balsam für seine Seele, dass sie nicht das Gesicht wegdrehte, weil sie sich vor seinen Narben ekelte.

Am liebsten vögelte er von hinten, denn das stellte für ihn beim normalen Liebesspiel die vollkommene Unterwerfung dar. Doch er hatte Willows Reaktion prüfen wollen. *Test bestanden!* Sie lächelte ihn glückselig an.

Die Chance auf eine Zukunft stand gut. Er stieß noch härter zu.

Um ihr seine Macht zu demonstrieren, legte er die Hände an ihren Hals. Ohne mit dem Fick aufzuhören, ließ er sie seine Kraft spüren. Der Druck war nicht stark, Dale würgte sie nicht ernsthaft, aber sie sollte dennoch eine Beengung und Bedrohung durch ihn spüren.

Erschrocken umfasste Willow seine Arme, doch sie wehrte sich nicht. Stattdessen schaute sie ihn nur an, ein wenig ängstlich, die Wangen erhitzt und die Lippen leicht geöffnet, und grübelte wohl darüber nach, wie weit er gehen würde.

Nach einer Weile entspannte sie sich. Sie legte den Kopf in den Nacken und bot ihm sogar ihre Kehle an. *Was für eine Frau! Meine Frau.*

Mit schnellen harten Stößen brachte er sie dem Orgasmus näher. Das Wasser plätscherte gegen die Stufen und schwappte über Willows bebenden Körper hinweg. Sie zitterte unter ihm, sie verdrehte die verklärten Augen und atmete tief ein. Dem Höhepunkt nahe, hielt sie die Luft an. Erbarmungslos drang er weiterhin in sie ein. Er hielt seine eigene Lust zurück. Seine Lenden zuckten wie von selbst immer wieder nach vorne und versenkten den Schaft in dieser nassen Öffnung, die wie für ihn geschaffen war. Sein Schwanz schien unter Strom zu stehen. Er war prall, heiß und bereit, aus vollem Rohr zu schießen.

Willow gab einen merkwürdigen Laut von sich, halb Stöhnen und halb Schrei. Ihr Blick war fiebrig, ihre Haut mit roten Flecken übersät. Als der Höhepunkt sie erfasste, zappelte sie unter Dale wie ein Fisch auf dem Trockenen.

Noch immer vögelte er sie. Er liebte diesen Moment, wenn die Frau längst gekommen war und er weiterhin gnadenlos in sie eindrang, bis er ihr auch den letzten Tropfen Geilheit abgerungen hatte. Das Lustspiel war erst vorüber, wenn er das bestimmte!

Winselnd bat Willow um Mitleid. Sie setzte an, etwas zu sagen, bekam aber keine Silbe heraus. Dale erregte sich an ihrer Hilflosigkeit und daran, dass die Geilheit ihr die Sinne raubte. Aber er tat es nicht nur, weil es ihn anmachte und ihr bewies, dass er die Kontrolle hatte, sondern er machte ihr damit das Maximum an Lust zum Geschenk.

Dale kam. Er brüllte seinen Triumph hinaus. Einige Male schaukelten seine Lenden noch. Schließlich sackte er erschöpft über Willow zusammen. Er stützte sich auf den Ellbogen ab, sodass sein Gewicht sie nicht belastete, und schmiegte sich an sie. Haut auf Haut. Geschlecht an Geschlecht. Er spürte ihr pochendes Herz. Ihr Atem blies in sein Ohr. Sein erschlafftes Glied lag noch in ihr. Er wollte es nicht herausziehen.

Als Willow die Arme um ihn schlang, war die Welt für ihn in diesem Moment perfekt.

29. KAPITEL

So schmutzigen Sex habe ich beim ersten Mal mit einem Mann noch nie gehabt, dachte Willow am Abend verwundert. Dale war ihr so vertraut vorgekommen. Zeigte das nicht, dass sie zusammengehören könnten?

Wenn du nicht eine Diebin wärst, die ihn hintergehen und bestehlen will, sagte ihre innere Stimme mit spitzer Zunge.

Ach, halt die Klappe!

Nach dem Koitus im Swimmingpool war sie bis ins Mark befriedigt gewesen, doch jetzt, am Abend, vibrierte ihr Körper durch die Erinnerung schon wieder vor Lust. *Auf Dale!*

Sie hatte nicht erwartet, dass er romantisch veranlagt war. Doch da hatte sie sich offenbar geirrt. Den ganzen Tag hatten sie zusammen verbracht. Zum Lunch hatte er ein spontanes Picknick im hinteren Teil des Gartens, wo niemand sie beobachten konnte, arrangiert. Auf einer großen Decke hatten sie gesessen, sich gegenseitig mit Essen gefüttert und Champagnerküsse ausgetauscht. Arm in Arm waren sie eingenickt und hatten fast den gesamten Nachmittag verschlafen.

Das Eis war gebrochen. Etwas, das niemals hätte passieren dürfen und sich dennoch so gut anfühlte.

Berauscht von der unerwarteten Wendung dieses Tages setzte sich Willow im Bademantel auf die Veranda des Gästehauses. Der Freund, mit dem Dale am Morgen verabredet gewesen war, hatte angerufen, was sie zum Anlass genommen hatte, sich zu verabschieden.

Willow winkelte die Beine an, stellte die Füße auf den Korbsessel und schlang die Arme um ihre nackten Knie. Die Dunkelheit hatte keine Kälte mitgebracht, es war immer noch angenehm mild.

In Gedanken ging sie noch einmal die Unterhaltung mit Dale beim Dinner auf der Terrasse durch.

„Wie geht es der Köchin?"

„Libby?" Dale schmunzelte.

„Die interessiert mich nicht die Bohne!" Willow knuffte ihn in die Seite. „Martha natürlich."

„Sie ist aus dem Krankenhaus entlassen worden. Ich habe sie gestern zu Hause besucht."

„Gute Neuigkeiten! Wird sie zurückkehren?"

„Einige Zeit muss sie noch kürzertreten. Sie kann es jedoch jetzt schon kaum mehr erwarten, wiederzukommen. Wir sind wie eine zweite Familie für sie."

Willow unterdrückte ein zufriedenes Grinsen. Mirandas Zeit in der Henderson Mansion lief ab. Endlich! Sie ließ den Blick über die Parkanlage schweifen und sinnierte, wie schön es doch wäre, hier zu leben. *Wenn dieser Augenblick doch nur ewig dauern würde.* „Traf das auf Millicent auch zu?"

Überrascht runzelte er die Stirn. Dann schmunzelte er, weil er wohl glaubte, sie wäre eifersüchtig, dabei ging es Willow um den Leichenfund. „Sie hat sich hier nie sonderlich behaglich gefühlt."

„Wie kann man sich hier unwohl fühlen?"

„Meine Freundinnen hatten es bei meiner Mutter immer schwer. So sind Mütter eben. Kein Partner ist ihnen gut genug."

Willow hatte diese Erfahrung nie gemacht. Ihre Mutter hatte sich stets mehr um ihren diebischen Ehemann als um ihre Tochter kümmern müssen. „Hast du noch Kontakt zu Millicent?"

„Sie hat vor einem Monat Louis St. Williams, einen Finanzmanager, geheiratet und ist nach San Franzisco gezogen."

Nicht weit genug weg, an die Ostküste wäre mir lieber gewesen, frotzelte Willow. Doch sie unterdrückte die Bemerkung.

„Perfektes Konto, perfekter Leumund", er rümpfte die Nase, „perfektes Aussehen."

Sie nahm seine Hand. „Perfektion liegt immer im Auge des Betrachters. Du bist genau richtig – für mich!"

Daraufhin war Dale mit feuchten Augen vor ihr auf die Knie gesunken und hatte sein Gesicht in ihrem Schoß vergraben. Sie hatte an seinen Haaren gerochen, seinen Duft tief in sich aufgenommen und das erste Mal seit einer Ewigkeit so etwas wie Zugehörigkeitsgefühl empfunden.

Inzwischen hatte sie die neue Information im Internet überprüft. Sie stimmte, Millicent lebte noch. Wer war also die Leiche im Müllsack, fragte Willow sich nun, allein in der Dunkelheit vor ihrem Domizil. Nur eine Kerze spendete ihr Licht. Die gemütliche Atmosphäre brachte sie in eine träumerische Stimmung. Der Sonntag war zu schön gewesen, um düsteren Gedanken nachzuhängen.

Sie spähte in den finsteren Garten hinaus und sah sich in ihrer Fantasie wieder auf der Picknickdecke liegen. Dale legte sich auf den Rücken neben sie. Mit diesem attraktiven wölfischen Lächeln, das jedes Mal aufs Neue ein Kribbeln zwischen ihren Schenkeln erzeugte, zog er sie in seine Arme. Sie legte sich auf ihn, worauf er sie sogleich gierig küsste und streichelte, überall, ohne auch nur eine Sekunde von ihr abzulassen.

Plötzlich waren sie nackt.

Finger vergruben sich in Willows Locken. Sachte wurde ihr Kopf in den Nacken gezogen. Ein zweiter Mund verteilte Küsse auf ihrem Hals und ihrer Wange, eine weitere Hand liebkoste sie. Eine harte Wölbung schmiegte sich an ihre Kehrseite. Zwei Knie stießen zwischen ihre Beine, eins von unten und eins von oben, und drängten ihre Schenkel auseinander.

„Du gehörst mir!", sagte Dale bestimmend, bevor er seinen erigierten Schaft in sie einführte.

Savage hinter ihr flüsterte besitzergreifend in ihr Ohr: „Ich teile nicht!" Geschmeidig drang er in ihre enge Öffnung ein.

Beide Männer bewegten sich behutsam in ihr. Im selben Rhythmus glitten sie vor und zurück. Die Schwänze in ihr stießen sie zunehmend kraftvoller, und es fühlte sich an, als würden sie aneinander reiben. Die doppelte Penetration machte Willow völlig fertig!

„Warum stöhnst du?", fragte eine Männerstimme amüsiert direkt neben dem Korbsessel.

Willow erschrak. Sie setzte sich aufrecht hin, schloss den Bademantel, der aufgegangen war, und verbarg hastig die Feuchtigkeit zwischen ihren Schenkeln. „Ich habe nicht gestöhnt."

„Doch, hast du." Die Balaclava umrahmte Savages Grinsen pechschwarz, wodurch sein Lächeln noch süffisanter aussah. „Schöne Träume gehabt?"

„Ich habe nicht ...", setzte sie erneut an, brach aber ab, da ihr vor Beschämung brennendes Gesicht sie längst entlarvt hatte. Allerdings würde sie eher sterben, als ihm zu verraten, dass sie von einem erotischen Sandwich mit ihm und Dale Henderson fantasiert hatte. Sie klang barsch: „Was willst du?"

„Ich dachte, du würdest dich freuen, mich wiederzusehen."

„Du hast mich erschreckt." Da er auf sie zukam, stand sie auf. Sie wusste selbst nicht genau, warum. Vielleicht lag es an der Beutegier in seinem Blick oder dem Raubtiergang.

Savage zog sie an ihrem Bademantel an sich. Er schaute ihr tief in die Augen. Sein Mund näherte sich ihrem.

Verlangen und schlechtes Gewissen rangen in ihr. Ihr Körper sehnte sich nach Händen, die sie niederdrückten, nach einem Mund, der nicht nur leidenschaftlich küsste, sondern sie auch mit Bissen einer süßen Folter unterzog, und einem harten Schwanz, der sie unbarmherzig vögelte. Doch so heiß Savage auch war, heute wünschte sie sich in Dales Arme zurück.

Darum drehte sie ihr Gesicht weg. Sie bereute es sogleich, und dennoch hielt sie es für die richtige Entscheidung. „Ich bin müde."

Er ließ sie los. „Entschuldige. Nach unserer Session im Keller dachte ich, wir würden uns nahestehen."

„Wie können wir das? Ich kenne nicht einmal dein Gesicht." Außerdem konnte sie unmöglich am Morgen mit dem einen Mann schlafen und am Abend mit einem anderen.

„Auch wenn ich dir wie eine Statue aus schwarzem Marmor vorkomme – glatt, konturlos und kühl –, ich habe Gefühle. Es steckt ein Mensch aus Fleisch und Blut unter der Maske."

„Warum ziehst du sie dann nicht aus und zeigst dich mir?"

„Weil du mich hassen würdest", sagte er, ohne zu zögern. „Und das könnte ich nicht ertragen."

So viel Ehrlichkeit überraschte Willow. Sie nahm ihm sein Geständnis ab, denn er schaute sie an wie ein geprügelter Hund.

Diese Verletzlichkeit nahm sie das erste Mal an ihm wahr. Sie berührte Willow. Aus einem Impuls heraus, umarmte sie Savage. Sie schmiegte den Kopf an seinen Brustkorb und fühlte sich so geborgen wie nach der Session im Keller, die sie für immer verbinden würde.

Seine Handflächen strichen unentwegt über ihren Rücken. Er küsste ihre Haare, ihre Ohrmuschel und ihre Stirn. Als sie zu ihm aufblickte, flüsterte er: „Ich bin nicht gekommen, um dich zu verführen. Nicht heute. Aber ich werde es wieder tun, es sei denn, du gibst mir klipp und klar zu verstehen, dass du dich mir nicht mehr unterwerfen möchtest. Ich werde dich auf keinen Fall zwingen."

Sie schenkte ihm ein dankbares Lächeln, das dennoch ein Versprechen enthielt. Gleichzeitig fühlte sie sich mies, denn sie hinterging den einen Mann mit dem anderen. Normalerweise brach sie Gesetze, aber keine Herzen.

Das war ihm anscheinend Antwort genug. „Ich habe Neuigkeiten über die Leiche im Müllsack."

Abrupt wurde Willow ernst. Ihr drehte sich der Magen um. Sie versteifte sich. „Hast du herausgefunden, wer das war?"

Er schüttelte den Kopf. „Mein Freund …"

„Der Mediziner?", warf sie argwöhnisch ein und versuchte ihm dadurch mehr über den geheimnisvollen Kontakt zu entlocken.

Doch Savage nickte nur. „Er hat seinerseits einen Freund gebeten, ihm zu helfen, einen Pathologen. Dieser stellte bisher fest, dass es sich bei den sterblichen Überresten um eine Frau handelte."

„Das hatten wir schon vermutet." Sie prustete, um ihm zu zeigen, was sie von seinen tollen Beziehungen hielt.

„Sie war mittleren Alters, hat nie gebärt und war afrikanischer Abstammung." Er zog ein Blatt Briefpapier hervor, das offenbar als Notizzettel hatte herhalten müssen. Doch um die weiteren Infos des Pathologen ablesen zu können, musste er das Blatt so halten, dass das Licht vom Angestelltenparkplatz hinter ihm darauf fiel. Es wurde leicht durchscheinend, sodass Willow den Namen „Reed“ in der Kopfzeile erkennen konnte.

Eine Afrikanerin! Ein Ruck ging durch Willow hindurch. Sie biss sich auf die Unterlippe und schmeckte Blut.

„Das konnte er anhand ihres Beckens und ihrer Kopfform deuten. Weitere Untersuchungsergebnisse stehen aus.“

„Die Schönheit auf dem Gemälde!“ Mit den Striemen auf dem Rücken und der geschwollenen Mitte. Willow schaute zum Gästehaus, als könnte sie durch die Wände auf das Bild vor der Geheimtür in der Abstellkammer sehen.

Amasone!

Tot im Garten der Hendersons.

Es fühlte sich für Willow an, als hätte sie plötzlich einen Stein statt eines Herzens in der Brust. Sie erschauerte und bekam eine Gänsehaut. Sie war der Lustsklavin aus dem Tagebuch, das sie begierig verschlungen hatte, die ganze Zeit über nahe gewesen.

Fassungslos verabschiedete sie sich von Savage. Sie hörte nicht mehr, was er sagte, riss sich los, als er sie festhielt, und stammelte eine Entschuldigung.

Dale spukte in ihren Gedanken herum. Er nahm so viel Raum ein, dass für Savage kein Platz mehr blieb.

Hatte Dale mit *Amasone* eine 24/7-Liason geführt? Hatte er sie getötet und vergraben? Um sie dann wieder auszugraben und endgültig loszuwerden, nachdem eine neue Frau in seinem Leben aufgetaucht war?

Fieberhaft grübelte Willow darüber nach, ob sie Dale erzählt hatte, dass sie sich für Pflanzen, Blumen und Sträucher interessierte. *Hast du? Denk doch nach!* Vielleicht hatte er Angst bekommen, dass sich ihre Pflanzenliebe nicht nur auf Bücher beschränkte, sondern sie tatsächlich irgendwann zum Spaten griff, um Hand an den Henderson Park zu legen. Eines Tages wäre sie dadurch unweigerlich auf den Leichnam gestoßen.

Inzwischen war ihr speiübel. Wie ein Geist bewegte sie sich vorwärts. Sie musste sich von Dale fernhalten, bis sie geklärt hatte, ob ihre schlimmsten Befürchtungen stimmten. Doch das schien ihr unmöglich!

Plötzlich sagte eine Männerstimme: „Du bist das faule Ei gewesen!“

Erschrocken flog Willow herum.

Ein Unbekannter, der trotz der angenehmen Temperaturen eine schwarze Lederjacke trug, kam drohend auf sie zu. „Das sagt sie immer. Aber wenn ich das hier sehe, denk ich eher, du machst dir ’nen faulen Lenz.“

„Wer sind Sie?“ Ihr Puls beschleunigte sich.

„Hab alles auf den Kopf gestellt und nix gefunden.“ Mit dem Schlagring an der einen Hand und dem Schlagstock in der anderen, machte er eine ausladende Geste.

Willow atmete auf. Das Tagebuch war sicher. Aber was zum Henker wollte dieser Kerl von ihr? Aus dem Augenwinkel heraus sah sie sich nach einer Waffe um. *Nichts.*

„Du genießt nur das verfickte Luxusleben, was? Willst dir ’nen Knacker mit reichlich Zaster angeln und noch vor dreißig in Rente gehen.“

„Verschwinden Sie oder ich rufe die Security!“, sagte sie laut und bestimmt.

„Dann werde ich denen erzählen, dass du Schlampe die Hendersons nur ausspionierst, um sie zu beklauen.“

Die Wahrheit bohrte sich wie ein Messer in ihre Eingeweide. Jetzt erst wurde sie sich bewusst, wie sehr sie es genossen hatte, eine Frau mit einem normalen Job in einem Umfeld zu sein, das nichts von ihrer Vergangenheit wusste.

Widerwillig holte sie die alte Willow hervor: „Noch einen Schritt näher und ich reiß dir deine Eier ab! Wer zur Hölle bist du, Wichser?“

„Nenn mich Roy." Der Fremde deutete eine Verbeugung an, als wäre er ein Magier, der seine Zaubershow ankündigte. „Das ist mein Künstlername."

Am liebsten wäre sie weggelaufen, doch sie traute sich nicht, sich zu bewegen, denn dadurch hätte sie die Jagd eröffnet. Verächtlich rümpfte sie die Nase. „Welche Kunst?"

„Andere auszunehmen, zu blenden und abzuzocken." Er zeigte ihr seine Zähne, deren weiße Farbe genauso falsch war wie sein Lächeln.

Willow glaubte ihm, denn unwillkürlich erinnerte sie Roy an Rodney Alcala, einen der berühmtesten Psychopathen und Serienkiller Amerikas. Braun gebrannt, helle Strähnen in den dunklen Haaren, die ihm bis über die Ohren reichten, und volle Lippen. An ihr jedoch prallte der Reiz dieses „Kens" ab.

„Du bist das faule Ei gewesen. Das sagt sie immer", hatte er sie begrüßt.

Plötzlich ahnte Willow, wer die Barbie an seiner Seite war. „Miranda schickt dich, habe ich recht?" *Um mich einzuschüchtern.*

„Sie meinte, sie wäre der Kopf eurer kleinen Diebesbande gewesen. Aber so doof, wie sie behauptet hat, biste doch nicht, Charlaine."

Sie würde diesen Deppen nicht darüber aufklären, dass zwei Personen noch keine Bande ausmachten. „Pass auf, was du von dir gibst!" Ihre Stimme klang fest und verbarg ihre Angst. Fieberhaft suchte Willow nach einem Ausweg aus dieser Situation, ihr fiel jedoch keiner ein.

„Du bist schon ewig hier und hast nichts rausbekommen. Mira wäre das nich' passiert. Sie hätte die Klunker der alten Fettel längst gefunden." Mit dem Ärmel wischte er sich über die Nase. „Und den Code für den Safe von Fratzenfresse auch."

„Oder sich verraten, weil sie wieder zu gierig war. Wäre nicht das erste Mal."

„Ich bin ihr neuer Partner. Wir haben eure alte Masche auf reiche, einsame Witwen erweitert." Er grinste stolz, als hätte er gerade den Pulitzerpreis erhalten. „Aber jetzt wollen wir erst einmal einen Anteil von deinem Coup!"

Sie schnaubte. „Du meinst wohl Schweigegeld."

„Mir egal, Hauptsache, du zahlst uns aus." Als er auf sie zeigte, bemerkte sie den Stahl an seinen Fingern. Der Anblick schraubte ihre Furcht weiter hoch. „Also los", fuhr Roy fort. „Kohle her. Dann sind wir weg wie nix."

Das würden sie nicht. Wie Schmeißfliegen würden sie an ihr kleben, solange Willow bei Dale angestellt war. Wahrscheinlich sogar noch darüber hinaus, denn Miss Ice lechzte nach Vergeltung, das war so sicher wie das Amen in der Kirche. Wenn Miranda sich verarscht fühlte, wollte sie Blut sehen. „Ich werde einen Teufel tun. Hau ab! Ich sage es nicht noch einmal."

„Wie willst du deinem Hengst die blauen Flecken erklären?" Roy ballte die Hand mit dem Schlagring. „Die aufgeplatzte Haut, die ausgeschlagenen Zähne, die gebrochene Nase ..."

„Kriegst du mit der Masche wohlhabende Witwen rum?" Ihr Scherz klang lahm. Sie zitterte und schlang die Arme um den Körper. Ihre Hilflosigkeit manifestierte sich in einem fast schmerzhaften Ziehen in der Magengrube.

Plötzlich sprang Roy auf sie zu. Die Faust schnellte vor. „Bamm!", schrie er und stoppte kurz vor ihrem Gesicht.

Willow kreischte. Erschrocken taumelte sie rückwärts. Doch dann stieß sie gegen ein Hindernis und fiel nach hinten. Sanfter als erwartet landete sie auf dem Ohrensessel. Sie war über die Armlehne gefallen. Ihr Bademantel glitt auf.

Er lachte gehässig über seine Scheinattacke. „Ich würde dich ja besteigen, Charly, aber Mira ist sehr besitzergreifend."

Ja, das ist sie. Darum akzeptierte sie auch nicht, dass ihre ehemalige Partnerin eigene Wege ging. Rasch schloss Willow den Frotteestoff. Drohend beugte sich Roy über sie. Sie wollte ihm seine Visage zerkratzen, damit er endlich aufhörte, so überheblich zu grienen, wollte ihm in den Schritt treten, sodass er winselnd zu Boden ging, doch sie tat nichts dergleichen. Er stand so dicht vor ihr, dass sie die Beine nicht heben konnte, außerdem standen ihre Chancen nicht gerade gut: Fingernägel gegen Schlagring, es war unschwer zu erraten, wer gewinnen würde.

Ihr blieb nur eine Möglichkeit. Flucht.

Just als sie sich zur Seite rollen wollte, stützte Roy sich mit einer Hand auf der Armlehne hinter ihr ab. Nun war sie gefangen. Rechts das Rückenteil des Sessels, links sein Arm und vor ihr das Monster höchstpersönlich. Sie vermutete stark, dass er ebenso brutal wie schön war.

Seine Augen funkelten vor Vorfreude, ihr gleich wehzutun. Er weidete sich sichtlich an ihrer Furcht. Speichel sammelte sich in seinen Mundwinkeln, als wäre er tollwütig. Sein Grinsen wurde immer boshafter, verzerrter und erinnerte Willow an das des Jokers, dem Gegenspieler von Batman. Überheblichkeit verbunden mit Wahnsinn.

Roy zog die Faust zurück, bereit zuzuschlagen. Schützend hob Willow die Hände vors Gesicht und linste bebend darüber. Sie schwitzte Blut und Wasser.

Plötzlich legte sich ein Schatten über Roy. Schwarze Klauen packten ihn an den Schultern und rissen ihn grob zurück.

Savage schleuderte ihn zu Boden, doch Roy kam sofort wieder auf die Beine. Wutentbrannt startete er einen Angriff.

Doch der Maskierte ließ sich von der geballten Wut nicht einschüchtern. Seelenruhig wehrte er die Attacke mit einem Doppelkick auf den Oberkörper ab.

Mirandas Komplize flog nach hinten und prallte mit dem Rücken gegen die Wand. Keuchend krümmte er sich.

Drohend schritt Savage auf ihn zu.

Doch er hatte ihn anscheinend unterschätzt, denn Roy fing sich schnell wieder und rammte Savage den Stahlring in den Magen. Mit voller Wucht hieb er sodann den Schlagstock auf die Balaclava.

Der Mann mit der Maske fiel auf die Knie. Er gab ein Ächzen von sich. Im nächsten Moment rollte er sich zur Seite, gerade noch rechtzeitig.

Roys nächster Hieb traf den Wohnzimmerteppich.

Während er sich aufrichtete, war Savage schon wieder auf den Füßen. Scharf sog er die Luft durch die geschlossenen Zähne ein.

Er ist wirklich nicht aus Marmor, dachte Willow besorgt. Zum ersten Mal sah sie ihn als Mensch … als Freund an. Erneut schaute sie sich nach etwas um, das sie als Waffe benutzen konnte. Ihr Blick blieb an dem Kaminbesteck haften. Es befand sich jedoch am anderen Ende des Raums.

Zu spät! Aus dem Augenwinkel bemerkte sie, wie Roy auf sie zuraste. Wollte er sie niederschlagen? Oder als Schutzschild benutzen?

Doch er tat nichts dergleichen, sondern rannte an ihr vorüber. *Er flieht!*

Brüllend setzte Savage zur Verfolgung an.

Willow hatte eine Eingebung! Statt Roy ein Bein zu stellen, ihm die Blumenvase vom Sideboard über den Schädel zu hauen oder ihn mit einem Bodycheck zumindest auszubremsen, stellte sie sich ihrem Verbündeten in den Weg und hielt ihn so davon ab, Mirandas Partner hinterherzulaufen. „Nicht."

Fassungslos blieb Savage vor ihr stehen.

Sie legte die Hand auf seinen Brustkorb. „Tu das nicht."

„Warum nicht?" Verwirrt blinzelte er sie an. „Was ist los mit dir?"

„Er … er könnte dich verletzen."

„Wenn man austeilt, muss man auch einstecken können." Er schob sie zur Seite, doch sie hielt ihn fest. „Ich muss herausfinden, wer das ist und was er hier wollte."

Sie sah ihn flehend an. „Lass es gut sein."

Das Unverständnis stand ihm ins Gesicht geschrieben.

„Bitte", sagte sie sanft, denn Savage durfte Roy auf keinen Fall stellen. Sonst erzählte der Psychopath ihm womöglich noch all ihre Geheimnisse. Das durfte auf keinen Fall geschehen!

Denn Freunde hin, Dominus her – der Mann, der sich Savage nannte und sich weigerte, seine Maske abzunehmen, war in erster Linie eins: ihr Erpresser. *Das hätte ich beinahe vor lauter Zuneigung vergessen.*

Savage jedoch ignorierte ihr Flehen. Ungehalten riss er sich los und setzte Roy nach.

„Du hast mich doch vor ihm beschützt. Was willst du noch von ihm?“, rief sie ihm hinterher, aber er stürmte aus dem Gästehaus.

Willow fluchte laut und verzweifelt.

31. KAPITEL

Savage hatte Probleme, an Roy dranzubleiben. So spät an einem Sonntag waren die Straßen von Seattle recht leer. Es würde auffallen, wenn er mit seinem Motorrad allzu dicht an dem Typen klebte, also musste er sich immer wieder zurückfallen lassen. Dabei lief er jedoch Gefahr, ihn zu verlieren.

Als Roy endlich in die Straße zu einem Motel auf der anderen Seite der Stadt einbog, atmete Savage erleichtert auf. Er würde ihn zum Reden bringen, aber erst wollte er herausfinden, wo er lebte. Ein fester Wohnsitz wäre ihm lieber gewesen, aber auch dieser Ort verriet ihm einiges über den Unbekannten.

Wenn er hier nicht nur jemanden besuchte, musste er fremd in der Gegend sein. Entweder ein Auftrag hatte ihn in die *Emerald City* geführt oder er war ein Nomade, der immer dorthin zog, wo ein krummes Ding zu drehen war. Bestenfalls war Roy auf dem Weg, seiner Auftraggeberin Bericht zu erstatten. Was Savage sehr begrüßen würde. Denn er wollte mit dem Chef reden, nicht mit einem Angestellten. Und Roy hatte vorhin behauptet, eine gewisse Miranda hätte ihn geschickt.

Versteckt hinter einem mannshohen Werbeschild erfasste Savage, in welches Zimmer Roy eintrat. Er stellte seine Maschine ab und zog die Balaclava wieder auf, die er vor der Fahrt durch Seattle abgenommen hatte, um keine Aufmerksamkeit zu erregen. Auf den leisen Sohlen seiner Kung-Fu-Slipper schlich er zur Rückseite des Gebäudes.

Schade, wäre ja auch zu einfach gewesen, dachte er, denn er fand das Fenster zum Schlafbereich durch Jalousien verschlossen vor. Aber das neben dem WC stand offen. Es befand sich knapp über seinem Kopf und war im Grunde nur eine Luke. Er stellte sich darunter. Angespannt lauschte er. Er konnte gerade eben verstehen, worüber die Personen im Nachbarraum hitzig diskutierten.

„Du hast sie nicht zusammengeschlagen? Kannst du denn gar nichts richtig?“, blaffte eine Frau in bester Feldwebel-Manier.

Savage bemerkte überrascht, wie kaltblütig sie klang.
Die Stimme kam ihm bekannt vor. Aber er konnte sie nicht einordnen. „Du solltest doch ihre Visage zerstören."
„Dann hätte sie zu Fratzenfresse gepasst." Roy kicherte.
„Nein, du Schwachkopf. Er hätte Charlaine nicht mehr gewollt, denn hässliche Typen haben einen Drang dazu, sich mit Schönem zu schmücken. Außerdem hätte Henderson mit einem vorzeigbaren Fang allen Schandmäulern bewiesen, dass er trotz der Entstellung ein geiler Typ ist."
Savage runzelte die Stirn. Charlaine? Sie sprachen doch eindeutig von Willow.
„Keine Sorge. Deine Drohung ist bei Charly angekommen."
„Du solltest ein paar Narben hinterlassen – als Souvenir."
„Der Schreck sitzt auch so tief genug. Sie wird dir deinen Anteil rüberschieben, sobald sie Dale abgezockt hat."
Savage traute seinen Ohren nicht.
„Das ist nicht genug. Ich möchte, dass sie leidet! Mich verlässt man nicht einfach. Ich habe ihr dazu nicht die Erlaubnis gegeben. Wir haben schon als Kinder die Leute ausgenommen. Seitdem sind wir ein Team. Unsere Diebesmasche in den letzten Jahren war bombensicher. Das gibt man nicht von einem Tag auf den anderen auf." Die Frau redete sich in Rage. „*Mich* gibt man nicht auf!"
„Wir können das genauso gut durchziehen. Du nimmst einen Job in einer der Bonzenhütten an, findest heraus, was es zu klauen gibt, wo es sich befindet und wie man dran kommt", sagte Roy in einem Ton, als würde er es einem Kleinkind erklären. „Und ich steige nachts ein, sobald du den Sicherheitscode rausbekommen hast und den reichen Fatzke ablenken kannst."
„Du bist doch wie ein Elefant im Porzellanladen, nicht so geschmeidig wie Lockenköpfchen."
Meine süße Diebin ist eine professionelle Verbrecherin. Savage schüttelte fassungslos den Kopf.
Bisher hatte er gedacht, sie wäre eine normale Angestellte, die sich von dem Glanz der Henderson Mansion hatte verführen

lassen, zum Langfinger zu werden. Gelegenheit machte eben Diebe. Er war außerdem davon ausgegangen, dass die Abenteuerlust sie antrieb, darum suchte sie den ominösen Schatz und hatte sich darauf eingelassen, in der Erotik einen neuen bittersüßen Weg – mit ihm – einzuschlagen.

Doch nun erfuhr er, dass sie es faustdick hinter den Ohren hatte. Er war enttäuscht. Von einer Sekunde auf die andere hatte sie ihre Makellosigkeit verloren.

Gerade du *sprichst von Vollkommenheit?* Er lachte sich selbst aus und schämte sich gleichzeitig. Wer ohne Schuld ist, werfe den ersten Stein. Er war alles andere als fehlerfrei und ein verlogener Scheißkerl, der in seinem Leben nicht nur Willow hintergangen hatte.

„Ich bin dir nicht gut genug, oder?“, brüllte Roy so laut, dass die Wände erbebten. „Deine Charly werde ich dir nie ersetzen können, hab ich recht?“

„Du bist ein Schwächling.“ Herablassend und kühl. „Sie nicht.“

„Fick dich, Miranda! Mich wirst du nie wiedersehen.“ Die Tür des Motelzimmers wurde aufgerissen.

Flink wie ein Wiesel huschte Savage um das Gebäude herum. Aus dem Schutz der Dunkelheit heraus beobachtete er, wie Roy zu seinem Wagen stürmte.

Eine blonde Frau in Tanktop, Jeans und mit nackten Füßen zeigte sich im Eingang und schrie über den Parkplatz: „Fick dich selbst! Wer braucht schon einen Loser wie dich? Gleich den ersten Auftrag vermasselst du. Du bist zu nichts zu gebrauchen, Scheißkerl!“

Savages Augen weiteten sich. Endlich fiel der Groschen. Nun konnte er die Stimme zuordnen.

Liberty-Rose. Oder Miranda, wie sie allem Anschein nach wirklich hieß.

Er staunte nicht schlecht. Ausgerechnet sie! Willow, deren echter Name offenbar Charlaine war, schien sie zu hassen. Er war davon ausgegangen, dass der Kampf um den Hausherrn der

Grund für die Antipathie war, aber nun sah er die Rivalität der Frauen in einem anderen Licht.

Es ging nur darum, welche von ihnen Dale Henderson erleichtern konnte, bevor die andere es schaffte. Als hätte der nicht schon genug gelitten im letzten halben Jahr. *Armer reicher Kerl.* Man konnte fast meinen, die ganze Welt hätte sich gegen ihn verschworen.

Auf dem Weg nach Hause war Savage so aufgewühlt, dass er die ein oder andere rote Ampel überfuhr.

Was sollte er mit dem Wissen über „Willow Archer" anfangen? Es der Polizei zuspielen? Die Hendersons informieren? Oder sie auf ewig an sich binden? Wollte er das überhaupt noch, nach dem, was er gerade erfahren hatte?

Er packte den Lenker so fest, dass seine Knöchel weiß hervortraten.

32. KAPITEL

Mehrmals ging Willow zur Haustür und spähte hinaus, doch Savage kehrte in dieser Nacht nicht zurück zu ihr.

Sie versuchte zu schlafen, stand wieder auf und trank ein Glas Wasser. Unruhig streifte sie durch das Gästehaus. Erneut würde sie tagsüber todmüde sein. Lange konnte sie das nicht mehr aushalten. Nicht nur den Schlafmangel, sondern auch die Anspannung. Sie hatte Angst, all das zu verlieren, was sie zurzeit glücklich machte. Ihre feste Anstellung, mit Respekt behandelt zu werden, einen festen Platz zu haben, irgendwo hinzugehören und im Paradies zu wohnen. Aber vor allen Dingen Dale und auch Savage wollte sie nicht missen.

Das erste Mal seit Langem fühlte sie sich sicher. Ewig auf der Flucht vor dem letzten Opfer zu sein, befürchten zu müssen, erwischt zu werden, oder nach dem Verkauf der heißen Ware kein Zuhause mehr zu haben und keine Freunde.

An diesem Ort hatte sie ein warmes Nest gefunden. Sie wollte es nicht verlassen. Ihr Herz krampfte sich zusammen.

Was würde Savage mit der Wahrheit anfangen, wenn er sie erfuhr? Sein Wissen benutzen, um Willow auszuschalten? Das wäre die logische Konsequenz. Oder reichte seine Zuneigung zu ihr aus, um Stillschweigen zu bewahren?

Du hast ihn zurückgewiesen, bemerkte ihre ewig nörgelnde Seite. *Hast ihm gesagt, ihr könntet euch nie näherkommen, wenn er die Maske nicht abnimmt. Aber genau das hatte er nicht getan.*

Freundschaft sah anders aus! Freunde vertrauten sich und verbargen nicht ihre Identität voreinander. Aber das waren sie eindeutig nicht.

Die Ungewissheit, was als Nächstes geschehen würde, machte sie verrückt! Um sich abzulenken, stieg sie in den Keller hinab. Sie schritt durch die Räume, strich mit den Fingerspitzen über die Foltergeräte und setzte sich eine Weile an den Esstisch, während sie sich ausmalte, wie *Amasone* und *Meester* hier gelebt und gespielt hatten. Durch das Tagebuch fühlte sich Willow mit ihnen verbunden.

Sie durchsuchte die Möbel, hob den Wohnzimmerteppich an und schaute sogar in die Toilette, aber sie fand nur Staub. Niedergeschlagen verließ sie *Amasones* ehemaliges Refugium.

Als Willow an dem Rokoko-Sekretär im Vorraum vorbeikam, wäre sie beinahe weitergelaufen. Aus einer Eingebung heraus hielt sie in der letzten Sekunde doch noch an. Sie strich über das Emblem auf den Flügeltüren hinter sich und ließ ihren Blick über den Tisch schweifen. Vermutlich hatte darauf der Computer gestanden, auf den die Überwachungskameras die Aufzeichnungen übertrugen, dachte sie.

Seufzend nahm sie Platz. Sie öffnete die linke Schublade. Nichts. Die rechte war ebenso leer. Doch als sie sie wieder zuschieben wollte, klemmte sie. Willow bewegte sie vor und zurück, um sie loszubekommen, hörte jedoch auf, denn sie vernahm ein Rascheln. Ihre Neugier war geweckt, die Traurigkeit wie weggeblasen.

Geräuschvoll schob Willow den Stuhl weg. Sie ging in die Hocke und linste in die Lade. Es lagen einige Zettel darin. Der Stapel hatte sich beim Öffnen hochgeschoben und verkeilt.

Vorsichtig löste Willow das Papier und zog es heraus. Rote Schrift auf lilienweißem Untergrund, handgeschrieben und, wie sie herausfand, als sie bis zum Ende durchgeblättert hatte, mit blutigen Daumenabdrücken besiegelt.

Sklavenvertrag zwischen
dem Meister Henry Henderson
und der Sklavin Ayanda Mokoena

Willow blieb die Spucke weg. Sie setzte sich auf den Boden.

Amasone und *Meester*, das mussten sie sein! Henry hatte eine Geliebte gehabt. Eine Afrikanerin. Die Frau auf dem Gemälde, hinter der sich der Eingang zu dem Geheimraum verbarg. Eine Lustdienerin, die im Keller seines Gästehauses gewohnt hatte.

Hatte Vivian davon gewusst? Hatte sie es toleriert, weil sie ihrem Ehemann nicht das geben konnte, was er brauchte? Oder hatte Henry Ayanda vor ihr verheimlicht?

Erleichtert lachte Willow auf. Dale hatte sich nicht als Dominus entpuppt, der *Amasone* mit Haut und Haaren verfallen war, sondern sein Vater.

Eine Frage jedoch ließ das Lachen abrupt abbrechen. Wie war Ayanda, die stolze schwarze Schönheit und hingebungsvolle Sklavin zuerst unter die Petunien und dann in die Abfalltonne gekommen?

Willow nahm den Vertrag an sich. Sie drückte ihn an ihren Busen, während sie die Treppen hochlief, als würde sie den Liebesbrief eines Verehrers halten. Oben angekommen, versteckte sie den Vertrag dort, wo schon das Tagebuch lag.

Zufrieden, wenigstens eins der Geheimnisse um die Hendersons gelöst zu haben, fiel sie endlich in den Schlaf.

Aber beunruhigende Träume machten ihn wenig erholsam.

Liebesschwüre säuselnd legte Dale die Hände an ihren Hals, wie im Swimmingpool. Der Druck auf Willows Kehle nahm zu. Sein verliebtes Grinsen wurde immer irrer. Er schien den Verstand zu verlieren.

Wie schon sein Vater, rief Vivian ihr zu, half ihr jedoch nicht, sondern warf ihrem Sohn Roys Schlagstock zu.

Gleichzeitig schlang Savage die Arme um Willows Taille und versuchte sie in Richtung Pranger zu zerren. Er wollte die zweite Session einläuten, weil er angeblich nichts und niemanden so sehr begehrte wie sie. Doch unter dem Strafwerkzeug lag ein Müllsack.

Schreiend wachte Willow auf.

Als sie am Morgen an dem ehemaligen Grab im Blumenbeet vorbeikam, ging sie langsamer, hielt jedoch nicht an.

Ayanda war *Amasone*. Nachdem Willow das nun wusste, war sie überzeugt, dass Henry sich bewusst für Panther-Petunien entschieden hatte. Die Sorte Black Velvet – schwarz, edel und außergewöhnlich – passte zu seiner Sklavin.

Wahrscheinlich hatte er Ayanda sogar selbst dort beerdigt. Dass er diesen letzten Schritt eine dritte Person hatte erledigen lassen, war schwer vorstellbar, denn das Band zwischen ihnen hätte enger nicht sein können. Offenbar hatte er sie bis über den Tod hinaus geliebt und wollte sie darum ewig in seiner Nähe haben.

Viel interessanter schien Willow jedoch die Frage, wer den Leichnam ausgebuddelt hatte. Immerhin war Henry tot. Wer wusste also noch von der heimlichen Liaison? Und warum hatte derjenige ausgerechnet jetzt die sterblichen Überreste von Ayanda vom Grundstück schaffen wollen?

Was hat sich im Hause Henderson geändert? fragte sie sich, als sie am Schwimmbecken entlang auf die Villa zuschlenderte. Savage war aufgetaucht, aber von ihm konnte niemand wissen. Miranda hatte Martha ersetzt. Und Willow war auf Tuchfühlung mit Dale gegangen. Es musste mit einem von ihnen zu tun haben.

Unauffällig fragte sie das Personal über die Frau auf dem Gemälde im Gästehaus aus, aber niemand schien Ayanda zu kennen oder auch nur gesehen zu haben. *Zu merkwürdig!* Sie blieb ein Phantom. Jemand musste die Sklavin doch versorgt haben, wenn Henry geschäftlich verreisen musste. Vivian? Unwahrscheinlich. Wer also dann?

„Martha!", schrie Willow voller Freude und eilte quer durch die Eingangshalle. Sie umarmte die Köchin zur Begrüßung. „Wie schön, dich zu sehen! Gut siehst du aus."

„Danke."

Sie duzten sich inzwischen. „Bist du zurück?"

„Noch nicht."

Willow zog einen Flunsch. Es würde noch etwas dauern, bis sie Miranda endgültig loswurde. Aber es konnte sich nur noch um wenige Tage handeln. Sosehr sie jedoch den Moment des Abschieds herbeisehnte, sosehr fürchtete sie, dass Miss Ice sich nicht geschlagen geben und still und leise abzischen würde. Ein Abgang mit Posaunen und Trompeten, das war eher ihr Stil.

„Ich bin gekommen, um meinen Einsatzplan mit Mrs Henderson zu besprechen. Sie möchte unbedingt eine langsame Wiedereingliederung, als wäre ich ein Jahr weg gewesen." Durch ihr Lachen traten die Falten auf ihrem Gesicht stärker hervor. „Von mir aus könnte ich morgen anfangen. Meine Freundin geht mir auf den Geist. Sie sucht zurzeit einen Job, ist nörgelig und den ganzen Tag zu Hause."

„Deine …?" Willow biss sich auf die Lippen.

Die Altersflecken auf Marthas Handrücken stachen dunkler hervor, als wäre sie durch den brutalen Angriff rapide gealtert. „Wir sind seit sechsundzwanzig Jahren ein Paar."

„Wow!" *Ob ich jemals so lange mit einem Mann zusammen sein werde?* Willow wünschte es sich von Herzen. Mit einem aufrichtigen Mann wie Dale. Doch sie passte wohl eher zu Savage, einem Gauner. Sie seufzte.

„Ist alles in Ordnung mit dir? Du siehst blass aus."

„Ich konnte nicht schlafen. Darum bin ich durch das Gästehaus gestreift und habe ein Gemälde entdeckt." Willow legte kindliche Freude an den Tag, um ihre Absichten zu verschleiern und die Frage in ein naives Licht zu rücken. „Es ist riesig und zeigt eine wunderschöne Afrikanerin. Kennst du das Bild?"

Nervös strich Martha über ihre breiten Hüften. Sie blickte zu Vivians Trakt hinüber, aber die Hausherrin war noch nicht zu sehen.

„Es hängt im Abstellraum. Dabei muss es ein Vermögen gekostet haben und sollte im Wohnbereich ausgestellt sein."

„Wohl eher im Schlafzimmer." Martha biss sich auf die Unterlippe. „Ich muss jetzt los."

Willow horchte auf. Martha kannte das Bild. Aber traf das auch auf das Modell zu? „Aber Mrs Henderson ist noch nicht unten."

„Ich … ich sollte mal nach der Ersatzköchin gucken."

Dreist stellte sich Willow ihr in den Weg. „Du weißt, welches Kunstwerk ich meine, nicht wahr?"

Marthas Freundlichkeit bekam Kratzer. „Es hängt nicht umsonst hinter dem Wäscheschrank."

Ha! jauchzte Willow innerlich. *Endlich!* „Weißt du etwas darüber?"

„Nein."

Sie musste direkter fragen. „Wer hat es gemalt?"

„Keine Ahnung."

„Wer hat es in Auftrag gegeben?"

„Woher willst du wissen, dass es nicht in einer Kunstgalerie gekauft wurde?"

„Der Maler hat es nicht signiert."

„Was dir alles auffällt. Du solltest Detektivin werden."

Aber Willow hatte sich schon der anderen, der dunklen Seite verschrieben. *Nicht mehr lange.* „Wer ist die Frau auf dem Bild?"

„Woher soll ich das wissen? Irgendjemand halt." Marthas Teint jedoch wurde eine Nuance dunkler und strafte ihre Worte Lügen.

„Du kennst sie!"

Plötzlich trat Martha dicht an sie heran. Sie legte den Zeigefinger an die Lippen. „Schlafende Hunde sollte man nicht wecken. Merk dir das, Willow! Sonst könnten sie aufschrecken und sich in deinem schönen Gesicht verbeißen."

„Ist das Dale passiert?" Willows Stimme klang atemlos.

„Um Himmels willen, nein. Und jetzt hör auf zu bohren!"

„Ich werde Mrs Henderson …"

„Auf keinen Fall! Wag das ja nicht. Ich gebe dir einen guten Rat. Nimm ihn ernst. Sprich sie unter keinen Umständen auf …", sie wich Willows Blick aus, „… auf andere Frauen an. Sie ist eine eifersüchtige Person, selbst was ihre Söhne betrifft. Millicent hatte es nicht leicht mit ihr. Ich glaube sogar, dass sie wegen Mrs Henderson die Koffer gepackt hat, nicht weil Dale dieser Schicksalsschlag zugestoßen ist."

Die Auflösung des Rätsels um *Amasone* und *Meester*, Willow bekam eine Ahnung davon. Doch sie wollte alles erfahren, jedes kleinste, schmutzige Detail. Darum öffnete sie den Mund, um nachzuhaken, doch Martha sagte resolut: „Schluss! Ich will nie wieder etwas davon hören. Es ist nur das Gemälde einer Unbekannten, das längst hätte entsorgt werden sollen.“

Aufgebracht stapfte sie in Richtung Angestelltentrakt. Willow dagegen blieb erschüttert im Foyer stehen.

Entsorgt, hallte es in ihr wider, nicht verkauft.

In den Müll geworfen.

Wie die Leiche von Ayanda.

33. KAPITEL

„Schlagen Sie ruhig fester, Meester!"

In fast weinerlichem Ton sagtest du hinter mir: „Ich kann nicht."

„Fester! Ich brauche es." Ich sprach es wie einen Befehl aus, aber du hast mich weder geohrfeigt noch gerügt wie üblicherweise, sondern es überhört. Wie sollte ich ohne bittersüß zu leiden zum Orgasmus kommen? Ich wollte den schlechten Schmerz mit dem guten übertünchen, um wenigstens einige Augenblicke die schreckliche Wahrheit vergessen zu können. Hatte ich nicht eine Session lang Erleichterung verdient? Nur so konnte ich sie erlangen. „Bitte, ich flehe Sie an. Gewähren Sie mir Härte."

„Das reicht." Erneut wickelte sich die Peitsche von hinten um meinen Körper, und erneut glich die Berührung lediglich dem Streicheln mit Brennnesseln. Nicht genug!

Du wirst es hassen, dieses Geständnis am nächsten Morgen in meinem Tagebuch zu lesen, aber ich war in diesem Moment wahnsinnig enttäuscht von dir. Solltest du nicht stärker sein als ich? Du bist schließlich der geliebte Herrscher über meinen Körper, der König meiner Gedanken, der Gebieter meiner Gefühle und der Eigentümer meiner Seele.

Doch für mich geriet unsere 24/7-Beziehung bei der letzten Session ins Wanken.

Immer mehr hast du dich verändert: Du benutzt meinen Mund nicht mehr, pumpst den Analplug nur noch zur Hälfte auf, hast die Injektionsnadeln aus meinem Gefängnis entfernt, statt sie in meine Brüste zu stechen, und vögelst mich, als wäre ich ein rohes Ei.

Als wir uns in Johannesburg kennenlernten und kurze Zeit später im Wildreservat unsere Neigungen offenlegten, hast du mir versichert, grausam zu sein. Darum war ich gleich Feuer und Flamme, nicht wegen deines guten Aus-

sehens. Bei einem Dominus kommt es auf die Fertigkeiten an, nicht auf Schönheit. Du hast jedoch beides besessen. Inzwischen leidet dein Einsatz unter dem Ausblick auf die Zukunft. Das ist nicht fair mir gegenüber!

Deine Dominanz bröckelt und ich sehe nicht mehr den Sadisten vor mir, sondern nur noch Sorgenfalten und feuchte Augen. Was bringt mir das? Eine halbherzige Unterwerfung und nur noch mehr Kummer. Da hätte ich auch bei meinem Ehemann bleiben können.

Bitte, verstehe mich nicht falsch. Ich liebe dich immer noch. Aber wenn du mir nicht geben kannst, was ich brauche, verschlimmerst du alles nur. Bis zur letzten Konsequenz, bis zum letzten Atemzug, so lautete unser Credo. Ich möchte die uns verbleibende Zeit mit Sex verbringen, nicht mit Weinen. Kein Abschieds-, sondern Lustschmerz.

Sei grob zu mir, brutal und barbarisch! Benutze, missbrauche und vergewaltige mich! Mein einziger Sinn ist es, ein Ventil für deine Geilheit zu sein. Wenn du mir das nimmst, raubst du mir meine Existenz. Wozu lohnt es sich dann noch, zu essen, zu trinken und die Prozedur über mich ergehen zu lassen?

Um dich zur Weißglut zu bringen und den Teufel, den ich begehre, in dir zu entfachen, habe ich dich in diesem Eintrag geduzt, obwohl mir das als Sklavin nicht zusteht. Bitte, bestrafe mich dafür. Gnadenlos!

Denn wenn ich nach meinen Haaren auch noch deine Härte verliere, bleibt mir nichts mehr, für das es sich zu kämpfen lohnt.

Der letzte Eintrag in *Amasones* Tagebuch schockierte Willow. Hatte sie im letzten Kapitel noch befürchtet, *Meester* könnte seinen Sadismus nicht mehr unter Kontrolle und über die Stränge geschlagen haben, so erfuhr sie nun, dass er in *Amasones* Augen nicht weit genug gegangen war. Etwas Düsteres breitete sich in der Sklavin aus. Eine dunkle Wolke hing über den Liebenden. Bald würde es auf sie niederregnen, und der Regen würde so ätzend sein, dass er das Fleisch von Ayandas Knochen wusch.

Willow erschauderte, nicht nur wegen Ayanda, für die sie allein aufgrund der niedergeschriebenen Erlebnisse freundschaftliche Gefühle hegte. Sondern auch, weil sie sich vorstellte, wie Säure von Dales Ohr über die Wange bis hinab zum Hals geflossen war und Zerstörung, Verzweiflung und Schmerz hinterlassen hatte.

Die Mittagspause war vorüber. Sie steckte das Tagebuch, das sie im Sonnenschein am Swimmingpool gelesen hatte, in ihre Umhängetasche. Inzwischen trug sie es immer bei sich, genauso wie den Sklavenvertrag. Zum einen befürchtete sie, Savage könnte das Gästehaus durchsuchen, da er ihr wegen Henrys ominösem Schatz nicht traute. *Dabei gibt es von diesem vermaledeiten Ding nicht den Hauch einer Spur.* Zum anderen war es so sicher wie das Amen in der Kirche, dass Miranda Willows Mietwohnung in der Stadt auf den Kopf stellen würde, um herauszufinden, ob ihre ehemalige Partnerin bereits Diebesgut beiseitegeschafft hatte.

In der Villa war es ungewöhnlich ruhig. Die Angestellten aßen gemeinsam im Aufenthaltsraum, Dale hatte sich zu einer Videokonferenz mit Vertriebspartnern aus Europa zurückgezogen und seiner Mutter war Willow den ganzen Vormittag noch nicht über den Weg gelaufen. *Wahrscheinlich ist sie weggefahren.*

Willow witterte ihre Chance. Sie hatte Vivians Wohntrakt bisher nur zu einem Bruchteil ausspioniert. Zahlreiche Zimmer fehlten ihr noch. Beim ersten Mal war sie auf *Amasones* Aufzeichnungen gestoßen. Möglicherweise würde sie weitere Hinweise auf Ayanda finden. Darauf, wie sie unter die schwarzen Petunien gekommen war. Ob Vivian von der SM-Kellerwohnung gewusst hatte. Und wer die Leiche von Henrys Lustsklavin vom Grundstück hatte schaffen wollen.

Du sollst an deinen Auftrag denken! ermahnte sie sich.

Gary saß ihr im Nacken. Er übte zunehmend Druck auf sie aus. Seit einigen Tagen schickte er ihr zwanzig SMS am Tag, lungerte nachts vor ihrem Apartment in Seattle herum und rief sie neuerdings sogar in ihrem Büro in der Henderson Mansion an. Obwohl sie ihn für einen Hanswurst hielt – ein Weichei und einen Verlierer –, traute sie ihm durchaus zu, vor Mutlosigkeit grob zu werden. Was hatte er sonst noch? Nichts. Die Aussicht auf den plötzlichen Reichtum durch den Diebstahl an seiner eigenen Familie schien seine letzte Hoffnung zu sein, nicht in der Gosse zu landen. Er drohte abzurutschen. Willow war sein rettender Anker, doch bisher konnte sie ihm nichts liefern, und sie wollte das auch gar nicht mehr. Ob sie ihm einfach den kostbaren Edelstein, die Besitzurkunde einer Diamantenmine, oder was auch immer es war, aushändigen sollte, um Dale freizukaufen? *Erst einmal finden.*

Unauffällig schlenderte sie zu der Treppe, die in Vivians Wohnbereich führte. Sie schaute sich ein letztes Mal verstohlen um. Mit flinken Füßen lief sie die Stufen hoch, ließ ihren Blick durch die Eingangshalle schweifen und, da sie noch immer alleine war, trat in den Korridor ein.

Zahlreiche Zimmer zweigten von dort aus ab. Wo sollte sie mit der Suche anfangen? Immerhin war auch hier alles ruhig.

Die meisten Türen waren geschlossen, einige wenige standen offen. Auf leisen Sohlen ging Willow vorwärts. Sie spähte hier hinein und linste dort hinein, unsicher, wo sie mit ihrer Suche anfangen sollte.

Plötzlich nahm sie eine Bewegung in einem der Räume wahr. Sie stoppte abrupt. Ein tiefer Seufzer aus dem Zimmer vor ihr ließ sie zum Treppenhaus herumfahren. Sie war doch nicht allein in diesem Flügel. *Mist! Nur weg hier.*

Doch die Traurigkeit, die in dem Laut gelegen hatte, hielt sie zurück. Getrieben von Neugier und der Tatsache, dass sie jemanden, der in Not war, nicht seinem Schicksal überlassen konnte, schlich sie näher an den Türspalt heran. Durch diesen erkannte sie ein Badezimmer aus dunklem Marmor.

Wie eine Trauerweide lehnte Vivian Henderson über dem Waschbecken. Durch ihr schwarzes Kostüm verschmolz sie fast mit dem Hintergrund. Hätte sie nicht abermals gestöhnt, hätte man sie glatt übersehen können. Doch auch Willow konnte nur mit Mühe ein erschrecktes Stöhnen unterdrücken bei dem Anblick, der sich ihr nun bot. Eine Frau, die von einer unsichtbaren Last niedergedrückt wurde, die den Kampf verloren oder aufgegeben hatte und am Ende war.

Einzig Vivians blasses Gesicht bot einen Kontrast. Und in diesem stachen die geröteten Augen hervor. Ihre Wangen waren feucht. In einer Hand hielt sie ein volles Tablettenröhrchen, in der anderen den Deckel. Achtlos ließ sie diesen auf den Boden fallen. Das passte so gar nicht zu der akkuraten, superkorrekten Vivian. Langsam, als besäße sie kaum noch Kraft, hob sie den Arm. Sie öffnete den Mund.

Erschrocken riss Willow die Tür auf. Sie stürmte ins Bad. Holte aus. Und schlug auf das Handgelenk der lebensmüden Frau neben ihr. Das Röhrchen krachte ins Becken, es bekam einen Riss. Die Tabletten fielen heraus. Sie rollten in den Ausguss, und als würde das noch nicht reichen, spülte Willow nach. *Bye, Bye. Auf Nimmerwiedersehen.*

Sie hatte das Schlimmste abgewendet. Erleichterung empfand sie jedoch nicht. Für den Moment war Vivian gerettet. Aber das, was sie zu diesem schrecklichen Schritt bewogen hatte, war noch nicht bereinigt. Es würde weitere Möglichkeiten geben. Und dann war womöglich niemand da, um Vivian vor sich selbst zu schützen.

„Was haben Sie getan?", wimmerte die ältere Frau immer wieder. „Oh mein Gott! Was haben Sie getan?"

Willow vergaß einen Moment, dass sie nur eine Angestellte war, und schüttelte die Hausherrin heftig an den Schultern. „Die Frage müsste wohl eher lauten: Was ist in Sie gefahren?" *Sind Sie noch ganz bei Trost?* Immerhin das verkniff sie sich.

„Das waren die letzten."

„Gut", sagte Willow trocken.

„Sie verstehen das nicht. Mein Doktor wird mir keine mehr besorgen. Die hier, die hat er mir verschrieben, aber sie sind zu lasch, viel zu lasch."

Willow runzelte die Stirn. Besorgen, verschreiben – wo war da der Unterschied? Das klang ja fast so, als hätte ihr Arzt sie Vivian illegal beschafft. Sie stutzte. Plötzlich erinnerte sie sich an ein Gespräch, das sie belauscht hatte.

„Beschaff mir das Zeug, oder ich mach dich fertig!"

„Du drohst mir, Vivian?" Eine Männerstimme. „So schlimm ist es schon mit dir?"

„Ich habe hier das Sagen, das vergisst du offenbar."

„Die Mansion ist kein Gefängnis. Ich kann gehen, wann immer ich will, Viv."

„Du irrst dich. Ich habe dich in der Hand. Es ist ja nicht das erste Mal. Wenn ich die Polizei auf deine Spur brächte, würden sie bestimmt …"

„Lass die Cops aus dem Spiel!"

„Dann sei artig. Bitte."

„Das sind keine sauren Drops, die du so oft konsumieren kannst, wie du magst, sondern die regelmäßige Einnahme einer solch hohen Dosis hat schlimme Konsequenzen."

„Das ist meine Medizin."

„Du hattest deine Abhängigkeit doch überwunden, Vivian. Was ist geschehen?"

„Das Böse ist in mein Haus zurückgekehrt."

„Wirkungsloses Zeug", fuhr Vivian fort und schaute sich wirr um. „Zu harmlos, nutzlos, zu schwach. Ich brauche mein altes Medikament. Aber das darf er nur seinen stationären Patienten geben. Aber ich gehe nicht in die Klinik. Ich bin eine Henderson!"

Willow nahm das Röhrchen aus dem Waschbecken und las. Offenbar war Dales Mutter tatsächlich drogenabhängig, aber nicht so, wie sie zuerst gedacht hatte. „Wozu brauchen Sie die Psychopharmaka überhaupt?"

„Das sind nur Beruhigungstabletten", spielte Vivian das Medikament herunter. „Laufen Sie weg, bevor es zu spät ist."

Verstohlen blickte Willow zum Flur. „Warum? Was ist los?"

Vivian trat dicht an sie heran und dämpfte ihre Stimme. „Dieses Haus ist verflucht."

Willow bekam eine Gänsehaut. Waren das nur die Worte einer geistig verwirrten Frau, oder war da etwas dran? Ayanda war vor geschätzten anderthalb Jahren auf noch ungeklärte Weise hier verstorben, Henry hatte vor einem Jahr einen Herzinfarkt gehabt, Gary aß nicht länger von goldenen, sondern von Papptellern, und Dale war vor sechs Monaten durch den Säureangriff auf ewig entstellt worden. Es ging eindeutig bergab mit den Hendersons.

Plötzlich wandte sich Vivian ab. Sie öffnete den Wasserhahn, nahm die Seife und schrubbte sich die Hände, als hätte sie etwas besonders Ekeliges angefasst, wie eine Leiche zum Beispiel. In auffällig gut gelauntem Tonfall, der so gar nicht zu ihrer verhärteten Mimik passte, sagte sie nasal: „Die neuen Pillen wirken nicht. Daher wollte ich nur die Dosis erhöhen. Mehr nicht."

Willow verkniff sich einen Kommentar. Sie würde mit Dale über den desolaten psychischen Zustand seiner Mutter sprechen. Oder, da er noch in der Videokonferenz festhing, sofort den Arzt anrufen, der Vivian die Tabletten besorgt hatte, teilweise legal, teilweise illegal. Er musste sofort vorbeikommen!

Um herauszufinden, wer das war, schaute sie auf das Röhrchen, das sie immer noch festhielt. Unter dem Namen des Medikaments stand die Adresse einer Praxis, die offenbar an eine private psychiatrische Einrichtung angegliedert war. Sie gehörte Sebastian Reed, einem Psychologen.

Willow traf fast der Schlag.

34. KAPITEL

Dr. Reed war der Mediziner, dem Savage den Leichnam aus dem Müll übergeben hatte, damit er ihn von einem befreundeten Pathologen untersuchen ließ.

Was zur Hölle verbindet Vivian Henderson und den Maskierten? Willow konnte sich keinen Reim darauf machen.

Bis jetzt hatte sie gedacht, der Maskenmann wäre ein Einbrecher, der die Hendersons ebenso erleichtern wollte wie sie. *Vergangenheitsform!* Zumindest in Bezug auf sie selbst. Sie war immer noch neugierig, was der Schatz wirklich war, doch sie wollte Dale nicht mehr bestehlen. Garys Auftrag nahm längst nur noch eine Alibifunktion ein, damit sie länger bei seinem Bruder bleiben konnte.

Savage, Vivian und Dr. Reed. Sosehr sich Willow auch bemühte, sie erfasste den gemeinsamen Nenner nicht. Eine Verbindung zwischen den dreien schien ihr völlig abwegig. An Zufälle glaubte sie jedoch nicht.

Plötzlich kam ihr ein schrecklicher Gedanke. Ein Arzt kam nicht nur leicht an starke Medikamente – sondern auch an ätzende Laugen.

Steckte etwa der Psychiater hinter dem Säureangriff auf Dale? Hatte er damit Vivian treffen wollen, weil sie ihm vielleicht schon vorher gedroht hatte, ihn an die Polizei zu verraten? Oder war doch ihr Sohn das Ziel gewesen und Dr. Reed hatte ihr damit einen Denkzettel verpassen wollen, eine Warnung?

Als er eintraf und Willow ihn zu Vivian brachte, betrachtete sie ihn eingehend. Mit seinem akkuraten Haarschnitt, dem gestärkten Hemdkragen und den polierten Lederschuhen wirkte er nicht, als würde er sich selbst die Hände schmutzig machen.

Aber möglicherweise hatte er Savage dazu engagiert. Besaß er Kontakte in kriminellen Kreisen? Oder kannten sie sich aus der Klinik, war er sein Patient?

Die Vorstellung, ihr Dominus könnte ebenso in psychiatrischer Behandlung sein wie Vivian, machte Willow Angst. Aber sie konnte sich das nicht vorstellen, denn er wirkte so gefestigt. Ein letzter Zweifel blieb jedoch.

Dummerweise schickte Dr. Reed sie hinaus. Somit hatte sie keine Gelegenheit, ihm unauffällig auf den Zahn zu fühlen. Bis sie bei Vivian nachbohren konnte, würde einige Zeit ins Land ziehen. Es hätte Willow schon gereicht, die beiden erneut zu belauschen, aber Dale kam besorgt herangerauscht. Sie erzählte ihm alles.

Statt in das Schlafzimmer, in das Willow Vivian gebracht hatte, zu stürzen, zeigte er Feingefühl und führte sie fort. „Ich werde mit ihm reden, sobald er herauskommt. Erst braucht sie seine Hilfe und dann ich einen Rat von ihm, wie ich mich Mom gegenüber verhalten soll."

„Was ist mit ihr los?", fragte Willow absichtlich naiv, während sie Seite an Seite die Treppe hinunterstiegen.

„Ihr Selbstwertgefühl hat genau solche Narben, wie ich sie im Gesicht trage. Schon als Teenager ist sie etwas fülliger gewesen und wurde gehänselt. Später nahm niemand meinem Vater ab, dass er sie aus Liebe geheiratet hatte. Er hätte schönere Frauen haben können, schlankere und jüngere. Aber Mom war acht Jahre älter als er und eher der mütterliche Typ."

Nicht grazil, bildschön und exotisch wie Ayanda, fügte Willow für sich hinzu. Vivian tat ihr mit einem Mal leid, obwohl sie nie ein gutes Verhältnis zueinander aufgebaut hatten. Dazu verhielt sich Dales Mutter oft zu ablehnend.

„Hat er sie wirklich geliebt?" Entschuldigend hob Willow die Hände. „Es steht mir nicht zu, das zu fragen. Es ist mir so rausgerutscht."

Zu ihrer Überraschung antwortete er: „Ich denke schon. Nicht so sehr, wie sie sich das gewünscht hat, doch er hat sie ins Herz geschlossen."

„Das klingt eher freundschaftlich."

„Sie hätten nicht zwei Söhne gezeugt, wenn nicht auch Liebe im Spiel gewesen wäre. Zwar keine feurige, aber dennoch Liebe."

„Verstehe." Offenbar hatte Henry seine leidenschaftliche Beziehung mit Ayanda genossen, während er das warme Nest mit Vivian geteilt hatte. Willow konnte sich nicht vorstellen, dass seine Ehefrau nicht von der Geliebten im Keller unter dem Gästehaus gewusst hatte. *Und andersherum.* Aber Vivian hatte sie toleriert, sonst wäre es zum Eklat gekommen, und Ayanda hätte darüber in ihrem Tagebuch geschrieben.

Auf den ersten Blick schien Henry der Hahn im Korb gewesen zu sein und von beiden Frauen nur das Beste für sich beansprucht zu haben. Aber Willow glaubte nicht, dass die Situation einfach für ihn gewesen war. Henry musste sich gefühlt haben, als würde er ständig zwischen zwei Parallelwelten hin und her gleiten. Belastend, stressig, ein Drahtseilakt. Er war keiner Frau vollkommen gerecht geworden. Unbefriedigend für alle drei.

Zwei von ihnen waren tot, und die dritte wäre ihnen heute beinahe ins Jenseits gefolgt.

Vivian, Reed, Savage.

Vivian, Henry, Ayanda.

Vivian war der einzige gemeinsame Nenner, den Willow erkennen konnte, doch das schien ihr abwegig. In Gedanken malte sie ein großes Fragezeichen hinter den Namen. Niemand in der Henderson Mansion schien das zu sein, was er vorgab. Dale war nicht so ruppig, wie er sich am Anfang gegeben hatte. Savage verband mehr mit der Familie als ein Einbruch. Und welches Geheimnis hütete Vivian?

Am Fuß der Treppe stellte sich Willow Dale in den Weg. Sie musste mehr über seine Mutter erfahren. Wenn die Köchin Ayanda gekannt hatte, traf das auch auf den Sohn des Hauses zu. Ihr Adrenalinpegel stieg an, sie atmete schneller. Sie guckte ihm in die Augen und setzte an, um ihn mit dem zu konfrontieren, was sie über seinen Vater herausgefunden hatte.

Doch sie kam nicht dazu.

„Sie feuern mich?" Aufgebracht stakste Miranda auf Dale zu. Sie blieb vor ihm stehen und reckte kämpferisch das Kinn.

„Martha ist zurück. Daher brauchen wir Ihre Dienste nicht mehr."

Sie ballte die Hände und machte den Eindruck, als wollte sie ihm die Fäuste in den Magen schlagen. „Die Alte wird nur stundenweise arbeiten. Alleine kann sie das nicht schaffen. Die müsste sowieso in Rente gehen, so langsam wie die ist."

Dales Miene verdunkelte ich. „Jacky wird ihr zur Hand gehen."

„Der Grünschnabel? Die Küche ist mein Revier!" Da Dale schwieg, lenkte Miranda halbwegs ein: „Martha kann meine Beiköchin werden."

„Sie haben nur einen Aushilfsvertrag. Dieser wurde gekündigt. Packen Sie Ihre Sachen, Liberty-Rose, und gehen Sie", sagte er scharf. „Jetzt!"

„Sofort? Sie wagen es, mich hochkant rauszuschmeißen?"

„Jeder bekommt das, was er verdient." Er schob Willow an ihr vorbei.

So streng hatte sie ihn nie sprechen hören.

Anklagend zeigte Miss Ice auf ihre Expartnerin. „Dann sollte diese Schlampe ins Kittchen wandern!"

Willow blieb fast das Herz stehen. Nun war er also gekommen, der Moment, in dem die Wahrheit herauskam und sie Dale für immer verlassen musste. Sie würde in Windeseile ihre Sachen zusammensuchen, aus Seattle fliehen und untertauchen müssen. Das war sie gewohnt. Doch zum ersten Mal würde sie etwas vermissen. Jemanden. Ihre Augen wurden feucht.

„Ihr Fickmädchen will Sie nur ausnehmen. Das ist der einzige Grund, warum Lockenköpfchen die Beine für Sie breit macht. Alles nur Scharade. Assistentin", Miranda schnaubte. „Dass ich nicht lache!"

„Reden Sie nicht so von ihr! Sie hat sich in dieser Stellung überraschend geschickt angestellt."

Überrascht weiteten sich Willows Augen. Er schien das Lob ernst zu meinen. „Habe ich?"

„Hat sie?", fragte Miranda fast zeitgleich, ebenso erstaunt.

Dale stellte sich zwischen die Frauen. „Ich möchte nicht mehr auf sie verzichten."

„Sie meinen wohl im Bett", sagte Miranda verächtlich. „Oder im Swimmingpool."

„Im Büro. An meiner Seite. Und nun nehmen Sie Ihre Gehässigkeit und zischen Sie ab. Und wagen Sie es nicht, Willow außerhalb der Villa zu belästigen! Ich werde davon erfahren und Sie zur Rechenschaft ziehen."

Willow lief ein heißkalter Schauer den Rücken hinab.

„Sie meinen wohl Charlaine." Miranda ließ die Bombe platzen, indem sie es auf den Punkt brachte. „Sie ist nicht die, die sie vorgibt zu sein. Charly hasst Männer wie Sie. Normalerweise fickt sie sie nur, um sie zu bestehlen."

Willow hielt die Luft an. Darum war sie unfähig, sich in das Gespräch einzuklinken und das Ruder herumzureißen. Es war sowieso zu spät. Sie sah ihre Felle davonschwimmen. Entsetzen lähmte sie. Innerlich weinte sie bittere Tränen, doch äußerlich war sie erstarrt.

„Ich bin aber nicht normal", knurrte Dale.

Mirandas Stimme klang schrill: „Sie ist eine kleine Diebin, mehr nicht."

Trocken entgegnete Dale: „Ich weiß. Genauso wie Sie, Miranda." Und nahm ihr damit die Luft aus den Segeln.

Miranda verstummte. Sie ließ die Schultern hängen. Plötzlich stand sie mit nichts da und wusste das. Ohne sie zu berühren, hatte Dale sie entwaffnet.

Er kennt unsere echten Namen! Willow wurde flau. Während sie auf einen Stuhl sank, stieß sie den angehaltenen Atem aus. Ihre Lungen brannten. Ihre Hände zitterten. Warum hatte er nicht längst die Cops geholt?

„Sie wissen es und … und lassen die da nicht verhaften?" Miranda rang nach Worten. „Und … und feuern sie auch nicht?"

„Ich habe meine Gründe, aber die gehen Sie nichts an." Er sprach gelassen, doch seine Kiefer mahlten.

„Sie sind verknallt in sie." Fassungslos keuchte Miranda. „Die Bitch hat das ja clever angestellt."

„Sie sollten ihr danken. Nur ihretwegen lasse ich Sie laufen." Drohend ging er auf sie zu. „Und wehe, Sie intrigieren weiterhin gegen sie! Ich habe meine Mittel und Wege, Sie aus dem Verkehr zu ziehen."

Ein dunkler Schatten legte sich über Dales Gesicht. Dadurch sahen seine Narben noch grässlicher aus. Er wirkte gefährlich. Wie eine personifizierte Drohung kam er auf sie zu.

Miranda wurde aschfahl. Mit angstvollem Blick floh sie rückwärts, knickte um und fing sich gerade noch rechtzeitig. Schützend hob sie die Hände hoch. Sie wandte sich ab und rannte aus der Mansion.

Die Gefahr war gebannt. Doch war sie das wirklich? Willow wagte nicht aufzuatmen. Sie war bereit, ein Geständnis abzulegen. „Ich heiße Charlaine ..."

„Für mich bist du Willow Archer." Dale sah sie nicht an. „Dabei sollten wir es belassen."

Wie betäubt nickte sie. Er hatte recht. Ihre wahre Identität würde nur Probleme bereiten. Es drängte sie auch nicht, wieder zu Charly zu werden, sondern sie wollte ihr altes Leben abstreifen, weil es ihr kalt vorkam. Ihr neues dagegen war hell und warm, nicht etwa wegen Dales Reichtum, sondern wegen Dale selbst.

Doch der spähte gebannt an ihr vorbei aus dem Fenster, als gäbe es dort etwas Hochinteressantes zu sehen. Gab es nicht. Der Parkplatz vor der Mansion war verwaist.

Das zeigte Willow, dass er sie zwar nicht wegschickte, ihr aber auch nicht verziehen hatte. *Es ist noch nicht vorbei!* Wahrscheinlich überlegte er, wie er mit der Situation umgehen sollte. Er mochte Mirandas Anschuldigungen zwar ignoriert haben. Aber jetzt war die falsche Identität zur Sprache gekommen, das zwang ihn zu einer Entscheidung. Konnte er Willow bei sich behalten, nachdem er wusste, dass sie ihn hintergangen hatte? Oder würde er sie am Ende doch fortjagen?

Ohne eine Erklärung für sein Verhalten, ging er los. Seine Miene wirkte versteinert, kühl und hart. Ablehnend. Hastig durchquerte er die Eingangshalle.

Sie lief ihm hinterher, wie eine liebeskranke Stalkerin. *Hast es nicht besser verdient.* „Wer hat es dir verraten?"

Er zögerte. „Ein Freund."

Zuerst hielt sie es für eine Ausrede, denn sie hatte stets aufgepasst. Niemand hatte sich an ihre Fersen geheftet. *An deine nicht, aber …* Roy tauchte in ihrer Erinnerung auf. Wie er sich im Gästehaus über sie gebeugt hatte, um sie mit dem Schlagring und dem Stock zu verprügeln. Doch sie war gerettet worden. Von dem Mann mit der Balaclava. Vor ihrem geistigen Auge sah sie ihn erneut hinter Mirandas Komplizen herrennen.

Savage! Dale konnte nur ihn meinen. Eine andere Möglichkeit gab es nicht.

Er musste Roy zu Miranda gefolgt sein und entweder sie belauscht oder die Wahrheit aus ihnen herausgequetscht haben. Außerdem war er der Einzige, der wusste, dass sie die Hendersons um einen „Schatz" erleichtern wollte.

Der gemeinsame Nenner, es ging immer nur darum, ihn zu finden. In diesem Fall deutete alles auf Savage hin. Aber wie konnte er Dales Freund sein?

Verwirrt blieb Willow mitten im Foyer stehen. Sie schaute Dale hinterher, der die Stufen zu den Büros hinaufeilte und verschwand, ohne sich nach ihr umzudrehen. *Ich habe ihn zutiefst verletzt, den einzigen Menschen, der mir wichtig ist.* Das tat ihr genauso weh wie Dale. Sie hatte große Angst, ihn zu verlieren.

Aber sie grübelte auch über den anderen Mann, der ihr etwas bedeutete, nach. Es pochte bereits unter den Schläfen, weil sie sich so sehr den Kopf darüber zermarterte, wer Savage wirklich war. Verband eine Freundschaft ihn mit Dale, oder arbeitete der Maskierte für den Unternehmer? So oder so, es blieb verwunderlich, dass er nachts getarnt durch dessen Haus schlich.

Der Schattenmann wurde immer mysteriöser.

Als er in dieser Nacht plötzlich auf dem Balkon ihres Apartments stand, wich sie vor ihm zurück. Hier hatte er sie noch nie aufgesucht. Warum ausgerechnet jetzt? Er verschmolz fast mit der Dunkelheit. Sichtlich irritiert, weil sie nicht sofort die Glastür öffnete, legte er die Handfläche an die Fensterscheibe.

„Mach schon auf", bat er lockend, und Willow musste daran denken, dass ein Vampir eine Wohnung nur betreten konnte, wenn man ihn freiwillig hereinließ.

Was sollte sie jetzt tun?

35. KAPITEL

Savage klopfte gegen die Scheibe, immer energischer, sodass sie die Balkontür entriegelte, bevor die Nachbarn die Polizei wegen Ruhestörung riefen oder ihrerseits auf den Balkon traten und den Maskierten entdeckten. Beides musste sie unter allen Umständen verhindern.

„Komm schon rein." Willow zog ihn am Arm in ihr Apartment, schloss die Tür hinter ihm und zog den Vorhang vor. Ihre Anspannung stieg. Sie konnte nicht leugnen, dass er immer noch ein starkes sexuelles Verlangen in ihr auslöste, doch er kam ihr fremder vor denn je. Der große Unbekannte. Ein Mann wie ein Schatten. Undurchsichtig und gefährlich.

„Warum hast du gezögert? Ich dachte, wir wären ..." Partner? Liebhaber? Was er meinte, ließ er offen.

„Was machst du hier?"

„Ich brannte darauf, dich zu sehen, dich zu halten, dich zu küssen."

Sie zog die Augenbrauen hoch. In seinem Blick lag Begehren, aber auch etwas anderes – etwas Ungesundes, Dunkles, Trauriges. Abschied? Verzweiflung? Willow trat auf ihn zu. Hatte sie ihn eben nicht hereinlassen wollen, so verspürte sie nun den Wunsch, ihre Hände in sein schwarzes T-Shirt zu krallen, um ihn festzuhalten. Der Kerl trieb sie in den Wahnsinn! Doch schon als er sie umarmen wollte, floh sie erneut vor ihm.

Verwirrt über ihr widersprüchliches Verhalten blinzelte er sie an. „Was ist los mit dir?"

Willow wusste selbst, dass sie sich wie ein Fähnchen im Wind drehte, aber auch sie war durcheinander. „Kennst du die Hendersons näher?"

„Du stellst komische Fragen."

„Bist du Dr. Reed?" Sie rieb ihre Oberarme, die Nacht war kalt.

Er prustete los. „Der zieht beim Sex sicherlich Latexhandschuhe an, so ein Saubermann ist er."

„Wenn er das Licht ist, bist du der Schatten." Aber war sie als Diebin nicht selbst eine Kreatur der Nacht? *Wer ohne Schuld ist, werfe den ersten Stein.*

Er schmunzelte. Seine Stimme klang rau: „Das findest du doch anziehend an mir."

„Es macht mir aber auch Sorgen."

„Ich sagte es dir schon einmal: Würde ich die Maske abnehmen, würden sich unsere Wege für immer trennen." Angst trat in seinen Blick. „Willst du das?"

Nein, das wollte sie trotz der neuen Wendung nicht. Aber sie wollte ebenso wenig in ständiger Ungewissheit leben. Darum feuerte sie weiter Behauptungen auf ihn ab, um ihn aus der Reserve zu locken. „Warst du in der Psychiatrie?"

„Was?" Savage versteifte sich.

„Hast du deinen Mediziner-Freund dort kennengelernt?"

Er zögerte. „Nein, zum Henker."

„Das nehme ich dir nicht ab!" *Nur raus hier!* Sie flog herum und wollte zum Ausgang rennen, doch Savage schlang die Arme um ihre Hüften.

Er hielt sie zurück. Mit sanfter Gewalt drehte er sie wieder um und schmiegte sich an ihre Vorderseite. „Ich bin kein Psychopath, falls es das ist, was du befürchtest."

„Aber du bist tatsächlich sein Patient, habe ich recht?", fragte sie und versuchte sich freizukämpfen.

„Ich war bei ihm in Behandlung. Doch die düsteren Zeiten sind vorüber, auch dank dir."

Sein flehender Ton erweichte sie. Sie wehrte sich nicht länger gegen ihn. Stattdessen suchte sie nach der Wahrheit in seinem Gesicht. Doch das war nicht einfach, wenn man nur Augen und Mundpartie sehen konnte.

„Ich hatte vor einem halben Jahr eine Krise. Die Gesprächstherapie – in seiner Praxis, nicht in der Klinik – hat mir geholfen, sie zu überwinden." Mit Nachdruck bekräftigte er: „Mir geht es wieder gut."

Nun kannte sie die Verbindung zwischen dem Maskierten

und dem Psychiater. Aber war das wirklich schon alles? „Warum warst du bei Dr. Reed?"

„Lass es gut sein, Willow." Er wirkte verletzlich. „Bitte."

„Ich muss es wissen."

„Nicht jetzt. Ich kann noch nicht mit dir darüber sprechen."

„War dein Problem so schlimm?"

„Schlimmer wäre es, dich zu verlieren." Savage drückte sie so voller Leidenschaft an sich, dass Willow verstummte. Er krallte sich förmlich an ihr fest.

Endlich glaubte sie ihm. Es war tatsächlich Verzweiflung, die er ausstrahlte, aber sie lag nicht nur in seinem Blick, sondern auch in seinen Worten und seiner Umarmung. Er befürchtete, sie würde ihn nie wiedersehen wollen. Nein, das war es nicht allein.

Der Abschied steht kurz bevor, das ist es.

Ihr Körper reagierte mit einer Heftigkeit auf diese plötzliche Erkenntnis, die Willow überraschte. Fest presste sie sich an ihn. Sie vergrub das Gesicht in der Mulde unter seinem Kinn und wünschte sich, sie könnte seine warme Haut überall spüren. Einige Sekunden lang atmete sie nicht, als würde das helfen, die Zeiger der Wohnzimmeruhr anzuhalten. Doch diese tickte erbarmungslos weiter.

Willows Zeit mit Savage lief ab.

Eigentlich hätte ich es wissen müssen. Freundschaft konnte man von einem Maskierten nicht erwarten, eine Beziehung erst recht nicht. Es gab keine Basis, wenn einer von beiden seine Identität geheim hielt und, da musste sie sich an die eigene Nase packen, der andere eine falsche benutzt. Aber sie war noch nicht bereit dazu, Adieu zu sagen.

Mach dich nicht lächerlich! Euch verbindet nur Sex. Entsprach das der Wahrheit? Ihr wurde schmerzlich bewusst, dass sie viel zu viel für ihn empfand. Sie wollte es nicht, konnte es jedoch auch nicht leugnen.

Dale stahl sich in ihre Gedanken. In ihn hatte sie sich verguckt. Ihre Gefühle für ihn waren so glasklar. Doch was fühlte sie für

Savage? Sie vermochte es nicht in Worte zu fassen, ihre Emotionen nahm sie nur verschwommen wahr. Abenteuerlust spielte eine Rolle und die Sehnsucht nach einem dominanten Liebhaber. Aber das war nicht alles. Hatte am Ende auch Savage ein Stück ihres Herzens erobert?

Liebevoll streichelte er ihren Rücken. Seine Hände glitten tiefer. Erst kreisten die Fingerspitzen über ihre Pobacken, dann griff er beherzt zu. Willow spürte Savages Erregung – das leichte Zittern des Oberkörpers, das Auf- und Abwogen des Brustkorbs und die Wölbung, die sich an ihrem Unterkörper rieb. Es kribbelte zwischen ihren Schenkeln.

„Ich will dich, ich brauche dich!" Zärtlich biss er in ihren Nacken. „Mehr als alles auf der Welt."

Ihr Mund war trocken. Willow brachte kein Wort heraus. Sie hatte ihn zwingen wollen, ihr die Wahrheit über sich zu erzählen, doch nun empfand sie zu große Angst davor, dass ihr Drängen das vorschnelle Aus für sie bedeuten könnte. Außerdem begehrte sie ihn ebenfalls. Es mochte das letzte Mal sein, dass er sie unterwarf. Vielleicht würde sie ihn danach niemals wiedersehen. Unter keinen Umständen wollte sie ihn davon abhalten, sie heute Nacht auf seine unnachahmliche Weise zu lieben.

Aber leicht machen wollte sie es ihm auch nicht, schließlich lüftete er das Geheimnis um seine Person immer noch nicht. Also gab sie die Widerspenstige und versuchte sich loszureißen. Halbherzig. Mehr als Teil des erotischen Rollenspiels als vor Trotz. Um ihn zu reizen und den strengen Meister hervorzulocken.

„Ich bettele nicht!", sagte er scharf. Lüstern drängte Savage sie gegen die Wand.

Wie er sprach, wie er sie ansah und wie er ihre Hände über dem Kopf festhielt, das alles machte sie so sehr an, dass sie die Beine spreizte, damit er seinen Oberschenkel auf ihre Scham pressen konnte. Atemlos fragte sie: „Wirst du mich zwingen?"

„Nein. Wenn du mir jetzt sagst, ich soll verschwinden, werde ich gehen. Bittest du mich jedoch zu bleiben", seine Augen funkelten gefährlich, „werde ich wie ein Tier über dich herfallen."

„Bleib", schoss es aus ihr heraus. In ihrer Stimme vernahm sie die gleiche Verzweiflung, die er ausstrahlte. Was immer da zwischen ihnen war, es sollte noch nicht vorbei sein, nicht heute Nacht.

Zu ihrer Überraschung wartete er. Die Art und Weise, wie er die linke Braue hob, wirkte herausfordernd und ließ ihre Alarmglocken schrillen.

Rasch fügte sie hinzu: „Bitte."

„Fehlt da nicht noch etwas?", grollte er.

Sie brauchte einen Moment, doch dann begriff sie und fügte devot hinzu: „Mein Herr."

Sein Schmunzeln konnte man nur als düster bezeichnen. Es strahlte nicht sonnenhell, sondern unheilschwanger wie das Höllenfeuer. Genau diese finstere Versuchung übte eine unheimliche Anziehungskraft auf Willow aus. Savage versprühte ebenjenen Charme, nach dem sie sich in ihren erotischen Fantasien gesehnt hatte und der sie in die Knie zwang. Sie schmolz dahin und rang die Zweifel nieder. Wenn jemand ihr gefährlich werden konnte, dann Savage! Denn er war genau die Bestie, von der sie immer geträumt hatte. Und er wusste es, das sah sie ihm an. Doch er schaute nicht nur triumphierend, sondern in seinem Blick lag eine Wärme, die nur eins bedeuten konnte: Er liebte sie.

Diese Erkenntnis traf Willow wie der Blitz. *Kann das wirklich sein? Es muss so sein!* Sie riss die Augen auf, lächelte und drängte sich enger an Savage, um ihn verlangend zu küssen. Doch er drehte sein Gesicht weg. Enttäuscht und peinlich berührt biss sie sich auf die Unterlippe. Hatte sie sich etwa getäuscht?

„Du vergisst deine Stellung, Sklavin!", rügte er sie, doch sein Blick war noch immer voller Begehren. „Dir steht es nicht zu, die Initiative zu ergreifen."

Natürlich nicht, sie begriff und war erleichtert. „Entschuldigen Sie, mein Herr.“ Etwas zu fröhlich.

Das merkte auch Savage. Er blinzelte sie so düster an, dass ihr lustvolle Schauer übergingen. „Das schreit nach einer Bestrafung.“

„Aber ich wollte doch nur meine Zuneigung zeigen.“ Ihr Ton war zu aufmüpfig, aber gesagt war gesagt.

Er kam mit dem Gesicht so dicht an ihres heran, dass sie seinen Atem spürte. Tief schaute er ihr in die Augen, er fesselte sie mit seinem Blick. „Eine Lustdienerin zeigt ihre Zuneigung, indem sie unterwürfig und folgsam ist. Diese Lektion werde ich unterstreichen.“

Womit, ließ er offen, doch Willow beschlich eine Ahnung.

Bevor sie länger darüber nachdenken konnte, zog Savage sie von der Wand fort. Er schob sie zur Couch. Im nächsten Moment lag Willow auch schon über der Armlehne. Mit einem festen Griff in den Nacken fixierte er sie. Als sie versuchte, sich gegen ihn zu stemmen, demonstrierte er ihr seine Kraft. Ihr Schoß antwortete mit einer Welle voll kribbelnder Lust.

Devot öffnete sie erneut ihre Beine, um ihm ihre Unterwürfigkeit und Bereitschaft zu signalisieren, aber er schob sie wieder zusammen. Grob zerrte er ihre Jeans herunter. *Ja!* schrie alles in ihr. Aber warum tat er nicht dasselbe mit ihrem Slip?

Statt ihn ihr auszuziehen, zog er ihn nach oben. Der Stoff glitt in ihre anschwellende Scham. Erschrocken sog Willow die Luft ein und stieß sie sogleich wieder aus, begleitet von einem Seufzen, da der leichte Druck ihre Erregung weiter erhöhte. Doch rasch wurde Schmerz daraus, ertragbar zwar, aber je länger die Bündchen in ihr weiches Fleisch schnitten, desto mehr tat es weh. Tapfer biss Willow die Zähne zusammen.

Erst nachdem Savage locker ließ und das Blut vermehrt in das Dreieck zwischen ihren Schenkeln strömte, merkte sie, dass auch diese Tortur ihre Geilheit nur noch mehr angefacht hatte.

Plötzlich riss er ihr das Höschen vom Leib.

Sie erschrak, versteifte sich und kicherte verlegen. *Stell dich nicht so an! Du bist eine erwachsene Frau und eine stolze Sklavin.* Ja, das war sie. Was als Experiment begonnen hatte, hatte sie zu ihrer Bestimmung in der Erotik geführt. Sie konnte sich nicht vorstellen, ihre Neigung nicht mehr ausleben zu können. Doch dazu brauchte sie Savage. *Mein Wilder, mein Dominus, mein dunkler Geliebter!* Sie konnte sich nicht vorstellen, einem anderen Herrn zu dienen.

Es machte ihr nichts aus, mit entblößtem Hintern vor ihm zu liegen – niedergestreckt, überwältigt und erlegt wie ein Reh. Sie schämte sich nicht ein bisschen, sondern alles war genauso wie in ihren Träumen, aber jetzt erlebte sie es in der Realität. Sie wollte das nicht wieder aufgeben! Genauso wenig wie den geregelten Alltag mit dem faszinierenden Dale.

Als hätte Savage ihre Gedanken gelesen und so erfahren, dass sie an einen anderen Mann dachte, schlug er mit der behandschuhten Hand auf ihren Po. Erschrocken schrie Willow auf.

„Du solltest besser leise sein, wenn du nicht willst, dass die Cops antanzen", bemerkte er amüsiert. „Ich könnte dich knebeln, aber es erregt mich, dich bei diesem aussichtlosen Kampf zu beobachten."

Verlegen presste sie die Lippen aufeinander. Sie ermahnte sich, keinen Ton mehr von sich zu geben, doch sie wusste ebenso wie er, dass das unmöglich sein würde. Diese erotische Herausforderung ließ ihre Mitte weiter anschwellen. Sich auf den Rücken zu legen und es sich von einem Kerl besorgen zu lassen, war nicht ihr Ding. Da fehlte der Reiz. Der Kick! Savage schenkte ihn ihr.

„Der ist dafür, dass du mich auf dem Balkon hast warten lassen." Seine Stimme klang rau vor Lust. „Dabei hättest du herbeieilen und mich freudig begrüßen sollen."

Ein weiteres Mal ging seine Hand auf ihre Kehrseite nieder. Aber Willow war zu abgelenkt von dem Schmerz in seinen Worten, um den auf ihrer Haut wahrzunehmen. Sie keuchte lediglich. Die Glut zwischen ihren Schenkeln schlug mehr und mehr Flammen. Die Zuneigung, die sie zwischen den Zeilen herauslas, berührte sie zutiefst. Zwar tadelte ihr Herr sie, sie hörte jedoch seine Verletzlichkeit und Liebe heraus.

„Der ist dafür, dass du mich angeguckt hast, als wäre ich der Leibhaftige persönlich. Nicht voller Zuneigung und Demut, sondern ängstlich." Es klatschte laut. Er musste die Handschuhe abgestreift haben.

Willow stöhnte vor Leid und Lust. Welch bittersüße Tortur! Sie wollte mehr, denn ihre Möse wurde immer heißer. Zudem glomm Wärme in ihrem Inneren auf. Durch ihr Verhalten hatte sie Savage gekränkt, das tat ihr nun leid, nicht jedoch die Schläge, die sie dafür erdulden musste, denn sie lösten ein Feuerwerk dort unten aus. Nichts konnte sie so schnell erregen wie BDSM, und niemand führte sie gekonnter durch eine Session als Savage.

„Die beiden hast du dir verdient, weil du zurückgewichen bist, als ich eintrat, statt vor mir auf die Knie zu sinken, wie es sich für eine Sklavin gehört." Seine Stimme bekam einen gefährlichen Unterton. Er ließ sie warten.

Wahrscheinlich waren es nur ein paar Sekunden, aber Willow kamen sie wie Minuten vor, da das Hinauszögern ihre Furcht nährte. Dann folgte Hieb auf Hieb. Zack! Zack! Hart und schnell hintereinander.

Ein unterdrückter Schrei entfloh ihrem Mund, bevor sie es verhindern konnte. Je öfter Savage sie malträtierte, desto stärker wurde der Schmerz. Doch daran lag es nicht, dass sie sich schon jetzt nicht mehr unter Kontrolle hatte. Savage hatte sie überrascht. Aber da war noch etwas, das sie erschreckt hatte: Er hatte nicht seine Hände benutzt.

Irritiert drehte sie den Kopf zu ihm, soweit das möglich war. Er trug nur einen Schuh. Folglich musste er den zweiten als Schlaginstrument verwendet haben. Was sind denn das für merkwürdige Treter, fragte sie sich. Schwarzer Baumwollstoff über dünnen Gummisohlen. Sie sahen aus, als wären sie für die Turnhalle und nicht für die Straße gedacht.

Die Sportschlappen kommen mir bekannt vor. Wie konnte das sein?

I've had the time of my life, summte es plötzlich in ihrem Kopf. Das Lied wühlte sie auf. Ihre Aufregung stieg. Adrenalin brauste durch sie hindurch. Vor ihrem geistigen Auge sah sie einen dunklen Fleck. Er war größer als sie und breiter. Türen schälten sich aus dem Schatten heraus.

Denk nach! Du bist auf der richtigen Spur.

36. KAPITEL

Savage nutzte die Schuhe wohl kaum zum Tanzen, eher für das Kampfsporttraining.

Gut, weiter so!

„Diese drei Schläge bekommst du, weil du mich küssen wolltest, ohne dazu den Befehl von mir bekommen zu haben.“ Neue Schläge lenkten sie vom Grübeln ab. Mit jedem Mal setzte er mehr Kraft ein.

„Autsch. Autsch! AUTSCH.“ Die Erinnerung, die sie eben zu fassen bekommen hatte, wurde nebulös. Nein! kreischte es in ihr. Schließlich löste sich der Schemen vor ihrem geistigen Auge auf, bevor sie erkennen konnte, worum es sich handelte. Willows Kehrseite brannte köstlich. Sie bekam eine wohlige Gänsehaut und erschauerte. Wegen des Lustschmerzes, des Pochens ihrer Möse und der Gewissheit, der Identität von Savage beinahe einen Schritt näher gekommen zu sein. Nun war sie zu geil, um weiter über das Rätsel zu brüten, um überhaupt zu denken, aber sie wusste, sie konnte ihm auf die Schliche kommen. *Ich krieg dich!* Später. Sie lächelte.

„Und jetzt erhältst du noch fünf mit dem Ledergürtel auf jede Pobacke“, sagte er gelassen und mit deutlicher Genugtuung, „einfach weil ich Lust dazu habe, dich an die Grenzen des Erträglichen zu bringen.“

Sie glaubte, sich verhört zu haben. „Das ist unfair“, jammerte sie. Ihre Stimme zitterte. Doch der größere Teil von ihr sehnte diese Erfahrung herbei. Die Angst vor dem, was er ihr gleich antun würde, bestürzte sie keineswegs, sondern erregte sie vielmehr. Willow Archer tickte eben anders als andere Frauen, damit fand sie sich mehr und mehr ab. Außerdem vertraute sie ihrem Herrn, dass er nicht zu weit gehen würde. Er würde ihr schon nicht mehr zumuten, als sie ertragen konnte.

„Unfair? Dein Körper gehört mir! Ich kann mit ihm machen, was ich will“, sprach er selbstsicher, „und jetzt ist mir danach, ihn zu züchtigen.“

Sie wurde kurzatmig. Das hörte sich wirklich schmerzhaft an. Ihre Zuversicht geriet ins Wanken. Savage heizte ihre Furcht und somit ihre Geilheit an. Das Pulsieren ihrer Scham trieb sie fast in den Wahnsinn, so intensiv wurde es. Feuchtigkeit rann an ihren Oberschenkeln hinab. Unruhig rutschte sie auf der Armlehne des Sofas hin und her.

„Stillhalten!“, ermahnte er sie, während er den Gürtel aus seiner Lederhose zog. „Ich werde dich zeichnen, dich als die meine markieren. Die Striemen werden verblassen, aber der Schmerz wird sich in deine Seele einbrennen und dich auf ewig daran erinnern, dass ich dein Gebieter bin!“

Als er zuschlug, biss Willow in das Couchkissen, um ihren Aufschrei zu dämpfen. Ihr Puls raste. Sie spürte das Pulsieren ihres Herzens in Körperregionen, wo sie es nicht für möglich gehalten hätte. Ihre Pohälfte schmerzte, aber nicht so stark, wie sie befürchtet hatte. Erst jetzt fiel ihr auf, dass Savage zwar voll durchgezogen, aber nicht all seine Kraft eingesetzt hatte. Er war wild, blieb aber stets besonnen. Sie schöpfte neue Hoffnung.

Bei den nächsten Hieben traten ihr jedoch die Tränen in die Augen. Sie musste sich zusammenreißen, um nicht aufzuspringen und wegzulaufen. Aber sie wollte nicht nur ihn stolz machen, sondern auch sich selbst, wollte durchhalten und herausfinden, wo der Lustschmerz sie hinführen konnte, denn sie spürte, dass etwas in ihr vorging.

Sie winselte, bettelte jedoch kein einziges Mal um Gnade, denn das war es nicht, was sie wollte. Er sollte unter allen Umständen weitermachen. Schlag auf Schlag prasselte auf sie nieder. Savage ließ Pausen dazwischen, in denen sie sich fangen konnte. Sie japste nach Luft, hechelte und wischte sich den Speichel aus den Mundwinkeln. Ihre Oberschenkel waren nass, dagegen konnte sie nichts machen. Sie glaubte, aufgrund der Feuchtigkeit den Windzug wahrzunehmen, wenn der Gürtel auf ihren Hintern niedersauste, vielleicht bildete sie sich das aber auch nur ein.

Der Rauschzustand, der jetzt eintrat, machte es ihr unmöglich, die Erfahrung zu sezieren. Und das war gut so. Willow schaltete den Kopf aus. Sie bestand nur noch aus Gefühlen – aus Schmerz und Geilheit. Befreit von Ängsten, Zweifeln und Sorgen. Zu ihrem Erstaunen kam es ihr so vor, als wäre sie federleicht. Die Welt wurde unwichtig und verblasste. Nichts zählte mehr, außer dem nächsten Kuss des Ledergürtels.

Sie erlebte völlige Entspannung, wahrhaftige Hingabe, Ekstase.

Schon vorbei? dachte sie wehmütig, als Savage sie behutsam hochzog. Eine Weile hielt er sie in seinen Armen. Ihr war schwindelig, er gab ihr Halt. Ihr Hintern fühlte sich an, als wäre flüssiges Feuer darüber gegossen worden, aber genau diese Hitze hielt sie auch warm. Es stellte Savages Art und Weise dar, ihr zu beweisen, dass er ihr zugetan war. Sie fühlte sich angenehm ermattet, aber unglaublich lebendig, wie ein Jogger, der bis zur Erschöpfung gerannt war und danach eine heiße Dusche nahm. Willows Belohnung bestand aus Savages Lob.

„Du warst tapfer, meine kleine Sklavin." Zärtlich küsste er ihre Locken, ihren Hals und ihren Nacken. Er streichelte ihren Rücken. Geschickt zog er dabei ihr T-Shirt hoch und streifte es ihr ab. Mit einer Hand öffnete er ihren BH.

Schon stand sie entblößt vor ihm, und es fühlte sich genauso richtig an, wie dass er angekleidet blieb. Sie war das Spielzeug seiner Lust. Ihr galt seine ganze Aufmerksamkeit. Selbst wenn er sie bestrafte, tat er ihr damit Gutes, denn er verlieh ihr Flügel.

Wir bilden einen eigenen Kreislauf, stellte sie erstaunt fest. Ying und Yang, wir sind im Fluss, im Einklang. Ihre Neigung fesselte nicht nur Willow an Savage, sondern auch ihn an sie. Oberflächlich betrachtet sah es so aus, als würde ausschließlich sie sich ihm hingeben, doch er gab sich ihr genauso hin und diente auch ihr, in dem er sich vollkommen auf sie einließ und ihr die Form der Lust schenkte, die sie brauchte.

Wie Amasone *und* Meester.

„Mein Herr", demütig senkte Willow den Blick. „Wie kann ich Ihnen dienen?"

„Lass mich die unterkühlte Begrüßung vergessen." Er band mit dem Gürtel ihre Handgelenke hinter dem Rücken zusammen. Sinnlich flüsterte er in ihr Ohr: „Zeige mir, dass du meine Sklavin bleiben möchtest. Mit aller Leidenschaft, die du aufbringen kannst!"

Nachdem er sich auf die Couch gesetzt hatte, schaute Willow ihn unschlüssig an. Sie wollte auf die Knie sinken, um ihn oral zu befriedigen, doch er hielt sie mit einem Schnalzen davon ab.

Irritiert blieb sie vor ihm stehen. Was wollte er, das sie für ihn tat? Sie zitterte vor lustvoller Aufregung und Ungewissheit. Sein Blick glitt über ihre nackten Rundungen, von den erigierten Brustspitzen bis hin zu der Nässe, die auf ihren Schenkeln glänzte. Stolz präsentierte sie ihm ihren Körper. Indem sie die Beine spreizte, das Becken vorschob und ihren Busen herausdrückte, ließ sie ihn wissen, dass sie ihm gehörte, dass er mit ihr tun und lassen konnte, was ihm beliebte. Sie empfand ein erhebendes Gefühl, sich selbstbewusst herschenken zu können.

Savage öffnete seine Hose. Sein Schwanz sprang heraus, hart und aus der Vorhaut geschält. Er war so bereit für sie, wie er nur sein konnte. Mit dem Zeigefinger winkte er Willow zu sich. „Fick mich! Fick mich heftig."

Dieser Befehl und die direkte Wortwahl brachten ihr Blut erneut in Wallung. Sie hockte sich über seinen Schoß. Er brachte sein Glied in Position und sie ließ sich langsam auf ihm nieder. Tiefer und tiefer drang der Schaft in sie ein. Er spießte sie auf, er füllte sie aus. Wir verbinden uns, wir verschmelzen, dachte Willow glücklich und musste an das Tier mit den zwei Rücken denken.

„Vögel mir das Gehirn raus! Und ich rate dir", kündigte er drohend an, „gib alles, sonst werde ich dich anfeuern müssen."

Sie konnte sich nicht vorstellen, wie er das anstellen würde, doch eins ahnte sie: Es würde unangenehm werden. Mit dem Damoklesschwert über ihr hob sie ihren Unterleib an und wollte ihn wieder absenken. Doch der Phallus glitt aus ihr heraus. Sie schluckte einen Fluch hinunter und sah Savage bange an.

Aber seine Miene war undurchdringlich. Ohne sie zu schelten, half er ihr, sein Geschlecht wieder einzuführen.

Verführerisch bewegte sie ihren Unterleib. Auf und ab. Vor und zurück. Ließ ihn kreisen. Sein Penis rührte in ihr, presste die Feuchtigkeit aus ihr heraus und dehnte sie.

Es dauerte nicht lange und ihre Oberschenkel brannten von der ungewohnten Anstrengung. Eine Schweißperle rann ihren Rücken hinab. Dadurch, dass ihre Hände gefesselt waren, konnte sie sich nirgends abstützen, was ihre Bemühungen erschwerte. Typisch Savage, schimpfte sie heimlich. Das wollte er doch nur.

Während ihre Erregung anstieg, saß Savage ungerührt vor ihr. Verlegen und enttäuscht verstärkte sie ihre Bemühungen. Willow ritt ihn schneller, erst fiel sie in den Trab und dann in den Galopp. Obszön wippten ihre Brüste vor seiner Nase, aber er blieb kühl.

Nur seine Nasenflügel flatterten. Spielte er etwa nur den Coolen?

Es machte sie verlegen und bedrückte sie, dass sie seine Lust nicht ankurbeln konnte. Was war sie für eine schlechte Dienerin, wenn sie es ihrem Herrn nicht besorgen konnte? Sie schwitzte. Keuchte. Hechelte. Ihr Gesicht wurde heiß. Haarsträhnen klebten an der feuchten Stirn. Ihr Schoß stand in Flammen, aber Savages Reglosigkeit hielt sie davon ab, dem Orgasmus auch nur nahe zu kommen.

Ihre Kraft schwand. Sie wurde mutlos und ihr erfolgloses Bemühen langsamer.

Plötzlich schlug Savage mit der flachen Hand seitlich gegen ihre Brust. „Weiter!“

Willow rang überrascht nach Luft. Die Stelle, an der er sie getroffen hatte, tat auf prickelnde Weise weh. Ein Lächeln stahl sich auf ihre Lippen. Sie nahm ihn wieder wilder, aber ihre Lungen brannten.

„So dienst du mir?“ Ein weiterer Hieb, fester. „Das ist eine Beleidigung!“

Er klang atemlos, das entlarvte ihn. Die Art, wie sie versuchte, ihn zu befriedigen, machte ihn sehr wohl an. Er verbarg seine Erregung lediglich gut. Seine Selbstkontrolle beeindruckte Willow. Sie war erleichtert, dass sie ihn nicht kaltließ. Es hätte sie mehr geschmerzt als jede Strafe, wenn er beim Sex mit ihr nichts mehr empfunden hätte.

„Ich erwarte mehr. Viel mehr!" Ein Kniff in ihren Nippel riss sie aus ihren Gedanken. Savage gab sie nicht wieder frei, sondern er hielt die Brustwarze fest. „Bisher ist das, was du mir bietest, nur ein Strohfeuer."

Willow biss die Zähne zusammen, um nicht zu wimmern. Stattdessen bewegte sie sich stürmisch auf und ab. Seine harschen Worte und der Schmerz spornten sie an, sich mehr zu bemühen. Ihn auf diese Weise zu ficken, war anstrengend, aber auch geil.

Sie beschleunigte. Sie pumpte. Sie hüpfte. Sie trieb seinen Schwanz tief in ihre Möse.

Ihre Nässe breitete sich auf seiner Lederhose aus. Jeder weitere Schlag auf ihren Busen und jedes Zwacken stachelten sie an, noch mehr aus sich herauszuholen. Savages Selbstkontrolle bröckelte. Seine Wangen schimmerten rötlich, seine Augen trübten sich vor Lust, und er stöhnte, erst leise, dann immer lauter und ungehemmter.

Seine Zurückhaltung verschwand. Gierig packte er Willows Hüften. Er hielt sie fest und stieß sie von unten. Hart und kräftig versenkte er seinen Prügel in ihr.

Unerwartet rückte er mit dem Hintern zur Kante des Sofas vor. Er drückte Willow an sich. Sanft glitt er mit ihr zu Boden. Er stieß den Couchtisch fort, damit sie mehr Platz hatten, und fuhr fort, sie zu vögeln, so schonungslos, dass er Willow über den Teppich schob. Sie spürte es kaum, denn alles in ihr konzentrierte sich auf den Höhepunkt, der sich rasend schnell in ihr aufbaute.

Als sie die Spitze erreichte, schrie sie ihre Geilheit heraus. Stöhnen und Winseln wechselten sich ab und raubten ihr fast die Luft, da Savage weiter in sie eindrang und so auch den letzten

Tropfen Geilheit aus ihr herauspresste. Auch er kam laut und gewaltig. Den Nachbarn werde ich von dieser Nacht an nicht mehr in die Augen schauen können, dachte sie lächelnd, während ihre ekstatischen Lustkrämpfe abflauten.

Eng umschlungen blieben sie auf dem flauschigen Läufer liegen. Willow war ganz in dem Sex mit Savage aufgegangen, nun gab sie sich auch dem Nachglühen vollkommen hin. Sie genoss diese satte Wärme in ihrem Inneren, die Geborgenheit, die sie in seinen Armen fand, und schöpfte Hoffnung.

Dies konnte unmöglich die letzte Session mit ihm gewesen sein. Oder doch! War sie darum so heißblütig und schmutzig ausgefallen?

Mit der Zungenspitze fuhr er über ihre Ohrmuschel. „Ich muss dir etwas sagen."

Sie horchte auf. Eine ungute Vorahnung breitete sich in ihr aus. *Bitte, keine Hiobsbotschaften.* „Was ist los?"

„Erinnerst du dich an die Handyfotos? Die, die ich bei unserem ersten Aufeinandertreffen im Bankettsaal der Hendersons von dir geschossen habe." Und die sie ins Gefängnis bringen konnte.

Sie hatte die Bilder vergessen. Es war zu viel vorgefallen. Jetzt wurde ihr wieder bewusst, dass Savage sie erpresste. Ihre Nackenhaare sträubten sich. Sie versuchte, sich aus seiner Umklammerung zu befreien.

37. KAPITEL

Doch er hielt sie fest. „Ich habe sie gelöscht."

„Woher soll ich wissen, dass das die Wahrheit ist?" Sie suchte danach in seinem Blick, erfüllt von dem innigen Wunsch, dort Aufrichtigkeit zu erkennen, doch das würde sie nicht. Er war ein zu guter Schauspieler, das hatte er eben erst bewiesen.

„Du vertraust mir beim Sex, also vertraue mir bitte auch in dieser Sache."

Sie wollte es, sie wollte es wirklich. Doch wie konnte sie das, solange sie nicht wusste, wer unter der Balaclava steckte?

Dann sagte er auch noch etwas, das ihre Zweifel steigerte. „Hast du den Schatz gefunden?"

Jegliche Wärme in Willow erkaltete. Sie meinte, ein merkwürdiges Geräusch aus ihrem Inneren zu vernehmen. Es erinnerte sie an einen Hammer, der ein Porzellansparschwein zu tausend Scherben zerschlägt. *Mein Herz.* Hatte er nur mit ihr geschlafen, um ihr Informationen zu entlocken, um sie zu manipulieren und abzuzocken?

„Nein", entgegnete sie eisig.

Er klang sachlich. Geschäftlich? „Wenigstens Hinweise darauf?"

„Was ist an einem Nein unklar?" Warum ließ er das Thema nicht auf sich beruhen? Wütend riss sie sich los und setzte sich auf. „Was soll das? Warum willst du das ausgerechnet jetzt wissen?" Hatte er sie mithilfe der Session weichkochen wollen? Falls das seine Absicht gewesen war, hatte es nicht funktioniert. Dazu war sie von Kindesbeinen an durch eine zu harte Schule gegangen. Sie war weder dumm noch naiv oder ein devotes Weibchen, auch wenn sie in der Erotik auf Unterwerfung stand.

„Du kannst ihn behalten."

Verwirrt runzelte sie die Stirn. Was hatte er nun schon wieder vor? Sie fischte nach ihrem T-Shirt, hielt es schützend vor den Busen und zog die Beine an. „Wie bitte?"

„Das wollte ich dich nur wissen lassen." Er hockte sich neben sie und strich mit den Fingerspitzen so behutsam über ihre Wange, als wäre sie das Kostbarste, das er jemals berührt hatte. „Ich will ihn nicht, auch keinen Anteil. Er gehört ganz dir."

War das eine neue Masche, ein Trick? Savage verhielt sich so rätselhaft wie eh und je. In seinem Blick erkannte sie jedoch nur Zuneigung und wieder diese Traurigkeit, die sie schon zuvor bemerkt hatte. „Warum?"

Seine Antwort fiel anders aus als erwartet. Er nahm ihr Gesicht in beide Hände, zog sie zu sich heran und küsste sie so voller Liebe, dass sie ihm jedes Wort glaubte.

Der Schatz! Savage hatte sie an ihren Auftrag erinnert. Ein letztes Mal machte sich Willow in der Henderson Mansion auf die Suche nach Henrys versteckten Edelsteinen, Wertpapieren oder Besitzurkunden. Während Dale seine Mutter in ihrem Flügel aufsuchte, um sie zu überreden, ein paar Wochen in Dr. Reeds Klinik zu verbringen, schlich Willow durchs Treppenhaus. Etage um Etage stieg sie höher hinauf.

Mirandas Bloßstellung hatte ihr Kartenhaus aus Lügen zum Einsturz gebracht. Noch arbeitete Dale mit ihr zusammen, als wäre nichts geschehen.

Weil er mich liebt? So wie Savage mich liebt?

Aber wie lange konnte das noch gut gehen? Es war nur eine Frage von Tagen, vielleicht sogar Stunden, dass er zu dem Schluss kam: Alles an Willow Archer war falsch. Er musste vermuten, dass das auch auf ihre Gefühle für ihn zutraf. Egal, ob er sie feuern oder der Justiz übergeben würde, der Auftrag, der sie in seine Arme geführt hatte, war so gut wie vermasselt.

Ich muss flüchten, vor Gary oder den Cops oder beiden. Schnellstmöglich!

Doch sie brachte es nicht übers Herz, aus Seattle wegzugehen. Von den Hendersons. Von Dale. Vielleicht sollte sie Gary den verdammten Schatz einfach geben. Savage wollte ihn nicht mehr.

Unter Umständen verzieh Dale ihr, und es gab doch eine gemeinsame Zukunft für sie.

Träum weiter! Und was wird aus dir und Savage?

Statt zu fliehen, schaute sie an dem letzten Ort nach, den sie bisher noch nicht akribisch durchsucht hatte: dem Dachgeschoss. Er sah nicht aus wie bei normalen Bürgern. Selbstverständlich nicht. Der große Raum war weder zugig noch klamm oder stickig, sondern auf eine schlichte Weise ausgebaut und sogar an die Klimaanlage angeschlossen. Eins jedoch hatte der Dachboden mit denen von OttoNormalverbraucher gemein: Er war mit Kram vollgestopft. Allerdings passte dieser Begriff hier so gar nicht. Zu untertrieben. Helle Deckenlampen leuchteten das Sammelsurium von Möbelstücken aus.

Von dem Verkauf des kleinsten Teils hätte Mutter damals den Kühlschrank für einen ganzen Monat gefüllt und auch noch die Miete gezahlt, dachte Willow und schüttelte den Kopf über so viel ungenutztes Vermögen. Hatte sie etwa den Schatz vor sich? Wohl kaum, denn diese Mansarde war ein offenes Geheimnis.

Sie fing an, das Mobiliar der Reihe nach zu durchsuchen.

In dem antiken Kleiderschrank entdeckte sie lediglich Männeranzüge und Krawatten und Gürtel auf einem Ständer. Sie waren nicht eingepackt, sondern wirkten so, als wäre Henry Henderson nur kurz fort und würde bald zurückkehren.

Willow glaubte keine Sekunde lang, dass die Goldbeschläge der aufwendig verzierten Holztruhe unecht waren. Darin lagen Strampelanzüge, Spielzeug und ordentlich gestapelt Jungenhosen und Oberteile in verschiedenen Größen. Alles wirkte hochwertig und liebevoll weggepackt.

Kindersandalen, Stiefel und Pantoffeln, von winzig klein bis groß, reihten sich in einem edlen Schuhschrank neben den Lederschuhen von Henry.

Dieser Ort trug Vivians Handschrift. Hier hatte sie die Erinnerungen an die einstmals heile Familie konserviert. Willow spürte Traurigkeit und Wehmut. Oberflächlich betrachtet sah alles hübsch und sauber aus, doch in den Möbeln lagerten zerbrochene Träume.

Bestimmt kam Vivian dann und wann hier hoch, betrachtete die Kindersachen ihrer Söhne und roch an der Kleidung ihres Mannes. Kein Wunder, dass sie depressiv war. Sie konnte nicht loslassen.

Aber im Grunde war das ja verständlich. Henry war vor acht Monaten gestorben, Gary besuchte sie höchst selten und Dale war seit dem Übergriff mit sich selbst beschäftigt. Sie musste sich schrecklich allein gelassen fühlen, vielleicht sogar als Versagerin. Zudem schienen die Neider und Spötter recht behalten zu haben: Ihr Ehemann hatte sie nicht geliebt. Als sie von Ayanda erfahren hatte, musste sie gedacht haben, dass Henry sie tatsächlich nur ihres Vermögens wegen geheiratet hatte.

Arme reiche Vivian, dachte Willow. Sie tat ihr aufrichtig leid.

Nach allem, was sie erfahren hatte, ging sie fest davon aus, dass Henry etwas für Vivian empfunden hatte! Doch er hatte wohl eher die Mutter seiner Kinder in ihr gesehen, die Frau, die ihm ein warmes Nest bereitete und die ihm durch ihre bedingungslose Liebe Halt im Leben bot. Leidenschaft fand er jedoch in den Armen einer anderen.

Plötzlich kam Willow das erschreckend bekannt vor. Ein ähnliches Dilemma empfand sie bei Dale und Savage. Im Swimmingpool hatte der Hausherr sie zwar bis in jede Pore befriedigt, aber der BDSM-Sex, den der Maskierte ihr bot, führte bei ihr zu einem Flächenbrand. Savage würde sie allerdings niemals vertrauen können, eine Zukunft sah sie nur mit Dale.

Vivian und ich, wir haben etwas gemeinsam. Das schockierte Willow. Sie waren beide in einen Mann verliebt, der ihnen nicht alles bieten konnte. Unter keinen Umständen wollte sie so enden wie die fast Sechzigjährige: von Medikamenten abhängig, schwermütig und einsam.

Also, wie konnte die Lösung aussehen? Sie musste beide Männer verlassen, eine andere Möglichkeit sah sie nicht. Ihr Herz krampfte sich zusammen. Was für eine grandiose Scheiße!

Der altertümliche Schreibtisch aus weiß lackiertem Holz fiel vor der champagnerfarbenen Tapete kaum auf. Er besaß nur zwei kleine Schubladen und vier Einsteckfächer, darum widmete sich Willow ihm erst zum Schluss. Ohne Erwartungen holte sie ein Fotoalbum heraus. Als sie darin herumblätterte, stieß sie auf Schnappschüsse von Dales Geburtstagen. Säuberlich eingeklebt und beschriftet zeigten sie chronologisch, wie Dale immer größer geworden war.

Ein Album mit Erinnerungen an Garys Wiegenfeste fand sie nicht. Der drei Jahre ältere Bruder hatte sich aber auf viele Bilder gedrängt. Er breitete die Arme aus, um Dale zu verdecken, machte hinter dem Kopf des Jüngeren Hasenohren und warf ihm einmal sogar grünen Wackelpudding ins Gesicht, just als der Fotograf abgedrückt hatte.

Der Ursprung seiner Eifersucht lag offenbar weiter zurück, als er hatte anklingen lassen. Willow schlug die nächsten Seiten um.

Dale war ein kleiner dunkelhaariger Sonnenschein, er lächelte ständig. Gary dagegen trug schon als Kind denselben griesgrämigen Gesichtsausdruck wie seine Mutter. Noch etwas, das die beiden neben den blonden Haaren verband, ebenso wie das Übergewicht. Vivian schien Dale, das Nesthäkchen, von Geburt an bevorzugt zu haben. Für Willow lag der Grund auf der Hand: Dale war die kleine, unschuldige Ausgabe von Henry.

Die nächsten Fotografien schaute sie schneller durch. Sie ähnelten sich alle. Partys mit vielen kleinen und einigen großen Gästen. Von so viel Leben konnte man in der Villa heutzutage nur noch träumen.

Alle Feiern hatten unter einem Motto gestanden. Vermutlich hatte sich Dale das Thema aussuchen dürfen, als er alt genug dazu wurde. In einem Jahr verkleidete sich Gary als Mafia-Pate und Dale als Zorro. Im nächsten ging der Ältere als überraschend überzeugende Miniaturkopie von Hulk und der Jüngere als Batman. Nach den Film- und Comic-Helden folgten die Wrestler.

Das glaub ich jetzt nicht.

Willow riss die Augen auf. Wie vom Donner gerührt saß sie da, erstarrt und fassungslos. Sie hielt das Foto dichter vor die Augen. „Das darf doch wohl nicht …!“

Plötzlich sah sie glasklar.

Sie wusste endlich, wer Savage war.

38. KAPITEL

Als Willow in sein Büro stürmte, hätte Dale sofort wissen müssen, dass etwas im Busch war. Doch er freute sich zu sehr über jede Minute mit ihr.

Natürlich zeigte er ihr das nicht, schließlich hatte sie ihn hintergangen. Genau genommen tat sie das immer noch, denn sie spielte die Rolle der Willow Archer weiter. Aber wollte er nicht genau das? Dass alles so blieb, wie es war. Denn die Alternative hieß: Verlust.

Es bereitete ihm körperliche Schmerzen, sich einzugestehen, dass ihre gemeinsame Zeit schwand. Darum verbot er sich, an den Abschied zu denken.

Außerdem hieß es: Wer ohne Schuld ist, werfe den ersten Stein. Seit er diese Scharade begonnen hatte, verfolgte ihn ein Schatten, und es war nicht sein eigener. Auf der einen Seite wollte Dale ihn unter allen Umständen loswerden, weil er eine ehrliche Haut war. Ganz im Gegensatz zu dieser zweiten, in die er schlüpfte, wenn die Sehnsucht nach Willow ihn in ein triebgesteuertes Tier verwandelte. Auf der anderen Seite schenkte er ihm jedoch auch die Möglichkeit, der Frau seines Herzens so nahe zu kommen, wie seine verwundete Seele es im Alltag nicht zuließ.

Aber er heilte. Dank Willow.

Er musste nur noch den Mut dazu finden, ein Geständnis abzulegen, doch das war nicht leicht. Hoffentlich würde sie so lange bei ihm bleiben. So laut, wie sie die Tür hinter sich zuknallte, sah es nicht gut für ihn aus. Plötzlich beschleunigte sich der Countdown ihrer gemeinsamen Uhr und näherte sich der Null in rasender Geschwindigkeit.

Aufgebracht warf Willow einige Fotos auf den Schreibtisch. „Du bist mein …“ Herr, las er von ihren Lippen ab, aber sie sprach das Wort lautlos aus. Erschrocken verdeckte sie den Mund mit einer Hand. Sie fasste sich schnell wieder und sagte in anklagendem Ton: „Savage.“

„Dein Savage?" Er lächelte amüsiert. Doch das hielt nur eine Sekunde an, dann begriff er, dass sie ihm gerade die Maske vom Kopf gezerrt hatte. Sein Lächeln erstarb. Dale sprang von seinem Stuhl auf und wollte hinter dem Schreibtisch hervorkommen.

Doch Willow streckte den Arm aus und stoppte ihn mit ihrer Handfläche. „Keinen Schritt weiter!"

„Lass mich es dir erklären." Seine Stimme zitterte. Jetzt würde er Willow verlieren. Nein, er hatte sie bereits verloren. Er presste die Kiefer so fest aufeinander, dass es wehtat.

Der Schnappschuss, der oben auf dem Stapel lag, zeigte Gary und ihn in knalligen Wrestler-Outfits. Statt an Hulk Hogan erinnerte Gary mehr an einen gelben Papagei. Dales jüngeres Ich wirkte als „Macho Man" Randy Savage mit dem lilafarbenen Kopftuch und der riesigen Sonnenbrille nicht weniger lächerlich. Sie hatten die Fäuste erhoben und taten so, als würden sie gegeneinander kämpfen. *Haben wir das nicht tatsächlich unser ganzes Leben lang getan?* Mit finsteren Mienen schauten die Kids in die Kamera, zwei Milchgesichter, die auf böse und hart machten.

Unter der Fotografie lugten weitere heraus, stumme Zeugen längst vergangener Geburtstage. Dale nahm sie. Wehmütig schaute er sie durch. Zorro ... Batman ... Schon immer hatte er ein Faible für maskierte Helden gehabt. Seine Mutter hatte die Mottofeste für ihn persönlich geplant und darauf bestanden, jedes Mal mit der Kamera festzuhalten, wie groß ihre Jungs geworden waren.

An Garys Ehrentagen wurde stets ein Partyservice bestellt und keine Bilder geschossen.

„Mommy ist erschöpft, darum machen andere das für sie. Das wirst du wohl verstehen, nicht wahr?", hatte Vivians Standardantwort gelautet. „Es reicht doch, wenn wir euer Wachstum einmal im Jahr festhalten, Schatz. Ich habe das mit Dales Geburt eingeführt, also machen wir das auch auf seiner Feier. Hör auf zu heulen! Davon bekommt Mommy Kopfschmerzen."

Mit diesen Worten hatte sie Gary jedes Jahr aufs Neue einen Stich versetzt.

„Jetzt begreife ich auch“, wetterte Willow, „warum du manchmal nicht mitbekommen hast, wenn ich mit dir gesprochen habe.“

Er tauchte aus den Erinnerungen auf, die für ihn wunderschön waren, aber für seinen Bruder eher traurige Assoziationen hervorrufen mussten. „Wie bitte?“

„Zum Beispiel im Gästehaus, als ich auf das Gemälde von Ayanda stieß. Ich musste dich zwei Mal rufen, bevor du reagiert hast. Du hast mir deine andere Körperseite zugewandt, das kam mir merkwürdig vor.“ Sie zeigte auf sein vernarbtes Ohr. „Du hörst auf dieser Seite schlecht.“

„Wer ist Ayanda? Die exotische Schönheit auf dem Bild?“ Deren Leiche, sie im Müll gefunden hatten? „Woher kennst du ihren Namen?“

Doch Willow ging nicht auf ihn ein. Aufgeregt lief sie im Zimmer auf und ab. „Savages komische Schuhe, ich wusste, dass ich sie schon einmal gesehen hatte. Inzwischen ist es mir eingefallen, wo das war: in deinem Kleiderschrank.“

„Du hast mein Zimmer durchsucht?“ Damit hätte er rechnen müssen, aber es bestürzte ihn trotzdem. Er lehnte sich mit dem Hintern gegen die Fensterbank. Diese Konfrontation erschöpfte ihn mehr als jede Trainingsstunde.

„Dort sah ich auch Savages Lederhose, erkannte jedoch den Zusammenhang nicht. Du trägst sie nicht nur zum Motorradfahren, habe ich recht?“

Cleveres Mädchen! Nein, Frau. „Früher trug ich sie bei Sessions, aber das war in einem anderen Leben.“ Vor dem Säureangriff. „Erst bei dir holte ich sie wieder heraus, weil du mich gereizt hast. Du bringst einen Nerv in mir zum Klingen, du hast den Dominus in mir wiedererweckt und die Lust an der Lust.“ Leiser fügte er hinzu: „Die Lust am Leben.“

Willow schluckte schwer. Verlegen senkte sie den Blick, eine Geste, die ihn verrückt machte, verrückt nach ihr. Aber sie schoss weiterhin scharf: „Mir ist jetzt klar, woher du meinen echten Namen kanntest und den wahren Grund wusstest, warum ich mich als deine Assistentin bewarb."

„Du willst mich bestehlen", sagte er vorwurfsvoll und dachte daran, wie er Roy und Miranda belauscht hatte. Doch was ihn weitaus mehr besorgte, war die Frage: „Oder verfolgst du einen neuen Plan und hast vor, dir einen dicken Fisch zu angeln?"

„Pack dir an die eigene Nase! Du hast mich ebenso hintergangen und bei unserem ersten Aufeinandertreffen, das vermutlich nicht zufällig war, sexuell genötigt."

„Es hat dir gefallen, sonst hätte ich das niemals getan. Vom ersten Moment an hast du wie elektrisiert auf den Mann mit der Maske reagiert." *Und ich auf dich.*

Ihre Wangen röteten sich. Sie blieb am Regal am anderen Ende des Raums stehen. Sonnenstrahlen fielen durch das Fenster auf sie. Obwohl ihre Wut weiterhin loderte, hatte sie nie schöner ausgesehen. Dales Verzweiflung wuchs. Er brannte für diesen süßen, kleinen Kobold.

„Nun ist auch klar, woher Savage", sie malte Anführungszeichen in die Luft, „Vivians Arzt kennt und worin die Verbindung zwischen den dreien besteht. Er ist euer Hauspsychologe."

„Ich habe dir doch erklärt, dass ich in Behandlung bei ihm war." Dale drehte ihr die Narbenwange zu. Es war das erste Mal, dass er sich nicht für seine Entstellung schämte. Dieser Makel machte Willow nichts aus, seit dem Sex im Swimmingpool nahm er ihr das ab, denn Taten sagten mehr als Worte.

„Nicht du, sondern Savage beichtete mir das, darum war ich verwirrt. Aber jetzt ergibt alles Sinn." Offenbar haute es sie von den Füßen, denn sie ließ sich auf einen der beiden Stühle vor dem Schreibtisch fallen. Vielleicht hatte sie auch alle zornigen Anschuldigungen verpulvert und fühlte sich leer, durcheinander und entkräftet.

Wer könnte ihr das verdenken?

Dale verzehrte sich nach ihr. Liebeskrank streckte er die Hände nach ihr aus, um über ihr Haar zu streicheln, ihren Nacken zu massieren und ihr Kinn anzuheben, damit er sie küssen konnte. Aber Willow war noch nicht zu einer Versöhnung bereit, sie schlug seine Hand weg.

Ihre Nase krauste sich. „Hättest du dich mir jemals zu erkennen gegeben?"

„Ich hatte es schon lange vor, das musst du mir glauben."

„Warum hast du es dann nicht getan?"

„Weil", er trat ans Fenster und tat so, als würde er in den Garten hinausschauen, doch sein Blick richtete sich nach innen, „ich nicht die Courage dazu hatte."

„Der große Dominus entpuppt sich als Feigling?"

Er hatte ihren Spott verdient und tat sich schwer, Schwäche einzugestehen. „Ich hätte mich nicht in psychologische Behandlung begeben, wenn ich als Dale so stark wäre wie als Savage."

Plötzlich berührte sie seine Schulter. Er hatte gar nicht mitbekommen, dass sie aufgestanden war. „Es tut mir leid, so war das nicht gemeint", sagte sie unerwartet sanft. „Aber du vergisst eins."

„Und das wäre?" Langsam drehte er sich zu ihr um. Er befürchtete, Ablehnung, Skepsis und Hohn in ihrem Blick zu lesen, doch zu seiner Überraschung zeigte sie fast so etwas wie ein Lächeln.

Sie tippte gegen seinen Brustkorb. „Du bist Savage."

Seine Augen wurden feucht. Er blinzelte die Tränen weg, bevor Willow es mitbekam und er endgültig wie eine Jammergestalt dastand. Zu spät! Also versuchte er, sie durch Erklärungen abzulenken. „Als du den Bankettsaal durchsucht hast, habe ich dich gesehen. Frag mich nicht, was mich da geritten hat, aber ich zog spontan meine Skimaske auf und stellte dich. Inzwischen ist mir klar, warum ich das tat. Als Dale hätte ich dich sofort feuern müssen."

„Aber als Savage warst du ebenso ein Gauner wie ich." Sie nickte. „Ein vermeintlicher Einbrecher und eine Diebin."

„Ich redete mir ein, dich vom Stehlen abschrecken zu wollen. Falls du dich erinnerst, ich hatte dich mit dem Silberbesteck in der Hand erwischt. Die Begegnung nahm jedoch eine andere Wendung."

„Die Pferde gingen mit dir durch." Ihre Miene blieb ernst, doch ihre Augen funkelten belustigt.

„Ich war von Anfang an hin und weg von dir." Ein Geständnis, das ihm leicht über die Lippen kam. Am liebsten hätte er sie mit Komplimenten überhäuft. Aber das Einzige, was jetzt die Trennung abwenden konnte, war nicht Süßholzraspeln, sondern die Wahrheit.

„Du hättest mir deine Zuneigung zeigen können."

„Ich habe mich nicht getraut, nicht nach all der Ablehnung, die ich durch meine Verunstaltung erfahren habe." Dale verabscheute die altbekannte Bitterkeit in seiner Stimme und bemühte sich um einen anderen Ton. Die Zeit der Dunkelheit sollte endgültig vorbei sein. „Als Savage war ich unantastbar. Die Maske schützte mich. Sie ermöglichte es mir, endlich wieder der Mann zu sein, der ich vor dem Überfall war: selbstsicher und dominant."

„Ich habe dir von Anfang an zu verstehen gegeben, dass mir deine Narben nichts ausmachen." Fassungslos schüttelte Willow den Kopf.

„Ich habe dir nicht geglaubt. Wie kann man annehmen, dass man akzeptiert wird, wenn man sich selbst nicht akzeptiert? Außerdem hast du mich hintergangen. Vielleicht gehörte Freundlichkeit zu deiner Taktik."

„Ich habe dich hintergangen, ja, aber das hatte …", sie suchte anscheinend nach dem passenden Begriff und erregte Dale unbewusst damit, wie sie sich über den Mundwinkel leckte, als würde ihr das beim Nachdenken helfen, „… geschäftliche Gründe. Dein Foul war … emotionaler Natur."

„Und unter was verbuchst du den Sex im Pool? Den hattest du mit Dale, nicht mit Savage." Auch er wollte einige Dinge geklärt wissen. „Was wolltest du damit erreichen?"

„Du hast mich verführt!"

„Nein, du hast mich verführt." Ihre gekrauste Stirn zeigte ihm, dass sie ihn nicht verstand. Daher fügte er hinzu: „Mit jedem Blick, jedem Lächeln, jedem ‚Guten Morgen' und jedem ‚Kann ich dir einen Kaffee aus der Küche mitbringen?' Jetzt gerade tust du es wieder!"

Zweifelnd hob sie die Augenbrauen. „Ich sehe dich nur an."

„Das reicht schon."

„Du übertreibst." Sie wirkte dennoch geschmeichelt.

„Es ist die Art, wie du schaust. Ohne Ekel oder Scheu, dafür mit Wärme, Verlangen und … Liebe. Dieselbe Liebe, die ich für dich empfinde." Nun war es heraus und es tat ihm unbeschreiblich gut. „Als Dale, als Savage, denn du hast recht: Ich bin beides. Den Mann gibt es ohne den Dominus nicht. Meine Neigung gehört zu mir wie meine Entstellung."

„Du liebst mich?" Ihr Gesicht leuchtete. „Nach allem, was du über mich weißt?"

„Beweist das nicht, wie tief meine Gefühle für dich sind?"

Willow gluckste. „Ein bisschen verrückt ist das schon, meinst du nicht auch?"

„Wir sind beide verrückt, dass wir dieses Maskenspiel so lange durchgezogen haben. Das war ein Fehler, von jedem von uns. Gerade darum sollten wir verzeihen können."

Endlich entspannte sie sich. Sie trat dicht an ihn heran, ihre Lider zuckten nervös. Was hatte sie vor? Als sie ihm bedeutete, sich zu ihr herunterzuneigen, wusste er nicht, was sie von ihm wollte, tat ihr aber den Gefallen.

„Ich bin unglaublich froh, dass du Savage bist", flüsterte sie in sein Ohr.

Er bekam eine wohlige Gänsehaut und lächelte. „Dann verzeihst du mir?"

„Verzeihst du mir?"

Sie besiegelten die Versöhnung mit einem Kuss.

Während Willow die Arme um ihn schlang, nahm Dale ihr Gesicht in seine Hände. Ihre Münder verschmolzen auf eine höchst sinnliche Art und Weise. Anfänglich küssten sie sich so zärtlich, als befürchteten sie, die Lippen des anderen wären aus hauchdünnem Glas und könnten zersplittern.

Doch je mehr die Leidenschaft wuchs, desto intensiver schnäbelten sie, bis es nach einer Weile den Anschein erweckte, als wollten sie einander verschlingen. Gierig! Das Verlangen schien unstillbar. Als Dale einen Schmerzlaut von sich gab, weil Willow ihn in die Unterlippe gebissen hatte, mäßigten sie sich. Sie kicherten wie verliebte Teenager.

Ihr Hunger aufeinander stieg. Also nahmen sie die Zungen hinzu. Sie erkundeten erst Willows, dann seinen Mund. Immer tiefer drangen sie ineinander ein. Besitzergreifend liebkosten sie sich zwischen den weit geöffneten Lippen. Nach einer Ewigkeit glitten sie wieder auseinander, bis sich nur noch ihre Zungenspitzen berührten. Atemlos genossen sie den Kitzel einen Moment lang, bevor sie sich zurückzogen.

Dales Herz schlug einen beschwingten Takt an, als wollte es ihn zum Tanzen auffordern. Er ließ Willow nicht los, denn er hatte Angst, sie könnte sich in Luft auflösen und dieser wundervolle Traum könnte in der letzten Sekunde doch noch zum Albtraum werden.

Es war zu schön, um wahr zu sein. Es stimmte alles! Er konnte sein Glück kaum fassen. In ihr hatte er eine ebenbürtige Partnerin und das erotische Gegenstück gefunden. Kämpferin und Sklavin in einer Person. Eine Frau, die ihn trotz oder sogar wegen der Narben attraktiv fand, ihm im Alltag die Stirn bot und sich bei BDSM-Sessions vollkommen fallen lassen konnte.

Ich werde alles – alles! – Erdenkliche tun, um sie glücklich zu machen, schwor er sich. In diesem Augenblick schlossen sich auch die letzten Wunden, die die Vergangenheit auf seiner Seele hinterlassen hatte.

Mit dem Handrücken wischte er sich die Feuchtigkeit vom Mund. „Aber wer ist jetzt Ayanda?"

„Das soll dir eine andere Frau erklären, eine, die sie persönlich gekannt hat. Und wahrscheinlich kann sie uns auch verraten, wie Ayandas Leiche in den Müllsack gelangte. Komm mit!" Willow nahm seine Hand. Energisch zog sie ihn aus dem Büro heraus.

39. KAPITEL

„Die Leiche im Müll?" Abrupt blieb Dale auf dem Treppenabsatz stehen. Seine Augen weiteten sich. „Du kennst den Namen der Toten?"

„Nicht nur das." Willow holte den Sklavenvertrag und das Tagebuch aus der Umhängetasche. Bevor sie ihm beides reichte, warnte sie ihn: „Denk erst darüber nach. Verurteile niemanden." Aber wem sagte sie das? Dale bevorzugte ja selbst eine Form der Erotik, die manche als pervers bezeichneten. Wenn man jedoch erfuhr, dass der Vater die Mutter monate-, vielleicht sogar jahrelang im eigenen Haus mit einer Sexsklavin betrogen hatte, war das trotzdem ein Schocker.

„Was meinst du damit?"

„Die SM-Kellerwohnung, dort hat Ayanda Mokoena ein paar Jahre lang gewohnt: Die exotische Schönheit auf dem Gemälde in der Wäschekammer, die mit den Striemen. Die Giraffe auf dem Emblem an der Tür unten."

„Das war sie? Aber wer war dann der Löwe, dem sie sich unterwarf?" Er überflog die erste Seite des Vertrags. Dort stand es schwarz auf weiß. Jegliche Farbe wich aus seinem Gesicht. „Dad?"

„Er teilte deine Neigung."

„Ja, aber …"

Willow legte den Zeigefinger an die Lippen und drängte Dale vom Geländer weg, weil eine Angestellte durch das Foyer eilte. Leise fragte sie: „Das wusstest du?"

„Ich habe befürchtet, dass er den Bau des geheimen Apartments in Auftrag gegeben hat. Wer sonst? Aber ich wollte nicht wahrhaben, was das bedeutet." Seufzend rieb er sich über die geschlossenen Lider und lehnte sich gegen die Wand. „Als Teenager bekam ich mit, wie sich meine Eltern ständig stritten. Dad wollte beim Sex etwas mit Mom ausprobieren und brachte ihr Geschenke mit: Handschellen, Knebel, eine Gerte, so etwas halt. Sie aber hielt das für krank. Worauf er für gewöhnlich sagte, dass es ihn wiederum krank machen würde, seine Neigung mit ihr nicht ausleben zu können. Weil ich damals nicht wusste, wovon sie sprachen, durchsuchte ich heimlich das Elternschlafzimmer. Als ich Dads Präsente in einem Karton fand, war ich wie elektrisiert. Eine Maske, ein Dornenrad, Nippelklemmen ... Ich wusste nicht, was ich da entdeckt hatte, aber ich ahnte, dass es mit der Diskussion über sexuelle Experimente zu tun hatte. Jedenfalls bekam ich das Zeug nicht mehr aus dem Kopf! Ich informierte mich und probierte einiges an mir selbst aus."

Willow zwinkerte. „So hast du also Feuer gefangen."

„Mein Dad und ich waren uns sehr ähnlich, nicht nur optisch. Aber mir war nicht bewusst, dass er von der ultimativen Dominanz träumte. Als ich erwachsen war, unterhielten wir uns oft über die dunkle Lust, die wir teilten. Er berichtete mir von seinen Erfahrungen, er gab mir Ratschläge und warnte mich vor Gefahren, aber ich dachte, seine Erlebnisse lägen weit zurück, vor der Ehe mit meiner Mutter." Fassungslos schüttelte er den Kopf. „Eine Sklavin im Kellerverlies, eine 24/7-Session, das würde mir zu weit gehen."

„Ein Glück."

Er lächelte maliziös.

„Warum hast du nichts davon gemerkt?" Das interessierte sie wirklich, denn sie konnte es nicht nachvollziehen.

„Zu der Zeit, als Ayanda hier offenbar wohnte, habe ich nicht in der Mansion gelebt. Ich hatte meine eigene Wohnung, mein eigenes Leben und mein Studium. Himmel, ich war in den Zwanzigern, konzentrierte mich auf meine Karriere und hatte privat, nun ja, eine Sturm- und Drangzeit. Die Gespräche mit Dad hörten auf. Ich wollte BDSM nicht mehr diskutieren, sondern ausprobieren." Ein Funkeln trat in seine Augen. „Damals zog es mich nicht oft nach Hause, weil Gary ständig stichelte und eine permanente Spannung zwischen meinen Eltern herrschte. Jetzt weiß ich auch, warum."

„Du glaubst, deine Mutter wusste von der Affäre?", formulierte Willow es vorsichtig.

„Affäre? Das halte ich für untertrieben." Er schnaubte. „Ayanda war anscheinend nicht nur ein Abenteuer für Dad, sondern man kann sie als seine Zweitfrau bezeichnen. Immerhin hatte sie ihre eigene Wohnung hier. Selbstverständlich muss Mom im Bilde gewesen sein. Aber wir dürfen sie im Moment nicht fragen", beeilte er sich zu sagen und reichte ihr den Vertrag zurück. „Sie ist zu instabil. Das hattest du doch vor, nicht wahr?"

„Nein, so unsensibel bin ich nicht." Willow schüttelte den Kopf. „Behalte den Kontrakt. Er gehört deiner Familie." Das Tagebuch würde sie als Erinnerung aufbewahren, denn *Amasone* und *Meester* hatten sie in ihrem Wunsch nach SM bestärkt.

Dale stieß sich von der Wand ab. Er schob die Papiere unter seinen Hosenbund und zog das T-Shirt darüber. „Zu wem willst du dann?"

Statt langer Erklärungen führte Willow ihn in die Küche. Sie schickte die junge Jacky so resolut hinaus, dass diese schnellen Schrittes verschwand.

Dale wirkte sichtlich überrascht. Seine Stirn lag in Falten.

Angelockt von der harschen Anweisung an ihre Küchenhilfe, kam Martha aus dem Vorratsraum. Sie schaute erst Dale, dann Willow an. „Ist etwas passiert?"

Willow mochte die Köchin, daher fiel es ihr schwer, einen schneidenden Ton anzuschlagen. Doch sie würde nichts von ihr erfahren, wenn sie keinen Druck ausübte. Dafür stand Martha den Hendersons, besonders Vivian und Henry, zu nahe. „Du hast Ayanda Mokoena gekannt, habe ich recht?"

Martha wollte die Tür zur Kammer schließen, erstarrte jedoch mitten in der Bewegung. „Wen?"

„Vielleicht kanntest du sie auch unter *Amasone*. Du hast ihr Essen gebracht."

„Wovon redest du?" Sie wich Dales Blick aus. „Ich verstehe kein Wort."

„Sie mit allem Nötigen wie Hygieneartikeln und Medikamenten versorgt."

Nervös wischte Martha die Handflächen an der Schürze ab. „Ich koche hier nur."

„Und du hast dich auch sonst um die Geliebte des Hausherren gekümmert", bohrte Willow unerbittlich weiter.

„Ich habe absolut keine Ahnung, wovon du redest", entgegnete die Köchin barsch, aber ihre Stimme zitterte. Sie stellte den Wasserkocher rechts neben die Kaffeemaschine und wieder zurück an seinen alten Platz auf der linken Seite.

„Henry Henderson führte ein Großunternehmen. Er arbeitete bestimmt weitaus mehr als acht Stunden pro Tag. Außerdem zwang sein Job ihn, zu reisen. Familie und Freunde, sie forderten auch Aufmerksamkeit. Währenddessen muss sich jemand ihrer angenommen haben, jemand, der eingeweiht war, der von der geheimen Wohnung unter dem Gästehaus wusste und auch von dem, was darin vorging."

Marthas Gesicht nahm die Farbe einer reifen Tomate an. Sie hielt sich an dem Arbeitsblock in der Küchenmitte fest, als wäre ihr schwindelig. „Ich bin nur die Köchin."

„Nein, das stimmt nicht, du bist mehr als das, fast schon ein Mitglied des Henderson-Clans. Das habe ich bei unserem ersten Zusammentreffen begriffen, als ich bemerkte, dass du dich Dale gegenüber so liebevoll benimmst wie eine Großmutter."

Ein zaghaftes Lächeln entspannte Marthas verkniffene Miene etwas. Sie sah Dale an. Herzlichkeit trat in ihre Augen.

„Vivian hat dich sogar im Krankenhaus besucht, nachdem du zusammengeschlagen wurdest. Du zählst zum inneren Kreis. Dir vertrauen die Hendersons. Da Vivian die Geliebte ihres Mannes garantiert nicht eigenhändig beköstigt hatte, kommst nur du infrage." Anklagend zeigte Willow auf sie. „Du allein!"

In die Enge getrieben, nahm Martha ein Trockentuch und wischte über die trockene und saubere Arbeitsfläche. Sie atmete schwer. Die Schürze spannte sich über ihre schweren Brüste, als wäre sie zu eng gebunden.

So gern sie Martha hatte, hätte Willow sie doch am liebsten geschüttelt, um sie endlich zum Reden zu bringen. Aber Dale ergriff ihren Arm. Er ging an ihr vorbei zu der Köchin. Sanft legte er seine Hand auf ihre und hielt sie davon ab, mit der Übersprunghandlung fortzufahren.

Verständnisvoll lächelte er sie an. „Bitte, Martha, sag mir, was du weißt. Dad und Ayanda sind tot, du kannst ihnen nicht schaden. Ich muss die Wahrheit erfahren! Aber ich möchte Mom nicht fragen, denn sie ist in einer fragilen Verfassung, wieder einmal. Du bist die Einzige, die mir berichten kann, was damals passiert ist. Zwing mich nicht dazu, alte Wunden bei Mom aufzureißen. Sie hat ihren Frieden verdient. Und ich meinen auch. Aber um den zu finden, muss ich erfahren, was los war. Denn ich mache mir Vorwürfe, nichts gemerkt zu haben. Ich war zu egoistisch und habe mich nur um mein Vergnügen gekümmert, dabei musste die Situation Mom sehr zugesetzt haben. Ich hätte für sie da sein müssen."

„Scht", unterbrach Martha seinen von Schmerz getränkten Monolog. Sie zog ihn in ihre Arme und sprach sehr leise. „Dich trifft keine Schuld. Deine Eltern hätten selbst eine Lösung finden müssen, aber sie sahen keine. Dein Vater war besessen von Mrs Mokoena, und deine Mutter wiederum war ihm verfallen. Er brachte es ebenso wenig übers Herz, seine Ehefrau zu verlassen, weil er auch für sie starke Gefühle hegte. Sie war sein Zuhause, die Mutter seiner Kinder und das Fundament, das ihn stärkte. Ohne sie war er nichts, das wusste er. Doch es brannte eine Sehnsucht in ihm, der er nachgehen musste, sonst hätte sie ihn innerlich aufgefressen." Zärtlich tätschelte sie Dales Wange. „Das Leben ist nicht immer einfach, und Sex kann zur Sucht werden. Ich maße mir nicht an, ein Urteil über diese Dreiecksbeziehung zu fällen. Es ist wahr, einer von ihnen hätte die Notbremse ziehen müssen, doch sie waren alle zu schwach und zu gefangen durch Liebe und Lust. Irgendwann war es dann zu spät."

Willow konnte ihre Neugier nicht länger zügeln. Aber sie spielte nicht länger Inquisition, sondern sprach einfühlsam: „Was genau ist geschehen? Wie haben sich Ayanda und Henry kennengelernt? Wie endete ihre Beziehung?"

„Henry traf sie in Südafrika, er hatte schon immer ein Faible für dieses Land. Seinerzeit wurde dort ein Werbeclip für Tangy Inc. gedreht. Außerdem hatte er Meetings mit Distributoren, die seine scharfen Soßen auf dem afrikanischen Markt vertreiben wollten. Einer von den Händlern war Mufaro Mokoena." Kraftlos sank Martha auf einen der Küchenhocker. „Er allein bekam den Großauftrag, dafür ließ er seine Ehefrau anstandslos ziehen. Ayanda hätte sich ohnehin nicht aufhalten lassen, schätze ich, aber der Deal beruhigte wohl Henrys schlechtes Gewissen, weil er einem anderen Mann die Frau ausgespannt hatte." Martha ergriff Dales Hand. „Es tut mir leid, dass du all das erfährst."

Seine Stimme klang fest, sein Blick jedoch flackerte. „Ich will es ja so."

„Es muss wehtun." Doch Dale forderte sie auf, fortzufahren, und sie tat ihm den Gefallen. Willow merkte der alten Köchin an, dass es ihr nicht leichtfiel. Jedes Wort schien ihr schwer über die Lippen zu kommen. „Dein Vater ließ das Kellerapartment bauen, so heimlich wie nur möglich. Damals fanden alle Familienfeste nur noch auswärts statt. Er ließ Ayanda einfliegen, und sie zog dort unten ein. Die darauffolgenden zehn Monate waren für die beiden die schönsten ihres Lebens – das sagte mir dein Vater einmal, um mich zu beruhigen –, denn sie teilten etwas Dunkles, über das ich aber nicht sprechen möchte."

„Wir wissen, was du meinst." Dale nickte.

Erneut errötete Martha. „Aber ihr Spaß war von Anfang an getrübt. Es war auch eine schwere Zeit, weil sie wussten, dass Vivian litt. Es mag aussehen, als wären sie egoistisch gewesen, aber die beiden waren gute Menschen. Ayanda war einundvierzig Jahre alt und Henry achtundvierzig, Vivian dagegen schon sechsundfünfzig. Der Altersunterschied machte sich immer stärker bemerkbar."

„Zweiter Frühling?", warf Willow ein.

„Mag sein, aber ich glaube, sie wussten, wenn sie ihrer ...", verlegen zögerte Martha, „... speziellen Form der Erotik nicht jetzt nachgingen, würden sie es gar nicht mehr wagen. Sie hatten etwas Besonderes, etwas Außergewöhnliches und Kostbares gefunden, nämlich jemand, mit dem sie auf der Schattenseite der Lust leben konnten, so hatte Ayanda es mir einmal erklärt. Diese Chance konnten sie nicht ungenutzt vorüberziehen lassen, da sie ihrer Meinung nach nie wieder käme."

Willow knetete ihre Unterlippe. „Und Vivian akzeptierte das?"

„Ganz und gar nicht. Sie war außer sich. Tag für Tag machte sie Henry eine Szene, aber der blieb hart. Also zog sie in ein Hotel. Ich vermute, sie war zu vernarrt in ihn, um ihn wegzuschicken, daher ging sie selbst." Mit beiden Händen fuhr sich Martha über die Haare und schob Strähnen, die sich gelöst hatten, unter den Dutt. „Doch schon nach einer Woche kehrte sie zurück. Danach hat sie nie wieder über die Angelegenheit gesprochen."

„Sie schwieg, wie konnte sie?", empörte sich Willow. Arme Vivian. Bei allem Verständnis für die Liebe von *Amasone* und *Meester*, sie würde niemals einen Mann teilen. Von der Seite blinzelte sie Dale an. Meiner!

„Vivian schaffte es nicht, sich von Henry zu trennen. Er war der Sinn ihres Lebens, ihr ganzes Glück, wie sie oft betonte. Daher tat sie so, als gäbe es keinen Keller, keine Geliebte und kein Problem, das zwischen ihnen stand. Sie redete mit einem Psychiater statt mit ihrem Ehemann und nahm Pillen." Während Martha den Kopf schüttelte, stieß sie geräuschvoll die Luft aus. „Sie schwieg die Sache tot."

Tot, echote es in Willow. Unweigerlich musste sie an das Grab unter den Panther-Petunien und die Leiche im Müllsack denken. Sie nahm neben der Köchin Platz. „Ayanda wurde krank, habe ich recht?"

„Woher …?" Martha winkte ab. „Ist jetzt auch egal. Sie erkrankte an Lungenkrebs und lehnte ärztliche Hilfe ab. Ihrer Auffassung nach hätte eine Chemotherapie ihr Leiden nur verlängert. Drei Monate später starb sie, kurz vor Henrys fünfzigstem Geburtstag."

„Moment", unterbrach Dale sie. „Sechs Wochen danach hatte Dad den Herzinfarkt."

Auch Willow rechnete zurück. Tatsächlich! Zu dem Zeitpunkt ging seine Frau schon auf die sechzig zu. „Kann man an gebrochenem Herzen sterben?"

„Mit ihm ging es schon anderthalb Monate vorher rapide bergab." Aufgeregt schritt Dale auf und ab. „Das ist ungefähr die Zeit, die von Ayandas Tod bis zu seinem eigenen verstrich." Er blieb vor der Köchin stehen. „Das hat doch etwas zu bedeuten. Da ist was faul!"

„Ein Zufall", druckste sie herum. „Zufälle passieren."

Dale neigte sich vor, stützte sich auf der Arbeitsplatte ab und bohrte den Blick in den ihren. „Martha, was war da los? Verheimliche mir nichts. Ich muss es wissen! Hat das eine etwas mit dem anderen zu tun? Hat Dad so sehr wegen des Verlusts von Ayanda gelitten, dass er den Lebenswillen verlor und sein Körper kollabierte?"

„Das trifft nur zum Teil zu. Er ging ein wie eine Pflanze ohne Licht. Ohne Ayanda konnte er nicht mehr leben. Sie war wie die afrikanische Sonne für ihn: gleißend hell, belebend und heiß." Den letzten Satz flüsterte Martha. „Darum entschied er sich, ihr zu folgen."

Dale riss die Augen auf. „Er hat …?"

„Suizid begangen?", vollendete Willow nicht minder entsetzt die Frage und wünschte sich sogleich, sie hätte es nicht getan.

„Es bleibt ein Herztod, so oder so." Marthas Stimme versagte. Sie musste sich räuspern, um weiterreden zu können. „Deine Mutter hielt auch diesmal den schönen Schein aufrecht. Unter allen Umständen wollte sie vermeiden, dass die Wahrheit ans Licht kam. Wie hätte sie sonst dagestanden? Als gehörnte Ehefrau oder, falls sie wenigstens Ayandas Existenz hätte verheimlichen können, zumindest als Frau eines Mannes, der sie am Ende doch verlassen hatte. Nicht nur, dass sie die Liebe ihres Lebens verloren hatte, Henry hatte sich ausgerechnet mithilfe ihrer Psychopharmaka und Schlaftabletten umgebracht. Daher bat sie

Dr. Reed um Hilfe. Er stellte den Totenschein auf Infarkt aus und veranlasste, dass Henry so schnell wie möglich eingeäschert wurde. Und ich habe geholfen, es zu vertuschen, von Anfang an, alles. Wen hatte Vivian denn sonst?"

„Mich", sagte Dale voller Unverständnis. „Zu dem Zeitpunkt war ich achtundzwanzig und kein Kind mehr."

Martha tätschelte seine Hand. „Sie wollte nicht, dass ihr Schmerz auf dich abfärbt."

Mit hängenden Schultern setzte sich Dale. Die emotionale Erschöpfung stand ihm ins Gesicht geschrieben. Er stützte die Ellbogen auf der Arbeitsfläche ab und legte das Gesicht in die Hände.

Willow ging zu ihm und drückte seinen Kopf an ihren Bauch. Zärtlich streichelte sie seinen Nacken. Welch ein Familiendrama! So nah, wie Dale seiner Mutter stand, tat es ihm wahrscheinlich am meisten weh, nicht mitbekommen zu haben, dass sie dreizehn Monate durch die Hölle gegangen war.

Liebevoll küsste Willow sein Haar. „Alle drei waren erwachsen, sie trafen ihre Entscheidungen. Sie sind dafür verantwortlich, dass sich die Situation zuspitzte, nicht du, mein Schatz."

Plötzlich durchfuhr es sie wie ein Blitz. Natürlich! Das Geheimnis um Henrys geheimnisvollen Schatz, es lag mit einem Mal offen vor ihr.

Gedankenversunken starrte Dale an die Decke des Schlafzimmers. Er lag auf dem Rücken, einen Arm unter seinem Kopf und den anderen unter Willows. „Du könntest recht haben."

„Ich könnte...?" Willow knuffte ihn in die Seite. „Ich habe recht!"

Dale gähnte und streckte sich. „Ehrlich gesagt dachte ich, der ominöse Schatz wäre ein Hirngespinst meines Bruders. Gary wünscht sich so verzweifelt ein Wunder, das ihn aus der Scheiße herausholt, weil er aus eigener Kraft nicht dazu fähig ist."

Sonnenstrahlen fielen durch das Fenster ins Gästehaus. Inzwischen war es später Nachmittag geworden. Willow hatte Dale vorgeschlagen, sich ein paar Stunden hinzulegen, damit er Zeit bekam, zu verdauen, was sie von Martha erfahren hatten. Seitdem kuschelten sie eng umschlungen. Sie hatten erst geredet, dann gedöst, und nun wirkte er schon entspannter.

„Gary behauptet doch ...", sie drehte sich auf die Seite zu ihm, stützte den Kopf mit der Hand und schaute ihn an, „... Henry hätte die Kostbarkeit versteckt, selbst vor der Familie."

„Das kann ich mir nicht vorstellen. Dad war nie raffgierig. Außerdem hat er sich immer gut um uns gekümmert. Er hätte uns nie hintergangen oder uns etwas vorenthalten. So war er einfach nicht."

„Ich sollte nach etwas Besonderem suchen, wie einem riesigen Edelstein, der Besitzurkunde einer Diamantenmine oder etwas in der Art. Nun erinnere dich daran, was Ayanda zu Martha gesagt hat." Willow rezitierte es langsam und betonte die Schlagwörter: „Sie und ihr *Meester* hätten etwas Besonderes, etwas Außergewöhnliches und Kostbares gefunden, nämlich jemand, mit dem sie auf der Schattenseite der Lust leben konnten."

„Ich verstehe ja, worauf du hinauswillst."

„Henrys Geheimnis ... ein Versteck ... etwas, das Henry teuer war. Es sollte wohl eher heißen: jemand." Da Dale es nicht aussprach, tat Willow es: „Das trifft alles auf Ayanda zu. Sie ist der Schatz."

„Nicht meine Mom." Bitterkeit ließ seine Stimme rau klingen.

„Tut mir leid."

Dale knirschte mit den Zähnen. „Am Ende hat sie gegen Ayanda verloren, denn Dad entschied sich für sie."

„Im Grunde fand keiner der drei das vollkommene Glück", versuchte Willow ihn zu beruhigen. Ayanda hatte ihren Geliebten ebenso mit einer anderen teilen müssen wie Vivian. Henry war hin und her gerissen und konnte keiner der beiden Frauen gerecht werden. Vivian hat ihren Seelenfrieden aufgegeben, um Henry zu halten. Vielleicht wurde auch für Ayanda die Dreiecksbeziehung irgendwann derart unerträglich, dass sie beschloss, zu gehen, als das Schicksal ihr einen Ausweg bot."

Mit einem Seufzen drückte Dale Willow zurück auf den Rücken und legte sich halb auf sie. Seine Hand glitt zu ihrem Busen. Durch das T-Shirt hindurch spielte er mit ihrer Brustwarze. Sinnlich rieb er mit dem Daumen darüber, bis sie hervorstand. Er kniff hinein, jedoch so sachte, dass es nicht wehtat. Noch neckte er sie nur, aber an seinem verklärten Blick las Willow ab, dass er es nicht dabei belassen wollte.

Ihre Stirn legte sich in Falten.

„Ich brauchte Ablenkung." Entschuldigend zuckte er mit den Achseln. „Zerstreuung." Er drückte die harte Wölbung, die zwischen seinen Beinen wuchs, an ihre Seite. „Das ist meine Art, das alles zu verarbeiten."

„Dein Wunsch ist mir Befehl." Sie lachte und spreizte ihre Schenkel. „Benutze mich!"

Besitzergreifend legte er die Hand in ihren Schritt. Ein diabolisches Funkeln trat in seine Augen. „Zu wissen, dass im Keller all diese herrlichen Spielsachen sind, macht mich unruhig."

„Du willst da runtergehen, trotz allem, was du heute erfahren hast?" Sein Griff auf ihren Schoß wurde fester. Willow öffnete den Mund, denn ihr fiel das Atmen schwerer.

„Ich verbinde Dad nicht mit der Wohnung unter uns. Sondern ich sehe ihn in meiner Erinnerung, wie er meine Mom küsste, wie er Gary und mir Skilaufen beibrachte und wie er mich zwang, in allen Abteilungen von Tangy Inc. ein Praktikum zu absolvieren, selbst im Lager, am Empfang und bei der Security, damit ich den Job von der Pieke auf lernte. Damals empfand ich das als Zeitverschwendung, heute betrachte ich die Erfahrungen als Segen, da ich jeden Winkel des Unternehmens kenne. Das war mein Dad!"

Er koppelte Henry Henderson von *Meester* ab, um mit der Situation klarzukommen, begriff Willow. Kein Schutzmechanismus seiner Psyche, sondern er tat es bewusst.

Sie küsste ihn heiß und innig, um ihm anzudeuten, dass sie bereit für die nächste Session war. Vivian tat ihr unglaublich leid! Aber sie war ihr zunehmend mit Abneigung begegnet, daher zerfloss Willow nicht vor Mitgefühl. Außerdem verband Willow immer noch ein fast freundschaftliches Verhältnis zu *Amasone* und *Meester*. Da sie sie nicht persönlich gekannt hatte, blieben sie für sie zwei Personen in einem Tagebuch, zwei, die BDSM ausgelebt hatten und darum Vorbilder für sie waren.

Je mehr sie daran dachte, was die beiden dort unten miteinander getrieben hatten, desto heißer wurde sie. „Lass uns runtergehen!"

„Das ist das letzte Mal, dass ich dir diesen Befehlston durchgehen lasse." Dale legte die Hand unter ihr Kinn und drückte es sachte hoch. Er bohrte seinen Blick in ihren, warnend und gleichsam lüstern.

Ihr Schoß fühlte sich ganz warm und weich an. „Ja, mein Herr."

Sie gingen in den Keller. Vielmehr rannten sie die Treppe hinunter und stürmten in das geheime BDSM-Apartment.

Glücklich, keinen Maskierten mehr vor sich zu haben, sondern Dale, dem sie vertraute, den sie liebte und dem sie sich mit Haut und Haaren hingeben konnte, drehte sich Willow lächelnd um die eigene Achse. Die Utensilien flößten ihr immer noch Angst ein, aber sie empfand es als richtig, ein Teil dieser frivolen Unterwelt zu sein. Hier gehörte sie hin, gemeinsam mit Dale. Eine Lustsklavin, das war sie.

Er sah sich um. „Wir könnten den Raum nach unseren Wünschen umgestalten."

„Ein Spielzimmer für uns?"

„Mir würden noch ein paar nette Accessoires einfallen." Gefühlvoll umarmte er Willow von hinten. Plötzlich biss er ihr in den Nacken.

Sie schrie auf. Die Mischung aus zart und hart verursachte bei ihr ein erotisches Kribbeln. Es floss von der Stelle, an der sie immer noch meinte, seine Zähne zu spüren, über das Schulterblatt hinab und rann zwischen ihre Pohälften. Dort unten nährte es die Glut, sodass erste Flammen daraus erwuchsen. „Ach ja. Welche denn?"

„Das erfährt die Sklavin erst, nachdem ihr Herr sie eingebaut hat."

Eingebaut, hallte es in ihr wider. Das klang nicht nach Schlaginstrumenten oder Plugs, sondern nach SM-Möbeln. Dabei fand man hier bereits alles Mögliche. Was mochte er im Sinn haben? Willow schaute Dale über die Schulter hinweg an und hob eine Braue, doch er rückte nicht mit der Sprache heraus. Die Ungewissheit goss Öl ins Feuer ihrer Erregung, denn eins war für sie gewiss: Was immer Dale anschaffen wollte, es würde ihre Geilheit auf die Spitze treiben.

„Zieh dich aus!" Er flüsterte den Befehl nur, aber es lag eine Kraft in seinen Worten, die sie wohlig erschauern ließ. „Du hast …"

Sie drehte sich zu ihm um und schlüpfte so schnell aus ihrer Kleidung und ihren Schuhen, dass sie nackt vor ihm stand, bevor er den Satz zu Ende gebracht hatte.

„… fünf Sekunden, wollte ich sagen, aber das ist jetzt überflüssig." Seine Augen weiteten sich vor Überraschung. Sogleich bewölkte sich sein Blick. Er verschränkte die Arme vor dem

Oberkörper. „Du hättest dir so oder so die Kleider vom Leib gerissen, nicht wahr?"

„Ich habe deine Anweisung nur rasend schnell ausgeführt."

Es lag eine subtile Drohung darin, als er fragte: „Deine?"

„Ihre Anweisung, mein Herr", beeilte sie sich zu sagen, während sie gleichzeitig die Beine spreizte, die Hände hinter dem Rücken zusammenzuführte und den Busen herausstreckte, um sich ihm hübsch und aufreizend zu präsentieren und ihm Zugriff auf jeden Zentimeter ihres Körpers zu ermöglichen.

Langsam schritt er um sie herum, wie ein Jäger, der immer enger werdende Kreise um seine Beute zog. „Es war dein eigener Wunsch, dich mir so schamlos anzubieten, wie du es gerade tust."

Ja! schrie es in ihr, doch sie antwortete findig: „Ihr Wunsch ist auch meiner."

„Schlange! Dein freches Mundwerk werde ich erst einmal ausschalten." Er presste ihre Lippen zusammen und steckte eine Krokodilklemme drauf. „Wehe die fällt ab!"

Das zu schaffen, würde schwer werden. Willow musste permanent eine Schnute machen. Außerdem tat es jetzt schon weh. Je länger der Druck anhalten würde, desto größer würde der Schmerz werden. Doch es gab nur eine Möglichkeit, die Klammer wieder loszuwerden: Dass Dale sie abnahm. Da Willow ihn nur dazu bringen konnte, indem sie Gehorsam und Demut bewies, ergab sie sich ihrem Schicksal. Sie unterwarf sich ihm und senkte den Blick.

Dale besaß Macht über sie. *Aber nur weil ich sie ihm freiwillig verleihe.*

Selbstverständlich behielt sie diesen Gedanken für sich, doch durch ihn fühlte sie sich merkwürdig erhaben. Wie eine Königin in der Gestalt einer Sklavin. Gefügig und stolz zugleich. Wie *Amasone* es gewesen war.

Er brauchte sie nur zwei Schritte nach links zu bugsieren, um sie dorthin zu bekommen, wo er sie haben wollte: geradewegs zwischen zwei dickgliedrigen Ketten, die von der Zimmerdecke herabhingen. Jeweils am Ende befanden sich Ledermanschetten, die er um Willows Handgelenke legte und so zärtlich festzurrte, dass sie eine angenehme Gänsehaut bekam. Selbstsicher, als hätte er und nicht sein Vater die BDSM-Wohnung eingerichtet, zog er die Ketten durch einen Flaschenzug so weit nach oben, bis Willow mit gestreckten Armen vor ihm stand.

Als er auch ihre Fußgelenke an Verankerungen im Boden festband, wurde Willow mulmig. Ihre Aufregung wuchs. Adrenalin rauschte durch ihre Adern. Sie atmete heftiger und schwitzte.

Dale trat von ihr weg und betrachtete sie lüstern.

Mit gespreizten Beinen und gefesselten Händen war sie ihm hilflos ausgeliefert. Wie ein aufgeschlagenes Buch, kam es ihr in den Sinn. Offen und schutzlos – abhängig von seiner Laune. Wie konntest du es so weit kommen lassen? ging ihr kurz durch den Sinn. Unauffällig zog sie an den Ketten, aber sie gaben keinen Millimeter nach.

Im nächsten Moment erinnerte Willow sich daran, dass sie mit Dale spielte. Sie vertraute ihm. Er war ihr Herr, ihr Sexgott und der Mann, den sie liebte.

Ein bisschen Angst blieb, doch das meiste wurde von Liebe und Lust weggespült. Eine düstere Erregung ergriff sie, genau die Art, nach der sie sich verzehrte und die ihr am Ende dieser Session einen Orgasmus bescheren würde, der jede Pore in Vibration versetzte.

Doch bis dahin war es noch ein weiter, mühsamer und geiler Weg.

Diese Sanftheit, mit der Dale sie nun streichelte, trieb sie in den Wahnsinn. Ihre Haut schien so viel sensibler, nun, da sie sich nicht zu wehren vermochte. Er konnte liebevoll mit ihr umgehen, aber ebenso gut konnte er ihr wehtun, das lag allein in seiner Hand. Sie war gezwungen, hinzunehmen, was er mit ihr anstellte, was er ihr antat.

Im Moment strich er unglaublich gefühlvoll über ihre Brustspitzen, sodass sie sofort erigierten. Doch wenn ihm danach gelüstete, konnte er schon in der nächsten Minute so fest hineinkneifen, dass Willow die Tränen in die Augen steigen würden.

Allein die Vorstellung ließ sie noch feuchter werden, als sie ohnehin schon war.

Sie rief sich in Erinnerung, dass er ihr nicht ernsthaft wehtun würde. Lustschmerz, allein darum ging es. Warum vermochte sie sich dann nicht von dem letzten Rest Furcht zu befreien? Hilfe, schrie es in einer Sekunde in ihr, in der nächsten bettelte sie stumm: „Tu es endlich."

Himmel und Hölle! Willow seufzte trotz verschlossener Lippen halb lasziv, halb bekümmert. Ihre Gefühle glichen einer Achterbahnfahrt. Freud und Leid lagen eng beieinander. Aber sie wollte es haargenau so, sie brauchte es genau so.

Dales Hände schienen überall gleichzeitig auf ihr zu sein: Auf den Brüsten, dem Bauch, dem Venushügel, den Schamlippen, den Oberschenkeln, ihrem Hintern, dem Rücken, dem Nacken ... Dann widmete er sich wieder ausgiebig ihren Nippeln, bevor sich seine Hände erneut auf Wanderschaft machten.

Der Schmerz, den die Krokodilklemme an ihrem Mund verursachte, vermischte sich mit der Erregung, die die Berührungen erzeugte. Die perfekte Kombination, fand Willow, wie herber Kakao und Schlagsahne oder Vanilleeis mit Bitterschokoladen-Soße.

Die Fesselung zwang sie dazu, sich auf ihre Gefühle zu konzentrieren. Das führte dazu, dass Willow sie verstärkt wahrnahm. Sex in schillernden Farben und in orgiastischen Tönen. Warum sie das dachte, wusste sie zuerst nicht. Aber es musste daran liegen, dass sie BDSM viel lebendiger empfand als Blümchensex.

Vor Dale hatte Sex der Melodie eines einzelnen Geigenspielers geglichen, schön und sinnlich zwar, aber man konnte nebenher essen, Wein trinken und sich unterhalten. Mit Dale war es, als würde ein Orchester frenetisch ein Musikstück spielen, das einen von der ersten Note an in den Bann zog und in einen Rausch versetzte.

Jetzt unterscheide ich schon in „vor Dale" und „mit Dale", als wäre das eine Zeitrechnung. Sie lachte mit geschlossenem Mund. Die Klammer rutschte dennoch nach vorne. Erschrocken riss sich Willow zusammen, auch wenn sie das Lachen nicht ganz unterdrücken konnte. Und das nicht nur, weil ihre Gedanken sie amüsierten, sondern auch weil Dales Hand durch ihre Achsel glitt.

Einmal strich er hindurch, um von ihren Brüsten zu ihrem Rücken zu kommen, so dachte sie zuerst. Doch er tat es erneut und brachte sie damit zum Gackern. Sachte tanzten seine Fingerspitzen über die rasierte Haut. Willow zuckte kichernd in ihren Fesseln. Sie hatte keine Gewalt mehr über ihren Körper und prustete immer heftiger, bis sie fast keine Luft mehr bekam.

Ihre Augen schwammen. Dale zeigte kein Erbarmen. Dafür liebte sie ihn.

Seine Fingernägel kratzten sie behutsam. Der Kitzel wurde immer unangenehmer. Er steigerte sich stetig, hörte jedoch niemals auf und wurde zur bittersüßen Qual. Keine fünf Sekunden gönnte Dale ihr, um nach Atem zu ringen. Tränen liefen über ihre Wangen.

Da hörte er endlich auf. Erleichtert schnappte Willow nach Luft.

Zu früh gefreut. Dale hatte das Spiel nur unterbrochen, um sich ihrer anderen Achselhöhle zu widmen.

Die Tortur begann von vorne. Willow wollte ihn anflehen, gnädig zu sein und die Marter zu beenden. Doch dann wäre die Klammer abgefallen, und er würde sie für ihr Vergehen büßen lassen. Also ließ sie die Klammer, wo sie war. Was dazu führte, dass alles, was aus ihrem Mund drang, verzerrt klang: Stöhnen, Winseln und hysterisches Lachen.

Als sie sich an ihrem eigenen Speichel verschluckte und hustete, gab Dale ihr Zeit, sich zu fangen. Kaum hatte sie sich wieder beruhigt, fuhr er fort, sie auf diese zärtliche Art zu foltern.

Er wechselte von einer Achsel zur anderen und wieder zurück, ein ständiges Hin und Her. Mit jedem Abebben des Horrorkitzels hoffte sie, er würde endlich von ihr ablassen. Doch er schien nicht genug davon zu bekommen, sie unter Strom zu setzen, bis jedes ihrer Körperteile unkontrolliert zu zucken begann.

Nach einer gefühlten Ewigkeit ließ er von ihr ab.

Hechelnd hing sie an den Ketten, froh, dass diese ihr Halt boten. Ihre Beine zitterten, ihr Gesicht war nass vor Lachtränen und die Innenseiten ihrer Oberschenkel fühlten sich feucht an. Sie wollte Dale einen zornigen Blick zuwerfen, doch selbst dazu war sie zu erschöpft. Ihre Lungen brannten vor Anstrengung, die Luft allein durch die Nase einzusaugen.

Als er in die Küche ging, glaubte sie, er würde ein Schlaginstrument oder ein anderes Utensil holen, das dort an den Wandhaken und auf den Regalen auf seinen Einsatz wartete, doch er kehrte mit Wasser zurück. Behutsam entfernte er die Krokodilklemme und setzte das Glas an ihre Lippen.

Willow trank gierig. „Danke, mein Herr."

Statt ihren Mund erneut mit der Klammer zu verschließen, schmückte er eine ihrer Brustwarzen damit. Vorher nahm er jedoch die Schutzplättchen ab, sodass sich die Zähnchen in ihren Nippel bohrten. Willow biss die Zähne zusammen. Den konkreten, ehrlichen Schmerz ertrug sie gleichwohl besser als den der Kitzelfolter.

Er stellte das Glas weg. Das diabolische Leuchten in seinen Augen ließ nichts Gutes erahnen. Gefühlvoll legte er die Hand auf ihre Scham. Willow genoss die intime Berührung, aber sie war auch in Alarmbereitschaft.

„Ich werde jetzt testen, wie sehr", er malte Anführungszeichen in die Luft, „mein Wunsch dir Befehl ist. Komm innerhalb einer Minute zum Orgasmus oder ich werde deine Klitoris für die Befehlsverweigerung bestrafen."

Willows Brauen schnellten in die Höhe. Sechzig Sekunden, das war kurz, dennoch sollte es zu schaffen sein. Aber war sie schon erregt genug? Das erotische SM-Spiel hatte gerade erst begonnen.

Was würde Dale ihrer empfindlichsten Stelle antun? Würde er den Kitzler züchtigen, Willow in dieser Session gar nicht zum Höhepunkt kommen lassen oder …? *Nicht daran denken!* Denn wenn sie das tat, hatte sie sich schon unbewusst damit abgefunden, die Vorgabe nicht einhalten zu können. *Ich werde es schaffen!* Sie schielte zu der großen Wanduhr, die über der Eingangstür hing.

„Die Zeit läuft ab jetzt!" Er rieb über ihren Schoß.

Allerdings viel zu sachte! Die Erregung schwoll an, aber quälend langsam. Ungeduldig schob sie ihr Becken vor, um Dale intensiver zu spüren. Doch er schnalzte und entfernte sich so weit, dass ihre Fesseln nicht zuließen, näher an ihn heranzukommen. Er führte, sie folgte – Willow verstand und versuchte sich zusammenzureißen, damit er seine Hand nicht ganz wegnahm.

Zwanzig Sekunden waren vergangen. *Schon?* Ihr kam es vor, als würde die Zeit schneller verrinnen als üblich.

Als er zwei Finger auf ihren Kitzler presste, schöpfte sie Hoffnung. Doch er ließ sie zu gemächlich kreisen, die Lust baute sich nicht schnell genug auf. Währenddessen drehte sich der Sekundenzeiger der Uhr unaufhörlich weiter. Das Ticken machte Willow nervös. Sie schloss die Lider, um sich auf ihre Mitte konzentrieren zu können. Doch alles, was sie wahrnahm, war das aufgeregte Pochen ihres Herzens, es lenkte sie ab und verstärkte ihre Unruhe noch, daher öffnete sie die Augen wieder.

Mehr als die Hälfte der Minute gehörte bereits der Vergangenheit an. Willow erschrak.

Sie war erregt, die Erregung steigerte sich immer weiter, und dennoch konnte sie nicht kommen. Nicht innerhalb einer Minute. Der Druck dämpfte ihre Geilheit. Sie kämpfte darum, entspannter zu werden, doch genau dieses Ringen mit sich selbst führte dazu, dass sie sich immer weiter verkrampfte. Sie kannte diese Crux schon, konnte aber nichts dagegen machen.

Nur noch fünfzehn Sekunden.

Ihr Puls raste. Sie spürte ihn sogar in ihrem Kitzler. Panik ergriff sie. Sie bewegte ihr Becken, um mehr und eine stärkere Reibung zu erzeugen, woraufhin Dale die Finger wegnahm. Ihre Entschuldigung klang kleinlaut und atemlos. Verzweifelt.

„Letzte Warnung", grollte er und fasste sie wieder an. Diesmal rieb er mit der Handkante über ihre Klitoris, aber nicht schnell und hart, wie Willow es sich wünschte, wie sie es brauchte, um im letzten Moment einen Schrei der Erleichterung von sich zu geben, sondern wie in Zeitlupe.

Ein Fluch lag ihr auf den Lippen. Sie bemühte sich, durch heiße Gedanken ihre Geilheit zu steigern. Darum führte sie sich vor Augen, wie Dale sie beim ersten Zusammentreffen im Bankettsaal mit dem Bauch auf den Tisch gedrückt und mehrmals hintereinander zum Orgasmus gebracht hatte. Gezwungen zu werden, immer und immer wieder den Gipfel der Lust zu besteigen, war eine Qual gewesen, doch innerhalb einer Frist zu kommen, mit dem Ausblick auf eine Strafe bei Misserfolg, war es nicht minder. *Komm endlich! KOMM JETZT.*

Nichts half. Der Zeiger vollendete seine Runde. Dale seufzte in gespielter Enttäuschung, trat zurück und leckte genüsslich ihre Feuchtigkeit von seinen Fingern. „Davon, dass du meine Wünsche ohne zu zögern erfüllst, kann ja wohl keine Rede sein. Mit deinem Gehorsam ist es nicht weit her."

Sie biss sich auf die Unterlippe, um nicht gegen diese Ungerechtigkeit zu protestieren, aber das hätte ihr nur eine noch härtere Strafe eingebrockt.

„Ich werde deine Erziehung zur Sklavin strenger gestalten müssen", kündigte er an. Er steckte die Krokodilklemme von einem Nippel auf den anderen und ließ sie zuschnappen. Ein scharfer Schmerz durchfuhr Willow. Stöhnend wand sie sich in ihren Fesseln.

Bastard! schmetterte sie ihm lautlos hinterher, nachdem er sich umgedreht hatte, um eine Gerte zu holen. Gleichzeitig betete sie ihn an für die Abgründe, mit denen er sie bekannt machte. Wie *Amasone* hätte sie Rücksicht und Milde als Schwäche interpretiert und als Fehler ihres Herrn, seine Rolle auszufüllen. Natürlich war ihr auch etwas mulmig zumute. Aber sie vertraute Dale, er würde niemals zu weit gehen, denn er liebte sie ebenso sehr wie sie ihn.

Vorfreude ließ sein Gesicht erstrahlen, als er das Ende der Gerte an ihre Klitoris legte.

Willow dagegen ergriff Furcht. Sie versuchte, die Beine zu schließen, doch die Fußfesseln hielten sie genauso davon ab wie die Ketten davon, die Hände schützend auf das Dreieck zwischen ihren Schenkeln zu halten.

Es wird wehtun, es wird verdammt wehtun. An etwas anderes konnte sie nicht denken. Der Gedanke, der unentwegt in ihrem Kopf kreiste, nährte die Angst. Je länger Dale das Unvermeidliche hinauszögerte, desto heftiger wogte Willows Brustkorb auf und ab. Und je mehr sie sich bewegte, desto intensiver spürte sie den Biss der teuflischen Nippelklemme.

Aber noch etwas anderes geschah: Furcht und Schmerz peitschten ihre Erregung empor.

Das hätte ich bei der Prüfung zuvor gebrauchen können, dachte sie voller Hohn. Jetzt führte ihre Geilheit lediglich dazu, dass ihr Kitzler anschwoll, sich weiter aus dem Häutchen schälte und den Schlägen völlig schutzlos ausgeliefert war. Willow keuchte.

Würde sie die Hiebe ertragen können? Hatte sie überhaupt eine Wahl?

Selbstverständlich hatte sie die. Sie brauchte nur „härter" zu rufen und sofort würde Dale aufhören und sie losbinden. Aber wollte sie das wirklich? *Nein, auf keinen Fall!* Sie würgte das Safeword hinunter und presste die Lippen aufeinander.

Ihr Herr und Meister, dessen Hose längst von seinem prallen Schwanz ausgewölbt wurde, holte überraschend weit aus. Wozu? Das war doch gar nicht nötig. Ihre Sorge wuchs. Wie fest würde er zuschlagen? Das erfuhr sie einen Atemzug lang später.

Sie schrie auf! Obwohl Dale sich zurückgehalten hatte. Das Ausholen hatte sie lediglich verunsichern sollen. *Schuft!* Milder Schmerz breitete sich von ihrer empfindlichsten Stelle in den gesamten Körper aus. Aber der Schmerz kam nicht allein, sondern eine starke Welle der Lust rollte vom Epizentrum aus durch ihren Schoß und setzte in ihn Flammen. Aus tiefster Seele stöhnte sie wollüstig.

Die Gerte küsste ihren Kitzler ein zweites Mal, nicht härter als zuvor, aber der Lustschmerz war dennoch nachhaltiger.

„Heilige Scheiße!“ Ein Beben rauschte durch sie hindurch. Ihre empfindsamste Stelle pochte wie verrückt und mit jedem Pulsieren sandte sie Geilheit in den Rest von Willows Körper aus. Berauscht hing sie in den Fesseln.

Mit vor Lust getrübtem Blick und trotzdem zielsicher schlug Dale ein drittes Mal zu und übte weniger Kraft aus, trotzdem tat es mehr weh. Willow stöhnte gequält. Dabei tropfte Speichel aus ihrem Mundwinkel. Prickelnde Schauer überliefen sie. Ihre Zehenspitzen waren in ständiger Bewegung, ihre Hände waren zu Fäusten geballt. Sehnsüchtig weitete und schloss sich ihre feuchte Öffnung immer wieder. Sie begehrte, endlich ausgefüllt zu werden, denn sie war mehr als bereit.

Dale schien es auch zu sein, denn er warf die Gerte weg. Eiligen Schrittes kam er zu Willow. Doch er band sie nicht sofort los, um sich auf dem Boden mit ihr zu wälzen, sondern er nahm die Klammer von ihrer Brustspitze und zwirbelte den Nippel. Mit dem hineinströmenden Blut kam auch der Schmerz. Scharf sog Willow die Luft durch geschlossene Zähne ein.

Kaum dass sie sich beruhigt hatte, nahm Dale die Krokodilklemme und setzte sie so auf ihre Klitoris, dass das Häutchen diese noch schützte und das Knötchen oben herausschaute. Es tat weh, war aber gerade noch auszuhalten. Die Erregung half ihr dabei.

Endlich löste er die Fußfesseln, zu Willows Überraschung jedoch nicht die Ledermanschetten um ihre Handgelenke. Was hatte er nun schon wieder vor?

Ohne ihr Anweisungen zu geben, hob er sie auf die Höhe seiner Lenden. Automatisch schlang sie die Beine um seine Taille, schon weil sie sonst keinen Halt hatte, aber auch weil sie nun eine Ahnung davon bekam, was ihm vorschwebte. Mit geröteten Wangen holte er seinen Schwanz aus dem Hosenschlitz und führte ihn in sie ein. Ihre Mitte war hervorragend geölt und nahm ihn geschmeidig auf.

Dalc hielt sie fest, indem er mit einem Arm ihren Hintern und mit dem anderen ihren Rücken stützte. Langsam bewegte er sich vor und zurück. Gleichzeitig brachte er Willow dazu, in ihren Fesseln leicht hin und her zu schaukeln, sodass ihre Unterleiber immer wieder aufeinandertrafen und sich ihre Geschlechter schwungvoll vereinten. Jedes Mal bohrte sich sein Schaft tiefer in ihre schmatzende Mitte. Aber er erschütterte auch bei jedem Stoß die Klemme auf ihrem Kitzler.

Sex mit Dale blieb zartbitter.

Trotz der unbequemen Stellung waren Dales Bewegungen von kraftvoller Eleganz, als er sie im Stehen fickte. Willow hing in einer provisorischen Liebesschaukel und gab sich seinen Stößen hin. Eine Zeit lang bemühte sie sich, ihr Gewicht abzufangen, indem sie sich an den Ketten festhielt, aber bald verließ sie die Kraft. Es blieb allein Dale überlassen, den Schwung beizubehalten, und er schaffte es nicht nur, er wurde sogar noch leidenschaftlicher.

Sein Atem beschleunigte sich. Sein Gesicht war inzwischen hochrot. Auch er schwitzte, stöhnte ... Und dann schaffte Willow es nicht mehr, ihn zu beobachten. Ihre Ekstase raubte ihr die Sicht. Wonnetrunken legte sie den Kopf in den Nacken, sie schloss die Augen und ließ sich vögeln. Hemmungslos. Stürmisch. Als gäbe es kein Morgen.

Es kam der Moment, auf den sie so lange hingefiebert hatte. Sie atmete bis ins Zwerchfell ein. Die Welt stand still, obwohl Dale weiter heftig zustieß. Der Orgasmus raubte Willow die Luft. Sie löste sich auf in Gefühl. War Schmerz. War Geilheit. Und so losgelöst von allem Irdischen, dass sie glaubte zu schweben.

Von fulminanten Lustkrämpfen geschüttelt hing sie an den Ketten. Ihr eigenes Stöhnen hörte sich für sie fremd und weit weg an. Jeder Winkel ihres Körpers tat weh, jeder Winkel ihres Körpers war aber auch erfüllt von einer Euphorie, die an Wahnsinn grenzte. Doch solange dieser erotischer Natur war und Dale ihn kontrollierte, schien ihr der Zustand ungefährlich zu sein.

Als der Höhepunkt langsam abflachte, da Dale ebenfalls gekommen war und seine Stöße langsamer wurden, bis er schließlich ganz damit aufhörte, seufzte sie ermattet.

Sie wollte sich gerade der entspannten Erschöpfung hingeben, da entfernte Dale die Krokodilklemme von ihrer Klitoris. Erneut loderte Schmerz zwischen ihren Beinen auf. Er ließ noch einmal Flammen aus der Glut emporschießen. Aber sie fanden keinen Nährboden, denn Willow war bis in die letzte Körperzelle befriedigt. Also erstickten die Flammen gleich darauf wieder.

Vorsichtig stellte Dale sie auf die Füße. Eine Weile hielt er sie in den Armen, und das war gut so, denn ihre Beine trugen sie kaum. Ihre Arme brannten, sie kribbelten unangenehm. Aber das Kuscheln mit Dale tat so gut, darum drängte sie ihn nicht darauf, sofort losgebunden zu werden. Er küsste sie liebevoll und zärtlich – dankbar!

„Ich liebe dich so sehr", wisperte er, während er an ihrem Ohrläppchen knabberte. „Egal ob Charlaine oder Willow, ich will dich, nur dich."

„Und ich dich, einerlei ob als Dale oder Savage … Nein, halt!" Sie grub den Kopf in seine Halsbeuge. Obgleich er sie lustvoll folterte, fühlte sie sich bei ihm so geborgen wie niemals zuvor, nicht einmal bei ihren Eltern. „Es ist mir nicht egal. Ich will beide."

„Du sollst sie haben." Sinnlich lachte er. „Ich löse die Ledermanschetten, sobald du sicher stehen kannst, mein Schatz."

Plötzlich erschrak Willow. Ein Schatten hatte sich in den Keller gestohlen. Er trug etwas in der Hand. Was es war, vermochte sie nicht zu erkennen, aber es konnte nichts Gutes sein, denn er hielt es wie eine Waffe vor sich.

Als sie begriff, wer sie in dieser hochnotpeinlichen Situation ertappt hatte und nun drohend auf sie zugestürmt kam, riss sie entsetzt die Augen auf. Sie wollte ihre Nacktheit verdecken – sofort! – und zerrte an ihren Fesseln.

Doch sie war hilflos dem Sturm ausgeliefert, der gleich über sie hereinbrechen würde.

42. KAPITEL

„Aaaahhhh“, dröhnte es ohrenbetäubend durch den Keller.

Vivians Aufschrei ging Willow durch Mark und Bein. Dales Mutter schien sich in eine Karikatur ihrer selbst verwandelt zu haben. Jegliche Eleganz war verschwunden. Aus der Upper-Class-Lady war eine Furie geworden. Ihre Haare schienen grauer denn je und standen ab wie bei Cruella de Vil. Ihre Miene drückte Hass und Abscheu aus. Wo war die ruhige, mütterliche Vivian hin? Was war mit ihr geschehen, dass sie wie ein tollwütiges Tier aussah und sich auch so benahm?

Willow fiel ein, dass sie schon länger eine Veränderung an der fast Sechzigjährigen festgestellt hatte. Vermutlich hatte sich Vivian innerlich langsam gewandelt und erst jetzt auch gehäutet, sodass es offensichtlich wurde.

Schützend stellte sich Dale vor seine nackte und gefesselte Geliebte. Hastig schloss er seine Hose.

„Nicht schon wieder.“ Vivians freie Hand formte sich zu einer Klaue, als würde sie einen Krampf erleiden. Oder sich in eine Bestie verwandeln. „Hört das denn nie auf?“

Beschwichtigend sprach Dale auf sie ein: „Mom, beruhige dich.“

Vivian kreischte hysterisch. Ihr Körper spannte sich derart an, dass ein Knopf der Bluse über dem üppigen Busen absprang. „Die Büchse der Pandora, warum hast du sie wieder geöffnet?“

„Das ist nur eine Kellerwohnung.“

„Ist es nicht, es ist eine Fickhöhle … die Sexhölle … die Hölle auf Erden … für mich war sie das … ist sie das. Ich hätte das alles niederbrennen sollen.“ Mit einer ausladenden Geste zeigte sie umher. Die Flüssigkeit in der Flasche, die Vivian so fest hielt, als wollte sie sie zerquetschen, schwappte hin und her.

Es ist nur eine Wasserflasche, dachte Willow erleichtert, und belächelte ihre Befürchtung, es könnte sich um eine Waffe handeln. Kalter Schweiß rann ihren Rücken hinab. Sie presste die

Schenkel zusammen, als würde das helfen, ihre Blöße zu verstecken.

„Diese Wohnung gehört zur Vergangenheit, und die ist nun mal …", Dale zuckte mit den Achseln, vielleicht um der Situation einen entspannten Anstrich zu geben, „… vergangen."

„Nichts ist vorbei", fauchte seine Mutter. Ihre Miene war so verkniffen, dass die Falten wie Krater wirkten. „Im Gegenteil: Es geht wieder von vorne los."

„Was redest du da? Dad ist tot." Leiser und sanfter fügte Dale hinzu: „Und Ayanda lebt ebenfalls nicht mehr."

„Sprich ihren Namen nicht in meiner Gegenwart aus! Ich habe dich gewarnt … du hast es versprochen … Für mich war deine Schlampe schon tot, als sie hier unten einzog." Sie schluchzte herzzerreißend. „Auch von mir starb ein Teil hier." Sie zeigte mit dem Finger auf ihn, ihr Nagel war abgekaut und blutig. „Und du trägst die Schuld daran."

Willow krauste die Stirn. Offenbar glaubte Vivian, ihren Mann vor sich zu haben und nicht ihren Sohn. *Sie ist völlig irre geworden.* „Mach mich los, Dale."

„Ich bin es doch – dein Sohn." Langsam schritt er auf seine Mutter zu, die Arme einladend geöffnet.

Aber als Vivian den Deckel der Flasche abschraubte und sie wie ein Schutzschild hochhielt, blieb er abrupt stehen. Seine Augen weiteten sich.

Auch Willow erspähte das Warnschild auf dem Etikett: zwei Reagenzgläser, aus denen Flüssigkeit auf eine Hand tropfte und sie verätzte. Ihr Magen zog sich zusammen. Die Nackenhaare stellten sich auf. Ihr Brustkorb fühlte sich so eng an, dass sie schwerer Luft bekam. Angsterfüllt zerrte sie an den Ketten. „Binde mich los, Dale! Verdammt noch mal, lass mich endlich frei!"

Dale griff sich an die vernarbte Wange. In dieser Haltung erstarrte er. Er schien Willows Hilferufe gar nicht mehr wahrzunehmen, sondern starrte seine Mutter entsetzt an.

Diese kreischte mit entrücktem Blick weiter. In jedem Wort schwangen Ekel und Verachtung, aber auch Verletztheit mit:

„Weit über ein Jahr musste ich deine Dreilochstute auf einem Grundstück dulden, und das nur, weil du deine schmutzigen Fantasien nicht aufgeben wolltest. Darüber bin ich fast verrückt geworden."

Nicht nur fast, dachte Willow und versuchte, Dale zu treten, damit er aus der Schockstarre erwachte und ihre Fesseln löste, aber er stand zu weit weg.

„Ich habe dich nie zufriedengestellt, nicht im Bett, nicht im Alltag. Ich war dir nicht aufgeschlossen, nicht abenteuerlustig genug, ließ die Knopfleisten meiner Blusen nicht bis zum Bauchnabel offen, saugte dir nicht das Sperma aus deinem Schwanz wie deine Hure es tat und dabei auch noch stöhnte, als gefiele es ihr, dabei ist allein der Gedanke widerlich." Sie fuchtelte herum, während sie zum Vorraum zeigte, wo die Überwachungstechnik gestanden hatte. Durch die hektischen Bewegungen geriet die Flüssigkeit erneut in Wallung und schwappte bis zum Ausguss hoch. Willow hoffte, dass sie überlaufen, Vivians Finger verätzen und diese daraufhin die Flasche fallen lassen würde. Aber das geschah nicht. „Ja, ich habe euch beobachtet, am Monitor dort draußen, und es brach mir jedes Mal das Herz, doch es war wie bei einem Verkehrsunfall: Ich wollte nicht hinsehen, aber ich konnte nicht anders."

„Mom, du musst uns das nicht erzählen." Willow erkannte Dales Stimme kaum wieder. Sie klang wie die eines kleinen Jungen, der gerade erfahren hatte, dass er für immer von seiner Mutter getrennt werden würde. Schwach, bestürzt und zittrig.

„Lass sie, Dale. Vielleicht verliert sich ihr Erregungszustand, wenn sie sich alles von der Seele geredet hat." Willow wandte sich an Vivian. Sie schämte sich nicht mehr für ihre Nacktheit, denn Dales Mutter nahm sie ohnehin nicht wahr. Aber die ätzende Essenz bereitete ihr enorme Sorgen. „Haben Sie Ayanda ausgegraben?"

Vivian knurrte wie eine Hündin, die sich aggressiv verhielt, weil sie Schmerzen litt. „Schlimm genug, dass ich mit der Sklavennutte auf einem Grundstück leben musste. Henry bestand auch noch darauf, sie bei uns zu beerdigen, damit er ihr auch nach dem Tod nahe sein konnte. Begriff er denn nicht, dass Gott das Flittchen bestraft hatte?" Ihr Ton wurde weinerlich: „Er war auf meiner Seite, er kam mir zu Hilfe."

Sie sprach von Ayandas Krebserkrankung, vermutete Willow. Vivian war völlig neben der Spur, aber immerhin sprach sie Dale nicht mehr als Henry an. Ein Fortschritt? Mach weiter, feuerte sie sich an. „Aber das konnten Sie nicht länger dulden, nicht wahr? Sie haben die Überreste ausgegraben."

Tränen liefen über Vivians Wangen. Ihr Blick war entrückt. „Ich musste mich endgültig von dem Dämon befreien, weil es von vorne losging."

Damit können nur Dale und ich gemeint sein, dachte Willow. In Vivians Vorstellung war das eine Wiederholung des bekannten Schemas: Wieder nahm eine Frau ihr den Mann weg, erneut spielte SM-Sex eine Rolle. *Oh mein Gott! Wir sind verantwortlich für ihren Rückfall. Unsere Liebe ist der Auslöser, dass sie durchdreht.* Vermutlich hatte Vivian sie beim Sex im Swimmingpool beobachtet.

„Aber es funktionierte nicht! Die bösen Geister blieben." Zornig kniff die ältere Frau die Augen zusammen und spuckte in Dales Richtung. „Du siehst nicht nur aus wie dein Vater, du bist auch genauso pervers."

„Das nennt man erotische Neigung", sagte er bestimmt. Er war offensichtlich dabei, sich wieder zu fangen, denn er stellte sich gerader hin und straffte die Schultern. „Ich erwarte kein Verständnis, aber Toleranz."

„Wir haben ja gesehen, wohin das führt." Sie schnaubte und Speichelfetzen flogen umher. „Dein ach so toller Dad hat sich das Leben genommen. Das tat weh, so schrecklich weh. Aber wenigstens schien damit alles vorbei zu sein. Doch dann hast du Millicent ständig bedrängt."

Sichtlich verdutzt über diese Wendung, wusste er wohl einen Moment nicht, was er antworten sollte. Er stutzte und drehte seiner Mutter das gesunde Ohr zu. „Was war mit Milli und mir?"

„Du hast versucht, sie zu perversen Sexpraktiken zu nötigen, wie dein Vater es bei mir probiert hat. Ich musste sie schützen. Vor dir."

„Was redest du da?", zischte er und ballte die Hände zu Fäusten.

„Ihr sollte nicht dasselbe passieren wie mir. Verheiratet mit einem Mann, der eine andere liebt, weil sie besser vögelt." Vivian heulte auf. „All die Schmerzen, all das Leid."

Drohend ging Dale auf seine Mutter zu. Er zitterte vor Empörung. Oder Rage?

Willow dachte an die gefährliche Flüssigkeit in Vivians Händen. Ihr schwante Übles. Eindringlich rief sie: „Dale, nicht!"

Abrupt blieb er stehen. Er sah zuerst Willow an, folgte ihrem Blick zu der Flasche und nickte dann. Mit einem Ruck wandte er seiner Mutter die zerstörte Gesichtshälfte zu. „Du hast mir das angetan!" Er brüllte seinen Kummer so laut heraus, dass es in Willows Ohren klingelte.

„Nicht persönlich, aber … Ich musste es tun." Dales Mutter sprach plötzlich in einem äußerst sachlichen Tonfall. Auch schien sie mit einem Mal zu bemerken, dass die Bluse über ihrem Busen offen stand, denn nun hielt sie sie zu. „Es war zu deinem Besten. Keine Frau außer mir sollte mehr eine Rolle in deinem Leben spielen."

Fassungslos schüttelte Willow den Kopf. Sie konnte Vivians verquerer Denkweise kaum folgen. Aber eins begriff sie: Ihre Motive waren durchaus auch egoistischer Natur. Dale, ihr Lieblingssohn, sollte sie nicht genauso verlassen wie ihr Ehemann. Hinzu kam, dass ihre Seele wegen Henry und Ayanda noch immer eine offene Wunde war.

„Es hat nichts genutzt", spie Dale ihr trotzig entgegen. Tränen rannen über seine vor Wut geröteten Wangen. „Ich habe trotzdem eine neue Freundin gefunden."

„Und sie verdorben." Als Vivian auf sie zeigte, fühlte sich Willow, als würde ihr eine Klinge in die Eingeweide gebohrt werden. „Der Schmerz muss aufhören."

Willow wurde angst und bange. Vivian hatte anscheinend vor, sie mithilfe der ätzenden Essenz zu entstellen. Und sie konnte nicht einmal die Arme hochreißen, um ihr Gesicht zu schützen, weil sie immer noch gefesselt war. Panisch riss sie an den Ketten, bis ihre Muskeln vor Anstrengung brannten. Ihr Puls raste. Sie bekam Hitzewallungen.

„Du musst endlich aufhören mit den Perversionen. Die Tradition der Henderson' Männer muss sterben. Darum werde ich ein Zeichen setzen, eins, das dich wachrütteln, das dich …" Die Ader an Vivians Hals pulsierte, „… kurieren wird."

Erschöpft hing Willow in ihren Fesseln. Sie keuchte. War gar nicht sie Vivians Ziel? Hatte die Verrückte etwa vor, ihren Sohn endgültig zu entstellen?

„Geh von ihr weg. Schnell!", rief Willow Dale zu.

Einen Moment lang befürchtete sie, nicht zu ihm durchgedrungen zu sein. Doch dann bemerkte sie, dass Dale unauffällig rückwärts lief. Ohne Vivian aus den Augen zu lassen, löste er hinter seinem Rücken Willows Fesseln. Ihre Handgelenke waren frei. Sie schlüpfte ohne Unterwäsche in Hose und T-Shirt. Hektisch schaute sie sich nach einem Schutz und einer Waffe um. Schlaginstrumente gab es hier genug, und Dale konnte bestens mit ihnen umgehen. Aber würde er sich dazu überwinden können, sie gegen seine Mutter einzusetzen?

Doch es war schon zu spät. Vivian keifte: „Ich werde das tun, was ich von Anfang an hätte tun sollen. Den Schmerz kann ich nur auf eine Weise für immer beenden."

Ohne zu zögern und bevor Willow und Dale sie daran hindern konnten, setzte sie die Öffnung der Flasche an ihre Lippen.

43. KAPITEL

Die Sonne ging unter und färbte den Himmel über Seattle blutrot. Die Verkehrsgeräusche der Großstadt erinnerten an das weit entfernte Summen eines Bienenschwarms. Eine Grille zirpte irgendwo in den cremefarbenen und zartgelben Kamelien, die den Vorplatz säumten.

Willow stand neben Dale vor der Henderson Mansion und schaute dem Krankenwagen hinterher, der Vivian in die Klinik brachte. Die Sirene wurde immer leiser, je weiter er sich entfernte. Zurück blieb eine bedrückende Stille. In der Villa hinter ihnen pressten sich die Angestellte die Nasen an den Fensterscheiben platt.

Dales Miene war wie versteinert.

Sie schlang den Arm um seine Taille. „Du hast deiner Mom das Leben gerettet."

„Ein Leben, das sie hasst."

„Es war das Richtige." Aufmunternd drückte sie seinen Arm.

Mit einem schnellen und harten Kick hatte er Vivian die Flasche aus der Hand getreten, bevor sie allzu viel von der schädlichen Flüssigkeit hatte trinken können. Ihr Rachen und ihre Speiseröhre waren dennoch verätzt worden. Sie würde auf ewig Probleme beim Schlucken haben, aber mehr nicht. Er hatte den qualvollen Suizid seiner Mutter vereitelt. Erleichtert wirkte er jedoch nicht.

„Ich weiß nicht, ob ich ihr das, was sie mir angetan hat, jemals werde verzeihen können." Gedankenversunken strich er über die vernarbte Wange.

„Niemand zwingt dich dazu, hier und jetzt eine Entscheidung zu treffen. Gib dir Zeit, alles zu verarbeiten. Dr. Reed ..."

„Ich werde mir einen anderen Psychiater suchen, mit dem ich meine Erlebnisse aufarbeite. Aber Dr. Reed soll sich besser warm anziehen. Er hat Dads Selbstmord vertuscht, und wer weiß, wobei er meiner Mom sonst noch geholfen hat."

Sie stellte sich vor ihn hin. „Was meinst du?"

„Hast du dich nicht schon gefragt, woher sie die Säure hatte, mit der sie mein …?" Er stockte. Die Tat, die Vivian in Auftrag gegeben hatte, war zu unaussprechlich. „Ich denke, sie hat das Zeug aus seiner Praxis. Oder der internen Apotheke des Spitals, an das seine Praxis angegliedert ist."

„Glaubst du ernsthaft, er hat sie ihr beschafft?", fragte Willow skeptisch und legte den Kopf schräg.

„Nein, so weit wäre er nicht gegangen. Ich vermute, sie hat sie bei einem ihrer Besuche gestohlen. Aber er musste es bemerkt haben und hat es nicht gemeldet."

Ob es wirklich so passiert war, würden sie niemals erfahren, aber Dale mochte recht haben. Willow schmiegte sich an ihn. *Er riecht so gut!* Sie konnte ihm nur durch Gespräche helfen. Und Nähe.

„Sobald Mom wieder auf dem Damm ist, werde ich sie in eine psychiatrische Klinik einweisen lassen." Zärtlich streichelte er ihren Rücken, aber sie hatte den Eindruck, er tat dies auch, um sich selbst zu beruhigen. „Allerdings nicht in die von Dr. Inkompetent Reed."

Willow konnte sich nicht vorstellen, dass Vivian jemals wieder entlassen werden würde. Dazu war sie zu kaputt. Der Gram saß zu tief. „Dort ist sie gut aufgehoben. Wirst du sie anzeigen?"

Ein Ruck ging durch ihn hindurch, und sie bereute, die Frage gestellt zu haben. Während er überlegte, malten seine Kiefer. Zögerlich schüttelte er den Kopf. „Das bringe ich nicht fertig. Sie ist immer noch meine Mutter. Außerdem ist sie gestraft genug. Als Teenager war sie einsam, weil sie nicht gerade das beliebteste Mädchen war, hat sie mir mal erzählt. Selbst in der Ehe mit meinem Vater fühlte sie sich allein, und jetzt ist sie es wieder, da sich alle Familienmitglieder von ihr abgewandt haben."

Wieder einmal fiel Willow auf, wie arm auch reiche Menschen sein konnten. Als Kind hatte sie geglaubt, dass jemand, der sich jeden materiellen Wunsch erfüllen konnte, auch glücklich war. Aber das stimmte nicht, wie Vivians Beispiel noch einmal deutlich zeigte.

Dale seufzte und drückte sie an sich. „Wirst du bei mir einziehen?“

Willow tat so, als müsste sie überlegen. Ihr Grinsen verriet sie jedoch.

„Trotz allem, was du hier erlebt hast“, fuhr er fort, da sie ihm eine Antwort schuldig blieb.

Mit dem Schalk im Nacken tippte sie gegen ihr Kinn. „Warte, lass mich darüber nachdenken.“

Er biss behutsam in ihren Hals, weil sie ihn zappeln ließ. „Obwohl du weißt, was für eine kaputte Familie ich habe?“

„Die habe ich auch.“

„Dann passen wir ja zusammen“, beeilte er sich zu sagen.

Er schien wirklich Angst zu haben, sie zu verlieren. Liebevoll knuffte sie ihn. „Das merkst du erst jetzt?“

„Natürlich nicht.“ Dale neigte sich zu ihr herab und küsste sie voller Gefühl. „Ich möchte, dass du mit mir zusammen Tangy Inc. leitest.“

„Ich?“

„Du kannst sehr gut organisieren, und ich werde dir alles beibringen. Deinen Job hast du ganz ordentlich erledigt.“

Sie blinzelte ihn an. „Ganz ordentlich?“

„Entschuldige, sehr gut.“

Lachend entgegnete sie: „Du bist zwar nicht objektiv, aber ja, das finde ich auch. Ich wäre überglücklich, wenn ich die Henderson Mansion mein Zuhause nennen dürfte. Trotzdem ist dir eines hoffentlich klar: Selbst wenn du Gary dein ganzes Vermögen überschreiben würdest, um ein Vagabundenleben zu führen, würde ich an deiner Seite bleiben.“

„Gary? Gott bewahre! Ich werde ihn gleich morgen zu uns einladen, damit er meine neue Freundin kennenlernt. Das wird ein Spaß werden, wenn er dich entdeckt.“

Sie wollte jetzt nicht über seinen Bruder sprechen. Energisch bohrte sie den Finger in Dales Brustkorb. „Ich will dich, nicht dein Geld!“

„Schon verstanden. Und ich begehre dich und nicht deinen sexy Körper.“

„Lügner.“ Er wollte sie erneut küssen, doch sie biss ihm in die Unterlippe. „Geliebter Herrscher über meinen Körper“, stahlen sich *Amasones* Worte aus dem Tagebuch auf ihre Lippen, „König meiner Gedanken, Gebieter meiner Gefühle und Eigentümer meiner Seele!“

Sie konnte ihr Glück kaum fassen, denn sie hatte das gefunden, wonach Henry sich vergeblich verzehrt hatte: einen Menschen, mit dem sie sowohl den Alltag als auch ihre Neigungen teilen konnte. Liebe und BDSM, Dale bot ihr beides. Er war der perfekte Partner für sie – und sie für ihn.

„Ich liebe dich mehr als mein Leben“, wisperte er voller Verlangen.

Erschrocken schüttelte sie den Kopf. „Sag so etwas nicht.“

„Ich meine es ernst.“ Er hielt sie so fest, dass die Umarmung wehtat, aber das gefiel Willow, war es doch ein Zeichen seines starken Verlangens nach ihr.

„Du bist ja verrückt.“ Sachte strich sie ihm über die Lippen.

Er küsste ihre Fingerspitzen. „Verrückt nach dir.“

„Dito“, sagte sie unromantisch, und dennoch bedeuteten diese vier Buchstaben die Welt.

Die Geschichte schien sich tatsächlich zu wiederholen. Doch diesmal, davon war Willow felsenfest überzeugt, gab es ein …

– HAPPY END –

"Aufregend und verrucht. Ein echter Pageturner."
Fresh Fiction

Band-Nr. 35068
9,99 € (D)
ISBN: 978-3-95649-194-8
304 Seiten

Logan Belle
Blub Burlesque:
Fallen Angel

Zarte Seide auf nackter Haut, betörende Musik, bewundernde Blicke – die heimlichen Auftritte im „Blue Angel“ sind prickelnde Höhepunkte im Leben der jungen Juristin Mallory. Zum Glück ist auch ihr experimentierfreudiger Freund Alec der dekadenten Burlesque-Szene verfallen. Doch als die verführerische Tänzerin Violet in ihr Leben tritt, gerät alles außer Kontrolle. Alec führt Mallory beharrlich in Versuchung, sich auf eine heiße Ménage-à-trois einzulassen. Langsam kommen Mallory Zweifel, ob die erotisch aufgeheizte Atmosphäre im Burlesque-Club ihr und ihrer Beziehung gut tut – zumal sie immer häufiger erregende Fantasien hat, in denen ihr sexy Boss in der Anwaltskanzlei die dominante Hauptrolle spielt …